URSI BREIDENBACH reist gerne und liebt es, die Atmosphäre eines Ortes so richtig in sich aufzusaugen – dazu gehört natürlich auch das landestypische Essen. Wenn sie nicht gerade unterwegs ist, schreibt sie neben unterhaltenden Sachbüchern und Kurzgeschichten am liebsten wunderschöne Liebesromane zum Wohlfühlen. Ursi Breidenbach lebt mit ihrer Familie in der Steiermark (Österreich).

Außerdem von Ursi Breidenbach lieferbar:

Wetten, ich kann lauter furzen? Wie man als Mutter von Jungs überlebt
(Heike Abidi, Ursi Breidenbach)

Besuchen Sie uns auf www.penguin-verlag.de und Facebook.

URSI BREIDENBACH

Liebe ist tomaten-rot

Roman

PENGUIN VERLAG

MIX
Papier aus verantwortungsvollen Quellen
FSC® C014889
FSC
www.fsc.org

Verlagsgruppe Random House FSC® N001967

PENGUIN VERLAG

1. Auflage 2020

Umschlag: Favoritbüro
Umschlagmotiv: © victoriabee / GettyImages; JeannineMcChesney / GettyImages; Audrius Merfeldas / Shutterstock; FabrikaSimf / Shutterstock
Redaktion: Kristina Lake-Zapp
Satz: GGP Media GmbH, Pößneck
Druck und Bindung: GGP Media GmbH, Pößneck
Printed in Germany
ISBN 978-3-328-10452-0
www.penguin-verlag.de

Dieses Buch ist auch als E-Book erhältlich.

Für Heike Abidi,
ohne dich wäre ich nicht da,
wo ich jetzt bin

1

»Ich bin hin- und hergerissen. Ist das wirklich so eine gute Idee?« Nelli strich über den Stoff des alten Jeanskleides. Seit Ewigkeiten hatte sie es ganz hinten im Schrank gelagert und nicht mehr hervorgeholt. Sie war sich nicht einmal sicher, ob ihr das Teil noch passte.

»Quatsch, Mama, das ist die beste Idee ever! Du wirst vierzig! Willst du bloß am Montag mit deinen lahmen Kollegen feiern? Das wäre ja nichts Besonderes. Wenn von deinen Freundinnen heute niemand Zeit hat, kommst du mit uns! Los, zieh das an!«

Lauras Augen leuchteten, und allein deshalb schon hätte Nelli jedes Kleidungsstück anprobiert. Sie liebte die Begeisterungsfähigkeit ihrer Tochter, und deren ansteckende Fröhlichkeit fehlte ihr sehr, seit Laura vor ein paar Monaten ausgezogen war.

»Und für deine Freundinnen ist es auch in Ordnung, wenn ich euch Gesellschaft leiste?«, hakte Nelli nach, während sie in das alte Kleid schlüpfte. »Wird ihnen das nicht seltsam vorkommen, in Begleitung deiner Mutter in die Bar zu gehen?« Sie selbst hätte das damals garantiert gehasst.

»Aber du bist doch keine normale Mutter. Du bist jung und hip. Außerdem finden die anderen auch, dass du heute Abend auf keinen Fall allein zu Hause rumsitzen solltest!«

Lauras Worte schmeichelten ihr. Es mochte ja sein, dass die Eltern der anderen Studentinnen um fünf bis zehn Jahre älter waren. Dennoch gehörte Nelli derselben Generation an und fühlte sich von »Jung und Hip« meilenweit entfernt.

Als sie sich im Spiegel betrachtete, zog sie ungläubig die Augenbrauen hoch. »Vor zwanzig Jahren musste ich einen Gürtel tragen«, stellte sie lachend fest. Das Hemdblusenkleid lag nun figurbetont an. Am Busen spannte es sogar bedrohlich. »Ich sehe unmöglich aus!«

»Halt! Nicht so schnell«, stoppte Laura sie. »Mach oben doch einfach die Knöpfe auf. Das Ding kann ruhig einen größeren Ausschnitt vertragen. Wow, Mama! Das ist richtig sexy! Du siehst hammer aus!«

Skeptisch beäugte sich Nelli. Normalerweise war sie ja der lässig-bequeme Kleidungstyp. Sie ging durchaus gern einkaufen, kombinierte die Teile mit Bedacht und schminkte sich sorgfältig. Mode bereitete ihr Freude, und sie mochte es, gut auszusehen. Sie bevorzugte es fraglos auch weiblich. Aber die Geschmacksrichtung »sexy« war in ihrem Schrank eher weniger vertreten. Wahrscheinlich beruhte ihre diesbezügliche Zurückhaltung auf der Tatsache, dass sie mit einundzwanzig Mutter geworden war. Windelnwechseln und Breifüttern waren per se unsexy. Danach folgte die anstrengende Phase, in der sie tagsüber für Laura sorgte und nachts für die Uni lernte. Und schließlich landete sie im Spagat zwischen Mutterschaft und ihrem Beruf als

Juristin. Insgesamt war dies nicht die Zeit für aufregende Wäsche und verführerische Klamotten. Auch in den letzten Jahren mit Lauras Vater, in denen ihre Tochter schon ein Teenager war, griff Nelli nicht tiefer in die mit weiten Ausschnitten und kurzen Rocksäumen gefüllte textile Trickkiste, denn dieser Abschnitt ihrer Beziehung war von kühler Freundlichkeit und Entfremdung gekennzeichnet.

Mit der Scheidung hatte sich bei Nelli zuerst eine ausgedehnte Ära der Jogginghosen eingestellt, die irgendwann in den Modus des zwanglosen, aber sorgfältig gepflegten Understatements überging. Genau das Richtige für eine Enddreißigerin, die sich selbst mochte, aber große Abenteuer auf unbestimmte Zeit verschoben hatte.

Jetzt bewegte sich Nelli vor dem Spiegel. »Wenn ich so mache«, sie streckte den Rücken durch, »hüpft der Busen fast raus. Nicht dass jemand von den jungen Leuten einen Schreck kriegt.«

Sie lachten.

»Hast du mal auf Instagram Bilder durchgeklickt?«, fragte Laura. »Heute laufen alle so rum. Ehrlich, dein Dekolleté ist total harmlos. Kein Hahn wird danach krähen. Das bisschen Brustansatz!«

Na, das ist ja … beruhigend.

Und es fasste ziemlich genau das zusammen, was Nelli in letzter Zeit unter anderem beschäftigte: Wo blieb die Aufregung? Die Lebenslust? Das Außergewöhnliche? Automatisch schielte sie nach der Spruchkarte, die sie unlängst gekauft und über ihr Bett gepinnt hatte. *Die zehn schönsten Jahre einer Frau sind die zwischen 39 und 59*, stand darauf. Warum fiel es ihr nur so verdammt schwer, das zu glauben?

Sie zog eine übertriebene Grimasse.

Laura fing an zu kichern.

»Ich muss verrückt sein!«, seufzte Nelli dann. »Was will ich einen Tag vor meinem vierzigsten Geburtstag in einem zwanzig Jahre alten Kleid mit meiner neunzehnjährigen Tochter in einer Bar?«

Laura lachte wieder. »Jetzt chill mal, Mama. Meine Güte, warum bist du deswegen bloß so neben der Spur? Wir gehen ein bisschen aus und haben Spaß. Du denkst doch sonst auch nicht groß über dein Alter nach.«

Ja genau. Null Thema für mich, das Ganze. Haha.

Tatsächlich kreisten Nellis Gedanken schon seit Wochen und Monaten um kaum etwas anderes. Leider kam nur selten Positives dabei heraus. Und zu einem sinnvollen Ergebnis, zum Beispiel, wie sie sich an der Schwelle zum neuen Jahrzehnt selbst definieren wollte, führten sie ebenfalls nicht.

»Ich hole uns jetzt mal einen Prosecco aus dem Kühlschrank, damit du ein bisschen runterkommst«, kündigte Laura an. »Und du suchst in der Zwischenzeit passenden Schmuck und Schuhe aus.«

Der Schwips, den Nelli schon hatte, als sie die Bar betraten, in der sie Lauras Studienfreundinnen trafen, fühlte sich an wie ein Klischee aus einem Film. Die Hauptfigur betrank sich, um ihren vierzigsten Geburtstag zu überstehen.

Himmel, es ist doch nur eine Zahl!

Sie war noch immer dieselbe Frau wie vor zwei, drei oder sogar fünf Jahren. Was sollte also diese innere Unausgeglichenheit, die sie sonst ja auch nicht von sich kannte?

Schluss jetzt! Wir lassen es heute krachen!

Die Mädchen behandelten sie absolut nicht wie eine Mutter. Wenn Nelli davon absah, dass sie von der Hälfte der Bands und TV-Serien, über die gesprochen wurde, nie zuvor gehört hatte, kam es ihr eigentlich fast normal vor, mit ihnen hier zu sitzen.

»Findest du Jon Snow auch so heiß?«, fragte Zoe sie.

»Ja, der ist süß«, antwortete Nelli und freute sich, dass sie zumindest bei *Game of Thrones* mitreden konnte. Davon hatte sie mit Laura etliche Folgen gesehen. Die Serie war für Nellis Geschmack viel zu brutal, aber offensichtlich standen die jungen Leute heutzutage auf so etwas.

»Und wer ist sonst so dein Typ?«, wollte Zoe weiter wissen, nahm die Orangenscheibe vom Rand ihres Cocktailglases und biss hinein.

»Mama steht auf Colin Firth«, gab Laura Auskunft, bevor Nelli überhaupt zum Überlegen kam.

»Oh. Der ist ... ein guter Schauspieler«, erwiderte Zoe ohne Begeisterung. »Wo spielt der noch mal mit?« Man konnte ihr ansehen, dass sie ihn langweilig fand. Ein Jon Snow war er in ihren Augen definitiv nicht.

»Also, Moment mal! Der ist ja auch nicht mehr der Jüngste«, protestierte Nelli. »Aber in seinen alten Filmen sah er super aus. Kennt ihr ihn in *Stolz und*

Vorurteil? Wie er mit nassem Hemd aus dem Teich steigt?«

Die Mädchen sahen sie mit blanken Gesichtern an.

»Na, egal. Ich mag große Männer mit breiten Schultern.«

»Ihr kann es nicht männlich genug sein«, erklärte Laura lachend.

Nelli schmunzelte, fragte sich aber insgeheim, ob ihrer Tochter schon einmal aufgefallen war, wie wenig der eigene Vater zu dieser Beschreibung passte. Auf keinen Fall wollte sie, dass Laura sie für oberflächlich hielt. Oder dass sie annahm, Äußerlichkeiten hätten zur Trennung ihrer Eltern geführt.

»Eigentlich ist es mir völlig egal, wie ein Mann aussieht, wenn er nur klug und humorvoll ist«, stellte Nelli daher schnell klar. »Hauptsache, ich kann mich gut mit ihm unterhalten.«

»Das sagt meine Mutter auch immer«, steuerte eine andere bei. »Aber das ist Bullshit. Der erste Eindruck bleibt der erste Eindruck. Und das ist nun mal das Äußere. Klug und humorvoll soll er natürlich außerdem sein.«

Und charmant und mitfühlend und zärtlich und tausend weitere gute Eigenschaften. Selbstverständlich!

Nelli lachte in sich hinein.

So wenig kompromissbereit dachte man mit zwanzig, wenn einem noch ein Riesenangebot an Single-Männern zur Verfügung stand. Aber wann war Nelli das letzte Mal einem sowohl attraktiven als auch intelligenten und umgänglichen Typen begegnet? Einem, der obendrein noch unverheiratet war? Obwohl ihre Scheidung nun schon fünf Jahre zurücklag, konnte sie sich nicht an einen Einzigen erinnern. Von den dreien, mit denen sie in allerletzter Zeit ausgegangen war, hatte einer nur über sein neues Cabriolet schwadroniert, der andere war ein notorischer Lügner gewesen, und der Dritte hatte eine unansehnliche, ledrige Raucherhaut gehabt.

Sie trank einen großen Schluck von ihrem Aperol Spritz. Alkohol war definitiv eine Alternative zum Nachdenken über Männer.

»Nein, ganz ehrlich, Nelli«, blieb Zoe hartnäckig. »Jetzt komm uns bloß nicht mit inneren Werten. Sieh dich doch mal um und sag uns, wen du heiß findest!«

Reicht nicht auch ein realistisches Lauwarm?

Um keine Spielverderberin zu sein, ließ Nelli ihren Blick wandern. Sie befanden sich in einer Bar in unmittelbarer Nachbarschaft zur Uni, und genau diesem Standort entsprach auch das durchschnittliche Alter der Besucher. Außer dem stark tätowierten, kahl rasierten Barkeeper im Netzshirt war kaum jemand über dreißig.

»Nun, hier sind alle ziemlich jung«, gab Nelli zu bedenken und hatte große Lust, zum Spaß einfach den Glatzkopf zu nennen.

»Ist doch egal. Es geht ja nur um die Optik«, meinte Laura mit einer wegwerfenden Handbewegung. »Mir zum Beispiel gefällt der dort drüben, obwohl ich einen festen Freund habe. Alles rein hypothetisch – wir verstehen uns.« Sie zeigte verstohlen auf einen jungen

Mann, der gerade von der Toilette kam und auf die Bar zusteuerte. Er schien ihre Aufmerksamkeit zu bemerken, denn er zwinkerte Laura zu.

Die Mädchen kicherten.

»Also schön.« Nelli tat so, als würde sie imaginäre Ärmel hochkrempeln, und sah sich noch einmal um. »Ich finde den am Stehtisch neben dem Eingang nett. Den mit der grauen Hose.« Damit hatte sie wahllos irgendeinen Typen herausgepickt, der ein hübsches Gesicht hatte und aussah, als gehe er zumindest auf die dreißig zu. Einen der ganz jungen zu nennen, wäre ihr eigenartig vorgekommen. Vor dem Fernseher einen jugendlichen Schauspieler anzuschmachten, war etwas völlig anderes, als hier zu sitzen und auf jemanden im Alter ihrer Tochter zu deuten.

Die gesamte Gruppe stimmte ihr zu und lobte ihre exquisite Wahl.

»Jetzt bist du dran«, forderte Zoe eines der anderen Mädchen auf, das sich nicht lange bitten ließ und etliche Männer hintereinander herauspickte.

Nelli lehnte sich zurück und folgte belustigt dem Gespräch. Sie fragte sich, welche dieser Kerle ihr damals vor zwanzig Jahren als Studentin gefallen hätten. Dieselben wie heute? Inwiefern hatte sich ihr Geschmack weiterentwickelt?

Ihr Blick blieb am Eingang hängen, wo eben vier junge Männer das Lokal betreten hatten. Einer von ihnen war überdurchschnittlich groß, breit gebaut und durchtrainiert. Er trug, ganz der Mode entsprechend, einen Vollbart.

Sie beobachtete, wie er mit langen Schritten zur Bar ging und dort etwas bestellte. Jede seiner Bewegungen hatte Sexappeal, ohne dass er auch nur im Geringsten eingebildet oder affektiert wirkte. Fasziniert musterte Nelli seinen Körper. Wann hatte sie, außer auf der Leinwand, in letzter Zeit jemanden erblickt, der von Kopf bis Fuß so gut aussah? Kein Zweifel, das war der attraktivste Typ, der seit Ewigkeiten ihren Weg gekreuzt hatte.

Okay, ich gebe zu Protokoll: Der ist heiß.

Sie war froh, dass die Mädchen ihr gerade keine Beachtung schenkten. Von ihnen beim Gaffen erwischt zu werden, wäre ihr peinlich gewesen.

Es stellte sich heraus, dass Laura einen der vier jungen Männer, die in die Bar gekommen waren, von irgendeiner Party kannte. Er kam zu ihnen herüber, unterhielt sich ein wenig mit ihr und fragte dann, ob er auch seine Freunde holen dürfe.

So kam es, dass sich die Runde vergrößerte und Nelli dem Kerl, den sie so attraktiv fand, plötzlich gegenübersaß.

Er hatte sich mit »Luca« vorgestellt. Seitdem schwieg er, hörte mit freundlicher Miene den von den Mädchen dominierten Gesprächen zu, ließ beim Lachen immer wieder strahlend weiße, zur Perfektion regulierte Zähne sehen und nippte gelegentlich an seiner Bierflasche.

Nelli fand, dass sein Äußeres, aus der Nähe begutachtet, absolut das hielt, was es aus der Distanz versprochen hatte. Sie schätzte ihn auf etwa siebenundzwanzig, vielleicht auch ein wenig älter. Er wirkte definitiv erwachsener als seine Begleiter oder die quietschenden, kichernden Mädchen. Verstohlen betrachtete sie seine hellbraunen Augen, seine lange, gerade Nase und die vollen, vom schokobraunen Bart umrahmten Lippen. Immer wieder schweifte ihr Blick zu den breiten Schultern und den Bizepsen, über die sich ein kariertes Hemd spannte. Unwillkürlich fragte sie sich, wie es sich wohl anfühlte, die Hand darauf zu legen.

Na klar, es ist völlig egal, wie ein Mann aussieht, nicht wahr, Nelli?

Wann immer er auch nur annähernd in ihre Richtung sah, wandte sie sich ab, tat so, als würde sie konzentriert Zoes Geschichte vom Auslandsjahr in Madrid lauschen, oder trank einen Schluck Spritz.

Mittlerweile spürte sie den Alkohol ziemlich stark. Bald war sie zu träge, um sich noch länger zu fragen, ob sie in diese Runde von jungen Menschen passte. Stattdessen tauchte sie in die gelöste Stimmung ein, genoss das benebelte Gefühl in ihrem Kopf und ließ es bereitwillig zu, dadurch immer lockerer zu werden.

Als sie wieder einmal gedankenverloren Lucas schönes Gesicht studierte, sah er so unvermittelt zu ihr herüber, dass sie sich nicht schnell genug abwenden konnte. Also hielt sie seinem Blick stand. Ihr Puls beschleunigte sich.

Verflucht!

Mit jeder Sekunde, die er sie länger ansah, wurden ihre Wangen heißer. Eigentlich war sie dem Alter des Errötens seit Ewigkeiten entwachsen. Als Juristin ließ sich Nelli so gut wie nie von ihrem Gegenüber aus dem Konzept bringen, und dass dieser junge Mann sie nun total aus der Fassung brachte, weckte in ihr das seltsam faszinierende Gefühl, von jetzt auf gleich um Jahrzehnte zurückkatapultiert zu werden.

Gerade als sie aufgeben und den Blick abwenden wollte, drehte sich Luca zur Seite. »Klar!«, antwortete er auf eine Frage seines Freundes, die Nelli nicht einmal richtig wahrgenommen hatte.

Möglichst unauffällig stieß sie die Luft aus, die sie die ganze Zeit über angehalten hatte, und bestellte sich einen weiteren Drink.

2

Kurz vor Mitternacht wurden einige Tische zur Seite geräumt, jemand drehte die Musik lauter, und etliche Gäste begannen zu tanzen. Die Atmosphäre in der Bar vibrierte.

»Haben alle etwas zu trinken?«, rief Zoe ausgelassen. »Nelli hat doch gleich Geburtstag!«

Nelli fühlte sich jetzt komplett gelöst und hatte das Gefühl, in dieser Nacht gehöre ihr die Welt. Plötzlich fragte sie sich mit einer ordentlichen Portion Erheiterung, welches Problem sie eigentlich die ganze Zeit über mit ihrem neuen Lebensjahr gehabt hatte.

Vierzig ist doch Kult! Wann habe ich mich zuletzt so amüsiert?

»Was ist dein Lieblingssong?«, wollte Lauras Bekannter wissen. »Ich kenne den Barbesitzer. Wenn ich ihn frage, spielt er ihn um Mitternacht für dich.«

»Keine Ahnung«, erwiderte Nelli. Darüber hatte sie noch nie nachgedacht. Sie hatte ein gemeinsames Lied mit ihrem Ex-Mann Andreas gehabt. Aber das konnte sie schon seit zehn Jahren nicht mehr hören, ohne sich zu langweilen. Nein, sie brauchte einen Song, der das Freiheitsgefühl widerspiegelte, das sie an diesem Abend erfüllte. Ein Song, der so verrückt war wie diese Nacht.

Verstohlen sah sie zu Luca, der gerade sein Handy checkte.

»Was ist mit den Toten Hosen? Auf die stehst du doch«, regte ihre Tochter an.

»Geil!«, kam von Zoe.

»Wie wäre es mit ›Tage wie diese‹?«, schlug Laura vor. »Das passt prima zum Abfeiern!«

»Gute Idee!«, bestätigte Nelli und wollte gerade nach ihrem Glas greifen, als die Mädchen sie auch schon hochzogen.

»Jetzt wird in den Geburtstag reingetanzt!«, rief Laura.

Nelli drückte sich an Luca vorbei und sah, wie er sie anlächelte.

Laura und Zoe schleiften sie weiter zu der improvisierten Tanzfläche. Zufällig wurde gerade ein Lied aus Nellis Studienzeit gespielt, also ließ sie sich einfach mitreißen.

Kurz darauf war es auch schon Mitternacht.

»Mir ist zu Ohren gekommen, dass jemand ganz Besonderes Geburtstag hat«, dröhnte die Stimme des Glatzkopfs über den Lärm hinweg. Laura und die Mädchen johlten. »Hier sind extra für dich Die Toten Hosen mit ›Tage wie diese‹! Wir wünschen dir alles Gute, Nelli!«

Laura nahm Nelli in den Arm und küsste sie auf die Wange. »Herzlichen Glückwunsch, Mama!«, sagte sie ihr ins Ohr. »Ich hab dich lieb!«

Nelli drückte ihre Tochter an sich. »Ich hab dich auch lieb, mein Schatz! Danke, dass du mit mir feierst. Es macht so viel Spaß!«

Und schon begann ihr Lied. Das ganze Lokal grölte mit. Die meisten waren aufgestanden und tanzten – viele gleich an Ort und Stelle, denn der freigeräumte Platz war bei Weitem zu klein für alle.

Nelli fühlte sich gut gelaunt wie schon lang nicht mehr. Warum war sie sich in den vergangenen Monaten nur so eingesperrt vorgekommen? Sie brauchte doch nur loszuziehen und sich das pralle Leben mit Spaß und Herzklopfen zu pflücken!

Die Lebendigkeit berauschte sie. Beim Tanzen spürte sie jeden Zentimeter ihrer Haut in dem alten Kleid, und die stickige Luft fühlte sich in ihrer Lunge cremig an.

Irgendwann fiel ihr auf, dass sie beobachtet wurde. Zuerst war es nur eine unbestimmte Ahnung, doch als sie sich in dem schummrigen Raum umsah, entdeckte sie ihn an einem der Stehtische am Rand der Tanzfläche. Ob er es unbewusst oder mit Absicht tat, konnte sie nicht beurteilen, aber dieser Luca fixierte sie eindeutig.

Er machte sie neugierig, und sie hätte gern mehr über ihn erfahren. Wer war er? Womit verdiente er sein Geld? Wofür brannte er? Nicht zuletzt wollte sie unbedingt wissen, was er über sie dachte. Doch die Vorstellung, einfach zu ihm hinüberzugehen und ein Gespräch zu beginnen, ließ derart viel Adrenalin durch ihren Körper peitschen, dass sie die Idee verwarf. Er verunsicherte sie einfach zu sehr. Und das nicht nur, weil er umwerfend aussah, sondern auch, weil er ein gutes Jahrzehnt jünger war als sie.

»Lass uns eine Pause machen und etwas trinken!«, rief sie ihrer Tochter zu und deutete zur Bar.

»Okay. Sie haben hier auch Jello Shots«, schrie diese gegen die Musik an und hielt beide Daumen hoch.

»Ich meinte eigentlich etwas Durstlöschendes. Du weißt schon: Durst, das Existenzbedürfnis.«

»Was?«

Nelli winkte ab. Sie ließ Laura die gelierten Schnäpse bestellen und orderte einfach noch ein großes Glas Wasser dazu.

»Bist du Lauras Schwester?«, brüllte ihr jemand ins Ohr, als sie auf ihre Drinks warteten. »Ihr seht euch ähnlich.«

Nelli drehte sich um.

Schwester? Der will mich doch verarschen!

Luca lächelte sie an, aber in seinem Gesicht lag kein Spott, sondern echte Neugier. Wenn das ein albernes, völlig übertriebenes Kompliment gewesen sein sollte, versteckte er die Unglaubwürdigkeit perfekt unter einer interessierten und total harmlosen Miene.

»Nein, keine Schwestern«, antwortete Nelli vage. Sie musste sich auf die Zehenspitzen stellen, sich zu ihm beugen und ihn anschreien, damit er eine Chance hatte, sie zu verstehen, so sehr war der Geräuschpegel in der Bar mittlerweile angeschwollen.

»Ehrlich? Ich hätte darauf schwören können. Ihr habt dieselben grünen Augen. Hammeraugen!«

Ihr Herz klopfte schneller. Er war ihr so verdammt nahe, dass kaum eine Handfläche zwischen sie beide gepasst hätte. Plötzlich war Nellis Kopf voller Bilder von Luca, wie er sie packte und küsste.

Ausgerechnet in diesem Augenblick wurden die Shots

auf den Tresen gestellt, und der Barkeeper brüllte Nelli den Preis zu. Sie rückte von Luca ab und kramte ein bisschen fahrig in ihrer Tasche nach der Geldbörse. Plötzlich spürte sie Lucas Hand auf ihrem Arm. Seine Finger fühlten sich auf ihrer Haut heiß an.

»Das übernehme ich. Du hast heute Geburtstag!«, rief er und lächelte wieder. Seine Zähne leuchteten weiß im schummrigen Licht.

»Danke«, antwortete sie. Sie spürte die lauten Beats in ihren Eingeweiden, was ihre Erregung seltsam steigerte. Unauffällig strich sie über die Stelle, die Luca gerade berührt hatte.

Er zog ein Portemonnaie aus der Gesäßtasche seiner Jeans, holte einen Schein hervor und bezahlte. Danach prostete er ihr mit seiner Bierflasche zu. »Alles Gute!«

Was, wenn er jetzt fragt, wie alt ich geworden bin?

Sie wollte nicht, dass dieses Prickeln zwischen ihnen aufhörte, nur weil er realisierte, wie viel älter sie wirklich war. Aber lügen würde sie diesbezüglich keinesfalls.

Er fragte nicht. »All deine Wünsche sollen in Erfüllung gehen«, sagte er stattdessen, wobei er sich so weit zu ihr herunterbeugte, dass er mit seinen Lippen beinahe ihr Ohr berührte. Sein Atem kitzelte ihre Haut, was ihr einen Schauer über den Rücken jagte. Die Nerven bis zum Zerreißen gespannt, fieberte sie dem entgegen, was wohl als Nächstes passieren würde.

Doch ehe überhaupt etwas geschehen konnte, wurde Luca von seinen Freunden zur Dartscheibe gerufen. Er lächelte ihr noch einmal zu, stieß sich dann vom Tresen ab und verschwand zwischen den anderen Gästen.

Sie sah ihm verdattert nach und spürte, wie sich Frust in ihr breitmachte.

Eine Stunde später begann sich bei Nelli Müdigkeit einzustellen. Sie verließ die Bar, um ein wenig Sauerstoff zu tanken, und lehnte sich draußen gegen die Hausmauer. Ihr Hals kratzte, und in ihren Ohren surrte es. Aber sie fühlte sich gut. Herrlich lebendig und aufgedreht wie schon viele Jahre nicht mehr.

Eine alles andere als nüchtern aussehende Studentin trat aus der Kneipe und wankte die Straße entlang. Ein Typ in ihrem Alter kam hinterher und rief: »Warte doch! Es war nicht so gemeint. Natürlich bist du keine Bitch!«

»Du verstehst einfach nicht, dass ich das Ganze nur mache, weil ich dich liebe!«, gab sie schluchzend zurück.

Der junge Mann lief ihr nach, was ihm jedoch sichtlich schwerfiel. Endlich hatte er zu ihr aufgeschlossen, legte den Arm um die immer noch weinende Frau und verschwand mit ihr hinter der nächsten Ecke.

Nelli beobachtete die Szene. Plötzlich war sie verdammt froh, nicht mehr so jung zu sein und solche Dramen durchmachen zu müssen. Eine gewisse Reife erreicht zu haben, hatte durchaus seine Vorteile, und über Lebenserfahrung zu verfügen, hieß ja nicht automatisch, dass man gezwungen war, sich zu langweilen. Der unerwartet schöne Abend bewies das hinlänglich. Zum Glück hatte sie auf Laura gehört und war aus ihrem Alltag ausgebrochen. Es tat ihr gut, ein wenig ausgelassen zu sein, und der kleine Flirt mit diesem Luca hatte ihr gezeigt, dass in ihr ein buntes Potpourri an Bedürfnissen schlummerte.

»Hast du einen schönen Geburtstag?«

Nelli schreckte zusammen.

Luca war neben sie getreten. Eigentlich hatte sie gedacht, dass er längst weg sei.

Ihr Magen setzte zu einem kleinen Looping an, und ihr Kopf war schlagartig wie leer gefegt.

»Ja, ich habe Spaß«, antwortete sie daher wie ferngesteuert.

Er kam näher und lehnte sich direkt neben sie an die Wand.

Ihre Arme berührten einander, und sie spürte seinen Bizeps an ihrer Schulter.

»Kommst du öfter her?«, fragte sie, nur um irgendetwas zu sagen. Sie war mit einem Mal unglaublich nervös. Stur geradeaus auf die Straße zu schauen, wirkte zwar bestimmt nicht gerade selbstsicher, half ihr aber, sich ein wenig zu sammeln.

»Ab und zu. Eigentlich mag ich solche Studentenkneipen nicht besonders. Meine Freunde wollten unbedingt herkommen.«

»Ähnlich wie bei mir. Ich bin zum ersten Mal hier. Die Mädchen haben mich mitgenommen.«

»Ich bin froh darüber«, hörte sie ihn antworten.

Nun schaute sie doch zu ihm hinauf. Ihre Blicke trafen sich. Die Laterne über ihnen beleuchtete seine ebenmäßigen Züge, und Nelli dachte einmal mehr, wie umwerfend er aussah.

Langsam drehte er sich zu ihr, hob die Hand und berührte sie leicht an der Schulter. »Gut, dass du an deinem Geburtstag Spaß hast«, murmelte er.

Unwillkürlich hielt sie die Luft an. Luca hatte einen Ausdruck in den Augen, der ihr durch Mark und Bein ging.

Ohne Eile wanderte sein Blick zu ihren Lippen und dann weiter nach unten zu ihrem Ausschnitt, wo er hängen blieb. Mit einem Finger fuhr er sacht ihr Schlüsselbein entlang. »Ich finde, du solltest an deinem Geburtstag noch viel mehr Spaß haben«, flüsterte er. Seine Hand glitt tiefer.

Sie konnte gar nicht anders, als ihren Empfindungen die Regie zu überlassen, denn alles in ihr wollte diesen Mann. Also packte sie ihn am Kragen seines Hemdes und zog ihn eng an sich. Die archaische Lust, die sie durchströmte, machte Zurückhaltung unmöglich.

Mit einem Stöhnen umfasste er ihre Hüften und presste sich an sie.

In diesem Moment öffnete sich die Tür des Lokals und schlug krachend gegen die Hauswand.

Noch bevor Nelli realisieren konnte, dass ausgerechnet ihre Tochter mit den Freundinnen, gefolgt von Lucas Begleitern, herauskam, war Luca bereits einen Schritt von ihr weggetreten und hatte seine Hände in die Hosentaschen gesteckt.

Verlegen strich Nelli ihre Haare zurück. Sie fühlte sich, als hätte eine Ohrfeige sie in die Realität zurückgeholt.

»Da seid ihr ja!«, rief einer der jungen Männer mit

dröhnender Stimme. »Wir wollten schon einen Suchtrupp losschicken.«

»Wir gehen noch woandershin auf einen Absacker.« Bestens gelaunt, strahlte Laura Nelli an. »Kommst du mit?« Offensichtlich ahnte sie nicht im Geringsten, wo sie da hineingeplatzt waren.

»Ähm ... Ich nehme mir lieber ein Taxi und fahre heim«, erwiderte Nelli zögerlich, wobei sie es vermied, Luca anzusehen. Sie wusste, dass der Moment vorüber war, und musste nun erst einmal mit der Enttäuschung zurechtkommen, die in ihr hochwallte.

»Okay.« Ihre Tochter nahm sie in den Arm und küsste sie auf die Wange. »War ein super Abend. Wir sehen uns morgen.«

Nelli nickte. Plötzlich fühlte sie sich völlig nüchtern.

Lauras Freundinnen drückten sie ebenfalls kurz.

»Also los, auf geht's!«, sagte einer der jungen Männer und setzte sich in Bewegung. »Die Nacht ist noch jung.«

Aus den Augenwinkeln sah Nelli, wie sie Lucas Blick streifte. »Leute, ich gehe auch heim. Ich habe genug für heute.«

Einer seiner Freunde murmelte etwas Unverständliches, dann verabschiedeten sie sich einer nach dem anderen mit einem Schulterklopfen bei Luca. Und schon zogen sie los.

Schweigend sahen Nelli und Luca der Gruppe nach.

Sie überlegte fieberhaft, ob sie an das, was vor der Unterbrechung geschehen war, anknüpfen konnte. Der sinnliche Moment hatte sich so selbstverständlich angefühlt, und genau diese magische Leichtigkeit wollte sie erneut heraufbeschwören. Aber konnte man so etwas tatsächlich erzwingen?

Gleich würden die jungen Leute in die nächste Querstraße einbiegen, und sie wären wieder allein. Nervös trat Nelli von einem Fuß auf den anderen. Als Laura sich noch einmal nach ihr umdrehte, hob sie die Hand und winkte.

»Komm gut heim, Mama!«, tönte die fröhliche Stimme ihrer Tochter durch die Nacht. Dann war sie weg.

»Mama«, schien es unaufhörlich zwischen den Häuserfassaden hin und her zu hallen.

Ein Wort.

Zwei Silben.

Vier Buchstaben, die mich sonst überglücklich machen, die ich in diesem Augenblick aber zum ersten Mal in neunzehn Jahren auf keinen Fall hören wollte.

Die Situation war so grotesk, dass sie beinahe laut aufgelacht hätte. Sie war sich sicher, dass Luca nun das erkannte, was das fahle Licht bisher vor ihm verborgen hatte: Er war im Begriff gewesen, die Mutter eines Mädchens aus seinem entfernten Bekanntenkreis zu verführen. Bestimmt war diese Erkenntnis ein Schreck für ihn.

Vermutlich ist es besser so. Denn nun kann ich diese wunderbare Nacht auf jeden Fall als aufregende Erinnerung bewahren. Wer weiß schon, was noch passiert wäre.

Sie beschloss, es ihm leicht zu machen, und suchte in ihrer Tasche nach dem Handy. Als sie es gefunden hatte, schaute sie freundlich lächelnd auf. »Dann rufe ich mir mal ein Taxi. Soll ich für dich auch eins bestellen?«

Luca fuhr sich mit den Fingern durch die Haare und schüttelte den Kopf. »Ich brauche keins. Ich wohne nicht weit von hier.«

»Ach so.«

Ihre Blicke begegneten sich.

»Und wenn du möchtest, brauchst du auch keins«, fügte er hinzu.

3

Als Nelli erwachte, war es bereits hell. Ihr Kopf brummte, und auf ihrer staubtrockenen Zunge lag ein unangenehmer Geschmack. Noch ziemlich benommen sah sie sich um: Lucas Schlafzimmer war mit ausgefallen gestalteten Vollholzmöbeln eingerichtet, auf dem Parkett lag ein Perserteppich, und außen an der Schranktür hing ein schicker Anzug – an den Schultern ein wenig angestaubt. Erstaunt versuchte sie, sich zu erinnern, ob er tatsächlich gesagt hatte, er sei Physikstudent, oder ob sie sich das nur einbildete. Nach Studentenbude sah es hier nämlich absolut nicht aus.

Aber ist er nicht ohnedies ein bisschen alt für einen Studenten? Vielleicht bringe ich da jetzt etwas durcheinander. Vermutlich hat das mit der Physik ein anderer erzählt.

Sie wollte sich aufsetzen, aber Lucas Arm und sein nacktes Bein lagen schwer auf ihr. Langsam ließ sie ihren Blick über seinen muskulösen Rücken gleiten und dann auf seinem Hinterteil ruhen. Alles an diesem Mann war wohlgeformt und perfekt definiert, und sofort waren die Bilder der vergangenen Nacht wieder präsent: wie sie einander, kaum in der Wohnung angekommen, gegenseitig die Kleider vom Leib rissen, wie er sie, ohne den Kuss zu unterbrechen, zum Bett dirigierte, und wie es sich anfühlte, Sex mit einem völlig Fremden zu haben.

Neue Erregung brandete in Nelli auf – zusammen mit einer gewissen Genugtuung. Seit heute war sie tatsächlich vierzig, und schon hatte sie bewiesen, dass sich keinerlei Türen geschlossen hatten. Sie konnte jedes Leben führen, das sie wollte – auch eines, in dem sie morgens nach dem Sex in irgendeiner Wohnung aufwachte.

Grinsend betrachtete sie weiter Lucas knackige Kehrseite.

Erst nach und nach wurde sie auf ihre eigene Physis aufmerksam: Wo sein Bein auf ihrem Oberschenkel lag, erzeugte der Druck Cellulite. Auf ihrem Bauch schimmerten silbrige Schwangerschaftsstreifen, und die Schwerkraft ließ ihre Brüste grauenhaft aussehen. Die Erschütterung über den Kontrast zwischen Lucas und ihrem eigenen körperlichen Zustand ließ das Hochgefühl aus ihr weichen wie Luft aus einem Ballon. Sie machte sich hier doch total lächerlich! Genau wie die Männer in den mittleren Jahren, die sich an sehr viel jüngere Frauen heranmachten, um sich mit diesen Affären etwas zu beweisen.

Verdammt, ich muss weg, und zwar schnell! Das hier hat nur nachts und unter Einfluss von Alkohol wie eine super Sache ausgesehen!

Vorsichtig versuchte sie, unter Luca hervorzurutschen. Seine Miene, wenn er sie bei Tageslicht betrachtete, wollte sie sich unbedingt ersparen. Sie hatte einfach keine Lust mehr, sich dem kritischen Blick eines

Kerls auszusetzen, und wollte sich mit all den vielen kleinen körperlichen Unzulänglichkeiten, die sich im Laufe der Jahre angesammelt hatten, abfinden. Aber genau das fiel ihr in Gegenwart eines so makellosen jungen Mannes reichlich schwer.

Abenteuer zu Ende, ab nach Hause!

Sie hatte es gerade geschafft, sich von seinem Bein zu befreien, und machte sich daran, vorsichtig seinen Arm zur Seite zu schieben, als er plötzlich anfing, sich zu regen. Ohne den Kopf vom Kissen zu heben, nuschelte er verschlafen: »Musst du aufs Klo? Rechts neben der Eingangstür.«

»Alles okay«, flüsterte Nelli und wand sich unter seinem Arm hervor. »Schlaf weiter.«

Endlich befreit, stand sie auf, schnappte sich das erstbeste Kleidungsstück vom Boden und hielt es sich vor den Körper. Dass es sich dabei um Boxershorts handelte, merkte sie erst einen Augenblick später. So verharrte sie einige Sekunden, um zu prüfen, ob Luca schon wieder eingedöst war.

Sein Atem ging ruhig und gleichmäßig.

Sie ließ die nutzlosen Boxershorts fallen und bückte sich stattdessen nach einem von Luca wohl irgendwann achtlos in die Ecke geschleuderten T-Shirt. Als sie sich wieder aufrichtete, wurde ihr kurz schwarz vor Augen. Sie klemmte sich das Shirt unter die Achseln, blickte hinab und las den Spruch darauf: *We're getting pizza after this!*

Schwankend vor lauter Kopfweh schob sie sich rückwärts aus dem Zimmer. Was hätte sie jetzt für zwei

Aspirin, ihre eigene Dusche und einen starken Kaffee auf ihrem Balkon gegeben! Im Flur drehte sie sich um. Der dringliche Wunsch, unbemerkt die Wohnung zu verlassen, damit alles nicht noch peinlicher wurde und sie die letzte Nacht in guter Erinnerung behalten konnte, ließ sie zu wenig achtgeben. Unsanft prallte sie gegen etwas, das an die Wand gelehnt im Vorzimmer stand.

Scheppernd und klingelnd fiel es zu Boden, und Nelli, die es noch irgendwie festzuhalten versuchte, stürzte mit. Fluchend und stöhnend rappelte sie sich auf, doch der Schmerz war so groß, dass sie auf die Dielen zurücksank.

Luca war mit einem Satz aus dem Bett gesprungen und zu ihr geeilt. »Ist dir was passiert?« Seine Stimme klang rau, die Haare standen in alle Richtungen ab, und seine Augen waren schreckgeweitet.

»Wer stellt denn bitte sein Fahrrad mitten in die Wohnung?« Stöhnend rieb sich Nelli die Hüfte, mit der sie gegen den Sattel geprallt war.

»Mir haben sie schon zweimal eins geklaut. Tut mir echt leid. Geht's?« Er ging neben ihr in die Hocke.

Nelli prüfte verlegen, ob das T-Shirt wohl auch das Nötigste verdeckte, dann versuchte sie erneut aufzustehen, doch zu ihren schmerzenden Knochen und dem Brummschädel gesellte sich nun auch noch Übelkeit. Also blieb sie sitzen.

»Hey, alles in Ordnung?« Luca sah ihr prüfend ins Gesicht. »Hast du dir wehgetan?« Er streckte die Hand nach ihr aus.

Sie kam sich vor wie eine Greisin, der man über die

Straße helfen oder im Bus einen Sitzplatz überlassen musste. Von der elektrisierenden Stimmung der vergangenen Nacht war nicht ein Fünkchen übrig geblieben, und sie fühlte sich plötzlich ganz schrecklich.

»Mir fehlt nichts. Ich muss jetzt nach Hause.« Sie wedelte abweisend mit den Fingern.

Luca runzelte die Stirn. »Tut mir leid, das mit dem Rad. Soll ich dir Kaffee machen?«

Sie schüttelte den Kopf.

»Tee?«

»Nein danke.« Missmutig inspizierte sie ihre Hüfte. Die Haut an ihrer Seite war gerötet. Und etwas schlaff sah sie obendrein aus. Ob Luca das schon aufgefallen war?

Er ließ sich neben Nelli auf dem Boden nieder, lehnte den Rücken an die Wand und legte seine Arme auf den aufgestellten Beinen ab. »Es hat dir nicht gefallen«, stellte er mit trauriger Stimme fest.

»Was?«, erwiderte sie verdutzt und blickte ihm erstmals an diesem Morgen richtig ins Gesicht.

»Ich war nicht gut genug.« Er fuhr sich mit der Hand durch die wirren Haare, was den Zustand seiner Frisur nicht gerade verbesserte, und biss sich auf die Unterlippe.

»Wovon sprichst du?«

»Na, vom Sex. Du gehst, weil es für dich nicht so der Hit war, oder? War ich zu schnell? Zu heftig? Zu wenig kreativ?«

Einen Moment lang war sie einfach nur sprachlos. Nie im Leben hätte sie damit gerechnet, dass er genau wie sie von Selbstzweifeln geplagt sein könnte. Perplex starrte sie ihn an, bis ihr schließlich klar wurde, dass seine Verunsicherung alles andere als verwunderlich war: Er war jung und suchte Bestätigung.

Luca errötete unter ihrem Blick und sah zur Seite.

Irgendwie gingen Nelli seine Bedenken zu Herzen. »Luca, hör mal. Es war gut! Ich möchte jetzt einfach nur nach Hause, weil ...«

»Ja? Hat es dir gefallen?«, unterbrach er sie und wandte sich ihr wieder zu.

»Selbstverständlich. Es war richtig gut! Du bist ein ausgezeichneter Liebhaber.«

»Okay«, erwiderte er und fing an zu grinsen. Zusammen mit seinem Ego richtete sich noch etwas anderes auf, was Nelli nicht übersehen konnte.

»Warum willst du dann gehen? Es ist Sonntagmorgen um ...«, er sah hinauf zur Uhr, die neben der Garderobe an der Wand hing, »... kurz nach sechs. Musst du in irgendeine Frühschicht?«

»Nein.«

»Bist du verheiratet?«

Sie schmunzelte. »Nein.«

Er zog eine Augenbraue hoch. »Dann komm zurück in mein Bett!«

Seine Logik war entwaffnend. Sie hatten guten Sex gehabt, und es war viel zu zeitig am Morgen für irgendwelche Vorhaben oder Termine, daher sprach für ihn automatisch nichts dagegen, dass sie blieb.

Nelli dachte daran, wie ihre Sonntage abliefen, seit Laura ausgezogen war. Meist plante sie, etwas Schönes zu unternehmen, verbrachte dann aber schließlich doch den ganzen Tag allein zu Hause, sah fern und erledigte den Haushalt. Nicht selten brachte sie sich Unterlagen vom Büro mit, über denen sie stundenlang am Küchentisch brütete. Vermutlich würde dieser Tag genauso verlaufen, bis Laura am Nachmittag zum Torteessen vorbeikam. Denn vorher wartete daheim trotz Geburtstag nichts Außergewöhnliches auf Nelli. Warum sollte sie jetzt, da sie erstmals seit neunzehn Jahren auf niemanden mehr Rücksicht nehmen musste, nicht einfach ihre Freiheit genießen?

Also ließ sie Lucas Pizza-T-Shirt sinken und blieb.

Nelli schlief bis weit in den Vormittag hinein. Als sie aufwachte, fühlte sie sich wesentlich besser.

»Ist Luca die Abkürzung von Lucas?«, fragte sie, als er ihr Kaffee ans Bett brachte. Während sie etwas befangen versuchte, sich mit der Decke zu verhüllen, war er noch immer wie selbstverständlich nackt und legte sich neben sie, ohne Anstalten zu machen, auch nur einen Zentimeter seines Körpers zu bedecken.

»Nein. Es ist die italienische Form davon. Meine Großmutter war aus Piacenza. Und was ist mit ›Nelli‹?« Er stützte den Kopf auf den angewinkelten Arm und nippte an seiner Tasse. Auf seinem Bauch zeichnete sich ein deutliches Sixpack ab, das sie erfolglos zu ignorieren versuchte.

»Kornelia.«

»Cool. Hört man nicht so oft.«

Na ja, in meiner Klasse gab es sogar noch ein zweites

Mädchen mit diesem Namen. Und eines im Turnverein. Aber jetzt ist er wohl hoffnungslos voriges Jahrhundert.

Sie schwiegen, und Nelli sah sich erneut im Schlafzimmer um. Der Einrichtungsstil gefiel ihr ausgesprochen gut. Die Farbkombination zeugte von einem sicheren Geschmack, und die Möbel stammten ganz eindeutig nicht aus einem gängigen Einrichtungshaus. Am erstaunlichsten fand sie, dass es sich bei einigen der Dekorationsgegenstände um Antiquitäten handelte. An der Wand hing eine alte Uhr, auf der Kommode stand eine Art-déco-Vase und auf dem Nachttisch eine Schale aus geschliffenem Glas.

»Ich hatte gestern etwas zu viel Alkohol«, gab sie zu. »Deshalb bin ich mir jetzt nicht mehr so sicher, ob es zur Sprache kam: Was machst du noch mal beruflich?«

Er trank einen weiteren Schluck Kaffee. »Ich studiere Physik.«

»Und sonst …?«

»Wie ›und sonst‹? Reicht das nicht? Was machst du?«

»Ich bin Juristin bei der Stadtverwaltung«, erwiderte sie und warf erneut einen nachdenklichen Blick auf die Vase.

»Oh, das klingt … spannend.«

»Lügner«, erwiderte sie und lachte.

Luca stellte seine Tasse auf das Bord über dem Bett. »Doch, doch. Das ist sogar ganz außergewöhnlich aufregend.« Er ließ eine Hand unter die Decke gleiten, legte sie an ihre Taille und zog sie näher, während er ihr mit der anderen die Tasse abnahm und ebenfalls auf das Bord stellte. »Die Vorstellung, wie du all diese

Paragrafen zitierst und über Gesetzestexte sprichst, macht mich ziemlich an«, behauptete er frech grinsend und küsste sie auf die Schulter.

»Also, die meiste Zeit erledige ich stille, konzentrierte Büroarbeit. Stapelweise Akten«, erwiderte sie erheitert. »Verträge prüfen oder aufsetzen …«

»Rede weiter. Hör ja nicht auf! Hast du auch diese dicken, schweren Gesetzesbücher auf deinem Schreibtisch liegen?« Er keuchte leise und rollte sich auf sie.

»Ja genau.« Sie lachte. »Und darin blättere ich dann und markiere Stellen mit Post-its.« Sein Gewicht, das sie auf die Matratze drückte, versetzte sie in Erregung, genau wie sein Bart, der die Haut an ihrer Kehle berührte.

»Gelbe Post-its?«, fragte er nach und ließ seinen Mund weiterwandern.

»Meistens. Manchmal auch grüne.«

»O mein Gott«, stöhnte er, als hätte sie ihm soeben ihr schmutzigstes Geheimnis verraten, und strich mit den Fingern über ihre Flanke. Sie lachte wieder, dann schnappte sie nach Luft, als seine Hand tiefer glitt.

»Was willst du zum Frühstück?«, fragte Luca, als sie frisch geduscht und in ein Handtuch gehüllt aus dem Bad kam. Er lag noch im Bett, auf das nun die Sonne durchs Fenster schien. »Es ist nicht so viel da, aber ich kann dir Eier anbieten. Oder Fruit Loops. Leider ohne Milch. Die habe ich gestern ausgetrunken.«

Nelli dachte an die Leckereien in ihrem eigenen Kühlschrank. Anlässlich ihres Geburtstags hatte sie feine

Antipasti, eine Auswahl an exquisitem Käse und knuspriges Brot nach Hause getragen, um sich selbst zu verwöhnen. Kurz überlegte sie, ob sie Luca mit zu sich nehmen sollte. Die Vorstellung gefiel ihr allerdings nicht. Irgendwie hatte sie das Gefühl, sich dort jetzt am liebsten allein zurückziehen zu wollen. Die Stunden mit ihm waren aufregend und sexuell äußerst befriedigend gewesen, aber nun wollte sie durchatmen und sich das Geschehene ein wenig durch den Kopf gehen lassen.

Ein feiner Brunch und intellektuelle Aufarbeitung der vergangenen Nacht – das ist exakt, wonach mir der Sinn steht.

»Luca ...«, begann sie.

»Ach ja, und Tiefkühlpommes dürften auch noch da sein«, ergänzte er eifrig. »So richtig Frühstückszeit ist ja sowieso nicht mehr.«

»Das ist sehr nett von dir, aber ich denke, ich werde jetzt aufbrechen ... und das hat nichts mit deinen Qualitäten als Liebhaber zu tun!«, schickte sie schnell hinterher.

Er setzte sich auf und klopfte mit der flachen Hand auf die Matratze neben sich. »Sondern? Womit hat es dann zu tun?«

Nelli folgte seiner Aufforderung und ließ sich noch einmal aufs Bett sinken.

Luca fuhr sich nachdenklich mit den Fingern durch den Bart, was ein knisterndes Geräusch erzeugte. »Für dich war das nur ein One-Night-Stand«, stellte er fest.

Sie hatte bisher gar keine Zeit gehabt, ihrer Begegnung einen Namen zu gegeben, und auch die Möglichkeit, sich noch einmal mit ihm zu treffen, war ihr bislang nicht in den Sinn gekommen.

»Ich bin dir zu jung, stimmt's?«, schob er nach.

Jetzt musste sie schmunzeln. Die Tatsache, dass er davon ausging, seine Jugend wäre der Haken und nicht ihr Alter, war rührend. Sie strich ihm mit der Hand durch die dunklen Haare.

Echt entwaffnend, wie glaubhaft er rüberbringt, dass er angeblich nicht darüber nachdenkt, wie viele Jahre zwischen uns liegen.

»Hast du eine Vorstellung davon, wie alt ich bin?«, fragte sie vorsichtig.

»Du bist Lauras Mutter. Also: ja.« Er zuckte mit den Schultern.

»Ich bin seit heute vierzig.«

»Na, dann noch einmal: Happy Birthday«, sagte er unbeeindruckt, rutschte näher an sie heran und zog an ihrem Handtuch.

»Und wie alt bist du?«, hakte sie nach.

»Vierundzwanzig. Aber wen interessiert das?«

Nelli riss die Augen auf. »Vierundzwanzig?«, rief sie entsetzt, stieß ihn von sich und sprang auf. »Vierundzwanzig, Luca? Ich dachte, du wärst Ende zwanzig. Mit ein bisschen Glück sogar um die dreißig. Das ist dieser verfluchte Bart! Der lässt dich viel älter wirken!« Wie ein aufgescheuchtes Huhn lief sie im Schlafzimmer auf und ab. »Und diese Sachen hier! So wohnt doch kein Vierundzwanzigjähriger!« Sie deutete auf den Wandteppich neben der Tür, und plötzlich schien klar, dass seine Eltern diese Wohnung für ihn eingerichtet hatten.

Na klasse. Vierundzwanzig, und wahrscheinlich kommt Mama regelmäßig zum Putzen vorbei.

Sein Blick folgte träge ihrem Zeigefinger. Dann zuckte er mit den Schultern, als verstünde er nicht, worüber sie sich aufregte.

»Luca, ich bin vierzig! Hörst du? Vierzig!« Sie hastete in den Flur hinaus. »Wo ist mein verdammtes ...?«

»Würdest du dich bitte beruhigen und zurückkommen, damit wir darüber reden können?«, ertönte seine Stimme aus dem Schlafzimmer.

»Ich bin sechsundzwanzig Jahre älter«, rechnete sie aus und hob ihr Kleid vom Fußboden auf.

Nun erschien er in der Tür. »Sechzehn sind es nur. Kann es sein, dass du ziemlich schlecht in Mathe bist?«

Bei meinem Abi war er noch ein Kleinkind, und während ich Lauras Windeln gewechselt habe, war er im Kindergarten!

»Ich könnte deine Mutter sein«, stellte sie fest und stieg in ihr Kleid.

»Na und?«, brummte er unbeeindruckt. »Alter sagt doch überhaupt nichts aus. Wir sind beide erwachsen. Punkt.«

Zum Glück wenigstens das!

Plötzlich fühlte sie sich nur noch erschöpft und durcheinander. Dass sie auf einen so jungen Mann derart abgefahren war, passte ihr absolut nicht.

Das lag bloß an dem Gerede der Mädchen über heiße Typen. So etwas lässt einen total den Blick aufs Wesentliche verlieren.

Blöder Mist!

Sie atmete tief durch, trat vor Luca und legte eine Hand an seine Wange. »Ich weiß nicht, was du dir vorstellst. Aber was immer es auch ist – es wird nicht funktionieren. Heute Nacht war wunderbar. Danke dafür. Doch es endet hier, weil sich alles, was jetzt vielleicht noch folgt, schrecklich anfühlen wird. Es wäre einfach nur lächerlich.«

»Ich finde das schon ein bisschen kränkend, ehrlich gesagt«, erwiderte er hörbar eingeschnappt. »Woher willst du wissen, dass es mit mir nicht weiterhin wunderbar wird?«

»Vierzig Jahre Lebenserfahrung. Hat nichts mit dir zu tun«, gab sie zurück und holte ihre Handtasche, die bei ihrem Sturz halb unter die Kommode gerutscht war, hervor.

»Wie oft hattest du schon etwas mit jüngeren Männern?«

»Noch nie! Glaubst du, ich bin so eine, die aus Prinzip Jagd auf Frischfleisch macht?« Sie lachte auf. Dann zog sie ihr Handy heraus und checkte die Nachrichten. Unzählige Leute hatten angerufen oder einen Glückwunsch geschickt. Ihr Ex-Mann zum Beispiel hatte geschrieben: *»Alles Gute, altes Haus! Willkommen im 40er-Club.«* Irritiert wischte sie die SMS weg.

Luca seufzte. »Warum fixierst du dich dermaßen auf diese Sache mit dem Altersunterschied? Spielt das echt so eine große Rolle für dich? Fakt ist nun mal, dass ich total auf dich stehe. Du bist schön, du bist klug, und du machst mich scharf wie keine andere. Und deshalb will ich mehr Zeit mit dir verbringen.«

Sie lächelte geschmeichelt. Vermutlich waren das die besten Dinge, die man einer Frau an ihrem vierzigsten Geburtstag sagen konnte. Luca war wirklich schrecklich süß. Also trat sie noch einmal vor ihn und drückte ihm einen Kuss auf die Lippen. »Glaub mir«, sagte sie leise. »Es würde nicht lang dauern, bis du dich fragst, wieso um alles in der Welt diese alte, langweilige Schachtel neben dir im Bett liegt.« Sie wollte lustig klingen, merkte aber sofort, dass sie das nicht tat.

»Rede nicht so!«, knurrte er. »Warum müssen Leute in deinem Alter immer nur an das denken, was sein könnte? Würde, hätte, täte! *Mio dio!*«

Sie machte ein paar Schritte Richtung Wohnungstür. »Danke für die schönen Stunden, Luca.«

In seine Augen trat ein enttäuschter Ausdruck. »Du wirst dich nicht mehr bei mir melden, auch wenn ich dir meine Nummer gebe, stimmt's?«, stellte er fest.

»Das Mädchen, das du als Nächstes kennenlernst, kann sich sehr glücklich schätzen«, sagte sie und verließ die Wohnung.

4

Als ihre beste Freundin Doris an diesem Abend zum Gratulieren vorbeikam, hatte Nelli gerade den gesamten Inhalt ihres Schrankes ausgeräumt, die Regalböden abgewischt und alle Kleidungsstücke zur Durchsicht und Anprobe ausgebreitet. Das Zimmer sah aus wie nach einer mittleren Textilexplosion.

Doris sah sich kopfschüttelnd um und meinte: »Interessante Art, Geburtstag zu feiern.«

»Ich dachte, es ist an der Zeit, einmal ordentlich auszumisten und das neue Lebensjahrzehnt befreit von Altlasten zu beginnen«, erklärte Nelli. »Stell dir vor, ich habe noch jede Menge Sachen aus der Ära vor Laura.« Sie deutete auf einen Haufen mit Klamotten. Das Jeanskleid vom Vorabend lag obenauf.

»Aha?«

»Und sieh mal hier: Stiefel aus den Neunzigern. Frag mich nicht, warum ich die so lange aufgehoben habe und zweimal damit umgezogen bin. Irgendwie hänge ich daran, weil ich sie damals im Dänemarkurlaub nach dem ersten Unijahr gekauft habe, aber mal ehrlich – was soll das? Die entsprechen ja jetzt gar nicht mehr meinem Geschmack.« Nelli warf die Stiefel in eine alte Reisetasche.

Doris lehnte sich gegen den Türrahmen. »Ich habe gekühlten Prosecco mitgebracht. Setzen wir uns auf den Balkon und stoßen an?«

Nelli begann, die aussortierten Teile nach und nach zu den Stiefeln zu stopfen. »Das ist lieb. Aber ich habe seit zwei Stunden schreckliches Sodbrennen. Keine Ahnung, warum schon wieder. Ich sollte echt mal zum Arzt gehen!«

»Vermutlich hast du irgendein Essen nicht vertragen. Die Torte?«, überlegte Doris. »Gehen wir trotzdem auf den Balkon?«

»Ich bin gleich fertig. Diese dauernden Magenbeschwerden finde ich beunruhigend. Vielleicht habe ich etwas an der Bauchspeicheldrüse? Oder an der Leber?« Nelli richtete sich auf und drückte mit der Hand in ihren Oberbauch. »Ehrlich, das macht mir Angst. Meine Nachbarin war fünfundvierzig, als sie Krebs bekam. In unserem Alter darf man jegliche Art von Beschwerden nicht mehr auf die leichte Schulter nehmen.«

Doris stieg über diverse am Boden liegende Kleidungsstücke und ließ sich dann auf der Bettkante nieder, nachdem sie eine Bluse zur Seite geschoben hatte. »Was ist los, Nelli?«, fragte sie.

»Sodbrennen. Sagte ich ja schon. Ist vermutlich nichts Schlimmes, sollte aber abgeklärt werden.«

»Das meine ich nicht. Du wirfst Erinnerungsstücke weg und sprichst dabei von Krebs, statt deinen Geburtstag zu feiern. Steckst du in irgendeiner akuten Krise?«

Nelli zog den Reißverschluss der Reisetasche zu und schnaubte verächtlich. »Quatsch! Ich habe doch keine

Krise. Ich bin die Ausgeglichenheit und Zufriedenheit in Person.«

»Erzähl mir mehr davon!«

Nelli nahm einen Stapel Pullover vom Boden und räumte ihn zurück in den Schrank. »Ich habe einen tollen Job, in dem ich mich so weit hochgearbeitet habe, wie es überhaupt möglich ist. Finanziell bin ich bestens aufgestellt, da bleiben keinerlei Wünsche offen. Ich besitze diese Eigentumswohnung, habe also mein eigenes Reich nur für mich allein. Meinem Kind geht es gut. Laura ist inzwischen erwachsen, und ich bin endlich nicht mehr rund um die Uhr für sie verantwortlich. Ich bin sozusagen frei.« Während sie das alles aufgezählt hatte, waren andere Kleidungsstücke zurück in die Regale gewandert.

»Wow. Läuft bei dir«, kommentierte Doris.

»Ja. Und ich habe eine Freundin, die mich immer mittwochs, freitags und an Geburtstagen sogar auch mal sonntags besucht.«

»Du bist ein Glückspilz.«

»Sag ich doch.«

»Gut.«

»Eben.« Nelli ließ sich neben Doris aufs Bett fallen. Dass sie sich auf ein Seidenkleid setzte und es dabei vermutlich völlig zerknitterte, beachtete sie nicht weiter.

Schweigend betrachteten sie das Chaos im Zimmer.

»Es ist alles prima, so wie es ist«, zog Nelli nach einiger Zeit Bilanz.

»Und trotzdem krampft es dir den Magen zusammen und drückt dir die Säure hoch.«

Nelli nickte und seufzte. »Ich kann die nächsten Jahre und Jahrzehnte einfach nicht sehen, verstehst du? Weißt du noch, früher? Da hatten wir dauernd irgendwelche Pläne und Ziele: den Schulabschluss, das Unizeugnis, einen tollen Job und einen Mann fürs Leben finden, unsere Kinder gesund zur Welt bringen und sie zu großartigen Erdenbürgern erziehen. Es gab stets etwas, auf das ich hinarbeiten konnte. Aber was passiert nun? Geht es für immer so weiter, wie es jetzt ist?«

Doris legte den Arm um Nellis Schultern.

»Du musst mich für wahnsinnig halten«, ergänzte Nelli und lachte freudlos. »Deine Jungs sind neun und sechs. Und euer Haus ist noch lange nicht abbezahlt. Du fragst dich bestimmt, was mit mir nicht stimmt, weil ich mich darüber beschwere, frei und unabhängig zu sein.«

»Das frage ich mich ganz sicher nicht!«, stellte Doris richtig. »Ich bin selber vor einem halben Jahr vierzig geworden und weiß, dass man da echt heftig ins Grübeln kommt. Das ist völlig normal, glaube ich. Jeder hat halt ein anderes Thema.«

»Was ist deines?«

Doris hob ein T-Shirt vom Boden auf und legte es zusammen. »Ich bezweifle, dass ich jemals wieder Sex haben werde. Nein, lach nicht! Dauernd ist eines der Kinder entweder ewig wach oder schläft bei uns im Bett, und wenn mal nicht, sind Paul und ich todmüde. Ich fürchte, sobald die Kleinen aus dem Gröbsten raus sind, bin ich in der Menopause und habe kein Interesse mehr.«

Nelli erinnerte sich nur zu gut, wie das damals zwischen ihr und Andreas gelaufen war. Laura hatte lange bei ihnen geschlafen, nur war Nelli das ganz recht gewesen, weil sich die Gefühle für ihren Mann mehr und mehr abgekühlt hatten.

»Was, wenn ich die Jungs mal nehme und ihr übers Wochenende wegfahrt?«, schlug sie ihrer Freundin vor. »Das wären dann zwei Fliegen mit einer Klappe.«

»Wieso zwei?«

»Na, du hättest mal wieder Sex und ich ein Ziel: dir zu mehr Sex verhelfen.«

Sie lachten.

»Was im Grunde das wichtigste Lebensziel von allen ist«, räumte Doris ein.

»Ja, total erfüllend und sinnstiftend.«

»Absolut.«

Auch wenn das Gespräch mit Doris ihr ein wenig geholfen hatte, ihre Gefühle beim Namen zu nennen, war Nelli dadurch kein Lösungskonzept in den Schoß gefallen. Unzufriedenheit nagte an ihr, und jedes Mal wenn sie dieser Empfindung auf den Grund ging, konnte sie nur den Kopf über sich schütteln, weil sie nicht dankbarer für das gute Leben war, das sie führen durfte. Sie wusste genau, dass andere für ihre Sicherheit und Freiheit alles geben würden. Warum musste sie also ständig nach Veränderungsmöglichkeiten suchen?

Um ihren Gedanken, die sich rastlos im Kreis drehten, nicht zu viel Raum zu geben, schob sie die Woche nach ihrem Geburtstag zahllose Überstunden und erledigte sogar Arbeiten, die auf ihrer To-do-Liste ganz unten standen. Meetings, die erst in einigen Tagen angesetzt waren, bereitete sie akribisch vor, und ihr Schreibtisch war so perfekt aufgeräumt wie schon lange nicht mehr. Selbst abends saß sie zu Hause am Computer und ackerte sich durch sämtliche Newsletter der für sie relevanten Ministerien und des Europaparlaments.

Sich in ihren Job zu vertiefen, hatte ihr bisher im Leben immer geholfen. So würde es auch jetzt sein. Sie war gut in ihrem Beruf und würde noch besser werden. Dass sie dabei zunehmend Sodbrennen plagte, versuchte sie zunächst zu ignorieren. Als sie dann aber eine ganze Nacht mit Schmerzen wach lag und sich durch alle möglichen Krankheiten googelte, vereinbarte sie für die Woche darauf einen Termin bei ihrer Hausärztin. Zumindest wollte sie sich nicht sorgen müssen.

Freitagmittag schließlich saß Nelli in ihrem Büro und verfasste ein Gesprächsprotokoll, als der Personalreferent den Kopf zur Tür hereinsteckte. Nelli seufzte innerlich auf. Dieser unsympathische, neiderfüllte Mensch hatte ihr gerade noch gefehlt.

»Frau Fein, haben Sie einen Augenblick für mich?«, fragte er, dann trat er ein, ohne eine Antwort abzuwarten, und schloss die Tür hinter sich.

»Setzen Sie sich doch, Herr Talgg. Was kann ich für Sie tun?« Nelli blieb höflich wie immer.

Ächzend ließ sich der korpulente Mann auf dem Stuhl vor dem Schreibtisch nieder. Dann wischte er sich mit dem Handrücken den Schweiß von der Oberlippe, bevor er sagte: »Kleine Quizfrage, Frau Fein: Was denken Sie, wie viele Überstunden Sie schon angehäuft haben?«

Kleine Quizfrage, Herr Talgg: Was denken Sie, wie viel schlechtes Karma Sie schon angehäuft haben?

»Ich weiß nicht so genau. Mag sein, dass ein bisschen was zusammengekommen ist«, antwortete sie und schenkte ihm ein Glas Wasser aus ihrer Karaffe ein.

»Ein bisschen was – Sie sind ja witzig. Zweiundfünfzig! Allein im letzten Monat!« Er sah sie mit hochgezogenen Augenbrauen fragend an. »Was soll denn das? Ich meine, wir wissen alle, wie das mit alleinstehenden Frauen in Ihrem Alter so ist. Da ist das Büro schon mal das Zuhause. Aber zweiundfünfzig, Frau Fein?«

Sie hatte Talgg noch nie gemocht. Auf den Weihnachtsfeiern achtete sie stets darauf, nicht in seiner Nähe sitzen zu müssen. Und das lag nicht allein an seinen strengen Ausdünstungen.

»Nun, es war viel zu tun.«

»Viel zu tun? Wir sind hier eine Stadtverwaltung und keine Notaufnahme. Es geht nicht um Menschenleben.«

»So, wie Sie das sagen, klingt es amüsant. Sie haben Humor.« Wann immer sie mit ihm zu tun hatte, flüchtete sie sich insgeheim in Ironie, um seine Gegenwart besser zu ertragen.

»Ja, das höre ich durchaus öfter.«

Sie sahen einander ohne den geringsten Funken von Wohlwollen an.

Nelli wusste, dass er sich gern als ihr direkter Vorgesetzter sah, aber das entsprach zum Glück nicht ganz den Tatsachen. Er hatte sie betreffend im Grunde keine Weisungsbefugnis.

»Ich werde in den nächsten Wochen darauf achten, pünktlicher Schluss zu machen«, log sie. »Wenn Sie mich jetzt wieder entschuldigen? Ich würde das gern fertig machen.« Sie deutete auf den Computer.

»Das ist ein löblicher Vorsatz. Doch das reicht mir nicht. Ich will, dass Sie diesen Berg Überstunden abbauen, und zwar ab sofort! Ich werde keine Ruhe geben, bis Sie nicht auf unter zehn sind – so wahr ich hier vor Ihnen sitze!«

Meine Güte, ist dieser Kerl theatralisch! Redet er in dieser Art auch mit seiner Frau?

»Ich habe verstanden. Sonst noch etwas?«, erwiderte sie und spürte, wie sich ihr Magen erneut schmerzhaft zusammenzog.

»Tun Sie mir und sich selbst einen Gefallen und gehen Sie jetzt ins Wochenende. Ich denke, Sie überschätzen Ihre Unabkömmlichkeit. Vielleicht sollten Sie bewusster Prioritäten setzen.« Er sah sie durchdringend an. Sein Blick enthielt eine gehörige Portion Geringschätzung.

Einmal mehr war Nelli froh, nicht häufiger mit ihm zu tun zu haben. Sie wusste, dass er Menschen mit höherem Einkommen nicht mochte und versuchte, sie auf alle erdenklichen Arten abzuwerten.

Nelli tat nun das Einzige, was ihr in solchen Situationen half: Sie stellte sich Talgg nackt vor – klein, fett und behaart, wie er war. Das half ihr immer, sich nicht über ihn zu ärgern, denn damit bekam er etwas so Armseliges, dass sie sich sofort entspannte. Sie spürte sogar ein Lachen in sich aufsteigen.

»Geht in Ordnung, Herr Talgg«, sagte sie zuckersüß.

Er trank von dem Wasser, das sie ihm hingestellt hatte, wischte sich mit dem Handrücken über die Oberlippe und seufzte, als würde die gesamte Verantwortung für das Universum auf seinen Schultern lasten. »Verstehen Sie mich, Frau Fein, ich habe dem Ganzen lange zugeschaut, ohne etwas zu sagen, denn wir wissen ja alle über Ihre privaten Umstände Bescheid, aber jetzt wird es wirklich langsam Zeit, dass ich Ihnen ins Gewissen rede.«

Nellis Augenbrauen schoben sich nach oben. »Was meinen Sie damit?«

»Sie sind seit fünf Jahren geschieden und einsam. Da ist es ja nur verständlich, dass Sie hier im Büro versuchen, das zu kompensieren, was Ihnen zu Hause fehlt.«

Der schwabbelige, ungelenke Talgg in ihrer Vorstellung löste sich in Luft auf. Zurück blieb der verschwitzte Personalreferent auf der anderen Seite ihres Schreibtisches, den sie am liebsten hochkant hinausgeworfen hätte. »Meine Situation ist weder so, wie Sie sie beschreiben, noch Ihre Angelegenheit«, antwortete sie ruhig, obwohl sie große Lust hatte, ihn anzublaffen. »Ich habe Ihre Aufforderung, kürzerzutreten, zur Kenntnis genommen. Eine Fortsetzung des Gesprächs erübrigt sich also.« Sie stand auf, um ihm zu signalisieren, dass er verschwinden solle.

Um sich ebenfalls zu erheben, musste er Schwung holen. Der Stuhl knarzte besorgniserregend, als er sich hochstemmte. »Wenn Sie nicht gerade einen auf kratzbürstig machen, sind Sie doch eine attraktive Frau ... Es gibt überhaupt keinen Grund, sich hier im Büro zu verschanzen«, fügte er hinzu, während er zur Tür ging. »Gehen Sie raus und genießen Sie den Frühsommerregen! Fahren Sie zwei Tage ins Spa! Oder wagen Sie mal einen Blick auf Tinder.«

Um ihn jetzt nicht doch anzuschnauzen, strengte sich Nelli an, das Bild von Talgg im rosa Tutu heraufzubeschwören. Das waren die ganz schweren Geschütze für äußerste Notfälle, aber er war es einfach nicht wert, dass sie sich seinetwegen aufregte.

»Ich würde mir ja gern noch mehr Vorschläge anhören, aber ich muss meine Zeit im Büro einschränken und bin deshalb schon im Wochenende«, erwiderte sie und fuhr ihren Computer herunter.

So vernünftig es sein mochte, sich von Typen wie Talgg nicht aus dem Konzept bringen zu lassen, so befreiend wäre es vermutlich gewesen, ihn anzuschreien, denn von dem Gespräch mit ihm blieben jede Menge bohrende Gedanken zurück. Lag in seinen unverschämten, grenzüberschreitenden Vorschlägen eventuell doch ein Fünkchen Wahrheit? Hatte er recht, wenn er darauf anspielte, dass Nelli sich intensiver um eine Neuausrichtung ihres Privatlebens kümmern sollte?

Eigentlich traf sie sich freitagabends immer mit Doris, aber diesmal hatte sie der Freundin abgesagt.

Okay, wenn wir uns nächste Woche sehen? Mein Magen bringt mich um, hatte sie Doris geschrieben, weil sie sich alles andere als wohlfühlte.

Es ist KEIN Krebs! ❤, war als Antwort gekommen.

Und so saß Nelli nun allein auf ihrem Balkon, trank die Kräuterteemischung, die sie sich aus der Apotheke geholt hatte, und starrte in den Regen hinaus. Neben ihr lag ein Block, auf dem sie vorhin Ideen für dieses Wochenende festgehalten hatte, um sich selber zu beweisen, welche Vielzahl an Optionen ihr offenstanden. *Ausgemistete Kleider wegbringen, Urlaubsziele googeln, schwimmen oder joggen gehen, Kochbuch für magenschonende Kost kaufen*, hatte sie notiert. Auf nichts davon verspürte sie gesteigerte Lust.

Sie fragte sich, ob sie Laura und ihren Freund zu einem Ausflug einladen sollte. Wenn sich das Wetter besserte, konnten sie vielleicht Samstag oder Sonntag eine Radtour machen. Das wäre bestimmt nett. Aber hatte sie nicht beschlossen, den beiden mehr Freiraum zu lassen? Seit ihre Tochter vor ein paar Monaten ausgezogen war, hatte sie diese viel zu wenig losgelassen. Und das war sicher nicht gut für Laura. Sie musste mit neunzehn ihr eigenes Leben führen.

Mit einem schneidenden Gefühl der Leere kehrte Nelli ins Wohnzimmer zurück. Vermutlich war es doch keine gute Idee gewesen, Doris abzusagen. Ihrem Magen ging es deshalb nicht besser, und ihrem Gemütszustand schadete es sogar eher, hier allein herumzuhängen. Also beschloss sie, die Freundin anzurufen und die Absage rückgängig zu machen.

Gerade als sie nach dem Handy griff, läutete es an der Tür.

Ha! Typisch Doris! Taucht einfach trotzdem auf.

Erfreut, Gesellschaft zu bekommen, riss sie die Tür auf und erstarrte vor Verblüffung, als sie sah, dass jemand völlig anderes im Flur stand.

Ein vom Regen durchtränkter Luca schaute sie mit seinen hellbraunen Augen etwas unsicher an. »Hi«, sagte er. Seine in die Stirn hängenden Haare und der Bart tropften, sein T-Shirt klebte nass am Körper.

Lucas Anblick löste in Nelli völlig unerwartet Freude aus. Einmal mehr war sie davon überwältigt, wie atemberaubend er aussah, und starrte ihn in einer Mischung aus Überraschung und Ehrfurcht an. Ihr Herzschlag beschleunigte sich.

»Mit dir habe ich nicht gerechnet«, murmelte sie und dachte dabei an ihre eigene, etwas nachlässige Aufmachung in Jogginghose und ausgeleiertem Top.

Er schien ihren Kommentar falsch zu verstehen, denn er antwortete schuldbewusst und leicht zerknirscht: »Ich weiß, tut mir leid. Vielleicht hätte ich besser vorher anrufen sollen. Ich störe dich sicher bei irgendetwas.«

»Woher weißt du, wo ich wohne?«, fragte sie.

»Ich habe dich auf Facebook gefunden. Und auf der Telefonbuch-Site deine Adresse.« Er strich sich die triefenden Haare zurück. Zu seinen Füßen hatte sich ein kleiner See gebildet.

»Okay«, kommentierte Nelli nur, denn sie war sich noch nicht recht darüber im Klaren, wie sie reagieren sollte. Sie hatte in den vergangenen Tagen Hunderte Male an ihn gedacht und verspürte pure Euphorie, weil er vor ihrer Tür aufgetaucht war, doch eigentlich hatte sie ja beschlossen, dass sich ihre Begegnung nicht wiederholen sollte.

»Mir ist klar, dass das jetzt alles total stalkermäßig rüberkommt. Aber keine Angst, wenn du möchtest, gehe ich sofort wieder. Ich musste nur ständig an dich denken, und da habe ich mir überlegt …« Er unterbrach sich, sah sie einen Augenblick an, dann wandte er sich halb ab und machte zwei zögerliche Schritte Richtung Treppe. »Tut mir echt leid! Das war eine schlechte Idee.«

Er war ganz offensichtlich extrem nervös und unsicher, und dass sie der Grund dafür war, schmeichelte Nelli ungemein.

»Warum kommst du nicht rein und trocknest dich erst mal ab?«, schlug sie vor und lächelte ihn aufmunternd an. »Hier schwimmt ja schon alles.«

»Tut mir leid«, wiederholte er. »Der Weg von der U-Bahn hierher war weiter als geschätzt.«

Sie hielt ihm die Tür auf.

Er zog sich die Schuhe aus und trat ein.

»Nun … da drin findest du Handtücher.« Sie deutete auf die Badezimmertür. »Möchtest du etwas trinken?«

»Ja, gern. Ich nehme, was du nimmst.«

Nelli schaute ihm nach, wie er im Bad verschwand. Durch die offene Tür konnte sie sehen, wie er sich das T-Shirt auszog. Rasch wandte sie sich ab, denn der Anblick rief allzu deutliche Erinnerungen an die gemeinsame Nacht in ihr wach.

»Komm in die Küche, wenn du fertig bist«, rief sie über die Schulter und setzte sich in Bewegung.

Mist, ich sehe aus wie eine Pennerin. Warum habe ich ausgerechnet diese scheußliche Jogginghose angezogen?

Schnell kämmte sie sich mit den Fingern durch die Haare, schob ihre Brüste im BH zurecht und zog den Ausschnitt ihres Tops nach unten. Ihr Herz pochte, als sie den restlichen Magentee in die Spüle goss und zwei Flaschen Bionade aus dem Kühlschrank holte. Aufgewühlt überlegte sie, was sie jetzt tun sollte. Sie wusste, dass es das Vernünftigste wäre, Luca umgehend nach Hause zu schicken. Denn warum hinauszögern, was unabdingbar war? Doch gegen das Hochgefühl, das sein unerwarteter Besuch in ihr auslöste, kam die Ratio nur schwer an.

Man kann ja wohl ganz zivilisiert eine Limo zusammen trinken.

Sie hörte hinter sich ein Räuspern und drehte sich abrupt um. Er hatte sich ein Handtuch um den Nacken gelegt, dessen Enden er mit den Händen umfasste.

Sie hielt ihm eine der Flaschen hin und versuchte, nicht allzu auffällig auf seinen nackten Oberkörper zu starren.

Er nahm ihr die Bionade ab. »Nette Küche«, meinte er.

Nelli lehnte sich gegen die Arbeitsplatte und trank einen Schluck, dann entstand ein längerer Zeitraum des Schweigens. Sie konnte seine Unsicherheit spüren. Immer wieder begegnete sie seinem Blick. In seinen Augen lag schlecht verborgene Sehnsucht. Ihre innere Verkrampfung löste sich, und sie fühlte sich plötzlich viel leichter als zuvor. Konnte es sein, dass ausgerechnet Lucas Gegenwart ihr beim Entspannen half?

Man kann ja wohl ganz zivilisiert ein wenig Zeit zusammen verbringen.

»Laura in Paris?«, fragte er nach einer Weile und deutete auf eines der Fotos auf dem Küchentisch. Nelli hatte früher an diesem Nachmittag in einer Kiste mit Erinnerungen an ihre Studentenzeit gewühlt – in der Hoffnung, dadurch die Unbeschwertheit von damals heraufbeschwören zu können. Oder zumindest herauszufinden, wie sie diese reaktivieren konnte.

»Nein, das bin ich«, antwortete sie.

Er nahm den Abzug und begutachtete ihn näher. »Hübsch«, kommentierte er und legte das Bild zurück. »Aber nicht so hübsch wie jetzt.« Lächelnd trat er näher.

Dass dieser blutjunge, attraktive Mann sie für so begehrenswert hielt, dass er sie offensichtlich all den tollen Mädchen, die er zweifellos haben konnte, vorzog, berauschte Nelli. Er veränderte damit den Blick, den sie selbst auf sich hatte. Durch seine Augen sah sie plötzlich nur noch eine Frau in den besten Jahren mit unbegrenzten Möglichkeiten in dieser Küche stehen.

Und genau jene Frau stellte nun hastig ihre Limonade auf der Arbeitsplatte ab und flog dann förmlich auf Luca zu. Gierig packte sie ihn am Handtuch und zog seinen Kopf zu sich herunter. Er reagierte sofort und küsste sie hungrig. Als könne er keinerlei Distanz mehr zwischen ihnen ertragen, drückte er sie an sich, wobei er gleichzeitig sein Getränk loswerden wollte.

Dabei verfehlte er die Anrichte, und die Flasche zerbarst mit einem lauten Klirren auf dem Fußboden. Limonade spritzte Nelli auf die nackten Füße, aber das war ihr egal. Für sie gab es nichts anderes mehr als diesen Kuss und das, was darauf folgen würde.

Man kann ja wohl ganz zivilisiert ein wenig Sex miteinander haben.

5

Nelli brauchte ein wenig, um sich selbst einzugestehen, dass sie süchtig nach dem Gefühl war, das Luca in ihr auslöste. Die Mischung aus unbeschwerter Leichtigkeit und genüsslichem Prickeln wirkte so berauschend, dass sie alles um sich herum vergaß.

Nur noch ein Treffen, und dann ist Schluss!, sagte sie sich immer wieder, wenn ihr bewusst wurde, wie wenig ein sechzehn Jahre jüngerer Student zu ihr und ihren Lebensumständen passte. Kaum war sie jedoch allein, machte sich Rastlosigkeit in ihr breit, sie geriet schrecklich ins Grübeln über die Zukunft, und ihre Magenprobleme kehrten zurück. Deshalb fuhr sie dann doch nach dem Büro regelmäßig direkt zu Luca, um dort beinahe ihre gesamte Freizeit zu verbringen. Ihr war schon klar, dass sie sich mit ihm von ihrer Situation bloß ablenkte, aber das ständige Gedankenkarussell schien ja ohnedies nicht viel zu bringen. Also ließ sie sich einfach fallen und landete direkt in seinen Armen. Die Bedenken ob ihres Altersunterschiedes zurückzudrängen, fiel nicht allzu schwer – bei ihm zu Hause waren sie unter sich und mussten sich nicht der Öffentlichkeit aussetzen, die auf sie als Paar in irgendeiner Form reagierte.

Neben all dem Genuss und der körperlichen Erfüllung,

die ihr diese gemeinsamen Stunden bereiteten, strengten sie Nelli aber auch gehörig an. Dass Luca sehr viel mehr Energie hatte, lag nicht zuletzt daran, dass er morgens lange schlief und keinen erschöpfenden Bürotag hinter sich hatte, wenn sie sich trafen. So war es nicht verwunderlich, dass Nelli spätabends schläfrig wurde, während er noch hellwach und voller Tatkraft war.

Aus diesem Grund dämmerte Nelli auch weg, während Luca ihr wenige Wochen nach ihrem Kennenlernen von verschiedenen Urlauben erzählte. Sie lagen eng umschlungen auf dem Sofa, sie hatte den Kopf auf seine Brust gelegt, und seine tiefe, gleichmäßige Stimme lullte sie bald ein.

Sie kam erst wieder zu sich, als er vor Begeisterung lauter wurde. »Na, auf jeden Fall ist das immer sehr schön da. Pures Landleben. Ein richtiges Zurück-zum-Ursprung. Ideal zum Abschalten.«

»M-hm«, stieß sie abwesend hervor.

»Siehst du das Foto an der Wand über der Kommode? Das ist das Haus.«

Benommen sah sie in besagte Richtung. »Ganz entzückend.«

»Und da hab ich mich gefragt, ob du vielleicht mitkommen möchtest. Es würde mir echt gefallen, mit dir dort zu sein!«

Etwas verwirrt blickte sie blinzelnd zu dem Bild hinüber, das viel zu weit weg hing, als dass sie etwas hätte erkennen können.

Da sie ihm eine Antwort schuldig blieb, legte er ihr zwei Finger ans Kinn und drehte ihren Kopf vorsichtig zu sich hin. »Was sagst du dazu, Nelli?« Er sah sie erwartungsvoll an. In seinen Augen lag der ansteckende jugendliche Enthusiasmus, den sie so sehr an ihm mochte.

»Ähm – worum geht's? Mitkommen? Wohin noch mal?«

»Nach Italien, in das Dorf, von dem ich dir schon die ganze Zeit erzähle. Hörst du mir überhaupt zu?«

»Doch, doch! Ich bin nur etwas müde ... Sicher können wir mal da hinfahren. Welches Dorf ist das noch gleich?«

»Tabbio.« Er lachte. »Pennt einfach weg! Was hast du alles nicht mitgekriegt? Dass es in der Region Piacenza und total abgeschieden, weit weg von Touristen-Trampelpfaden liegt?«

Und auf so etwas stehen die jungen Leute? Was ist aus den guten alten Badeorten geworden? Jesolo? Bibione? Rimini?

Offensichtlich hatten sich die Urlaubsvorlieben seit ihrer eigenen Jugend geändert. Heute traf man sich also in der Natur statt am Partystrand. Was ja eigentlich nicht verwunderte, denn die neue Generation aß jetzt ja auch Tofu, rauchte Biohanf und legte Wert auf politisch korrekte Marken. Warum sollte Luca folglich nicht auch einen Hang zu Kontemplativ-Urlauben haben?

»Den Rest hast du mitbekommen?«, wollte er wissen.

Sie nickte einfach, obwohl sie keine Ahnung hatte, wie lange sie weggedöst war. »An wann hast du denn gedacht?«, fragte sie, um ihm zu signalisieren, dass sie sich sehr wohl dafür interessierte, was er ihr erzählte.

»Habe ich doch gerade gesagt: nächste Woche.«

»Nächste Woche?« Ehrlich verblüfft setzte sie sich auf. Sie hatte geglaubt, es ginge hier um ein rein theoretisches Urlaubsziel. Um etwas, das man vielleicht irgendwann einmal zusammen unternehmen konnte.

»Ja. Ich habe dort ein Zimmer mit Doppelbett. Du brauchst nur Ja zu sagen und dich um nichts weiter zu kümmern.«

Irritiert starrte sie ihn an. »Luca, anders als du studiere ich nicht mehr. Ich habe einen Beruf. Soll ich morgen einfach ins Büro spazieren und verkünden, dass ich von jetzt auf gleich ein paar Tage Urlaub nehme?« Sie lachte auf, doch der Ton blieb ihr im Halse stecken, als ihr Talgg und seine Aufforderung zum Kürzertreten einfielen.

Der Idiot wäre vermutlich begeistert von Lucas Idee.

»Nein, nicht ein paar Tage«, erwiderte Luca. »Zwei Wochen. Denn ich will dort keine Stunde ohne dich auskommen müssen.« Er zog sie wieder an sich und drückte ihr einen Kuss auf die Lippen. »Natur, Stille, köstliches Essen und jede Menge Sex. Du kannst gar nicht Nein sagen.«

»Wenn das nur so leicht wäre.« Nelli seufzte. Obwohl sie ahnte, dass man im Büro einem spontanen Urlaubsantrag nicht nur stattgeben, sondern ihn regelrecht begrüßen würde, fand sie den Vorschlag, ohne jede Planung zu verreisen, absurd. Sie führte das Leben einer Erwachsenen und konnte sich nicht mit null Vorlaufzeit für vierzehn Tage davonstehlen.

»Du siehst wieder alles viel zu kompliziert«, stellte

Luca unbeeindruckt fest. »Entspann dich endlich mal!« Er küsste sie erneut, aber diesmal langsam, verführerisch und mit dem offensichtlichen Ziel, ihre Zurechnungsfähigkeit zu trüben.

Als ihre Atemstöße deutlich schneller kamen, murmelte er: »Spürst du es jetzt? Ohneeinander geht es gar nicht.«

In Lucas Universum war die Antwort auf alle Fragen Sex. Das war komplett normal für einen Mann Mitte zwanzig, aber für Nelli kam es einer Offenbarung gleich. Oft rätselte sie in jenen Tagen verwundert, wieso sie nicht früher realisiert hatte, dass sich so viel auf dieser Ebene klären ließ. Denn wenn man nur an Sex interessiert war, blieb einem keine Zeit, Dinge zu verkomplizieren. Man dachte erstaunlich wenig und versank in einer Welt der Sinne, in der alles ganz simpel nach dem Motto »gefällt mir/gefällt mir nicht« funktionierte.

Im Licht dieser neuen Erkenntnisse erschien ihr eine spontane Reise mit Luca gar nicht mehr so abwegig. Sie hatte wirklich Lust darauf, mit ihm zu verreisen. Und dabei war es ihr ziemlich egal, wohin es ging. Wenn er meinte, er müsse in dieses Dorf namens Tabbio am Arsch der Welt, würden sie eben dorthin fahren. Eine kleine Auszeit von ihrem Alltagstrott bot dieses Ziel allemal, und vielleicht war es genau das, was sie brauchte, um wieder ein wenig ausgeglichener zu werden und ihre gesundheitlichen Probleme in den Griff zu bekommen. Ihre Hausärztin hatte eine Gastritis diagnostiziert, ihr Säureblocker verschrieben und wollte sie zur Magenspiegelung schicken, sollten die Beschwerden nicht binnen weniger Wochen deutlich geringer werden. Und war ländliche Italienidylle mit einem Mann, der ihr guttat, nicht genau das Richtige, um sich zu erholen? Das klang doch nach einer wirksamen Medizin – und zwar ganz ohne Nebenwirkungen.

Was sie dann aber endgültig dazu brachte, Luca zuzusagen, war das Foto in seinem Wohnzimmer, das sie schließlich näher betrachtete. Es zeigte ein altes Steinhaus mit grünen Fensterläden und sonnengebleichten Dachziegeln. In dem Stückchen Garten, das zu sehen war, wuchsen Lavendel, ein prächtig blühender Oleander und ein knorriger Olivenbaum. Unzählige Terrakottatöpfe mit leuchtend roten Geranien säumten den Terrassenrand und das schmiedeeiserne Geländer auf der Freilufttreppe. Nelli gefiel die südländische Stimmung, die das Bild wiedergab, unglaublich gut. Beim genaueren Hinsehen entdeckte sie noch andere Details wie die hölzerne Sitzgruppe mit den geschwungenen Beinen und geschnitzten Rückenlehnen vor dem Gebäude, die ein auffallend schönes und ungewöhnliches Design hatte. Alle Fenster waren weit geöffnet, und aus einer Tür im Erdgeschoss wehte ein leichter weißer Vorhang. Auf der untersten Stufe der Treppe stand ein Korb mit Tomaten.

»Das ist also das Haus?«, fragte sie Luca.

»Genau. Es ist wunderbar. Ich habe immer eine fantastische Zeit dort. Du wirst es lieben«, erklärte er undeutlich, weil er sich eben eine Handvoll Gummibären in den Mund geschoben hatte. »Das Anwesen ist hundertfünfzig Jahre alt und hat ursprünglich einem Tomaten-Baron gehört.«

Nelli fand, dass dieses Bild aussah wie eine Fotografie aus einem Image-Prospekt, mit dem eine Ferienregion Werbung machte. Bis hin zu den Rissen im Mauerwerk sah alles so unwirklich idyllisch aus, dass in Nelli leises Misstrauen aufkeimte. Vielleicht entpuppte sich diese malerische Unterkunft als die reinste Bruchbude, die hier nur in günstigem Licht oder nach einer Photoshop-Bearbeitung erstrahlte? Oder waren die Übernachtungen hier unbezahlbar teuer? Wie um alles in der Welt konnte sich Luca Aufenthalte in diesem beeindruckenden Ferienhaus leisten? Eine gediegene Villa in einem abgeschiedenen Dorf? Es passte einfach nicht zu dem, was sie aus ihrer eigenen Studentenzeit kannte. Das alles erschien ihr schon ein wenig seltsam.

Wenn ich jetzt noch mehr Fragen stelle, wirke ich nur wieder total verspannt.

Und so trat Nelli auch in den kommenden Tagen wiederholt vor das Bild, betrachtete es und horchte in sich hinein. Ihre Sehnsucht nach einem Ort fernab ihres Alltags und des quälenden Grübelns wurde schließlich derart groß, dass sie tatsächlich Urlaub beantragte. Denn sie hoffte inständig, in der traumhaften Atmosphäre dieses Hauses abschalten zu können.

»Bitte, was?«

Nelli musterte ihre Freundin ungläubig. »Das ist also deine Erwiderung auf meine Eröffnung, dass ich mit meinem göttlichen Liebhaber in einen fantastischen

Urlaub fahre?« Ihr war schon klar gewesen, dass Doris ihre Begeisterung vielleicht nicht genauso überschwänglich teilen würde, aber mehr als zwei argwöhnisch ausgespuckte Wörter hatte sie dennoch erwartet.

Sie standen gerade im Kino für Popcorn an, weil sie sich den Director's Cut des Filmklassikers *Léon – Der Profi* ansehen wollten.

Doris wedelte mit den Tickets in der Luft herum, als gelte es, lästige Fliegen zu verscheuchen. »Jetzt mal ganz langsam. Du hast dir für spontane Ferien mit deinem italienischen Zuchthengst zwei Wochen freigenommen?«

Nelli verdrehte die Augen, musste aber schmunzeln. »Wozu du, meine liebe Freundin, die du nur mein Bestes willst, mir natürlich gratulierst.«

»Zu dem mehr als überfälligen Urlaub gratuliere ich dir tatsächlich uneingeschränkt. Zu deinem Italo-Lover von mir aus auch, wenn er dich im Augenblick glücklich macht. Obwohl mir das Detail nicht entgehen kann, dass wir gleich einen Film sehen werden, der älter ist als er. Und …«, sie zeigte auf die große Glasvitrine, »… mich beschleicht der Verdacht, dieses Popcorn ebenfalls.«

Nelli lachte.

Die Warteschlange setzte sich in Bewegung, und sie rückten ein Stück auf.

»Wer bezahlt?«, wollte Doris mit gerunzelter Stirn wissen.

»Das alte Popcorn? Ich lade dich ein.«

»Nein, den Urlaub natürlich.«

»Keine Ahnung«, gab Nelli zu. Darüber hatte sie mit

Luca nicht gesprochen. »Für organisatorische Details bin ich doch viel zu jung, spontan und unkompliziert«, erwiderte sie mit Ironie in der Stimme. Sie wusste, wann es losging, wohin sie ungefähr fuhren und dass sie dort unter der mediterranen Sonne in seinen muskulösen Armen alles hinter sich lassen würde. Allein der Gedanke, dass Luca offensichtlich nicht genug von ihr bekommen konnte, ließ sie euphorisch werden.

Auf uns warten zwei wunderbare Wochen!

»Ich nehme einmal an, du zahlst für euch beide?«, schloss Doris aus Nellis vager Antwort.

»Wie gesagt: Ich weiß es nicht. Aber da er den Aufenthalt wohl schon länger plant, als wir zusammen sind, wird er das Finanzielle bestimmt seit geraumer Zeit geregelt haben.«

Doris' Augen verengten sich zu Schlitzen, als sie Nelli unterbrach: »Ich will hier echt nicht in die Rolle der Spielverderberin schlüpfen, aber kann es nicht sein, dass – drücken wir es elegant aus – eine gewisse monetäre Berechnung hinter seinem Wunsch steht, von dir begleitet zu werden?«

Nelli schluckte und schwieg schockiert. Sie ärgerte sich über Doris, weil diese so tat, als wäre es völlig außerhalb des Vorstellbaren, dass Luca ganz ohne Hintergedanken Zeit mit ihr verbringen wollte.

Dass Luca tatsächlich bereits das eine oder andere Mal hatte durchblicken lassen, nicht sonderlich gut bei Kasse zu sein, fand sie eigentlich nicht der Rede wert. Er studierte noch, also war das doch völlig normal. Musste das gleich heißen, dass er hinter ihrem Geld her war? Immerhin schien er, wie seine Wohnung bewies, ja nicht gerade aus einer armen Familie zu stammen.

Sie waren an der Reihe und bestellten Popcorn. Der pickelige junge Mann, der sie bediente, schaufelte gerade ihren XL-Eimer voll, als Doris ihn fragte: »Wie alt sind Sie?«

»Einundzwanzig«, antwortete er verdattert.

Doris stützte sich auf den Tresen und lehnte sich ein wenig zu ihm hinüber. »Unter uns: Wie viele Urlaube haben Sie in Ihrem Leben schon selbst bezahlt?«

Er wurde rot. Eine Ladung Popcorn verfehlte ihr Ziel. Das meiste davon fiel in die Vitrine zurück, der Rest kullerte zu Boden. »Keinen«, gab er zögerlich zu und schielte Hilfe suchend zu seiner Kollegin, die gerade Cola zapfte. Es war offensichtlich, dass er Doris für eine verrückte Kundin hielt, die gleich Ärger machen würde.

Nelli stieß verächtlich die Luft aus, als die Freundin sie triumphierend ansah.

»I-ich f-fahre immer nach Fehmarn«, stotterte der Popcorn-Junge verlegen und händigte ihnen die Bestellung aus.

Nelli bezahlte wortlos und wandte sich ab.

Warum tut sie das? Ist sie nicht in der Lage, sich mit mir zu freuen? Muss sie ununterbrochen mit erhobenem Zeigefinger darauf hinweisen, was vielleicht zwischen Luca und mir zum Problem werden könnte?

Es kostete Nelli schon genug Kraft, alle Bedenken außen vor zu lassen und es einfach mal unbeschwert zu genießen. Auf Doris' Kommentare konnte sie gut und gerne verzichten.

Diese war ihr gefolgt und legte beschwichtigend die Hand auf Nellis Schulter. »Schmoll nicht! Ich meine es bestimmt nicht böse. Ich will nur nicht, dass du ausgenutzt oder verletzt wirst, das ist alles.«

Nelli blieb stehen. »Es ist nicht so, wie du denkst: Er fährt wohl regelmäßig zu diesem Haus, und nun hat er mich eben gefragt, ob ich mitkommen möchte, damit wir nicht so lange getrennt sind. Er will mich wirklich, verstehst du?« Dies auszusprechen, jagte einen Schauer über ihren Rücken.

»Okay, klingt doch gut.« Doris baggerte sich eine Handvoll Popcorn aus dem Eimer. Als Nelli schon dachte, die Freundin würde die Sache auf sich beruhen lassen, hakte diese nach: »Was will er dort eigentlich immer? Ich meine, ist das nicht komisch: ein junger Mann in einem abgeschiedenen Haus?«

»Du klingst wie meine Mutter, als ich damals mit achtzehn eine Interrailtour machen wollte«, stellte Nelli fest. »Die hatte auch tausend Fragen. Ich weiß es nicht, Doris! Er hat mir alles genau erzählt, aber ich habe geschlafen!« Nach einer kleinen Pause gab sie zu: »Gut, ich hätte nachfragen sollen. Aber ich wollte mich nicht anhören wie ein vierzigjähriger Kontrollfreak. Ist doch egal! Es ist wunderschön da«, versuchte sie, Lucas lässige Sorglosigkeit zu imitieren.

Es mag ja sein, dass die gesamte Aktion ein wenig unüberlegt daherkommt. Doch was macht das schon? Genau das brauche ich jetzt. Ich war lange genug vernünftig und gediegen.

Doris nickte und wies auf den Kinosaal, wo gerade

der Einlass begann. »Hast du Laura von Luca erzählt?«

»Sie weiß, wohin ich ungefähr fahre und dass mich ein jüngerer Mann begleitet. Da sie einen Freund von Luca kennt, wollte ich vorerst nicht konkreter werden. Dafür ist es viel zu früh. Dass es einen Altersunterschied gibt, fand sie übrigens nicht schlimm.«

Doris zeigte ihre Tickets dem Kinomitarbeiter. »Immerhin ist das Ganze ein Tapetenwechsel. Und dein Italiener scheint dich ja im Augenblick gut vom Grübeln abzuhalten. Das macht er schon nicht schlecht.«

»Viertelitaliener übrigens«, stellte Nelli richtig.

Sie betraten den Kinosaal und suchten ihre Plätze.

»Na ja, vielleicht ist das mit dem südländischen Blutanteil so wie bei der Homöopathie: je stärker die Verdünnung, desto kräftiger die Wirkung.«

Nelli lachte. »Gut möglich.«

»Was gefällt dir am besten an ihm?« Offensichtlich war Doris mit dem Ins-Gewissen-Reden jetzt fertig und wechselte zu leichtgängigem Frauentratsch über.

Beinahe hätte Nelli spontan »Sein Körper!« geantwortet, aber als so oberflächlich wollte sie sich nicht einmal ihrer Freundin gegenüber outen. Dass sie wahnsinnig darauf abfuhr, wie sehr er sie begehrte, gab sie ebenfalls nicht zu. Also sagte sie: »Wir führen gute Gespräche.«

Doris kicherte los und ließ sich auf ihren Platz fallen. »Du meinst bestimmt die schönen Unterhaltungen unter der Bettdecke.«

Nelli grinste.

6

Das Abteil im Nachtreisezug Richtung Venedig war außer von Luca und Nelli noch von zwei Frauen an die sechzig belegt, die sich selbst als »umtriebige Reiselustige« bezeichneten und die obere Adria anvisierten.

Nelli spürte die Blicke der beiden und meinte zu erraten, dass sie sich fragten, in welchem Verhältnis Luca und sie zueinander standen.

Überlegen sie, ob er mein Sohn sein könnte?

Luca hievte das Gepäck von ihnen allen auf die Ablagen. Dabei rutschte sein T-Shirt etwas hoch, und Nelli sah oberhalb des Hosenbundes ein wenig Haut mit dunklem Haarflaum. Eilig wandte sie sich ab.

»Willst du unten oder oben liegen?«, wollte Luca von Nelli mit einem anzüglichen Grinsen wissen.

Ihr Blick zuckte zu den Frauen, worüber sie sich umgehend ärgerte. Schließlich war es völlig egal, was die zwei eventuell über sie dachten.

Warum bin ich nur so nervös?

Sie war es einfach nicht gewohnt, sich zusammen mit Luca in der Öffentlichkeit zu bewegen. Das war neu, und sie musste erst damit vertraut werden.

»Oben«, erwiderte Nelli nüchtern und wollte schon die Leiter hinaufklettern, doch da zog Luca sie an der

Gesäßtasche ihres Jeansrocks zurück. »Kommst du noch einen Augenblick mit mir hinaus?«

»Okay«, murmelte sie und verbot sich, erneut die Mienen der Mitreisenden zu studieren.

Luca nahm sie an der Hand, führte sie aus dem Abteil und den Gang entlang bis zum Ende des Waggons.

»Was ist los? Wohin gehen wir?«, fragte sie.

Er öffnete die Tür zum Waschraum und hielt sie für Nelli auf. »Da rein!«

»Das ist nicht dein Ernst.«

Er deutete mit dem Kinn in die enge Kabine.

Sie schlüpfte unter seinem Arm hindurch.

Er folgte ihr, machte die Tür zu und schloss ab.

»Gemütlich hier«, kommentierte Nelli sarkastisch, denn sobald der schrankbreite Luca eingetreten war, musste sie sich an den Waschtisch quetschen. Einander nicht zu berühren, blieb in diesem kleinen Raum und beim Rütteln des fahrenden Zuges unmöglich.

Mit Verlangen in den Augen drückte Luca sich noch enger an sie.

Jedes Mal wenn er Nelli so ansah, wurde sie von einer Woge der Erregung durchflutet, und es gab nichts, was sie dagegen tun konnte. Es war, als würde er einen Schalter in ihr umlegen: Sie hörte auf zu denken und wurde von ihren körperlichen Empfindungen an einen Ort jenseits der Realität befördert.

Sie schlang die Arme um seinen Nacken, zog seinen Kopf zu sich herunter und küsste ihn wie von Sinnen. Er schmeckte nach dem Vanille-Milchshake, den er am Bahnhof getrunken hatte.

Während sie ihm mit den Fingern die Haare zerwühlte, glitten seine Hände unter ihr T-Shirt und hinterließen glühende Spuren auf ihrer Haut.

»Du machst mich so dermaßen scharf!«, hörte sie ihn keuchen. Seine Stimme klang durch das Rauschen des Blutes in ihren Ohren seltsam fern.

Mit hastigen Bewegungen öffnete Luca zuerst seine Jeans, dann schob er ihren Rock hoch.

Als Nelli und Luca ins Abteil zurückkamen, hatten sich die zwei »umtriebigen Reiselustigen« bereits auf ihre Liegen zurückgezogen. Sie hatten das Licht gedimmt, die eine nestelte an ihrer Handtasche herum, die andere hielt sich im blassen Schein der Leselampe ein Buch vor die Nase.

Noch leicht benebelt kletterte Nelli die Leiter zu ihrer Schlafstatt hinauf, wo sie ihren Jeansrock gegen eine bequeme Yogahose tauschte und ihren BH unterm T-Shirt hervorzog. Anschließend beugte sie sich über den Rand der Liege, um zu Luca hinunterzuspähen. Er lag vollständig bekleidet mit angezogenen Beinen auf der Seite. Für die kurze, schmale Pritsche war er mit seinen knappen eins neunzig viel zu groß. Es sah schrecklich unbequem aus. Gerade holte er sein iPad mitsamt Kopfhörern aus dem Rucksack, den er sich zusätzlich zum Kissen unter den Kopf stopfte.

Er schien Nellis Blick zu spüren, denn er sah nach oben und lächelte sie an. »Gute Nacht«, sagte er.

Die beiden Mitreisenden fühlten sich offenbar angesprochen, da sie unisono »Gute Nacht!« erwiderten.

»Schnarchen Sie, junger Mann?«, wollte die Leserin wissen.

Tut er nicht.

»Glaube nicht«, gab er zur Antwort.

»Hast du nicht Ohrstöpsel dabei, Renate?«

»Ja, in meiner Handtasche. Aber dann hören wir nicht, wenn so ein italienischer Mafia-Kerl hereinkommt und uns beklauen will«, gab ihre Freundin zu bedenken.

»Ich passe auf«, behauptete Luca.

Nelli musste schmunzeln, denn sie wusste, wie tief er meist schlief. Von Aufpassen konnte da keine Rede sein.

Renate wühlte weiter in ihrer Tasche.

»Haben Sie abgeschlossen?«, erkundigte sich die andere misstrauisch.

»Klar.« Luca tippte und wischte auf seinem iPad herum.

Renate versorgte sich und ihre Freundin mit Ohropax, woraufhin eine kurze Diskussion zwischen den beiden aufkam, wie diese am besten einzusetzen seien.

Nelli wollte einen belustigten Blick mit Luca wechseln, er sah aber nicht mehr zu ihr hoch, sondern war auf das Tablet fokussiert. Bald kehrte Ruhe ein, und Nelli versuchte, es sich auf ihrer Liege bequem zu machen.

Wahnsinn, wann habe ich das letzte Mal etwas so außerhalb meiner Komfortzone gemacht wie das hier?

Nelli schlief genau eine Stunde lang.

Eine der beiden Frauen lag mit offenem Mund auf dem Rücken und schnarchte fürchterlich.

Luca sah sich auf seinem iPad einen Film an. Im fahlen Licht des Bildschirms wirkten seine Züge noch kantiger, und seine Augen glänzten im diffusen Schein.

Nelli beobachtete ihn eine Zeit lang, anschließend ließ sie ihren Arm hinunterbaumeln, um seine Aufmerksamkeit zu wecken.

Luca blickte hoch und entfernte einen Ohrstöpsel. »Kannst du nicht schlafen?«

»Bin gerade wieder aufgewacht«, antwortete sie gähnend und deutete auf die sägende Renate.

Lucas Zähne blitzten auf, als er lachte. »Da traut sich kein Mafioso auch nur in die Nähe.«

»Was siehst du dir an?«

»*Thor – Tag der Entscheidung*. Versuch zu pennen, Nelli! Wir haben noch so viele Reisestunden vor uns.« Er stöpselte den Ohrhörer wieder ein und wandte sich dem iPad zu.

Ein Superheldenfilm.

Plötzlich war sie hellwach. Doris' Söhne standen auf Actionfiguren und Lego von Thor, Hulk, Spiderman und wie sie alle hießen. Nelli selbst hatte die dazugehörigen Filme nie gesehen. Als Mutter einer Tochter kannte sie eher Vampirgeschichten und Tanzfilme. Laura war verrückt danach gewesen.

Und mit den Gedanken an ihr Kind kam auch wieder das Bewusstsein um den Altersunterschied zwischen ihr und Luca zurück: Sie fuhr mit einem Mann in den Urlaub, der vermutlich mehr gemeinsame Interessen mit Doris' Söhnen hatte als mit ihr. Was, wenn sie beide in Italien nichts miteinander anzufangen wussten? Würde irgendetwas zwischen ihnen übrig bleiben, sobald die körperliche Anziehung abflaute? Und das musste früher oder später passieren, so viel war klar. Bei ihm wahrscheinlich schneller als bei ihr. Sie war nicht so naiv zu glauben, er würde sich ewig nach ihr verzehren. Wie verliefe der Urlaub, wenn der Reiz, mit einer wesentlich älteren Frau zu schlafen, schon in Italien verflog? Dann säße sie dort fest und müsste ihre vorzeitige Abreise organisieren, statt sich zu erholen.

Nellis Herz hatte begonnen, unruhig zu klopfen. Nervös setzte sie sich auf und stieß sich dabei prompt den Kopf an der niedrigen Decke an. Stöhnend warf sie sich auf den Bauch.

Himmel, ist das hier unbequem!

»Luca«, zischte sie und wedelte erneut mit ihrer hinunterhängenden Hand hin und her.

Er nahm wieder einen Ohrstöpsel heraus und wandte sich ihr zu.

»Das war doch keine so gute Idee mit dem Zug, oder?«

Nicht ihr Auto zu nehmen, war Doris' Idee gewesen, die der Meinung gewesen war, Luca solle schön brav sein Zugticket bezahlen und Nelli nicht als Chauffeuse missbrauchen.

»Was meinst du? Ist doch super hier«, kommentierte er mit einem amüsierten Seitenblick auf die schlafenden Frauen.

»Haha. Ganz im Ernst, wie war das? In Venedig und Bologna steigen wir um?«

Luca schaltete seinen Film auf Pause. »Ja. Und ab

Piacenza nehmen wir den Bus. Da haben wir aber ein wenig Aufenthalt und können *Tagliatelle al limone* bei Ottavio essen.«

»Wirst du schlafen können? Ist schon ein bisschen eng hier.«

»Mach dir keine Gedanken, ich kann überall schlafen.«

In der Hoffnung, wieder müde zu werden, kramte Nelli ihr Handy heraus und checkte die Nachrichten.

Tatsächlich war eine von Doris eingegangen:

Mir ist noch eingefallen, dass ich dich als treusorgende Freundin und als deine personifizierte Stimme der Vernunft fragen sollte, ob du »aufpasst«. Ich meine, ich würde mich über eine/n kleine/n Achtelitaliener/in 👶 *freuen, aber ich denke, du hast mit Laura und Luca schon genug Kinder in deinem Leben* 😂
Haha. Ich weiß: nicht lustig! 🙈
Komm gut im Traumurlaub und danach wieder in der Normalität an.
❤️

Nelli verdrehte die Augen und antwortete:

Ich muss dringend deine Bengel hüten, damit du und Paul endlich wieder Sex habt. Dann brauchst du nicht mehr ständig über meinen nachzudenken!
😀
Noch ungefähr 1875 Stunden in diversen Zügen

und Bussen, und schon bin ich da. Werde mich aus dem Paradies melden, falls ich zwischen dem vielen Sex mal Zeit dazu habe.
😛😗
Hab dich lieb, treusorgende Freundin.

7

»Das ist Tabbio. Für mich der schönste Ort der Welt«, sagte Luca, als sie ausgestiegen waren und der Bus davonfuhr. Mit einer ausladenden Geste deutete er auf die gesamte Umgebung.

Die Nachmittagssonne blendete Nelli so sehr, dass sie trotz Strohhut auf dem Kopf auch noch ihre Sonnenbrille hervorkramte.

»Dort hinten geht es zur alten Steinbrücke, da zur Kirche, und rund um den Ort liegen die Tomatenfelder. Das Haus befindet sich in dieser Richtung. Nur ein paar Minuten Autofahrt.«

»Okay«, erwiderte Nelli einsilbiger als beabsichtigt, aber ihr Hirn war vor Erschöpfung wie leer gefegt. Ganz im Gegensatz zu Luca hatte sie die ganze Fahrt über kaum ein Auge zugetan. Sie wollte nur duschen und dann endlich ein wenig ausruhen. Morgen konnte sie der Schönheit der Region sicher die Aufmerksamkeit schenken, die sie verdiente. Jetzt fühlten sich jede Bewegung und jeder Gedanke so an, als müsste sie gegen zähen Hefeteig ankämpfen.

»Ich weiß, hier an der Bushaltestelle sieht es ein bisschen nach ungepflegtem Hinterhof aus, aber ich verspreche dir, hiermit hast du bereits die unattraktivste

Stelle von Tabbio kennengelernt.« Luca strahlte so viel Begeisterung aus, dass es sie rührte.

»Ich mag es jetzt schon.« Das war weder die Wahrheit noch gelogen, denn Nelli empfand einfach gar nichts.

Luca reckte den Hals und blickte sich um. »Wo bleibt sie denn?«, murmelte er. Und als er sein Handy aus der Hosentasche fischte, nuschelte er etwas von »unpünktlich« und »typisch«.

Ähm. Wer? Eine Taxifahrerin?

Im nächsten Augenblick kam ein Auto um die Ecke geschossen und hielt mit quietschenden Bremsen auf der anderen Straßenseite an.

Nelli schreckte zusammen.

Die Tür flog auf, und heraus schnellte eine junge Frau.

»Luci-Luci-Luciiiiiii!«, krähte sie und stürmte zu ihnen herüber. Sie trug ein weites, strahlend gelbes Kleid, das hinter ihr herflatterte wie der Schweif einer Sternschnuppe. Als sie Luca erreichte, sprang sie an ihm hoch und schlang ihre Arme um seinen Hals. Gleichzeitig umfing er sie, sodass sie bei der herzlichen Umarmung auf seinen Hüften saß. Sie drückte Küsschen auf seine Wangen.

Unwillkürlich zogen sich Nellis Augenbrauen nach oben.

»Igitt, was ist das nur für ein grässliches Gestrüpp in deinem Gesicht?«, fragte die Person in Gelb naserümpfend und strich über seinen durchaus gepflegten Bart. »Ist ja total eklig.«

»Hallo, Tina, wie habe ich dich vermisst«, antwortete er mit Ironie in der Stimme und setzte sie behutsam ab.

Okay …?

Verdattert musterte Nelli Lucas Bekannte: Sie war klein, zierlich und wahnsinnig hübsch.

»Ist dein Rasierer kaputt?«, ließ diese nicht locker.

»Nelli, das ist meine viel zu freche Schwester Cristina«, stellte Luca vor. »Tina, das ist Nelli.«

Aha.

Im Zeitlupentempo formierte sich ein Gedanke nach dem anderen in ihrem Kopf.

Seine Schwester ist hier … Das ist ja mal eine Überraschung: Er hat eine Schwester in Lauras Alter, und sie ist auch hier! Nein, eigentlich ist es gar keine Überraschung, dass er eine Schwester in Lauras Alter hat. Nur dass sie hier ist … in unserem Urlaub mit »Natur, Stille, köstlichem Essen und jeder Menge Sex«.

Offensichtlich missinterpretierte Tina Nellis verblüfften Blick, denn sie erklärte: »Die meisten wundern sich darüber, dass wir Geschwister sind, weil Luci mutantenhaft groß und überall geschwollen ist.« Sie klatschte mit der Rückseite ihrer Hand gegen seinen rechten Brustmuskel, der sich wie alle anderen Konturen deutlich unter dem T-Shirt abzeichnete. »Vermutlich war er im Unilabor zu viel Radioaktivität ausgesetzt.« Grinsend strich sie ihren dunkelbraunen Pagenkopf zurück, der sofort wieder nach vorne fiel und ihr entzückendes Gesicht umrahmte. Sie hatte strahlend blaue Augen, die ununterbrochen schelmisch blitzten, so auch als sie

Nelli die Hand zur Begrüßung hinstreckte und sagte: »Willkommen in Tabbio! Luci hat mir schon eine Menge von Ihnen erzählt.«

Hat er? Umgekehrt kein Sterbenswörtchen.

Irritiert sah Nelli zu Luca. Langsam besiegte ihre Verwunderung die Erschöpfung, und sie kam etwas zu sich.

Seine Schwester ist hier, und er hat es nicht für nötig befunden, mir das mitzuteilen!

»Können wir jetzt endlich los? Ich brauche eine Dusche«, brummte Luca und nahm die zwei Reisetaschen. »Ich fahre.«

Tina hastete hinter ihm her zum Auto.

Träge setzte sich Nelli ebenfalls in Bewegung. In ihrer Magengegend machte sich ein seltsames Gefühl breit – oder vielmehr eine Mischung gleich mehrerer Gefühle: Schreck. Ärger. Überforderung.

»Wissen Sie, kaum ist er da, lässt er den großen Bruder raushängen. Zweiundzwanzig Jahre Tyrannei. Das muss man erst einmal aushalten! Ist er zu Ihnen auch so? ›Tu dies!‹, ›Tu jenes!‹, ›Mach das nicht!‹«

»Halt die Klappe«, sagte Luca unbeeindruckt und verstaute das Gepäck im Kofferraum. Seine Stimme klang durchaus liebevoll. »Und gib mir die Schlüssel«, forderte er und hielt die Hand auf.

»Sehen Sie? So geht das die ganze Zeit, seit ich auf der Welt bin!« Tina verdrehte theatralisch die Augen.

Nelli räusperte sich und rang sich ein Lächeln ab. Das hier ging alles viel zu schnell, als dass sie irgendetwas Sinnvolles zur Unterhaltung hätte beisteuern können. Am liebsten hätte sie Luca ordentlich die Meinung gegeigt, weil er sie in diese völlig unerwartete, wenig angenehme Situation gebracht hatte, aber was konnte die junge Frau dafür?

»Wollen wir uns nicht duzen?«, bot sie deshalb an, um etwas Verbindliches zu sagen.

Während der kurzen Autofahrt, die sie aus dem Dorf hinaus und zwischen Feldern hindurch eine Schotterstraße entlangführte, versuchte Nelli, sich zu entspannen. Sie musste erst einmal verdauen, dass seine Schwester hier war. Vielleicht würde das ja gar keinen allzu großen Einfluss auf den gemeinsamen Urlaub nehmen. Lucas Großmutter stammte aus der Gegend, also besuchte sie eventuell Verwandte. Im Augenblick erschien sie Nelli mit ihrer überschwänglichen, jugendlichen Art jedoch wie ein überdeutlicher Fingerzeig auf den Altersunterschied, der zwischen ihnen lag.

Jetzt komm erst mal an und leb dich in Ruhe ein. Dass die zwei Wochen ungewöhnlich werden, ist doch sonnenklar!

Tina lehnte sich von der Rückbank aus nach vorne zwischen die Sitze und begann, über einen gewissen Tristan herzuziehen. Wie sehr dieser sie nervte, war eindeutig.

Luca quittierte ihren Redeschwall mit einem knappen »Was willst du von mir hören, Tina?«, dann erreichten sie auch schon das Steinhaus, das Nelli von dem Foto in Lucas Wohnung kannte.

Sofort fiel ihr auf, dass auf dem Bild nur ein kleiner

Teil des Grundstücks zu sehen gewesen war: Rund um die *casa*, wie Luca das Gebäude nannte, gab es eine riesige Rasenfläche, etliche Olivenbäume mit Liegestühlen darunter und ein Wäldchen, das auf der einen Seite eine Begrenzung schuf. Auf der anderen sah sie hinter einem Mäuerchen Tomatenfelder, so weit das Auge reichte. Vor dem Anwesen standen zwei Autos auf dem geschotterten Vorplatz, neben denen Luca nun parkte.

Kaum hatte er den Motor abgestellt, hüpfte Tina bereits aus dem Wagen und verschwand im Haus.

Nellis Puls beschleunigte sich, weil sie Luca nun endlich zur Rede stellen konnte. »Was ist hier los?«

Er lächelte entschuldigend: »Sie ist ein Wirbelwind.«

»Ja, aber warum ist sie hier?«

Er runzelte die Stirn. »Warum sollte sie nicht hier sein?«

»Du hast sie mit keiner Silbe erwähnt!«

»Habe ich nicht? Gibt's doch gar nicht.«

»Nein. Glaub mir, das hätte ich garantiert nicht vergessen.«

»Schon möglich. Tut mir leid. Also: Meine kleine Schwester Cristina und ihr wirklich extrem bescheuerter Freund Tristan sind auch hier.« Er öffnete die Autotür und stieg aus.

Okay, ich brauche eine Strategie, und zwar schnell. Sofort wieder heimfahren? Auf keinen Fall! Nach dieser Tortur muss ich mich zumindest eine Nacht lang ausruhen. Es als Abenteuer sehen und abwarten, was passiert? Klingt zwar nicht hundertprozentig nach mir, aber immerhin nach einer Möglichkeit.

Luca begann neben dem Auto mit ein paar Dehnübungen.

Nelli stieg ebenfalls aus, straffte die Schultern und machte ein paar Schritte auf das bezaubernde Haus zu. In natura wirkte es noch romantischer als auf dem Bild. Sie musste es unbedingt später fotografieren. Sie ließ ihren Blick vom Dach an abwärtsschweifen. Gerade als sie mit ihrer Musterung unten angelangt war, spazierte ein groß gewachsener älterer Mann durch die Tür.

Nelli blieb stehen.

Luca ging mit langen Schritten an ihr vorbei auf ihn zu. »Nonno!«, rief er und umarmte ihn.

Anschließend traten eine kleine, runde Frau mittleren Alters und Tina gemeinsam mit einem jungen Kerl aus dem Haus ins Sonnenlicht. Perplex verfolgte Nelli, wie Luca die Frau ebenfalls herzlich in seine Arme schloss, dem Gleichaltrigen aber nur mit kühler Miene die Hand gab.

»Wie war die Fahrt, mein Schatz?«, erkundigte sich die Frau. Tina steuerte einen Kommentar bei, dass man an der Gesichtsbehaarung ihres Bruders die Länge der Reise ablesen könne.

Zögerlich gesellte sich Nelli zu dem kleinen Grüppchen.

Das. Sind. Definitiv. Keine. Italiener.

Wo zum Henker bleiben die Italiener, die uns den Schlüssel übergeben und sich dann vom Acker machen?

Verwirrt schaute sie zum Hauseingang.

Luca legte ihr den Arm um die Schultern und zog

sie zu sich. »Nelli, das sind mein Opa Hans Baumert, meine Tante Giulia und Tristan, Tinas Freund.«

Wie ferngesteuert gab sie einem nach dem anderen die Hand und nahm dabei alles nur bruchstückhaft wahr, wie separate Teile eines Mosaiks, die sich nicht zu einem Ganzen verbinden wollten: die schütteren weißen Haare des Großvaters, die sich in dem lauen Lüftchen, das um die Casa wehte, etwas aufstellten. Er und Tina hatten dieselben strahlend blauen Augen, wohingegen die der Tante genauso aussahen wie Lucas: hellbraun und warm. Tristan, der sie unverhohlen von oben bis unten musterte. Die quirlige Tina, die einfach nicht still stehen konnte. Nelli spürte, wie sich Lucas Brustkorb an der Stelle, an der ihr Arm ihn berührte, ruhig und gleichmäßig hob und senkte. Eine graue Katze kam aus dem Haus geschlichen.

Opa, Tante, Schwester plus Freund – er stellt mich hier tatsächlich seiner Familie vor!

Perplex sah sie noch einmal von einem zum anderen. Der Großvater hörte nicht auf, freundlich zu lächeln. Die Tante blickte sie aus wachen Augen mit einer Portion Neugier an. Tina bückte sich nach der Katze. Tristan unterzog Nellis Beine einer genaueren Musterung.

»Leute, das ist Kornelia Fein – Nelli«, hörte sie Luca sagen.

»Wir freuen uns, dass ihr da seid«, begrüßte sie der Großvater. »Jetzt kommt erst mal rein und trinkt etwas, bevor wir uns hier die Beine in den Bauch stehen.« Er wies ins Innere des Hauses und ging voraus.

Das Grüppchen folgte ihm.

Die haben offensichtlich alle davon gewusst, dass ich kommen werde! Nur mich hat er unter Vorspiegelung falscher Tatsachen hergelockt.

Mittlerweile ärgerlich, stapfte Nelli neben Luca her. Er wollte nach ihrer Hand greifen, aber sie entzog sie ihm. Im dunklen Flur merkte sie, dass sie noch immer ihre Sonnenbrille trug.

Meine Güte, wie unhöflich, die bei der Begrüßung aufgesetzt zu lassen!

Rasch nahm sie die Gläser und den Strohhut ab.

»Ich habe frischen Eistee. Darf ich Ihnen davon einschenken?«, bot die Tante in der Küche an. Als sie Nelli ins Gesicht sah, schienen ihre Züge einen winzig kleinen Augenblick zu entgleisen, dann schnellte ihr Blick zu Luca, bevor sie sich wieder unter Kontrolle hatte und Nelli anlächelte.

Er hat mir nicht gesagt, dass ich hier auf seine Familie stoße, und ihnen nicht, wie alt ich bin.

Das unangenehme Gefühl des Grolls in ihrer Brust tat beinahe weh.

Warum lässt er alle dermaßen auflaufen? Macht es ihm etwa Spaß, uns zu schockieren?

Sie schielte verstohlen zu Luca hinüber und musterte seine Miene. Anzeichen von Hinterhältigkeit oder Schadenfreude konnte sie jedoch nicht entdecken. Erst nach einigen Momenten wurde ihr bewusst, dass jedermanns Augen auf sie gerichtet waren und man auf ihre Antwort wartete.

»Eistee wäre ganz großartig. Sie müssen entschuldigen, ich möchte wirklich nicht unhöflich sein, ich bin einfach nur ziemlich erledigt von der Reise. Auf jeden Fall schon einmal herzlichen Dank für Ihre Gastfreundschaft in diesem ausgesprochen bezaubernden Haus.«

Himmel, ich höre mich total gestelzt an. Die denken doch, ich bin die ultimative Schreckschraube!

Sie fühlte sich wie in einer unangenehmen Verhandlung, in der sie ihr Gegenüber an einer betont glatten Fassade abrutschen ließ. Nur dass sie das gerade nicht absichtlich tat.

»Ich habe dem Jungen gesagt, er soll Sie nicht zwingen, mit der Bahn zu kommen«, kommentierte der Großvater und setzte sich an den Tisch. »Die Zugverbindung ist grauenhaft.«

»Ich fürchte, daran bin ich selbst schuld«, gab Nelli zu und nahm ein Glas Eistee entgegen. »Ich dachte, ich könnte im Nachtzug gut schlafen.«

Luca war zum Kühlschrank getreten, öffnete die Tür und spähte hinein. »Gibt es Prosciutto?«

»Das war klar!«, rief Tina lachend. »Luci fräst sich erst mal durch die Vorräte.«

»Sicher«, antwortete die Tante. »Ich richte dir gleich etwas her. Wollen Sie auch ein Tramezzino?«

»Vielen Dank. Im Moment habe ich keinen Hunger.«

»Sie sind ganz blass vor Erschöpfung. Warum legen Sie sich nicht ein wenig hin, und dann trinken wir beim Abendessen aufs Du, ja?«, schlug die Tante vor. Nelli hatte selten erlebt, dass ihr jemand vom ersten Augenblick an so uneingeschränkt sympathisch erschien wie diese Frau, auch wenn sie momentan nicht recht wusste, wie sie damit umgehen sollte. Wäre Lucas Tante ihr unfreundlich begegnet, hätte das deutlich besser zu ihrem eigenen Ärger gepasst.

»Das klingt nach einem guten Plan«, antwortete sie daher etwas steif.

»Tina, zeigst du ihr mein Zimmer?«, bat Luca. »Ich hole unsere Taschen aus dem Auto.«

Auf dem Weg aus der Küche hörte sie die Tante leise fragen: »*Lei parla italiano?*«

»*No*«, erwiderte Luca gedämpft.

»*Quanti anni ha?*«

»*Quaranta.*«

»*Quaranta?*« Das klang überrascht.

»*Che vuoi dire?*«

Auch wenn Nelli im Gegensatz zu Luca, der fließend Italienisch sprach, kaum etwas verstand, war ihr völlig klar, dass es um ihr Alter ging.

Das hier ist kein Abenteuer – das ist ein verfluchter Albtraum!

Luca polterte zur Tür herein und ließ das Gepäck auf den Terrakottaboden fallen.

»Vorsicht. Da ist ein gläserner Parfümflakon drin«, fuhr Nelli ihn an und deutete auf ihre Reisetasche.

Zwischen die Zähne hatte er sich ein überdimensionales Schinkenbrot geklemmt, das er jetzt auf der Kommode ablegte. »Willst du zuerst duschen oder soll ich?« Die Turnschuhe, aus denen er schlüpfte, segelten quer durch den Raum in eine Ecke, sein T-Shirt flog hinterher.

Nelli saß mit verschränkten Armen im Ohrensessel

neben dem schmiedeeisernen Bett. Ihr Magen schmerzte, und sie war hochgradig irritiert.

Das hier ist ein verdammter Familienurlaub! Nimmt man seine Affäre in den Familienurlaub mit? Und dann noch unvorbereitet, ohne das abzusprechen? Mit der Aktion hat er echt den Vogel abgeschossen!

Und Doris hat sich Sorgen gemacht, er wäre nur auf mein Geld scharf! Wozu denn? Er hat doch die halbe Sippe hier!

Luca hielt inne. »So hast du mich noch nie angesehen«, stellte er fest. »Stimmt was nicht? Egal, was es ist: Ich war's nicht.«

»Ich dachte, du kommst immer allein hierher? Oder meinetwegen mit irgendwelchen Freunden?« Ihre Stimme klang vorwurfsvoll, aber das schien ihm nicht aufzufallen. Völlig unbefangen wandte er sich seinem Gepäck zu.

»Ja, mit Freunden war ich schon öfter hier. Das ist ein offenes, gastfreundliches Haus.« Er zog die oberste Schublade der Kommode neben der Tür auf, leerte die Hälfte des Inhalts seiner Tasche hinein, dann wiederholte er die Prozedur mit der zweiten Schublade und seinen restlichen Sachen. Anschließend biss er ein Riesenstück von seinem Brot ab.

»Warum hast du behauptet, wir würden hier zu zweit Urlaub machen?«

»Hab ich nicht«, entgegnete er kauend und sah sie verwirrt an.

Nelli atmete tief durch. »Schau, Luca, du kannst mich doch nicht einfach so mit deiner Familie konfrontieren. Wenn ich das gewusst hätte, wäre ich nicht mitgekommen.«

»Aber du hast es doch gewusst! Ich habe dir von ihnen erzählt. Das ist Opas Haus. Wen erwartest du also sonst hier außer Familie?« Er schob seine leere Reisetasche mit dem Fuß unter den Schrank.

»Wie? Du hast das erzählt? Wann soll das bitte gewesen sein?«

Er kam ein wenig näher, kaute und schluckte. »Als ich dich gefragt habe, ob du mitfährst?« Er sah sie an, als wäre er sich nicht ganz sicher, ob sie nicht vielleicht spontan an Alzheimer erkrankt war. »Warum sollte ich dir etwas anderes erzählt haben? Das macht doch keinen Sinn. Nonno hat diese Casa vor fünfzehn Jahren gekauft, und seitdem ist sie das Familienurlaubsdomizil. Er wohnt ständig hier. Hab ich alles erwähnt.«

Nelli runzelte die Stirn. Hatte er sie tatsächlich informiert, und sie hatte das verschlafen? Ja, sie war bei dem Gespräch eingenickt, doch bislang war sie davon ausgegangen, die wichtigsten Dinge mitbekommen zu haben. Warum hatte sie nicht genauer nachgefragt?

Er ging vor ihrem Sessel in die Hocke und legte ihr die Hände auf die Knie.

»Ich hatte keine Ahnung. Ich dachte, wir würden hier völlig allein sein. Nur du und ich. Total zurückgezogen.«

»Ist ja witzig! Was für ein Missverständnis.« Amüsiert beugte er sich zu ihr vor, um sie zu küssen, doch bevor er seine Lippen auf ihre drücken konnte, drehte sie den Kopf weg. Das Ganze war noch nicht ausdiskutiert, zumindest für sie nicht. Das unangenehme Gefühl in ihrer Magengegend hatte sich noch kein bisschen gebessert.

»Hast du auch nur ansatzweise darüber nachgedacht, ob es eine gute Idee ist, mich deiner Großfamilie vor den Latz zu knallen, nachdem wir uns bloß ein paar Wochen lang eher unverbindlich getroffen haben?« Sie fand seine diesbezügliche Gedankenlosigkeit total unreif. Missverständnis hin oder her.

Er strich ihr eine Locke hinters Ohr. »Das ist mein zweites Zuhause, Nelli. Ich habe hier ziemlich viel Lebenszeit verbracht. Warum sollte ich nicht mitbringen, wen ich will?«

Er scheint tatsächlich keine Schwierigkeit zu sehen.

Wie immer.

Erschöpft lehnte sie ihren Kopf gegen die Sessellehne und atmete tief durch. »Meinst du nicht, dass es für deine Leute ein Problem sein könnte, dass ich wohl ähnlich alt bin wie deine Tante Gina …«

»Giulia. Sie ist wesentlich älter. Schon über fünfzig.«

»Und dass ich eine Tochter ungefähr im Alter deiner Schwester habe?«

»So etwas ist meiner Familie egal. Meine Leute sind cool drauf«, behauptete er.

»Sind sie das? Deine Tante hat sich sehr wohl gewundert. Unser Verhältnis ist ja auch zum Wundern, Luca. Das hier«, sie deutete mit dem Zeigefinger zwischen sich und seiner Brust hin und her, »entspricht nicht der Norm.«

»Ich will die Norm nicht. Die Norm ist langweilig.«

Er beugte sich wieder zu ihr und versuchte erneut, sie zu küssen.

»Warte!«, bremste sie ihn, indem sie ihm die Finger auf den Mund legte. »Wie wollen wir mit der Situation umgehen? Was ist jetzt der Plan?«

Vermutlich sollte ich tatsächlich abreisen. Das ist doch hier kein Zustand.

Er grinste schief. »Der Plan ist, dass ich dich jetzt vernasche. Und dann schlafen wir eine Runde.«

»Das ist nicht dein Ernst. Direkt hinter dieser Wand sitzen dein Großvater und deine Tante in der Küche.«

»Kein Problem, ich schnarche nicht so laut wie die Signora im Zug.« Er fuhr mit den Lippen ihre Wange entlang, wobei er sie mit den Barthaaren kitzelte.

»Haha«, stieß sie wenig belustigt hervor.

»Mach dich locker! Die Wände sind aus Stein, solide, alte Bauweise. Da hat man Privatsphäre.«

Als seine Finger ihre Oberschenkel entlangglitten, zerbröckelten ihre Bedenken wie trocken gewordener Sand.

»Dass die anderen hier sind, ändert rein gar nichts«, flüsterte er in ihr Ohr. »Das wird trotzdem unser Urlaub.«

»Ich hatte mir das anders vorgestellt«, murmelte sie.

»Lass mich dir beweisen, dass es zwei großartige Wochen werden!«

8

Als Nelli aufwachte, wusste sie einen Augenblick lang nicht, wo sie war. Erst als sie den nackten Luca neben sich schlafen sah, fiel ihr alles wieder ein: der freundlich lächelnde Großvater, das kurze Entsetzen im Gesicht der Tante und die Tatsache, dass Luca wie immer nicht einmal den geringsten Ansatz eines Problems ortete.

Nelli schluckte mühevoll. Vom sauren Eistee vor dem Schläfchen oder – so überlegte sie – vielleicht auch von der ganzen unangenehmen Ankunft hatte sie wieder Sodbrennen bekommen.

Doris wird sich mit Hab-ich's-dir-nicht-gesagt-Kommentaren überschlagen.

Mit einem blutjungen Mann zusammen zu sein, war das eine – man konnte darüber unterschiedlicher Meinung sein, doch im Grunde ging es nur Luca und sie etwas an. Hochoffiziell an seiner Seite ins Familienidyll zu poltern und alle aufzuschrecken, war dagegen definitiv eine ganz andere Nummer. Sie war ja bereit, den Gegebenheiten hier eine Chance zu geben, aber sie musste später unbedingt noch einmal mit Luca reden und ihm klarmachen, dass sie maximale Rücksicht nehmen sollten, damit sich niemand auf den Schlips getreten fühlte.

Da das Brennen in der Kehle schlimmer wurde, angelte sie nach ihrer Handtasche neben dem Bett und suchte nach den Säureblockern. Gerade als sie sich eine Tablette in den Mund schob, schlug Luca die Augen auf.

»Was wirfst du da ein?«, brummte er schlaftrunken.

»Protonenpumpenhemmer.«

»Machen die high?«

»Nicht wirklich.«

»Was für eine Verschwendung.« Er drehte sich auf den Rücken und schloss die Lider wieder.

Die Spätnachmittagshitze drückte durch die geschlossenen Fensterläden ins Zimmer, also stand Nelli auf, obwohl sie sich nicht annähernd ausgeruht fühlte, und öffnete ihre Reisetasche.

»Bleibst du noch liegen? Ich würde mir gern vor dem Abendessen ein klein wenig die Beine vertreten.« Sie begann, die mitgebrachten Hosen, Shirts und Sommerkleider fein säuberlich in den Schrank zu hängen.

»Wenn es dir nichts ausmacht. Ich bin gerade so faul. Voll der Reise-Burn-out!«

Nelli nickte. Die hölzerne Schranktür quietschte beim Schließen. Auf der Außenseite befand sich ein Spiegel. Im schummrigen Licht des verdunkelten Zimmers sah ihr Gesicht aschfahl aus. Unter den Augen, die ihr abgekämpft entgegenblickten, lagen Ringe, und die Fältchen wirkten tiefer als sonst. Die Haare hingen wirr und strähnig auf die Schultern. Hinter ihrem eigenen Spiegelbild sah sie Luca adonisgleich auf dem Bett liegen.

»Das Bad ist im ersten Stock?«, fragte sie und suchte ihre Kleidung zusammen.

»Ja. Einfach die Außentreppe rauf und links. Es ist übrigens wirklich wunderbar, dass du mitgekommen bist«, hörte sie ihn sagen. »Tut mir leid, dass es dieses Missverständnis gegeben hat.«

»Ja, es ist halt ein bisschen seltsam für mich. Du weißt schon: Du denkst, du hast Weißwein im Glas, einen schönen goldigen Lugana zum Beispiel, und beim ersten Schluck stellst du fest, es ist Apfelsaft.«

Er lachte.

»Auch wenn du grundsätzlich nichts gegen Apfelsaft hast, wirst du zuerst mal schlecht mit dem Geschmack klarkommen.«

»Glaub mir, meine Familie ist kein Apfelsaft.«

Nelli wollte nicht lauschen, aber kaum war sie im Bad, setzten sich Lucas Schwester und seine Tante auf die Bank vor dem Haus, direkt unter dem gekippten Badezimmerfenster, weshalb sie zwangsläufig hörte, was die beiden sagten, als sie sich nach dem Duschen mit ihrer duftenden Bodylotion eincremte.

»Ich habe nicht den Eindruck, dass er dich richtig wahrnimmt«, drang Giulias Stimme zu ihr herauf. »Eigentlich wünsche ich mir für meine Nichte einen Mann, der sich etwas mehr bemüht. Entschuldige meine Ehrlichkeit, doch ich muss dir das jetzt einmal sagen, bevor ich daran ersticke.«

»Tristan ist einfach im Augenblick sehr beschäftigt mit sich selbst«, gab Tina zurück. »Aber er liebt mich. Du kennst ihn nicht so gut wie ich. Er hat eben seine ganz eigene Art, Gefühle zu zeigen.«

»Wenn du das sagst, wird es schon stimmen. Richtig glücklich wirkst du jedoch nicht.«

»Das ist, weil ich endlich den nächsten Schritt gehen will«, antwortete Lucas Schwester nach kurzem Zögern. »Ich möchte heiraten und Kinder kriegen. Ich bin bereit dazu. Aber er wird noch Jahre fürs Studium brauchen. Vielleicht komme ich dir deshalb so unausgeglichen vor.«

Wow. Wie alt ist sie noch gleich? Zweiundzwanzig?

Nelli hörte das Miauen einer Katze.

»Ihr beide seid so jung. Genießt doch erst einmal das Leben. Und seht, wie ihr zu zweit zurechtkommt.«

»Wir sind zusammen, seit ich achtzehn bin. Vier Jahre! Eine Ewigkeit. Wie lange sollen wir uns noch als Paar ausprobieren? Ich finde, jetzt könnte sich mal was verändern, und wir sollten die nächste Ebene erreichen.« Tina klang ungeduldig, als ginge für sie wirklich alles viel zu langsam.

Es miaute erneut.

»Du gibst erst Ruhe, wenn ich dich kraule, oder, Giacomo?«, hörte Nelli Lucas Tante sagen. Offensichtlich hob sie nun die Katze hoch, denn kurz darauf war ein durchdringendes Schnurren zu vernehmen. »Aber die Welt hat doch noch so viel darüber hinaus zu bieten, Tina: Geh auf Reisen! Wieso schaust du dir nicht an, was Floristen anderswo so zaubern? Vielleicht kannst du einmal in einem Blumenladen im Ausland arbeiten.«

Ah, daher die rauen Hände. Sie ist Floristin.

»Dann wäre ich zu lange von Tristan getrennt.«

»Eine gute Beziehung hält das aus. Außerdem könnte er dich besuchen.«

»Ach, Tante Giulia, das ist irgendwie nicht sein Ding …«

»Mag ja sein, doch die Frage ist viel eher: Was ist dein Ding? Sag mir ganz ehrlich: Bist du glücklich mit ihm?«

»Er ist nicht wie wir. Das stimmt schon. Aber Gegensätze ziehen sich an, nicht wahr?« Tina lachte, doch es klang nicht ganz echt.

»Das ist keine Antwort auf meine Frage.«

»Ich will keinen anderen!«, beharrte Tina. Die Vehemenz, mit der sie das sagte, legte die Vermutung nahe, dass sie sich selbst überzeugen musste. Nelli bezweifelte, dass Lucas Schwester wirklich zufrieden in ihrer Partnerschaft war, zumal sie sich auf der kurzen Autofahrt hierher unablässig über ihn beklagt hatte. Bei der Begrüßung hatte Tristan eher unscheinbar und farblos gewirkt. Außer der allzu offensichtlichen Musterung, der er Nelli unterzogen hatte, war ihr an ihm nicht viel aufgefallen. Er war schmächtig mit der Tendenz zum Schlaksigen, durchschnittlich groß, hatte ein ganz hübsches Gesicht, aber nichts besonders Einprägsames an sich.

Als Tina und ihre Tante ins Italienische wechselten und heftig weiterdiskutierten, wanderten Nellis Gedanken zu ihrer Tochter. Sie war erleichtert, dass diese so glücklich mit ihrem Freund wirkte. Laura leiden zu sehen, traf sie jedes Mal ganz fürchterlich. Sie konnte daher sehr gut verstehen, warum die Tante sich sorgte und nachfragte. Sich komplett aus dem Leben der Kinder herauszuhalten, war oft genug ein Ding der Unmöglichkeit.

Frisch geduscht und umgezogen fühlte Nelli sich wesentlich besser und machte sich auf den Weg in die Tomatenfelder. Ein paar Schritte zu gehen, würde ihr guttun.

Tabbio war wirklich ein traumhaftes Fleckchen Erde. Dass der Ort touristisch nie erschlossen worden war, wunderte sie. Vermutlich lagen Strände und Großstädte einfach zu weit weg, als dass sich normale Urlauber hierher verirrten. Vielen reichte eine schöne Umgebung eben nicht.

Sanfte Hügel säumten das Tal mit seinen weitläufigen Feldern, die sich rund um das malerische Dorf erstreckten. Dazwischen stand immer wieder ein bäuerliches Steinhaus, nicht unähnlich dem von Lucas Großvater, aber meist zusätzlich umgeben von verschiedenen Wirtschaftsgebäuden und großen Glashäusern. Die Abendsonne spiegelte sich in den Scheiben und tauchte die unzähligen Tomatenstauden in weiches Licht. Jeder sah sofort, dass sie hier die Hauptrolle spielten. Viele Früchte waren noch grün, aber einige blitzten schon orange oder knallrot heraus. Bei genauerer Betrachtung waren auch jede Menge sternförmige gelbe Blüten zu sehen.

Nelli bückte sich, hob eine Handvoll staubige Erde hoch und ließ sie zwischen ihren Fingern hindurchrieseln. Sandiges Aroma stieg ihr in die Nase.

Sie legte den Kopf in den Nacken und sah in den azurblauen, wolkenlosen Himmel. Plötzlich hatte sie das Gefühl, richtig durchatmen zu können. Ein leiser Frieden breitete sich in ihr aus. Die nächsten beiden Wochen gehörten ihr. Keine Arbeit, kein Haushalt, kein Grübeln, wie es mit ihrem Leben weitergehen sollte. Ganz egal, wie eigenartig ihr Aufenthalt bei Lucas Familie sein mochte, sie würde hier in dieser herrlichen Umgebung einfach Luft holen. Das hatte sie in letzter Zeit viel zu selten getan.

In der Ferne hörte sie ein Auto hupen, hier und da erklang ein Vogelruf, etwas – vielleicht eine Maus – raschelte in ihrer unmittelbaren Nähe, ansonsten war es wunderbar ruhig.

Für einen Augenblick gelang es Nelli, an gar nichts zu denken und schlicht mit allen Sinnen hier zu sein. Und das fühlte sich an wie der Anfang vom Loslassen.

»*Tra poco saranno maturi*«, durchschnitt eine Stimme die Stille. »*E la calma sarà finita.*«

Erschrocken fuhr Nelli herum.

»*Scusi! Non volevo spaventarLa*«, sagte der Mann, der zwischen den Reihen der Tomatenpflanzen auf sie zugeschlendert kam.

»*Parla italiano?*«

Nelli schüttelte den Kopf und zuckte entschuldigend mit den Schultern.

»*What about English?*«, probierte er es weiter. Wenn er lächelte, bildete sich ein Dreieck aus Falten an seinen Schläfen, lang gezogene Grübchen zerfurchten Mundwinkel und Wangen.

»*Yes*«, erwiderte Nelli.

Er strich sich die dunklen, grau melierten Haare zurück. »*Where do you come from?*«

»*Germany*«, antwortet Nelli und ärgerte sich ein bisschen über ihre Einsilbigkeit. Sie hatte nicht die Absicht, unfreundlich zu sein, aber eigentlich hatte die Stille hier draußen gerade so gutgetan, und sie wollte lieber noch ein wenig atmen, als mit einem Fremden Small Talk auf Englisch zu machen.

»Dann probieren wir es am besten mit Deutsch«, erwiderte er völlig akzentfrei und lachte. »Haben Sie schon eine probiert?« Er bückte sich, pflückte eine der leuchtend roten Tomaten und reichte sie ihr. »Kosten Sie. Es heißt, es gäbe nirgendwo auf der Welt eine vergleichbare Qualität! Wir haben einfach den perfekten Boden, das ideale Klima und die meiste Hingabe beim Anbau.«

Ein bisschen zögerlich nahm sie die Tomate entgegen und biss hinein. Auf ihrer Zunge entwickelte sich eine wahre Geschmacksexplosion. Das intensive fruchtige Aroma war mit dem der zu Hause erhältlichen Tomaten nicht einmal annähernd vergleichbar.

»Gut, nicht?«, fragte er und betrachtete eingehend ihr Gesicht, als wolle er keine ihrer von dieser Frucht ausgelösten Gemütsregungen verpassen.

Sie überlegte, ob er hier wohl das Marketing machte. Mit seiner stylischen blassgrauen Leinenhose, den Lederschuhen und dem schneeweißen Poloshirt sah er nicht so aus, als hätte er direkt etwas mit dem Anbau zu tun.

»Unsere Nachbarn, die Österreicher, nennen die Tomate ›Paradeiser‹, also ›Paradiesapfel‹«, redete er weiter, ohne abzuwarten, was sie bezüglich ihrer Verkostung zu sagen hatte. »Was im Grunde der treffendste Name von allen ist, finde ich. ›Tomate‹ kommt von ›Xitomatl‹, was in der Aztekensprache ›Nabel des dicken Wassers‹ heißt. Und tatsächlich ist die Pflanze bei uns in Europa gar nicht heimisch, sondern stammt aus Mittel- und Südamerika.«

Nelli amüsierte sich insgeheim über den ungefragt gehaltenen Tomatenvortrag.

Wenn das mal nicht ein typischer Fall von Mansplaining ist. Sich für unglaublich gebildet haltender Typ erklärt der uninformierten, zu ihm aufblickenden Frau die Welt.

Sie versuchte, nicht allzu stark zu schmatzen, als sie den Tomatensaft aus der Frucht sog.

»Vielen ist nicht klar, dass ein riesiger Anteil von italienischen Produkten mit billigem Tomatenkonzentrat aus China hergestellt wird. Tonnen davon kommen ständig im Hafen von Salerno an. Und für die Tomaten, die tatsächlich hierzulande angebaut werden, holen sie oft afrikanische Erntehelfer, die für einen Hungerlohn in sengender Hitze arbeiten. Von so etwas will man in Tabbio nichts wissen, verstehen Sie? Nur die besten Sorten werden angepflanzt, den Tomaten wird ausreichend Zeit zum Reifen gelassen, und dann stehen die Bewohner des Dorfes selbst zum Pflücken auf dem Feld. Ist das nicht genau so, wie es eigentlich sein sollte?«

Nelli sah sich unwillkürlich nach einer Fluchtmöglichkeit um. Wenn der Typ nicht von sich aus mit diesem Monolog aufhörte, würde sie unhöflich werden müssen und ihn einfach stehen lassen. Er wirkte insgesamt nicht unsympathisch, aber offensichtlich hörte er sich selbst viel zu gern reden. Solche Typen kannte sie hinlänglich von der Arbeit, und sie wusste, dass man ihnen am besten keine Bühne bot.

»Haben Sie die *salsa del paradiso* schon probiert? Das ist das berühmteste Produkt aus Tabbio. Eine bessere Tomatensoße haben Sie noch nie gegessen! Danach will man keine andere mehr«, seine Augen strahlten begeistert, während er immer schneller sprach. »Diesen Freitag findet übrigens das Tomatenfest statt, mit dem die Einwohner von Tabbio den Beginn der Saison feiern. Sie sollten kommen!«

In diesem Moment schlug die Kirchturmuhr.

»Oh, so spät. Ich muss los!«, sagte Nelli hastig in seinen nächsten Satz hinein.

»Der Salat aus den kleinen Tomaten vom Feld dort drüben ist auch … Ah, okay. Vielleicht kommen Sie abends mal in die Osteria?« Er zeigte Richtung Dorf, dann vergrub er seine Hände in den Hosentaschen. »Da können Sie alle Spezialitäten probieren … Ich bin ebenfalls oft da.« Selbst wenn sein Lächeln spürbar von Herzen kam, musste Nelli sich ein wenig zwingen, es zu erwidern. Nicht dass sie ihn damit noch anstachelte, sie ein Stückchen zu begleiten und seine Belehrungen fortzusetzen.

»Mal sehen, wie unsere Pläne sind«, erwiderte sie

und hoffte, er würde aus dem »uns« die richtigen Schlüsse ziehen. »Schönen Abend noch!«

»Ja … *arrivederci!*« Mehr sagte er nicht, womit er Nelli verblüffte. Sie hatte erwartet, er würde ohne Rücksicht auf Verluste weitersprechen.

Neugierig schaute sie ihm ins Gesicht und begegnete seinem Blick aus leuchtend blauen Augen.

Eilig wandte sie sich ab. Erst jetzt bemerkte sie, dass sie den Strunk der Tomate noch immer in der Hand hielt.

»Einfach auf die Erde damit«, riet er ihr.

»Okay«, sagte sie und wandte sich zum Gehen. Nach ein paar Schritten hielt sie inne und drehte sich noch einmal um. »Die Tomate war übrigens wirklich wunderbar. Danke!«

Mit großen Schritten durchquerte sie dann das Feld. Erst als sie am Rand angekommen war, blieb sie stehen und spähte über die Schulter.

Er stand noch immer dort und sah ihr nach. Jetzt hob er die Hand und winkte.

9

Als Nelli zurück zum Haus kam, strömte aus der Küche ein herrlicher Duft nach Tomaten. Auf der Terrasse war der Tisch gedeckt, ein Korb mit Ciabatta und eine Karaffe Wein standen neben dicken Kerzen in hohen Glaszylindern.

Tinas Freund war der Einzige, der schon auf einem der wunderschön geschnitzten Möbel Platz genommen hatte und an einem Glas Weißwein nippte. Von den anderen war noch nichts zu sehen.

»Hi«, sagte er lässig, als Nelli näher kam.

»Hallo! Tristan, nicht wahr?«

»Ja.« Er hatte die blonden Haare zur Seite gegelt und trug eine Pilotenbrille, was Nelli an den Film *Top Gun* denken ließ.

»Wunderschöner Abend«, meinte sie und zeigte in Richtung der Sonne, die gerade hinter einem der Hügel unterging.

Er nickte.

»Ist Luca schon aufgestanden?«, fragte sie.

»Der duscht seit einer Ewigkeit. Ich dachte eigentlich, Sie seien bei ihm.«

Och nö. Nicht so ein Gespräch jetzt bitte!

»Gut. Dann schaue ich mal in die Küche.«

Gerade als sie hineingehen wollte, kam Lucas Tante mit einer riesigen Keramikschüssel voll Salat heraus. »Ah, da sind Sie ja. Hatten Sie einen schönen Spaziergang?«, fragte sie.

Was für eine entzückende Person! So entspannt und extrovertiert.

Dass diese Frau klein und rund war, stand ihr ausgesprochen gut und wirkte unheimlich weiblich, fand Nelli.

»Ja, herrlich«, antwortete sie. »Aber ich habe ein schlechtes Gewissen, weil Sie jetzt die ganze Arbeit in der Küche allein erledigen mussten.«

Tina kam mit Essig und Öl bewaffnet ebenfalls auf die Terrasse. »Tante Giulia liebt kochen! Sie reißt den Küchendienst immer an sich und hätte Sie vermutlich eh nicht helfen lassen.«

»Stimmt!« Lucas Tante lachte. »Und außerdem habe ich heute nur ein Glas aufgemacht, denn jeder bekommt bei seinem ersten Besuch in Tabbio die berühmte Salsa del Paradiso – das ist die regionale Spezialität.« In ihrer Miene spiegelte sich eine Begeisterung wider, die annehmen ließ, diese Soße sei der kulinarische Glücksbringer schlechthin.

»Oh, ich hatte gehofft, sie bald probieren zu können«, erwiderte Nelli deshalb.

»Nehmen Sie doch schon einmal Platz. Tristan, siehst du bitte nach den anderen? Das Essen ist fertig.« Lucas Tante stellte den Salat auf den Tisch. »Möchten Sie Wein?«

Tristan lehnte sich genüsslich in seinem Stuhl zurück. »Schatz, du stehst gerade so günstig, hol deinen Nonno und Luca«, sagte er zu seiner Freundin und nahm einen weiteren Schluck aus seinem Glas. »Und bring mein Handy mit, das liegt auf dem Küchentisch.«

Tina verdrehte die Augen, was er ignorierte, und verschwand dann im Haus.

Nelli stellte sich Tristan in dreißig Jahren vor: mit doppelt so viel Gewicht und Personalreferent Talgg durchaus nicht unähnlich – wichtigtuerisch und nicht im Geringsten liebenswert.

»Ich hoffe, ich bin nicht zu spät!«, sagte jemand hinter ihr. Als sie den Tomatenfreak vom Feld auf die Terrasse kommen sah, wäre ihr beinahe das Glas aus den Fingern gerutscht.

»Du kommst genau recht«, empfing ihn die Tante. »Nelli, Sie haben Roberto noch nicht kennengelernt.«

Perplex reichte Nelli ihm die Hand.

Er ergriff sie mit einem charismatischen Lächeln. »Wenn ich gewusst hätte, dass wir denselben Weg haben …« Er blickte ihr so intensiv in die Augen, dass sie sich kurzzeitig völlig aus dem Konzept gebracht fühlte. Nervös nestelte sie am Träger ihres Kleides herum. »Aber mit meinem Tomatenvortrag habe ich Sie in die Flucht geschlagen, bevor wir auch nur annähernd klären konnten, wohin jeder geht.« In seinem Lachen lag echtes Amüsement über sich selbst.

»Na ja, er war … informativ«, antwortete Nelli zögerlich.

»Ein charmanter Euphemismus. Vielen Dank.«

In diesem Augenblick gesellten sich Tina und der Gastgeber zu ihnen auf die Terrasse.

»Wie ich sehe, haben Sie meinen Sohn schon kennengelernt«, sagte Lucas Großvater zu Nelli und ließ sich an der Kopfseite des Tisches nieder.

Was? Der Kerl ist Hans' Sohn?

»*Ciao, papà!*«, begrüßte Tina ihn und schenkte sich Wein ein.

Was? Er ist Tinas Vater?

Die Zahnrädchen in Nellis Kopf griffen allzu schwerfällig ineinander, bis ihr endlich klar wurde, was das bedeutete: Der Mann vom Tomatenfeld, den sie zuerst für einen Landarbeiter, dann für einen Marketing-Beauftragten und schließlich für einen etwas selbstverliebten Redenschwinger gehalten hatte, war niemand anderer als Lucas Vater. Um ein Haar hätte sie laut aufgelacht. Wie blöd war sie gewesen! Natürlich gehörte ein weiterer Deutscher hier in der italienischen Pampa zu dieser Familie.

Wie um das Boulevardstück perfekt zu machen, hatte jetzt auch noch Luca seinen Auftritt. Er und sein Vater umarmten einander herzlich und klopften sich gegenseitig liebevoll auf den Rücken.

Nelli starrte ihn verwirrt an, was nicht allein am unvermuteten Familienzuwachs lag. Sie fragte sich, warum Luca plötzlich so anders aussah.

»Ha!«, rief Tina in diesem Augenblick. »Der schreckliche Bart ist ab!«

Tatsächlich. Lucas Gesicht war erstmals, seit Nelli ihn kannte, glatt rasiert. Verblüfft musterte sie ihn.

Er sieht auf jeden Fall weniger verwegen aus.

Braver.

Jünger.

Viel jünger!

»Papa, hast du Nelli schon kennengelernt?«, fragte Luca in diesem Augenblick und kam zu ihr herüber.

»Ja, ich hatte bereits das Vergnügen.« Lucas Vater schenkte ihr wieder dieses Lächeln, bei dem sein gesamtes Gesicht mitstrahlte.

Luca setzte sich neben sie, legte seinen Arm um ihre Schultern, zog sie etwas zu sich und drückte ihr einen Kuss auf die Lippen – wie immer mit einer entwaffnenden Unbeschwertheit. »Hattest du einen schönen Spaziergang?«

Nelli nickte nur, denn sie war noch viel zu beschäftigt, mit seiner veränderten Optik klarzukommen. Ihr war, als hätte er eine Maske abgenommen, die sein wahres Alter verschleiert hatte. Ohne seinen Bart sah er erstmals so jung aus, wie er tatsächlich war – wie Anfang, Mitte zwanzig eben.

»Dein Bart ist ab«, wiederholte sie wenig geistreich und befühlte mit den Fingern die Haut an seiner Wange.

»Ja, die Zeit war reif. So werde ich im Gesicht gleichmäßig braun. Gefällt es dir?«

Nelli nickte wieder und zwang sich zu einem entspannten Gesichtsausdruck. Luca zählte zu den schönsten Männern, die sie kannte – darüber gab es keine Diskussion. Vermutlich kamen die ebenmäßigen, markanten Züge ohne den dunklen Vollbart sogar noch besser zur Geltung, doch dass der Altersunterschied jetzt so überdeutlich zutage trat, machte ihr zu schaffen. Ihr war wieder zum Lachen zumute. Sie hätte Lucas

Mutter sein können und saß hier an einem Tisch mit seinem Vater, der in etwa so alt war wie sie – was für eine absurde Situation.

Als alle Platz genommen hatten und mit Wein versorgt waren, verteilte Lucas Tante den Salat. Langsam senkte sich die Abenddämmerung herab und tauchte alles in ein nahezu magisches Licht. Der goldene Schein der Kerzen brach sich funkelnd in den Gläsern.

Lucas Großvater hob das Glas. »Frau Fein, ich will Sie noch einmal in Tabbio willkommen heißen. Ich hoffe, Sie fühlen sich wohl bei uns.«

»Mehr als das, Herr Baumert«, antwortete sie, dankbar, dass er sich so normal verhielt. Seine Gastfreundschaft wirkte warmherzig und echt.

»Ich bin Hans.«

Sie lehnte sich zu ihm hinüber und stieß mit ihm an. »Nelli.«

Danach wiederholte sich die kleine Prozedur mit der Tante – »Julia oder Giulia – ganz egal« – und schließlich auch mit Lucas Vater. Mit eigenartig verschlossener Miene prostete er ihr zu und murmelte »Roberto«, dann sah er weg, ohne mit ihr angestoßen zu haben.

Sie suchte in seinem Gesicht vergebens nach der Zugänglichkeit, die bisher daraus gesprochen hatte.

Nachdem sie auch mit Tina und Tristan getrunken hatte, schielte sie noch ein paarmal zu Roberto hinüber, der schweigend ein Stück Weißbrot aß. Mit leicht verengten Augen sah er zwischen ihr und Luca hin und her.

Ach, so ist das! Er hat bis vorhin ebenfalls nicht ge-

wusst, dass sein Sohn eine »ältere« Freundin hat, und diese Tatsache gefällt ihm ganz und gar nicht.

Sie konnte es ihm nicht verdenken. Sie würde den Anblick ihrer Tochter mit einem Vierzigjährigen auch nicht so ohne Weiteres verdauen können.

Sie räusperte sich ein wenig unbehaglich.

Da griff Luca nach ihrer Hand und verschränkte seine Finger mit ihren. Im allgemeinen Trubel am Tisch wisperte er ihr ins Ohr: »Ist alles okay?«

»Ja klar«, flüsterte sie zurück und lächelte ihn an.

»Wie läuft das Studium?«, fragte Lucas Vater. »Du gehst doch zu den Prüfungen, oder?«

Luca seufzte. »Sicher. Gibst du uns mal das Brot rüber, Papa?«

Roberto reichte den Korb über den Tisch. »Wie lange brauchst du denn noch bis zum Abschluss?«

»Weiß ich nicht.«

»Luca versucht, anhand seines Studiums ein Raum-Zeit-Kontinuum nachzustellen«, kommentierte Tristan und war der Einzige, der sich witzig fand.

»Als wüsstest du, was ein Raum-Zeit-Kontinuum ist«, gab Luca genervt zurück. »Können wir am ersten Abend bitte über etwas anderes reden? Was macht die Firma, Papa? Nelli, siehst du diese geilen Sachen hier?« Er deutete auf die Terrassenmöbel, die ihr schon auf dem Bild in seiner Wohnung so gut gefallen hatten. »Solche Dinge entwirft und baut mein Vater.«

Nun war Nelli ehrlich beeindruckt. Ehrfürchtig besah sie sich die beiden Stühle, auf denen niemand saß. Die geschwungenen Formen und die feinteilige Verzierung wirkten elegant und modern zugleich. Leute, die so viel Fantasie und Geschick besaßen, um etwas derart Besonderes zu schaffen, bewunderte sie. »Ich finde diese Stücke außerordentlich schön. Sind Sie … bist du Kunstschreiner, Roberto?«

»Möbeldesigner und Innenausstatter. Ich beschäftige Kunstschreiner«, antwortete er knapp.

Was ist denn nun mit seiner Redseligkeit? Da serviert man ihm eine ausgezeichnete Gelegenheit zum Schwadronieren sozusagen auf dem Silbertablett, und er nutzt sie nicht.

»Na ja, aber diese wunderbaren Möbel hast du mit deinen eigenen Händen angefertigt«, stellte Hans richtig und strich beinahe zärtlich über das Holz seiner Armlehne. »Er hat sie mir vor fünf Jahren zum fünfundsiebzigsten Geburtstag geschenkt«, erklärte er an Nelli gewandt.

»Wirklich fabelhaft«, bestätigte sie.

Sie wunderte sich, wie falsch sie Roberto eingeschätzt hatte. Sowohl was seinen Beruf anbelangte als auch sein Wesen. So wie er ihr nun gegenübersaß, wirkte er komplett anders als vorhin auf dem Feld. Wie sehr ihm irgendetwas gegen den Strich ging, war allzu offensichtlich. Und Nelli hasste den Gedanken, dass vermutlich sie das war.

Geistesabwesend drehte sie Spaghetti auf ihre Gabel und steckte sie sich in den Mund. Sobald die Salsa del Paradiso auf ihre Zunge traf, war sie jedoch vollkommen bei der Sache.

Rund um den fruchtigen Geschmackskörper reihte

sich eine überraschende Vielfalt an Aromen. Nach und nach entwickelten sich süße, saure, herbe, salzige und pfeffrige Nuancen – jede für sich eine Sensation und im Zusammenspiel einfach umwerfend. Etwas ähnlich Intensives hatte sie lange nicht mehr gekostet.

»Ich bin total überwältigt von dieser Soße«, schwärmte Nelli. »Sie ist unbeschreiblich gut!«

»Ja, nicht?«, erwiderte Giulia. »Man ist hier auch mächtig stolz darauf.«

»Absolut zu Recht.«

»Wenn die Landeier nur ein bisschen von den rudimentärsten Grundlagen des Marketings verstünden!«, kommentierte Tristan in herablassendem Tonfall. Er trug nach wie vor seine dunklen Gläser, obwohl die Sonne schon hinter dem Berg verschwunden war.

Tina stieß ihm unsanft den Ellbogen in die Seite und warf ihm einen giftigen Blick zu. »Es muss nicht immer alles die Mörderkohle abwerfen! Manche haben eben bescheidenere Ziele. Aber so etwas ist dir sowieso fremd.«

»Auf jeden Fall«, sagte Giulia schnell, wohl um einem ausgedehnten Wortwechsel zwischen Tina und Tristan zuvorzukommen, »freut es uns, dass es dir schmeckt, Nelli! Hier im Dorf glaubt man ja, die Soße hätte eine starke Wirkung auf alle, die sie genießen.«

»Was wir jetzt ganz bestimmt nicht erörtern wollen!«, warf Roberto ein.

»Spielverderber!«, gab seine Schwester zurück.

Nachdem die Nudeln mit der sensationellen Salsa del Paradiso aufgegessen waren, hatte sich Nelli, ihre Müdigkeit vorschiebend, entschuldigt und war aufs Zimmer gegangen. Sie wollte ungestört Doris schreiben, weil sie sich davon erhoffte, nach diesem bizarren Abend ihre Gedanken sortieren zu können.

Von ihrer Freundin war bereits eine Textnachricht eingetroffen:

Bei mir ist so weit alles mittelprächtig. Bist du gut angekommen? Wie verhält sich dein Italo-Lover in seinem natürlichen Lebensraum? Gibt es da andere Männer? Wäre auch einer für mich dabei? Ich finde es hier gerade nicht so wahnsinnig schön, Benni hat die Magen-Darm-Grippe 😕 Wenn ich mir das Chaos in unserer Bude ansehe, frage ich mich sowieso, warum ich nicht mitgekommen bin.
Hol dir keinen Sonnenbrand!
Küsschen ❤

Nelli antwortete umgehend:

Du hast ja keine Vorstellung davon, was mich hier erwartet hat: Familienurlaub 😮 Ja, du liest richtig! Sein Vater, seine Tante, seine Schwester mit ihrem Freund, die Katze – alle machen Ferien bei Opa. Ich sitze total entspannt mittendrin und muss überhaupt nicht darüber nachdenken, was sich die wohl denken. Haha 😁
Wobei die Leute wirklich nett sind. Wenn sie mich als etwas angewelkte Begleitung für ihren Luca-Schatz unmöglich finden, lassen sie es sich nicht

anmerken (na ja, bis auf den Vater vielleicht, der versucht, mich mit Blicken zu töten 💀).
Kannst du dich erinnern, warum ich hergekommen bin? Ich gerade nicht so genau.
Baldige Besserung an Benni!

Kurz nachdem sie ihr Nachthemd angezogen hatte, kam auch schon Doris' Antwort:

Ich lach mich schlapp! 😂
Warum du hingefahren bist? Um dich zu erholen, Nelli! Und jetzt mach das zum Kuckuck auch! Du bist nicht dafür verantwortlich, wie es seiner Familie mit deiner Anwesenheit geht. Das ist ganz und gar die Angelegenheit von diesem viertelitalienischen Witzbold. Also, bleib du mal schön bei deinem ursprünglichen Plan, jede Minute zu genießen!
Und übrigens: Du bist NICHT *angewelkt, sondern zur Vollendung gereift!*
Halt mich auf dem Laufenden, ja?
😍

Weil Nelli andauernd gähnen musste, beschloss sie, für heute Schluss zu machen.

Doris hat ja recht: Ich sollte den Aufenthalt hier genießen, mich entspannen und in erster Linie gut ausruhen. Und dass Luca das mit seinen Verwandten regeln muss und nicht ich, stimmt auch!

Erschöpft legte sie sich ins Bett. Luca saß noch mit

seinen Leuten auf der Terrasse. Sie konnte das einschläfernde Dahinplätschern der Unterhaltung durchs offene Fenster hören. Die Familie sprach italienisch, also verstand sie nichts. Ab und zu lachte jemand lauter auf, dann versuchte Nelli zu identifizieren, wessen Stimme sie da hörte. War es Luca, freute sie sich über den vertrauten Klang. Wenn sie annahm, es sei sein Vater, spürte sie ein mulmiges Gefühl in der Magengegend. Mit dem Gedanken, ob er sich wohl an ihre Anwesenheit gewöhnen würde und sie sich an seine, schlief sie ein.

10

Der frühe Morgen in Tabbio war umwerfend. Die Sonne stand noch schräg, ihre Strahlen zauberten ein märchenhaftes Helldunkelspiel aus langen Schatten in die Landschaft. In der Luft lag feiner Dunst, der sich nach und nach auflöste und alles in feuchtglänzender Frische zurückließ. Im Garten roch es intensiv nach dem aufblühenden Lavendel.

Nelli setzte sich mit einem Espresso in der Hand auf einen von Robertos Terrassenstühlen, schloss die Lider und ließ sich das Gesicht von den Sonnenstrahlen wärmen. Sie hatte geschlafen wie ein Stein und fühlte sich wesentlich besser – sowohl körperlich als auch emotional.

Es dauerte nicht lang, bis Kater Giacomo auf ihren Schoß sprang und sich dort mit aufforderndem Blick aus gelben Augen niederließ.

»Also, du bist ja echt ein Schmusebär«, murmelte Nelli und begann, ihm das steingraue Fell zu kraulen.

Luca schlief noch tief und fest. Wann er nachts ins Bett gekommen war, wusste sie nicht. Auf jeden Fall verspürte sie keine gesteigerte Lust, darauf zu warten, dass er ebenfalls munter wurde. Denn das konnte dauern. Zu Hause war er auch immer erst Stunden nach ihr aufgestanden.

Sie war neugierig auf das Dorf und plante, einen Blick in die Kirche zu werfen. Luca kannte das bestimmt alles in- und auswendig, also war es garantiert nicht schlimm, wenn sie ohne ihn loszog.

Gerade als sie aufstehen wollte, kam Hans mit einer großen Tasse in der Hand ebenfalls auf die Terrasse, daher blieb sie sitzen.

»Oh, du bist ja auch schon wach, Kornelia. Eine Frühaufsteherin?«

»Nicht unbedingt. Ich war einfach ausgeschlafen, nachdem ich gestern so zeitig ins Bett gegangen bin.«

Giacomo schnurrte laut und vernehmlich auf ihrem Schoß.

»So kommst du in den Genuss, die himmlische Ruhe zu erleben. Früher habe ich gern lange schlafen. Heute gelingt mir das nicht mehr, doch kann ich den friedlichen Morgenstunden sehr viel abgewinnen. Vor allem wenn die Familie da ist und den ganzen Tag über Trubel herrscht.«

»Ist sicher ungewohnt, wenn man sonst allein lebt.«

Hans setzte sich und wischte Ciabatta-Krümel vom Tisch, die wohl vom Abend liegen geblieben waren.

»Nun«, antwortete er, »ich bekomme ziemlich oft Besuch. Sind es nicht die Kinder, sind es Freunde. Aber dazwischen bin ich auch mal für mich, das stimmt. Wenn nicht gerade die Leute aus dem Dorf vorbeischauen.« Er hob die Tasse an die Lippen.

»Ein traumhaftes Haus und ein herrlicher Garten«, sagte Nelli, nachdem sie sich einmal mehr mit Ehrfurcht umgesehen hatte.

Hans nickte. »Die Casa ist schon hundertfünfzig Jahre alt und gehörte früher dem sogenannten Tomaten-Baron der Gegend. Fast das ganze Dorf und alle Felder zählten zu seinem Besitz, und er hat mit der groß angelegten Zucht und Verarbeitung der Tomaten angefangen. Als ich mir das Haus vor fünfzehn Jahren gekauft habe, war es zu einer wahren Bruchbude verkommen. Roberto und mein Schwiegersohn, Giulias Mann, haben mir beim Renovieren geholfen.«

Nelli ließ ihren Blick über die Fassade schweifen. »Das ist wunderbar gelungen. Ich mag, dass man das hohe Alter des Gebäudes noch erkennen kann, obwohl es modernisiert ist. Wo hast du vorher gelebt?« Hans zu duzen, fühlte sich seltsam an. Bei all seiner Freundlichkeit strahlte er dennoch etwas sehr Würdevolles, Respekteinflößendes aus.

»Halb in Deutschland, halb in Piacenza. Meine Frau stammte von dort, und wir haben jede freie Minute in ihrer Heimat verbracht. Es war uns wichtig, dass die Kinder zu einem guten Teil im Land ihrer Mutter aufwachsen. Leider ist sie vor zwanzig Jahren gestorben. Danach hat es mir in Deutschland nicht mehr gefallen. Deshalb bin ich nach der Pensionierung hergezogen. Irgendwie habe ich hier das Gefühl, ihr noch immer nahe zu sein.« Hans sprach wie die meisten alten Leute eher abgeklärt über seinen Verlust, aber Nelli konnte erahnen, wie sehr ihm seine Frau nach wie vor fehlte.

»Ich finde es schön, dass auch deine Enkelkinder fließend Italienisch sprechen und dieses Land wohl als zweite Heimat betrachten«, sagte sie.

»Ja, mich freut es, dass sie sich zumindest zu einem gewissen Teil als Italiener fühlen. Luca ist seiner Großmutter übrigens wie aus dem Gesicht geschnitten.« Die Erinnerung an seine Frau ließ ein Lächeln auf sein Gesicht treten. »Na ja, im Grunde gleichen sie ihr alle … außer Giulia vielleicht.«

»Deine Tochter sticht mit ihren blonden Haaren ein wenig heraus, das stimmt«, überlegte Nelli.

»Auch wenn nicht mehr viel davon übrig ist«, er strich sich augenzwinkernd über das schütter gewordene weiße Haupt, »die kommen von mir. Genauso wie die blauen Augen von Roberto und Cristina. Gregor Mendel hätte seine reinste Freude mit uns.« Er lachte.

Der Kater sprang von Nellis Schoß und lief in Richtung Olivenbäume davon. Offensichtlich hatte er genug Streicheleinheiten getankt.

»*Acchiappa un topo,* Giacomo!«, rief Hans ihm nach. »Fang eine Maus!«

Eine Weile schwiegen sie.

Nelli sah in den Garten mit seiner ruhigen Morgenstimmung. Ein kleiner Schwarm Tauben zog flatternd und surrend seine Kreise über dem Grundstück, bevor er Richtung Wäldchen davonflog.

»Warum hast du dich auf dem Land niedergelassen und bist nicht nach Piacenza gegangen? Oder in die Küstenregion?«, fragte Nelli dann.

»Meine Frau und ich haben uns hier kennengelernt. Sie war Landschaftsplanerin und hat Tabbio besucht, weil es damals einer der ersten Orte war, in denen man flächendeckend komplett biologisch angebaut hat. Und ich kam her, weil ich als Lebensmittelchemiker genau zu diesem Thema forschte.« Er deutete hinunter zum Dorf. »Die Osteria gab es in jenen Tagen bereits. Die Eltern des heutigen Besitzers haben sie betrieben.« Hans schmunzelte gedankenverloren. »Marta und ich aßen zusammen die Salsa del Paradiso, und schon war es um uns geschehen.«

Wie auf Bestellung läuteten jetzt in der Ferne die Glocken.

»Sonntagsmesse«, erklärte Hans. »Warum machen wir nicht einen kleinen Spaziergang? Nach der Kirche wird es auf dem Dorfplatz herrlich gesellig.«

Hans führte Nelli durch die Felder. Sie gingen ganz gemächlich, und er fragte sie danach, wie sie lebte.

Sie antwortete ausführlich und ließ auch ihre Tochter nicht aus, selbst wenn ihr nicht ganz wohl dabei war, von einem erwachsenen Kind zu erzählen. Denn sie mochte Hans und wollte nicht, dass er schlecht von ihr dachte.

»Es mag befremdlich für euch sein, dass Luca mich mitgebracht hat …«, begann sie in der Hoffnung auf ein klärendes Gespräch, doch sie hörte selbst, dass es eher klang wie eine Verteidigung.

Aber habe ich mir nicht geschworen, mich für nichts zu rechtfertigen? Doris liegt richtig, wenn sie sagt, dass jegliche Erklärung allein Lucas Sache ist. Warum halte ich nicht einfach die Klappe und genieße die Landschaft?

Hans blieb stehen und sah sie mit gütigen Augen an.

»Ich meine, es wirft vielleicht ein eigenartiges Licht auf mich«, stammelte sie, um eine Erklärung ringend, und ärgerte sich noch mehr über sich selbst.

Was kann ich schon groß sagen, um klarzumachen, dass ich keine Frau bin, die grundsätzlich hinter jungen Männern her ist, sondern dass ich rein zufällig in diese Liebschaft gestolpert bin? Die Leute werden sich sowieso ihren Teil denken – egal, was ich ihnen weiszumachen versuche.

Hans winkte ab. »Kornelia, ich glaube, du solltest wissen, dass meine Marta dreizehn Jahre älter war als ich.«

Nelli stutzte. Damit hatte sie nun wirklich nicht gerechnet.

»Ich war fünfundzwanzig und sie achtunddreißig, als wir uns kennenlernten – und 1965 war das einundzwanzigste Jahrhundert mit all seinen Möglichkeiten und Freiheiten noch ewig weit weg.« Er setzte sich wieder in Bewegung, als wollte er verdeutlichen, dass ein Altersunterschied keine große Sache war.

Diese Familie ist wirklich für Überraschungen gut, das muss man ihr lassen!

»Was haben deine Eltern zu eurer Verbindung gesagt?«, fragte sie und beeilte sich, wieder zu ihm aufzuschließen.

»Lange haben wir es keinem verraten. Erst als wir heiraten wollten. Und dann ist eine wahre Katastrophe über uns hereingebrochen. Einfach jeder, den wir kannten, versuchte, unsere Ehe zu verhindern. Außer der alten Wirtin hier im Dorf gab es keinen, der uns Glück gewünscht oder gesagt hätte: ›Es zählt nur, dass ihr euch liebt!‹«

»Das muss schrecklich gewesen sein!«

»Ja, aber es hat uns noch enger zusammengeschweißt.« Er blieb wieder stehen und wandte sich ihr zu. »Also, liebe Kornelia, in meinem Haus wird es ganz bestimmt niemanden geben, der dich oder meinen Enkel schief anschaut.«

Nelli sah ihn dankbar an. Sie fühlte sich, als habe er ihr soeben eine gewaltige Last von den Schultern genommen. Ihr wurde bewusst, wie wichtig es ihr war, dass Hans sich durch ihre Anwesenheit nicht gestört fühlte. Seinen Segen zu haben, bedeutete ihr mehr, als sie vermutet hatte. Da sie mit ihrem Besuch in Hans' Privatsphäre eingedrungen war, fand sie es nur legitim, dort nicht herumzutrampeln wie ein Elefant im Porzellanladen.

»Buongiorno, Matteo!«, grüßte Hans einen Mann, der mit einem breiten Korb zwischen den Tomatenpflanzen kniete und die wenigen vollreifen Früchte mit einer Schere von den Stauden schnitt. *»Non sei in chiesa?«*

Die beiden Männer unterhielten sich ein bisschen, Nelli wurde vorgestellt und bekam erneut eine Tomate zum Kosten überreicht, die sie mit einigen genüsslichen Lauten lobte.

»Die allerersten Früchte sind immer diejenigen, die ausschlaggebend für die Zukunft des Anbaus sind«, erklärte Hans, »denn nur in deren Samen ist die volle Erbinformation enthalten.«

»Ich habe mich gerade gefragt, ob es nicht unwirtschaftlich ist, bei so wenigen reifen Tomaten schon zu ernten«, erwiderte Nelli interessiert und sah sich auf dem Feld um. »Was macht er mit denen?«, fragte sie und deutete in Matteos Korb.

»Er löffelt die Samen heraus und lässt sie in der Sonne trocknen, dann werden sie für nächstes Jahr gelagert ... *Le ho spiegato cosa fai*«, sagte er zu dem Mann.

»Dille delle calze!«, antwortete dieser und lachte, wobei er eine Zahnlücke entblößte.

Nelli schätzte ihn auf etwa siebzig. Sein wettergegerbtes Gesicht sah älter aus, aber wie mühelos er von den Knien auf die Füße gekommen war, sprach gegen ein viel höheres Alter.

»Ich soll dir sagen, dass Matteo die getrockneten Samen in feinen Damenstrümpfen in seinem Schrank lagert, bis er sie in der nächsten Saison aussät.« Hans schmunzelte. »Matteo behauptet immer, er würde deshalb fünfzehn verschiedene Tomatensorten anbauen, weil die Strümpfe von den fünfzehn Frauen stammen, die er in seinem Leben beglückt hat.«

Nelli amüsierte sich. Matteo gefiel ihr. Er war alt und schrumpelig, doch aus seinen Augen blitzte noch immer der heißblütige Südländer.

»Cosa le hai detto? Le hai raccontato delle quindici donne?«, fragte Matteo und deutete auf Nelli.

»Sì.«

Matteo lachte scheppernd.

»Macht er die tolle Soße?«, wollte Nelli wissen.

»Nein. Matteo verkauft seine Früchte auf dem Markt

in Piacenza und stellt exquisite getrocknete Tomaten her. Die Salsa kocht Francesca mit ihrem Team. Gehen wir zum Dorfplatz, da kannst du sie sicher kennenlernen.«

Sie verabschiedeten sich von Matteo, der Hans bat, Nelli demnächst zum Kartenspielen auf seinen Hof mitzubringen, was dieser ihr bereitwillig übersetzte.

Als sie weitergingen, blies ein laues Lüftchen Nelli die Haare ins Gesicht. Sie versuchte, sie hinter die Ohren zu streichen, wo sie aber sofort wieder weggeweht wurden.

»Darf ich vorstellen: der Tabbioneser Wind.« Hans machte eine ausladende Geste über die Felder. »Er ist für den sagenhaft guten Geschmack unserer Tomaten verantwortlich.«

»Ach ja? Wie das?«

»Er schüttelt die Pflanzen ständig durch, und genau das scheinen sie zu brauchen. Genauso wie Trockenheit, kargen Boden und viel Sonnenschein.«

»Kann das gesamte Dorf vom Tomatenanbau leben?«, fragte Nelli.

»Die wenigsten. Die meisten hier sind alt und in Rente. Früher waren sie Nebenerwerbsbauern.«

»Wie schaffen sie die ganze Arbeit? Ich stelle mir vor, dass es jede Menge zu tun gibt, um all das zu bewirtschaften.« Nellis Blick wanderte über das weitläufige Areal der Felder. Plötzlich verspürte sie eine unglaubliche Faszination und wollte unbedingt wissen, wie die Menschen auf diesem Fleckchen Erde lebten.

»Die Einwohner von Tabbio haben zwei große Vorzüge: Zum einen sind sie Lebenskünstler, lieben die

Arbeit rund um die Tomaten und lassen sich nicht stressen. Sie machen alles ganz gemächlich. Und zum anderen haben sie Freunde aus den umliegenden Dörfern, die ihnen zu Spitzenzeiten helfen. Die kommen im Frühjahr zum Pflanzen und im Sommer zum Ernten. Getan wird, was geht. Über das, was nicht geht, wird niemals eine Träne vergossen. Übrigens … das hier«, er zeigte auf das Feld, an dem sie gerade vorbeigingen, »sind Zwiebeln. Und das dort hinten ist Knoblauch. Die Erde braucht Wechselbewirtschaftung.«

»Was wird passieren, wenn die Leute, die sich jetzt um alles kümmern und dieses ganze Know-how angesammelt haben, einmal nicht mehr sind? Wer kocht dann die Salsa del Paradiso?«, fragte Nelli.

»Vermutlich niemand. Aber das wird man sehen. Viele haben Kinder, die in die Städte abgewandert sind. Vielleicht kommt ja der eine oder andere zurück.«

Mauersegler fegten kreischend über ihre Köpfe.

»Wäre es nicht wahnsinnig schade, wenn all das hier zu Ende ginge?«, fragte Nelli bewegt und drehte sich noch einmal um. Gerade hatten sie das Dorf betreten und spazierten durch eine enge, schattige Gasse. Die etwas kühlere Luft tat gut. Auch am Morgen brannte die Sonne bereits ziemlich heiß vom Himmel.

»Die Zukunft wird es zeigen. Es kommt, wie es kommt. Warum sollte man sich schon jetzt den Tag dadurch verderben lassen? Noch läuft alles ganz wunderbar, und alle sind zufrieden.«

Nelli wollte etwas entgegnen, klappte dann aber den Mund wieder zu. Menschen, die tatsächlich im Augenblick lebten und nicht nur davon redeten, dass genau das ideal wäre, rangen ihr stets große Achtung ab. Luca war darin ein wahrer Meister, und sie hatte von Anfang an bewundert, wie wenig er sich mit Grübeleien über die Zukunft belastete. Ob er das hier in Tabbio gelernt hatte?

Der Ort wirkte wie ausgestorben, als Hans sie Richtung Dorfplatz führte. Bei vielen Häusern standen Türen und Fenster sperrangelweit offen, trotzdem war auch drinnen keine Menschenseele zu sehen. Offensichtlich waren alle in der Kirche.

»Haben die Leute nicht Angst, dass sie beklaut werden, während sie in der Messe sitzen?«, fragte sie Hans, als sie an einem schmalen Gebäude vorbeikamen, durch dessen Tor man bis in den Hinterhof blicken konnte.

»Wer sollte etwas mitnehmen? Auch die Diebe sind jetzt bei der Andacht«, erwidert er augenzwinkernd. »Komm, setzen wir uns hier in den Schatten. Bald ist der Gottesdienst aus, und dann schiebt der Wirt seine Espressomaschine ins Freie.«

Sie nahmen auf einer Steinbank Platz. Nelli erkundigte sich nach der Geschichte des Ortes, wovon Hans ihr gern erzählte. Er berichtete gerade davon, wie die Kirche von Tabbio renoviert wurde und die Einwohner bei der Finanzierung halfen, als die Glocken wieder bimmelten. Wenig später strömten die Gläubigen aus dem Gotteshaus. Sie versammelten sich auf dem Platz vor der Kirche, und tatsächlich brachte ein Mann kurz darauf alles, was er brauchte, um Kaffee zuzubereiten, ins Freie. Eine Frau schleppte einige Körbe voll Brötchen herbei, und im Nu hatte sich der kleine Dorfplatz in einen fröhlich summenden Freiluftfrühstücksraum verwandelt. Jedes Mäuerchen, jeder Treppenaufgang und jedes Gesims wurde als Sitzgelegenheit genutzt. Überall wurde geschwatzt und gelacht. Keiner schien es eilig zu haben, irgendwohin zu kommen.

Das hier ist ein Phänomen!

»Bitte unterhalte dich mit den Leuten«, sagte Nelli zu Hans, als sie merkte, wie er immer wieder jemandem zuwinkte, aber vermutlich ihr zuliebe nicht hinging. »Ich liebe es, das Treiben zu beobachten.«

»Ich werde uns Kaffee holen, ja?«, bot er an und entschwand dann Richtung Espressomaschine. Er wurde mit einem Riesenhallo empfangen. Wie gut er in die Dorfgemeinschaft integriert war, ließ sich nur allzu leicht erkennen.

Nelli ließ ihren Blick schweifen. Eine Frau zeigte einer anderen etwas auf ihrem Telefon. Ein Stück entfernt diskutierten Männer mit ausladenden Gesten, noch weiter dahinter saß eine weißhaarige Greisin in der Sonne. Sie hatte die Schuhe ausgezogen und wackelte mit ihren Zehen.

Nelli konnte sich gar nicht sattsehen an diesen Menschen. Alle wirkten so zufrieden und geerdet. Sie musste gar nicht verstehen, was sie besprachen oder worüber sie sich amüsierten. Vermutlich waren es dieselben Themen und Witze wie jeden Sonntag, aber es war offensichtlich, wie sehr sie es liebten, sich auszutauschen.

Als eine Frau irgendetwas über den Dorfplatz rief, woraufhin alle Anwesenden johlten und gackerten, war die Fröhlichkeit so ansteckend, dass Nelli mitkichern musste, ohne zu wissen, worum es überhaupt ging. Sie spürte, wie sie sich immer mehr entspannte, und schließlich legte sie den Kopf in den Nacken und lachte, bis eine Träne ihre Wange hinabkullerte.

11

Als Nelli und Hans zwei Stunden später in gelöster Stimmung zur Casa zurückkehrten, saßen Roberto und Giulia beim Frühstück auf der Terrasse. Um den Tisch mit Schatten zu versorgen, hatten sie das große weiße Sonnensegel ausgefahren.

»Ach, da seid ihr ja!«, rief Lucas Tante. »Wir haben uns schon gefragt, wo ihr euch rumtreibt.«

»Wir waren bloß ein wenig im Dorf«, erwiderte Hans, nahm Platz und schenkte sich Orangensaft ein.

»Nelli, Luca lässt dir ausrichten, dass er mit dem Mountainbike unterwegs ist. Möchtest du frühstücken?«, fragte Giulia.

In dieser Hitze Rad fahren?

»Ich habe im Dorf schon etwas gegessen, danke«, antwortete sie. Eigentlich wollte sie noch den einen oder anderen begeisterten Satz über das gesellige Treiben in Tabbio hinterherschieben, aber als ihr Robertos finstere Miene auffiel, verstummte sie. Seine Lippen bildeten einen schmalen Strich, und die Brauen waren zusammengezogen.

Was ist sein verdammtes Problem?

Nelli folgte seinem Blick auf ihre Hände und stellte fest, dass ihre Finger gedankenverloren über die

Schnitzarbeit auf der Rückenlehne des Stuhls strichen, hinter dem sie stand.

Roberto senkte den Kopf und begann, Marmelade auf ein Stückchen Brot zu streichen.

»Schön, dass ihr im Dorf wart«, sagte Giulia fröhlich. »Sonntag nach der Messe ist es dort am besten. Und, Nelli? Wonach ist dir jetzt? Möchtest du dich zu uns setzen, oder willst du lieber zum Baden? An der Trebbia gibt es wunderbare Stellen. Roberto könnte dich hinfahren.«

Ihr Bruder sah sie etwas fassungslos an, sagte aber nichts.

»Ich werde mich mit meinem Buch ein wenig in den Schatten legen«, entschied Nelli, die nicht die geringste Lust auf die Gesellschaft dieses Stimmungskillers verspürte, und deutete zu den Olivenbäumen.

»Das ist eine wunderbare Idee«, pflichtete Giulia ihr bei, und Hans nickte zustimmend. »Immerhin bist du im Urlaub, und da sollte man sich ausruhen.«

Roberto schwieg weiterhin mit kühler Miene. Was mochte wohl in seinem Kopf vorgehen?

Ich werde mir die Zeit bestimmt nicht von diesem Muffel vermiesen lassen!

Sie bedankte sich bei Hans noch einmal für den netten Spaziergang, nickte Giulia zu und verschwand im Haus.

Im Zimmer schrieb sie umgehend eine Nachricht an ihre Freundin:

Folgende Situation: Lucas Familie ist ein kleiner Haufen tiefenentspannter Leute – abgesehen von

seinem Vater, der, kaum dass ich auftauche, ein Gesicht zieht, als beiße er in eine unreife Tomate 😖 Dass er ein Problem mit meinem Alter hat, ist offensichtlich, aber muss er mir das so deutlich zeigen? Das finde ich schon ziemlich unverschämt. Immerhin mochte er mich, als er noch keine Ahnung hatte, wer ich bin.
Kuss 😗

Noch während sie sich ihren Bikini anzog und ein großes Tuch um ihren Körper schlang, kam die Antwort:

Mir fallen folgende Möglichkeiten für sein Verhalten ein 🤤:

1. *Der Typ schlägt aus der Art und ist ein Spießer.*
2. *Er hat ein Problem mit seinem Sohn und überträgt das jetzt auf dich.*
3. *Er leidet an einer psychischen Erkrankung.*
4. *Er denkt, du meinst es mit seinem Sohn nicht ernst, bist nur hinter dessen viertelitalienischem Prachtbody her und wirst seinem Jungen das Herz brechen, wenn du keine Lust mehr auf ihn hast.*

Entscheide selbst, was du am realistischsten findest.
Was sagt denn dein Lover zum Verhalten seines Vaters?
Umarmung 🐼

Nelli las die Möglichkeiten ein zweites Mal durch. Bei Punkt eins bis drei musste sie grinsen. Nett von Doris, dass sie sich diese Erklärungen aus den Rippen geleiert hatte, wenn Punkt vier doch auf der Hand lag.

Sie legte ihr Handy beiseite, nahm ihr Buch, schlüpfte in Flipflops und machte sich auf den Weg in den Garten.

Ich muss noch einmal mit Luca reden. Er soll die Situation unter Kontrolle bringen! Egal wie.

Sie warf einen genervten Blick auf die Terrasse, wo Roberto nun allein saß und Zeitung las.

Ächzend streckte sie sich auf einer der Holzliegen aus und klappte ihr mitgebrachtes Buch auf. Sie hatte seit Ewigkeiten nicht mehr die innere Ruhe gefunden, um sich in einen Roman zu vertiefen.

Das ist jetzt genau das Richtige!

Sie las drei Zeilen, dann wanderte ihr Blick von der Buchseite zur Terrasse zurück.

Offensichtlich hat Roberto ein Problem mit dem Loslassen. Sein Sohn ist längst erwachsen, und er kann trotzdem schlecht akzeptieren, dass Luca seine eigenen Entscheidungen trifft.

Sie dachte an Lucas Erzählung von der Scheidung seiner Eltern, als er gerade zehn Jahre alt geworden war. Vermutlich musste Roberto danach damit klarkommen, dass seine Kinder nicht immer in seiner Nähe waren. Und genau das überkompensierte er jetzt. Sie konnte sich wirklich glücklich schätzen, ein so entspanntes Verhältnis zu ihrer Tochter zu haben. Egal, wen diese in Zukunft vielleicht einmal mitbrachte – sie würde gelassen bleiben, das nahm sie sich ganz fest vor. So eine

Show wie Roberto würde sie ganz bestimmt nicht abziehen. Das war ja schon beinahe kindisch!

Erneut schaute sie zu ihm hinüber. Sie wurde aus ihm einfach nicht schlau. Bequem zurückgelehnt saß er in einem dieser großartigen Stühle, hielt mit einer Hand die Zeitung und ließ die andere zu Giacomo hinunterbaumeln, den er hinter den Ohren kraulte.

Er scheint ein Problem mit Lucas Studium zu haben. Eventuell ist er sehr ehrgeizig und hält es nicht aus, dass sein Sohn in einem gemächlicheren Tempo vorankommt.

Ihre Gedanken kehrten zurück zu Laura. Sie überlegte, wann diese wohl mit der Uni fertig sein würde und was die Zeit danach mit sich brächte. In zehn Jahren hätte ihre Tochter vielleicht schon ein Kind, und sie wäre Oma! Sie malte sich aus, wie das Kleine zu Besuch käme, und räumte im Geiste in ihrer Wohnung bereits die allzu empfindlichen und gefährlichen Gegenstände weg.

Zum Babysitten bleibt ja hauptsächlich das Wochenende. Hoffentlich gelingt es mir in zehn Jahren besser, mich ein wenig freizuschaufeln.

Meine Güte, zehn Jahre! Vielleicht lebe ich da gar nicht mehr. Es gibt genug Leute, die keine fünfzig werden. Wer weiß das schon?

Erschrocken fragte sie sich, woher diese Gedanken plötzlich kamen. Vielleicht war das Sodbrennen schuld, das der starke Espresso im Dorf verursacht hatte und das ihr nun zu schaffen machte. Eigentlich sollte sie eine magenschonende Kleinigkeit essen, um die Säure zu neutralisieren, aber bevor sie zu Roberto auf die Terrasse ginge, würde sie sich lieber ein Loch in Magen oder Speiseröhre ätzen lassen. Also wandte sie sich erneut ihrem Buch zu.

Sie hatte kaum einen Absatz gelesen, als sie erneut abschweifte.

Immerhin habe ich es jetzt ja auch geschafft, ohne große Planung zu verreisen. Warum sollte ich in einigen Jahren nicht ebenso flexibel sein? Ich bin spontan! Ich nehme das Leben, wie es kommt. Total dynamisch.

Bei so viel Selbsttäuschung musste sie laut auflachen. Aus den Augenwinkeln nahm sie wahr, wie Roberto von der Zeitung hoch- und zu ihr herübersah. Schnell tat Nelli so, als wäre sie in ihr Buch vertieft, auch wenn sie in Wirklichkeit in Gedanken zu ihrer Arbeit zurückkehrte. Je konkreter sie sich vorstellte, wie sie in zwei Wochen wieder ihren durchorganisierten Alltag lebte, desto mehr verspannte sie sich. Dass sie in zehn Jahren – oder wann auch immer Laura eventuell Mutter werden würde – womöglich nach wie vor mit diesem Trott weitermachte, deprimierte sie so sehr, dass sie unbehaglich auf ihrer Liege hin und her rutschte, die ihr plötzlich gar nicht mehr bequem vorkam. Sie schaute hinauf in die Zweige des Olivenbaums. Die feinen Blättchen bildeten ein blassgrünes Dach mit unendlich vielen winzigen Fensterchen zum Himmel. Nelli versuchte, so zu atmen, wie sie es am Tag zuvor auf dem Tomatenfeld getan hatte – tief und frei.

Vielleicht war die Reise hierher gar nicht so sehr ein Produkt meiner Spontanität, sondern eine Flucht? Ich bin aus meinem Leben weggelaufen, weil ich zunehmend unzufrieden bin und trotz monatelanger Grübelei keinen rechten Ausweg weiß.

Sie dachte an die Einwohner von Tabbio, wie ausgeglichen sie gewirkt hatten – ein harter Kontrast zu der Rastlosigkeit, die sie in sich selbst verspürte. Es machte keinen Sinn, sich etwas vorzulügen und sich Impulsivität zu bescheinigen, wenn doch auf der Hand lag, dass sie momentan völlig von der Rolle war. Im Augenblick schien es ihr nicht einmal möglich herauszufinden, was sie eigentlich wollte. In den nächsten drei Minuten genauso wenig wie in einem Monat, zwei Jahren oder mehreren Jahrzehnten.

Ist Luca nur ein Symptom für all das?

Nelli drehte sich auf die andere Seite.

Sie war gern mit ihm zusammen und genoss die gemeinsamen Stunden. Er tat ihr gut – körperlich und psychisch. Aber gab es darüber hinaus noch mehr zwischen ihnen? Waren sie auch nur ansatzweise so wie Hans und Marta?

Wo bleibt er eigentlich so lange?

Plötzlich verspürte sie ein großes Bedürfnis nach seiner Nähe und schaute erneut zur Terrasse hinüber. Roberto blickte von seiner Zeitung hoch, weil gerade Tina und Tristan aus dem Haus traten. Nelli war zu weit entfernt, um jedes Wort mitzubekommen, aber dennoch konnte sie verstehen, worum es ging: Tristan bat Roberto, ihnen den Wagen zu leihen, weil er nach Genua ans Meer fahren wolle. Tina beschwerte sich, dass sie keine Lust habe, zwei Stunden pro Richtung im

Auto zu sitzen, und drohte, den Ausflug zu boykottieren. Tristan riss einen dummen Witz darüber, dass Tina wohl ADHS habe und deshalb nicht still sitzen könne.

Neugierig auf Robertos Reaktion, spitzte Nelli die Ohren. Strafte er Tristan ebenso mit Wortkargheit und abschätzigen Blicken wie sie?

Absolut nicht.

Stattdessen teilte er den beiden gelassen mit, wo sich seine Autoschlüssel befanden, und wandte sich wieder seiner Zeitung zu.

Nelli war bereits vor der Nachmittagshitze ins Zimmer geflohen, als Luca zurückkehrte. Sein Teint war um einige Nuancen dunkler als am Morgen, und die getankte Sonne schien aus jeder seiner Poren zu leuchten. Überhaupt war es so, als würde mit ihm eine Welle Energie zur Tür hereingespült.

»Hi«, krächzte Nelli schläfrig. Sie lag auf dem Bett, wo sie ein wenig vor sich hin gedöst hatte.

Er schlüpfte aus seiner Hose. »Ich bin sechzig Kilometer geradelt und habe zum Abschluss noch im Fluss gebadet. Das war herrlich. Musst du auch mal versuchen!«

Sie beobachtete, wie er sich das T-Shirt auszog und sich anschließend die Haare mit dem Handtuch, das er am Abend zuvor in die Ecke gepfeffert hatte, trocken rubbelte.

Wie jedes Mal, wenn sie ihn ansah, stellte sie mit einer gewissen Ehrfurcht fest, wie schön er war.

Er ließ das Handtuch auf den Boden fallen, kam zu

ihr herüber und beugte sich lächelnd über sie. »Ich habe dich vermisst.«

»Ich dich auch«, antwortete sie wahrheitsgemäß.

Er küsste sie.

»Du machst die Bettwäsche nass«, murmelte sie, als er sich hinlegte, und zog am feuchten Stoff seiner Boxershorts. Dann fuhr sie durch seine in alle Richtung abstehenden Haare, um sie ein wenig in Ordnung zu bringen.

Er musterte sie. Seine hellbraunen Augen erinnerten an Karamell.

»Ich bin froh, dass du hier bist!«, flüsterte er.

Was sah er in ihr? Optische Perfektion konnte sie ihm nicht bieten. Viele gemeinsame Interessen auch nicht. Worin also lag dann seine Faszination? War es reine Chemie?

»Ich habe nachgedacht, Luca«, fing sie an und strich mit zwei Fingern über seine Wange, auf der sich seit der Rasur am Vorabend wieder ein Bartschatten gebildet hatte.

»Oje«, erwiderte er trocken, während er ihr den Träger ihres Bikinioberteils über die Schulter schob.

»Nein, ehrlich. Ich würde gern ein wenig reden!«

»Hat das nicht Zeit bis … später?«

Sie wartete, bis sich sein Blick von ihrer Brust gelöst und ihrem Gesicht zugewandt hatte.

Er seufzte leise, stützte seinen Kopf mit einer Hand ab und legte ihr die andere auf den Bauch. »Stimmt was nicht?«, fragte er in ihr Zögern hinein. Sein Tonfall ließ keinen Zweifel daran, dass er wenig Lust auf eine Unterhaltung hatte.

»Wenn das zwischen uns zu Ende ginge ... wärst du dann verletzt?«, begann sie.

»Was?«, stieß er entsetzt aus und sah sie mit großen Augen an.

Das ist jetzt wohl ein wenig falsch rübergekommen, aber zumindest habe ich seine hundertprozentige Aufmerksamkeit.

Sie legte ihm besänftigend eine Hand auf den Arm. Man konnte sehen, wo seine Haut während der Radtour vom T-Shirt bedeckt gewesen war.

»Ich meine das rein hypothetisch, Luca. Was wäre, wenn, verstehst du?«

»Was soll der Scheiß?« Er runzelte die Stirn. »Warum überlegst du so was?«

»Ich will wissen, wie involviert du bist. Emotional, meine ich.«

»Nur weil ich ein bisschen länger mit dem Rad unterwegs war?« Er sah sie an, als sei sie eine große Spinne, die drauf und dran war, ihn einzuwickeln, bis er sich nicht mehr bewegen konnte.

Sie lachte. »Unsinn. Einfach, weil das Ganze zwischen uns ja eher undefiniert ist. Ich denke, wir reden viel zu wenig miteinander.«

»Ach, so ein Gespräch ist das jetzt! Gleich beschwerst du dich darüber, dass ich nicht weiß, was deine Lieblingsfarbe ist.« Er verdrehte die Augen. Offensichtlich hatte er Ähnliches schon einmal erlebt.

Das wunderte Nelli nicht. Luca war ausgezeichnet darin, einer Frau das Gefühl zu vermitteln, er würde sich vor körperlichem Verlangen nach ihr schier verzehren. Darüber hinaus hielten sich seine Interessensbekundungen jedoch eher in Grenzen.

»Deine Lieblingsfarbe ist … Blau«, riet er, nachdem er auf ihren indigofarbenen Bikini geschielt hatte.

Sie lachte erneut. »Nein, so ein Gespräch ist das nicht. Es ist mir völlig egal, ob du meine Lieblingsfarbe kennst.«

»Okay.« Er entspannte sich sichtlich. »Worum geht es dann?«

»Ich habe darüber nachgedacht, warum dein Vater so sauer ist«, versuchte sie, ihm nun anders klarzumachen, was der Punkt war. »Ich glaube, er vermutet, dass ich dir wehtun werde.«

»Quatsch!« Er winkte ab. »Mach dir keine Gedanken über meinen Vater.«

»Was ist los mit ihm?« Nelli spürte, wie sich ihr Puls ein wenig beschleunigte.

Luca schnalzte unwillig mit der Zunge, dann seufzte er übertrieben, bevor er sich einen Ruck gab und erklärte: »Als ich damals zu studieren begonnen habe, war ich unzufrieden im Studentenheim, also hat Papa mir angeboten, ich könne seine Wohnung nehmen, bis ich etwas anderes finde. Er ist daraufhin in das Zimmer über seiner Firma gezogen.« Er malte mit dem Zeigefinger auf ihrem Bauch, als müsse er einen Lageplan zeichnen.

»Und was ist dann passiert?«, fragte sie.

»Nichts«, antwortete er mit schuldbewusster Miene. »Genau das ist sein Problem.« Sie sah, wie sich sein Gesicht mit einem Hauch Röte überzog.

»Ich verstehe nicht.«

»Mein Studium dauert jetzt fünf Jahre, und so lange wohnt er schon in dem kleinen Raum über der Werkstatt. Außer er hat abends was vor, dann pennt er ab und zu bei mir, weil die Firma weit außerhalb liegt … ähm … ich meine, dann pennt er bei sich. In seiner Wohnung … Und ich … bin auch da. Aber das ist immer nur für kurz, weil wir uns schnell gegenseitig auf den Geist gehen.«

Endlich fiel bei Nelli der Groschen. Lucas wunderbares, geschmackvolles, so gar nicht zu einem Studenten passendes Zuhause war eigentlich das von Roberto. Die fantastische Ausstattung hatte beim Kennenlernen ihren Teil dazu beigetragen, dass Nelli Luca wesentlich älter geschätzt hatte.

»Und jetzt will er, dass du ausziehst«, fasste sie zusammen.

»Das will er schon ziemlich lange, fürchte ich.« Gedankenverloren spielte er mit einer ihrer Locken, die sich auf dem Kissen rund um ihren Kopf ausgebreitet hatten.

»Und warum suchst du dir nicht was Eigenes? Kannst du es dir nicht leisten?«

»Na ja, doch. Er würde das sicher zahlen, bis ich den Master habe. Ich war einfach ein bisschen bequem. Und Papas Wohnung ist echt schön und liegt so günstig gleich in der Nähe der Uni.«

Nelli dachte daran, wie sie sich gefreut hatte, als Laura vor einigen Monaten ausgezogen war, und konnte Roberto plötzlich gut verstehen.

»Nun ist er halt ab und zu ein wenig angepisst, weil ich das mit der Wohnungssuche vielleicht zu sehr schleifen lasse«, fuhr Luca fort. »Aber wir haben gestern Abend, als du im Bett warst, noch ausführlich darüber geredet. Wenn wir zurück sind, suche ich mir eine WG.«

Nelli malte sich aus, wie sie ihn in einer Studenten-WG besuchte. Die Vorstellung war so schrecklich, dass sie schauderte. Bestimmt würden die Bewohner Beer Pong spielen, in einer versifften Küche Tiefkühlpizza anbrennen lassen und im Wohnzimmer bis in die frühen Morgenstunden Joints rauchen. Das alles hatte sie vor zwanzig Jahren auch gemacht und brauchte es nicht unbedingt zurück.

Jetzt versteig dich nicht in Vorurteile! Du hast Luca bisher im Großen und Ganzen als erwachsenen, einigermaßen reifen Mann kennengelernt. Warum sollte er sich radikal verändern, nur weil er aus Robertos gediegener Wohnung auszieht?

Sie rappelte sich auf und schwang die Beine aus dem Bett. »Wollen wir irgendwohin fahren und uns etwas ansehen?«, schlug sie vor, da sie auf keinen Fall länger über das WG-Thema nachdenken wollte, holte ein luftiges Sommerkleid aus dem Schrank und zog es an. Unterwegs fiel das Reden sowieso meist leichter.

Luca ließ sich von der Seitenlage theatralisch auf den Bauch kippen. Seine nasse Unterhose hatte bereits einen feuchten Fleck auf dem Laken hinterlassen, was ihn nicht zu stören schien. »Das Radfahren hat mich total geschafft«, erklang es gedämpft aus der Matratze.

Sie fand, dass er nicht wirklich erschöpft wirkte.

Er stemmte sich ein wenig hoch. »Ich würde gern netflixen«, sagte er und deutete auf sein iPad auf dem Nachttisch.

Darauf verspürte wiederum sie keine Lust. Sie hatte für heute genug gefaulenzt. Ohne etwas zu erwidern, band sie sich die Haare hoch.

»Bist du angesäuert?«, fragte er.

Sie schüttelte den Kopf. »Passt doch. Ruh du dich aus. Wir haben Urlaub, und da soll jeder das tun, was ihm Spaß macht. Wir sehen uns später, ja?« Dann ging sie zur Tür.

»Nelli?«

Sie wandte sich noch einmal zu ihm um. »Ja?«

»Kein Nachdenken übers Schlussmachen mehr, verstanden?«

12

Nelli schnitt Zwiebeln und heulte dabei wie ein Schlosshund.

»Oh, du meine Güte!«, rief Giulia lachend. »Sollen wir tauschen?« Sie deutete auf die Karotten vor sich.

Nelli schüttelte den Kopf. »Nein, als Chefköchin brauchst du doch freie Sicht.« Sie grinste unter Tränen.

»Dann tausch mit ihm«, schlug die kleine, runde Frau vor und zeigte auf ihren Bruder, der Parmesan rieb.

Roberto zögerte einen Augenblick, dann hielt er Nelli den Käse hin. Er sah sie dabei nicht direkt an, sondern fixierte irgendeinen Punkt auf ihrer Schulter, als gäbe es da etwas Interessantes. Das allein reichte, um Nelli zu provozieren. Ärger stieg in ihr hoch.

Was kann ich dafür, dass dein Sohn in deiner Wohnung sitzt wie eine festgebissene Zecke?

»Nein danke. Es geht schon«, erwiderte sie und wischte mit dem Handrücken über ihre Wange.

Roberto legte die Reibe ab, holte ein Stück Küchenrolle und bot es ihr wortlos an.

Sie nahm es ebenso schweigend entgegen und putzte sich die Nase.

»Die Ägypter glaubten ja, dass das scharfe Zwiebelaroma Tote zum Leben erweckt«, meinte Giulia und hackte mit irrer Geschwindigkeit eine Karotte klein.

»Könnte stimmen.« Nelli schniefte, zielte mit dem zusammengeknüllten Tuch auf den Abfalleimer in der Ecke und traf.

»Ausgezeichneter Wurf«, kommentierte Lucas Tante.

Roberto sah ausdruckslos vor sich hin. Wenn Nelli gewusst hätte, dass er auch hinzustoßen würde, hätte sie Giulia bestimmt nicht angeboten, ihr bei der Lasagne zu helfen. Etwas missmutig widmete sie sich wieder den Zwiebeln.

Was geht nur die ganze Zeit in ihm vor? Malt er sich aus, wie ich seinen Sohn davon abhalte, sich eine eigene Wohnung zu suchen? Ja genau! Jedes Mal wenn Luca sich den Immobilienteil ansehen will, werfe ich mich zwischen ihn und die Zeitung.

»Roberto, hast du dir das Treppengeländer angeschaut?«, fragte Giulia. »Fünfte Stufe von oben. Da bricht das Metall aus dem Zement.«

»Ich kümmere mich drum«, murmelte er, ohne die Reibe abzusetzen. Auf dem Teller häufte sich schon ein riesiger Berg Parmesan. Nelli bezweifelte, dass für die Lasagne eine derart große Menge nötig war. Die Muskeln auf seinen Unterarmen arbeiteten wie wild, und die Fingerknöchel zeichneten sich weiß von seiner gebräunten Haut ab. Anscheinend musste er sich irgendwie abreagieren.

Nelli hatte durchaus Verständnis dafür, dass sich Roberto darüber ärgerte, wie lange Luca seine Wohnung schon blockierte, doch dass er seinen Unmut auch auf sie richtete, störte sie gewaltig.

»So ein altes Haus ist toll«, fuhr Giulia an Nelli gewandt fort, »aber es macht halt schrecklich viel Arbeit. Wohnst du auch in einem Haus?«

»Nein, ich habe eine Dreizimmerwohnung.«

»Oh, wie Roberto! Er hat eine wunderschöne Wohnung ... Aber die kennst du ja bestimmt.« Sie verstummte, warf einen Seitenblick auf ihren Bruder, dessen Miene sich noch mehr verdunkelte, dann erklärte sie: »Roberto ist verstimmt, weil er seine Bude zurückmöchte und Luci sich ein wenig Zeit lässt, sich etwas Eigenes zu suchen.«

»Das ist ja wohl die Untertreibung des Jahrhunderts«, brummte er, legte den Käse samt Reibe zur Seite und holte eine Weinflasche aus dem Kühlschrank. Dann nahm er drei Gläser aus dem Regal.

Giulia plapperte munter weiter: »Diese Entscheidungsträgheit haben deine Kinder von ihrer Mutter. Alles wird unendlich aufgeschoben. In unserer Familie gibt es das in der Form nicht. Erinnerst du dich, wie ihr bauen wolltet und Ute sich buchstäblich jahrelang zu nichts durchringen konnte?«

»Dunkel«, erwiderte Roberto. Der Sarkasmus in seiner Stimme ließ keinen Zweifel daran, dass er diese Episode wohl niemals würde vergessen können. Er hatte Wein eingeschenkt, reichte seiner Schwester ein Glas und hielt Nelli ebenfalls eins hin.

Sie nahm es wortlos entgegen.

»Dieses ewige Abwarten und Hoffen, dass sich die Sache irgendwie von allein regelt, kannst du bei diesem Wohnungsthema wunderbar an Luca beobachten«, analysierte Giulia weiter und roch an dem Wein. »Hmm, gut. Hast du den von Vittorio?« Sie nahm einen Schluck, dann fuhr sie fort: »Na ja, bei Tina ist es dasselbe. Statt dass sie mit Tristan mal ein ernstes Wort redet, wartet sie ab und glaubt, dass sich die Beziehung von selbst in die gewünschte Richtung entwickelt.«

»Ach, so sind sie doch alle ein wenig«, steuerte Nelli bei. »Meine Tochter ist zum Beispiel total unwillig, irgendetwas zu planen – erst einmal abwarten, lautet die Devise.« Sie dachte daran, wie Laura und sie deswegen immer wieder aneinandergerieten.

»Wie alt ist deine Tochter?«, fragte Giulia interessiert und nahm ihr die gehackten Zwiebeln ab.

»Neunzehn. Sie ist vor Kurzem ausgezogen.«

»Meine drei sind auch schon aus dem Haus. Bei aller Liebe – was für eine Erleichterung!« Giulia kicherte, und Nelli lachte vergnügt mit.

Sie begegnete Robertos Blick, der überhaupt nicht von Amüsement zeugte. Schlagartig wurde ihr bewusst, dass sie nicht als Mutter einer erwachsenen Tochter in dieser Küche stand, sondern als Geliebte des Sohnes beziehungsweise des Neffen der anderen Anwesenden.

Sie verstummte abrupt.

Roberto wandte sich ab, um die Flasche zurück in den Kühlschrank zu stellen.

Er ist ein wahrer Meister im Gratwandern – verhält sich mir gegenüber immer genau so, dass er nicht als komplett unhöflich rüberkommt, während er gleichzeitig klarstellt, dass er eigentlich keinerlei Kontakt wünscht.

Nelli nippte frustriert an ihrem Wein. Irgendwie strengte sie das alles hier fürchterlich an.

»Wie weit seid ihr mit dem Kochen?«, wollte Luca wissen, der gerade zur Tür hereinkam. »Ich komme um vor Hunger!« Er trat neben seinen Vater, griff mit drei Fingern in den Parmesan und schob sich etwas davon in den Mund.

»Na also, das dauert jetzt schon noch eine Weile«, antwortete Giulia. »Mach dir inzwischen ein Brot.«

Luca stellte sich hinter Nelli, umfing sie und küsste sie auf den Hals.

»Hmm, du riechst lecker. *Nelli alle cipolle*«, neckte er sie.

Lachend senkte sie den Kopf – weil seine Lippen sie unterm Ohr kitzelten, aber mehr noch, weil sie sich unwohl fühlte.

Als sie wieder aufblickte, begegnete sie erneut Robertos Blick. Seine Miene war hart und ohne jedes Wohlwollen. Für einen Moment meinte sie, ihr eigenes Bild in seinen Augen gespiegelt zu sehen: eine vierzigjährige Frau mit einem viel zu jungen Mann, bei dem sie sich die Bestätigung abholte, die sie brauchte, um sich nicht alt und ungeliebt zu fühlen. Mit einem Mal kam sie sich lächerlich vor. Sie schluckte verlegen, wand sich aus Lucas Umarmung und machte einen Schritt zur Seite. Um die Situation zu überspielen, drückte sie ihm ihr Weinglas in die Hand. »Da. Probier.«

Ich kann das einfach nicht! Daheim zu zweit fühlte es sich völlig anders an als hier. Seinen Vater ständig vor der Nase zu haben, macht mich wahnsinnig! Wie sollte ich da auch nur eine Sekunde lang nicht an die Kluft zwischen uns denken?

»Ich möchte mich schnell nach dem kranken Sohn meiner Freundin erkundigen«, sagte sie, drehte sich um und eilte aus der Küche.

In ihrem Zimmer schloss sie die Tür etwas zu heftig und ließ sich auf den Lehnstuhl fallen. Aufgewühlt tippte sie eine Nachricht an Doris in ihr Handy:

Es ist vollkommen egal, ob und welches Problem Lucas Vater hat! ICH habe ein Problem ! 😯 *Diese Beziehung mit Luca lässt mich echt alt und ziemlich verzweifelt wirken. Ich fühle mich erbärmlich. Als hätte ich all das nötig! Am liebsten würde ich auf der Stelle abreisen, aber wenn ich das jetzt tue, stoße ich hier jeden vor den Kopf, und das will ich wirklich nicht. Lucas Großvater und seine Tante sind so nett.*

Ich denke, ich bleibe anstandshalber ein paar Tage und behaupte dann, man braucht mich im Büro. Warum habe ich nicht auf dich gehört? 😢

Tief durchatmend, setzte sie sich aufs Bett und wartete, bis sich ihr Herzschlag ein wenig beruhigte.

Luca und sie hatten den Fehler begangen, ihre Beziehungsblase zu verlassen, in der sie so gut zurechtgekommen war. Hier, in Gegenwart seiner Familie, zeichnete sich die Generationenzugehörigkeit einfach zu deutlich ab. Sie waren nun nicht nur ein Mann und eine Frau, sondern plötzlich auch ein Sohn und eine Mutter.

Menschen in verschiedenen Lebensabschnitten, mit völlig anderen Interessen, Tagesabläufen und Problemen.

Nelli sank in die von Luca zerwühlten Kissen zurück und musste auf einmal lachen. Sie befand sich an einem der schönsten Orte, die sie je in ihrem Leben gesehen hatte, und fühlte sich kein bisschen ausgeglichen. Alle paar Augenblicke war sie gezwungen, sich mit einer neuen Emotion auseinanderzusetzen. Dazu wirbelten ihre Gedanken wild durcheinander und ließen sie einfach nicht zur Ruhe kommen. Auch wenn sie Doris ihren Wunsch nach Abreise bloß im Affekt geschrieben hatte, erschien ihr die Idee gar nicht so abwegig. Sie gehörte schlicht und ergreifend nicht hierher.

Nachdem sie ihre Protonenpumpenhemmer gegen die Magenprobleme eingenommen hatte, legte sie sich flach auf den Rücken, faltete die Hände auf dem Bauch und atmete.

Als es weit über eine Stunde später an der Tür klopfte, knurrte Nellis Magen bereits vor Hunger. Selbst wenn es ihr nicht gelungen war, sich wirklich zu entspannen, fühlte sie sich ein bisschen ruhiger.

»Ja?«, fragte sie und setzte sich auf.

Die Tür öffnete sich einen Spaltbreit, und Roberto sah herein.

Unbewusst wanderte ihre Hand zu ihren Haaren und strich die aus dem nachlässig gebundenen Dutt gerutschten Locken zurück.

»Geht es ihm gut?«, erkundigte sich Roberto.

Nelli runzelte die Stirn. »Wem?«

Er machte einen kleinen Schritt nach vorn und lehnte sich gegen den Türrahmen. »Dem Sohn deiner Freundin.«

Mist.

Das hatte sie ganz vergessen

»Ähm, ja. Gut. Recht gut.«

Peinlich.

»Aha.« Er besah sich das unbehandelte Holz der Zarge, strich mit dem Finger über einen Riss, dann wanderte sein Blick durchs Zimmer. »Die Lasagne ist fertig.«

»Ah, prima.« Nelli kletterte aus dem Bett, schlüpfte in einen Flipflop und hielt Ausschau nach dem zweiten. Ihr Magen knurrte erneut. »Ich bin ziemlich hungrig«, sagte sie entschuldigend und presste sich eine Hand auf den Bauch.

»Gut.«

»Wo ist denn bloß mein …?«

»Unter dem Nachttisch«, antwortete er und deutete in besagte Richtung.

»Oh, gut.« Sie zog den Schuh hervor.

»Gut. Ich gehe dann mal vor auf die Terrasse.«

»Gut.«

13

Darauf bedacht, Luca nicht zu wecken, schlich Nelli am nächsten Morgen im Zimmer umher. Sie suchte frische Kleidung zusammen, um nach dem Duschen nicht zurückkommen zu müssen. Sie würde das Nachthemd in den Kulturbeutel stopfen, frühstücken, dann in eine unbestimmte Richtung losspazieren und sich einfach treiben lassen. Ein bisschen allein sein, war jetzt genau das, was sie brauchte.

Auf Zehenspitzen kam sie zurück zum Bett und strich Luca vorsichtig durchs Haar.

Er regte sich nicht.

Sie hatte ihn wirklich ins Herz geschlossen und wollte, dass es ihm uneingeschränkt gut ging. Wenn das hieß, dass er bis Mittag schlief, dann war es eben so.

Nelli huschte leise hinaus, um über die Außentreppe in den ersten Stock zum Bad zu gelangen. Auf der Terrasse blieb sie stehen und atmete tief durch. Anders als in den italienischen Regionen, die sie bisher kennengelernt hatte, kühlte es hier in der etwas bergigeren Gegend nachts angenehm ab. Die Luft tat mit ihrer frischen Reinheit gut in der Lunge. So ein Morgen fühlte sich ganz automatisch an wie ein Neubeginn.

Nelli streckte sich und setzte sich dann wieder in Bewegung. An der Hausecke stieß sie unvermutet mit Tristan zusammen.

»'tschuldigung«, murmelte sie.

Tristan musterte sie von oben bis unten, wie er es dauernd tat, wenn sie aufeinandertrafen. Er bemühte sich nicht einmal, das heimlich zu tun, sondern ließ den Blick provozierend langsam über ihr Nachthemd gleiten. »Auch schon auf?«, fragte er.

»Ist das Bad frei?«, erkundigte sie sich in möglichst neutralem Tonfall. Sie konnte ihn nicht leiden, fand es aber unnötig, ihm das überdeutlich zu zeigen.

»Vermutlich ja. Wie nennt man das noch gleich, wenn man ab einem gewissen Alter früh munter wird?« Er sah sie mit einem herausfordernden Grinsen an.

Dieser Idiot will jetzt nicht wirklich, dass ich »senile Bettflucht« sage, oder? Wahnsinnig witzig!

Wenn Doris und sie sich neckten, war das etwas völlig anderes als die vollkommen uncharmante Aussage eines praktisch Fremden. Herumalbern mit der besten Freundin fühlte sich an wie Fußreflexzonenmassage: die wunden Punkte sanft zur Entspannung drücken. Was dieser Tristan dagegen erzwang, war eher Barfußlaufen über spitze Kieselsteine.

»Kannst du ja googeln, wo du doch auch schon auf bist«, gab sie zurück und schlängelte sich an ihm vorbei.

Er wich kein bisschen zur Seite.

»Nettes Nachthemd«, sagte er, ohne den Blick von ihrem stinknormalen mitternachtsblauen Baumwollkleidchen mit Spaghettiträgern zu nehmen.

Will er darauf hinaus, dass es omahaft wirkt, weil es

bis zu den Waden reicht und nicht mit Spitze besetzt ist?

Sie würde sich von diesem unreifen Typen nicht aus der Reserve locken lassen. Es kümmerte sie kein bisschen, was er dachte.

»Nettes T-Shirt«, erwiderte sie daher nur, zeigte auf den Schriftzug *Niveau ist keine Creme* auf seiner Brust und ließ ihn stehen.

»*No, non pagare!* Dein Wunsch nach Ruhe in allen Ehren, aber du kannst dieser Forderung auf gar keinen Fall nachgeben!« Roberto pflügte mit beiden Händen gleichzeitig durch seine Haare, während er aufgebracht vor dem Küchentisch auf und ab ging, an dem Hans saß und in verschiedenen Papieren blätterte.

Nelli war unbeabsichtigt hereingeplatzt, weil sie sich einen Espresso machen wollte. Sie hatte nicht damit gerechnet, dass sich hier jemand aufhielt, da gerade noch Stille geherrscht hatte.

»Entschuldigt die Störung«, sagte sie verlegen und wandte sich bereits zum Gehen, als Hans sie zurückrief.

»Bitte bleib, Kornelia! Die Espressokanne steht schon auf dem Herd. Willst du Marmelade?« Er erhob sich und zeigte ihr einen Korb mit frischem Weißbrot.

»Ja, gern«, erwiderte Nelli und lächelte. »Ich nehme mein Frühstück einfach mit auf die Terrasse, damit ihr hier in Ruhe …«

… streiten könnt.

Roberto bedachte sie mit einem kühlen Blick und richtete sich dann wieder an seinen Vater, der dampfenden Espresso in eine Tasse goss. »Wir sollten das jetzt wirklich besprechen! Diesen kriminellen Typen musst du einen Riegel vorschieben. Ein für alle Mal!«

»Du redest von ihnen, als wären sie die Mafia höchstpersönlich.« Hans zwinkerte Nelli amüsiert zu und holte ein Tablett mit verschiedenen Marmeladengläsern aus dem Kühlschrank.

»Das ist nicht lustig«, kommentierte Roberto und seufzte. »Darf ich den Schrieb noch mal sehen? Ich kann es kaum fassen, dass du denen das durchgehen lassen willst.«

»Jetzt beruhige dich, Roberto. Ich finde es auch nicht in Ordnung. Aber glaub mir, mit achtzig ist man nicht mehr scharf auf eine Gerichtsverhandlung.«

Nelli wurde hellhörig. »Gibt es Probleme?«, fragte sie und nahm Hans das Tablett ab.

»Nur was mit dem Grundbuch«, erwiderte dieser und winkte ab. Er machte nicht im Geringsten den Eindruck, als würde ihn die Sache beunruhigen.

»Ich will mich nicht aufdrängen, aber vielleicht kann ich helfen. Ich habe als Juristin bei der Stadtverwaltung andauernd mit dem Grundbuch und diesen Dingen zu tun.«

Roberto hatte die Stirn in tiefe Falten gelegt und blätterte mit angestrengt zusammengekniffenen Augen durch die Papiere.

Nun blickte er hoch. Die Information, was sie beruflich tat, war offensichtlich neu für ihn.

»Du bist im Urlaub, und deshalb …«, entgegnete Hans, doch sein Sohn schnitt ihm das Wort ab: »In

Italien arbeiten Behörden nicht so gewissenhaft wie in Deutschland. Dass mein Vater diesen Besitz vor fünfzehn Jahren erworben hat, wurde nie ins Grundbuch eingetragen, und jetzt behauptet die Immobilienfirma, bei der er das Haus damals gekauft hat, sie besäße noch Anteile. Sie stellen eine völlig aberwitzige Forderung, damit das in Ordnung gebracht wird.«

»Oh«, machte Nelli, trat neben ihn und sah auf die Dokumente. Natürlich waren sie allesamt in Italienisch abgefasst, und sie verstand kein Wort. Aber sie erfasste die beträchtliche Summe, die verlangt wurde, mit einem Blick. Offensichtlich dachte da jemand, er könne einem alten Mann nur allzu leicht einen Haufen Geld abknöpfen.

»Ich will wirklich nicht, dass du dich in deinem Urlaub mit diesem Unsinn herumschlagen musst, Kornelia«, beharrte Hans. »Roberto, sag ihr, dass ich allein zurechtkomme! Mein Freund Vittorio kennt sich mit so etwas aus.«

»Vittorio ist Weinbauer und kennt sich kein bisschen aus«, stellte Roberto richtig. Er zögerte, biss sich auf die Unterlippe und rang offensichtlich mit sich, bevor er sagte: »Wenn ich dir übersetze, Nelli? Denkst du, du könntest dann beurteilen, ob wir eine Chance gegen diese Halsabschneider haben?«

Sie darum zu bitten, schien ihn so viel Überwindung zu kosten, dass sie am liebsten abgelehnt hätte. Dieser Kerl begegnete ihr die ganze Zeit über mit derart auffälligem Widerwillen, dass er ihre Hilfe eigentlich nicht verdient hatte. Doch schließlich ging es nicht um ihn, sondern um Hans und dessen Haus. Also antwortete sie freundlich in dessen Richtung: »Vermutlich wirst du nicht darum herumkommen, dir einen Anwalt zu suchen, der mit italienischen Gesetzen und Gepflogenheiten vertraut ist, Hans. Aber selbstverständlich schaue ich mir die Unterlagen an und sage dir meine Meinung dazu.« Sie trank einen Schluck köstlichen, starken Espresso.

»Ich weiß nicht recht, mir ist das unangenehm«, entgegnete Hans. Seine strahlend blauen Augen schenkten ihr einen milden Blick. »Luca hat mir erzählt, wie überarbeitet du bist.«

Hat er das? Mir war nicht einmal bewusst, dass Luca das mitbekommen hat.

Über ihre Arbeit oder sein Studium redeten sie nie.

»Wir fragen jemand anderen«, entschied Roberto und begann, die Papiere zusammenzuschieben. Seine Stimme verriet nicht, was er dachte, also fragte Nelli sich erneut, was in seinem Kopf vorging.

Hält er mich für inkompetent? Denkt er, eine Juristin, die einem jungen Mann nachsteigt, kann auf keinen Fall einen guten Rat geben?

Sie fand den ganzen Morgen – mit Tristans dummen Zweideutigkeiten und Robertos Ablehnung – schon wieder so grotesk, dass sich ein leises Lachen aus ihrer Kehle löste. Es war nicht mehr als ein undeutliches »Ha!«, dennoch kam es in einem absolut unpassenden Augenblick. Eilig nahm sie daher das letzte noch auf dem Tisch liegende Dokument zur Hand, um ihre frustrierte Belustigung zu überspielen.

»Was heißt *proprietario*?«, fragte sie. »Eigentum?«

»Eigentümer«, verbesserte Roberto zögerlich.

»Hans, würdest du bitte all deine anderen Unterlagen zusammensuchen und mir bringen? Kaufvertrag, Bescheinigungen vom Einwohnermeldeamt – einfach alles, was du hast.«

»Na schön. Du scheinst das wirklich unbedingt zu wollen, oder?«, gab dieser sich geschlagen und schlurfte davon, nachdem sie heftig genickt hatte.

»Was steht da?«, fragte Nelli Roberto und hielt ihm das Dokument hin.

Er sah sie einen Augenblick länger an, als ihr angenehm war, dann griff er nach der schwarzen Lesebrille, die auf dem Fensterbrett lag, und setzte sich.

Während er den ersten Absatz laut auf Italienisch vorlas und anschließend übersetzte, nahm Nelli ihm gegenüber Platz. Natürlich hätte sie sich auch auf dem Stuhl neben ihm niederlassen können, aber so hatte die Situation eher etwas von einem professionellen Gespräch. Sie versuchte, sich auf den Text zu konzentrieren, was ihr jedoch schwerfiel, denn Roberto italienisch sprechen zu hören, fesselte sie. Seine Stimme klang plötzlich völlig verändert, und er begleitete das Gesagte immer wieder mit ausholenden Gesten. Offensichtlich schaltete er nicht nur von einer Sprache in eine andere, sondern er wechselte komplett die Kommunikationskultur. Gebannt starrte sie auf seine Lippen, bis er unvermittelt hochsah.

»Oh, ähm … ich brauche etwas zum Schreiben«, stieß sie verlegen hervor.

Kein Wunder, dass er meint, er müsse jemanden mit mehr Fachkompetenz engagieren.

Roberto holte einen Block und einen Bleistift aus einer Schublade und legte beides vor sie hin.

»Kannst du den zweiten Absatz noch einmal ...?«, bat sie ihn, während er wieder Platz nahm.

Er wiederholte die Übersetzung.

Seit ihrer Ankunft war ihm ein Dreitagebart gewachsen, der ihm ausgezeichnet stand. Am Kinn waren die Stoppeln zu einem guten Teil weiß, aber auf den Wangen hatten sie noch die satte dunkelbraune, fast schwarze Farbe. Auch sein Haar war vor allem an den Seiten stark meliert, und Nelli fragte sich, warum bei Männern diese ersten Anzeichen des Alterns immer so unverschämt interessant aussahen.

»Also ich denke, bis hier ist es nur Blabla«, meinte er.

Sie nickte, froh darüber, dass sie anscheinend nichts allzu Essenzielles verpasst hatte.

»Aber jetzt kommt's!« Er las wieder einige Sätze auf Italienisch. An der Art, wie er das R auf der Zungenspitze rollte, konnte sie sich kaum satthören. Als er zurück ins Deutsche wechselte, war sie richtiggehend enttäuscht.

Sie zwang sich, mitzuschreiben und ihre Aufmerksamkeit auf den Text zu richten. Zum Glück klappte es dann etwas besser. Verschiedene Gesetzestexte gingen ihr durch den Kopf, sie notierte sich, welchen Fragen sie im Internet nachgehen wollte, und nahm sich vor, einen Kollegen anzurufen, der manchmal mit anderen EU-Staaten zu tun hatte.

Nach einiger Zeit kam Hans mit einer Dokumentenmappe zurück, aus der sich Nelli alles zusammensuchte, was von Nutzen sein konnte.

Roberto bereitete inzwischen neuen Espresso zu.

»Ich kann dir gar nicht sagen, wie dankbar ich dir bin, Kornelia!«, sagte Hans und legte ihr seine faltige Hand auf den Unterarm.

»Keine Ursache«, antwortete sie lächelnd. Sie war unendlich froh, sich ein wenig nützlich machen zu können und sich für kurze Zeit nicht wie ein Parasit zu fühlen, der hier unerhörterweise eingedrungen war und sich breitmachte.

Gerade als Roberto ihr den Kaufvertrag für das Haus samt Grundstück übersetzte, kamen Tristan und Tina in die Küche. Tristan trug zwei Körbe, vollgepackt mit Einkäufen, die er neben dem Kühlschrank abstellte.

»Danke, dass du in den Supermarkt gefahren bist, Tristan«, sagte Hans.

»Kein Problem. Das Geld hat aber nicht ganz gereicht …«

»Tristan!«, wies Tina ihren Freund entsetzt zurecht. Dabei riss sie ihre großen, hübschen Augen noch weiter auf.

»Ich hole rasch mein Portemonnaie«, murmelte Hans und stemmte sich hoch.

»Nein! Nonno, wirklich. Das passt natürlich«, versicherte Tina schnell.

»Wie viel hat gefehlt?«, fragte Hans.

»Achtundzwanzig Euro«, antwortete Tristan entspannt und stützte sich lässig mit einem Ellbogen auf die Arbeitsplatte.

»Tristan!«, wiederholte Tina ärgerlich. »Nonno, echt nicht!«

Doch Hans war schon hinausgegangen.

»Also wirklich! Wir machen hier gratis Urlaub, lassen uns zwei Wochen lang durchfüttern, und du fragst nach achtundzwanzig Euro?«, zischte sie und strich sich zornig die Haare aus dem Gesicht. Kopfschüttelnd begann sie, die Einkäufe in den Kühlschrank zu räumen.

Roberto, der während des kleinen Tumultes geschwiegen hatte, fuhr wieder mit dem Text des Kaufvertrages fort.

»Gab es keine andere Milch?«, wollte Tina wissen und hielt Tristan eine Packung entgegen.

Roberto verstummte erneut, sah zu den beiden hinüber und krempelte die Ärmel seines hellblauen Hemdes bis zum Ellbogen auf.

Nelli griff endlich nach ihrem Marmeladenbrötchen, das noch unberührt auf dem Teller lag. Hungrig biss sie hinein.

»Giulia hat Milch aufgeschrieben. Das ist Milch«, entgegnete Tristan in überheblichem Tonfall.

»Tante Giulia mag aber lieber fettarme Milch!«

»Wenn sie fettarme Milch will, soll sie fettarme Milch aufschreiben.«

Tina verfiel in Schweigen und packte weiter aus.

Tristan angelte ein Glas Nutella aus einem der Einkaufskörbe, öffnete es und begann, das Nougat mit dem Finger direkt in den Mund zu löffeln.

Roberto räusperte sich und fing wieder zu lesen an.

Er kam zwei Sätze weit, dann schimpfte Tina: »Wieso besorgst du bitte so einen Salat? Weißt du denn nicht, dass es kaum einen ärgeren Schrott gibt als das? Null Vitamine! Wir sind hier in der Po-Ebene, Tristan! Das ist das beste Gemüseanbaugebiet Italiens! Und du kaufst Salat in der Plastiktüte?«

»Na und? Hol doch die Salatpolizei!«

Nelli musste ein Schmunzeln unterdrücken. Der Streit der beiden hatte einen gewissen Unterhaltungswert, aber jetzt zu lachen, würde womöglich so verstanden, als wäre sie auf Tristans Seite. Das war sie aber ganz und gar nicht. Sie hielt ihn für einen unsympathischen, aufgeblasenen Wichtigtuer und bemitleidete Tina für ihre ausgesprochen schlechte Partnerwahl.

»Deine Ignoranz ist echt himmelschreiend!«, beschwerte sich diese.

»Und du zickst rum, weil du deine Tage bekommst.«

Roberto legte das Dokument weg. »So, ihr zwei. Jetzt ist Schluss«, sagte er ruhig, aber bestimmt.

Hans kam mit einem Zwanziger und einem Zehner in der Hand zurück und legte das Geld neben Tristan auf die Arbeitsfläche.

Robertos Blick ruhte auf seiner Tochter, die aufgebracht die restlichen Lebensmittel verstaute.

Die Art und Weise, wie Tina und Tristan miteinander umgingen, erschien Nelli wie die Parodie einer Partnerschaft. Einer Beziehung, wie man sie nach jahrzehntelanger Ehe und nicht frisch verliebt in der Jugend führte. Es tat ihr leid, wie wenig Tina offenbar realisierte, dass sie mit Anfang zwanzig nicht über Einkäufe streiten sollte. Eigentlich war das die Zeit für rosarote Herzchen, jede Menge Endorphine und Unvernünftigkeiten.

Als Tristan nach einer Tasse Kaffee fragte, obwohl die Kanne direkt neben ihm stand, und Tina ihm einen Vogel zeigte, blickte Nelli unwillkürlich zu Roberto und stellte fest, dass der sie ebenfalls ansah.

»Total daneben, oder?«, schienen seine Augen zu sagen.

»Ja, so was von!«, bestätigten Nellis. Der sekundenschnelle wortlose Meinungsaustausch zweier Eltern, der eine gewisse Vertrautheit suggerierte, ließ sie hektisch den Kopf senken und aufs Handy schauen.

»Oh, schon gleich elf«, murmelte sie.

»Ach, tatsächlich?« Roberto warf einen Blick auf seine Armbanduhr.

»Ich würde mir gern ein wenig die Beine vertreten. Machen wir später weiter?«

Roberto nickte. »Ich wollte sowieso zu einem Freund nach Piacenza fahren.«

Nelli und er standen gleichzeitig vom Tisch auf. Er wartete, bis sie an ihm vorbeigegangen war, bevor er sich ebenfalls in Bewegung setzte.

»Ich komme mit, Papa«, verkündete Tina.

14

Nelli schlug dieses Mal nicht den Weg Richtung Felder ein, sondern steuerte auf das kleine Wäldchen am Ende des Gartens zu. Es war heiß, und sie versprach sich vom Schatten der Bäume ein wenig Abkühlung. Als sich das Haus außer Sichtweite befand, setzte sie sich auf einen Baumstumpf und sah auf ihrem Handy nach, ob eine neue Nachricht von Doris eingegangen war.

Diese hatte geschrieben:

Zuallererst: Ich finde nicht, dass dein Loverboy dich alt aussehen lässt. Natürlich ist es als Kompliment aufzufassen, wie sehr er auf dich abfährt. Dass dich seine Familie aus dem Konzept bringt, verstehe ich. Pauls Angehörige schaffen das bei mir auch nach vielen Jahren noch regelmäßig 🙈
Mir tut es leid, dass du durch die Italienreise offensichtlich in ein Gefühlschaos gestürzt bist. Ich wünschte, du könntest dich entspannen. Danach klingt es momentan eher weniger 😟
Übrigens habe ich ein bisschen über Lucas Vater nachgedacht, und mir ist eine weitere Möglichkeit eingefallen, warum er so tut, als würde er dich ab-

lehnen. Also – Trommelwirbel –, hier kommt Theorie Nummer fünf:
Er findet dich rattenscharf und kann das vor sich und der Welt nicht zugeben, weil du mit seinem Sohn zusammen bist.
😊
❤

Nelli las den letzten Satz mehrere Male, bevor sie das Handy sinken ließ.

Totaler Unsinn! So einen Quatsch reimt sie sich nur deshalb zusammen, weil sie meine Selbstzweifel mitbekommt und mir dabei helfen will, mein Ego ein wenig aufzurichten.

Voller Zuneigung dachte sie an ihre Freundin, erhob sich, steckte das Telefon ein und stapfte ein paar Schritte in eine unbestimmte Richtung.

Sie schenkte Doris' Erklärungsversuch nicht einmal ansatzweise Glauben. Roberto begegnete ihr mit so viel Argwohn wie eine Pusteblume einem Sack Unkrautvernichtungsmittel. Er konnte sie nicht leiden, weil er befürchtete, sie würde in seiner Familie Schaden anrichten.

Nelli bückte sich nach einem Pinienzapfen und hob ihn auf. Nachdenklich strich sie mit dem Finger über die glatten Lamellen. Sie ging Robertos Verhalten noch einmal Situation für Situation durch und versuchte, sich genau an sein jeweiliges Benehmen zu erinnern. Bei der ersten Begegnung war er nett gewesen. Ein wenig seltsam vielleicht mit seinem Tomatenvortrag, aber ihr gegenüber auf jeden Fall aufgeschlossen. Dann hatte er erfahren, dass sie Lucas Begleitung war, und seitdem eindeutig dichtgemacht.

Klar, wer ihn nicht kennt, könnte tatsächlich auf den absurden Gedanken kommen, er hält sich zurück, weil er mich gut findet und ich die Freundin seines Sohnes bin. Doch in Wahrheit passt diese Theorie nicht annähernd zu seinem Verhalten.

Sie ließ den Pinienzapfen fallen und kickte ihn mit dem Fuß weg. Da sie nur Flipflops trug, tat das ein bisschen weh.

Roberto begegnete ihr nicht wirklich unhöflich, sondern hielt an gepflegten Umgangsformen fest. Aber dass er unter der Oberfläche mitunter an einer gehörigen Portion Ärger schluckte, war nicht zu übersehen. Sein Verhalten erinnerte sie an das eines Boutiquen-Besitzers, der die Kundinnen, die alles nur antatschten, in Unordnung brachten und dann doch nichts kauften, am liebsten aus dem Laden gejagt hätte.

Heute, beim Durcharbeiten der Dokumente, schien er sich Hans zuliebe zusammengerissen zu haben. Keine mühsam zurückgehaltene Ablehnung, stattdessen dem Anlass geschuldete Bereitschaft zur Zusammenarbeit, um der Casa willen.

Nein, so verhält sich kein Mann, der eine Frau in irgendeiner Form attraktiv findet. Mir ist schleierhaft, was er tatsächlich denkt, aber allzu positiv ist es mit Sicherheit nicht. Im besten Fall empfindet er porentiefe Gleichgültigkeit.

Nellis Magen meldete sich wieder. Er drückte und

brannte zwar nicht schlimm, aber dennoch fühlte sie sich unwohl. Sie blieb stehen und versuchte ganz bewusst, ihre Eingeweide zu entspannen. Ob das überhaupt möglich war, wusste sie nicht, aber sie probierte es trotzdem. Immerhin hatte ihre Ärztin gesagt, Magenbeschwerden hätten oft Stress als Ursache. Und ja, die Situation setzte ihr durchaus zu.

Als sie daran dachte, wie sie, ohne auf jemanden Rücksicht zu nehmen, in ihrer Wohnung einfach tun und lassen könnte, worauf sie Lust hatte, überkam sie Heimweh. Auf dem Balkon sitzen, ohne sich unterhalten zu müssen. Lesen, ohne irgendjemanden durch ihre bloße Anwesenheit vielleicht zu stören. Sie selbst sein, ohne sich aufgrund der Gegenwart bestimmter Leute dauernd zu hinterfragen. Das alles erschien ihr plötzlich himmlisch.

Auf der anderen Seite dachte sie an die Stille ihrer eigenen vier Wände, in der sie nur allzu leicht ins Grübeln geriet. An den Alltagstrott, in den sie zu Hause verfiel und der sie im Augenblick so wenig erfüllte.

Hier in Tabbio fühlte und erlebte sie wenigstens etwas. Es waren zwar nicht nur angenehme Emotionen und Erfahrungen, aber immerhin spürte sie, dass sie am Leben war.

Unentschlossen sah sie sich um. Aus welcher Richtung war sie gekommen? Lag das Haus vor oder hinter ihr?

Da sie wusste, dass es sich um ein eher kleines Wäldchen handelte, konnte sie getrost weitergehen, ohne sich zu verirren. So oder so würde sie schnell aus dem

Dickicht herausfinden und sich dann anhand der Umgebung orientieren können. Einen Weg gab es nicht, und egal, wohin sie sich wendete, sah sie nichts als wild wachsende Vegetation. Hans schien diesen Teil seines Grundstücks sich selbst überlassen zu haben. Da es immer wieder Grüppchen von gleichen Baumsorten gab, vermutete sie, dass hier vor langer Zeit einmal jemand nach einem gewissen Konzept gepflanzt hatte. Ob der Tomaten-Baron ebenfalls vor der Mittagshitze Schutz suchend an dieser Stelle spazieren gegangen war?

Als es wie aus dem Nichts neben ihr laut knackte, fuhr Nelli herum.

»Giacomo, hast du mich erschreckt!« Vorsichtig stieg sie über die Ranken, die den Boden bedeckten, und steuerte auf den verschmusten Kater zu. In ihren Flipflops war das ein ziemlich schwieriges Unterfangen, und als sie sich den Knöchel an einem Dorn ritzte, bereute sie, keine festeren Schuhe angezogen zu haben. Aber mit einer Expedition ins Dickicht hatte sie ja auch nicht gerechnet.

Beim Kater angekommen, bückte sie sich und streichelte ihn. »Na? Bist du auf der Jagd? Oder suchst du auch ein bisschen Ruhe?«

Giacomo schnurrte.

Nelli ertastete, dass unter seinem grafitgrauen Fell die Schulterknochen kantig hervortraten, die Haut an seinem Bauch hing schlabbrig herab.

»Plötzlich sind fast alle rundherum jünger! Stimmt's? Kenne ich.«

Erst nachdem sie ihm ausgiebig den Rücken gekrault hatte und sich wieder aufrichtete, sah sie, dass Giacomo mitten auf einem schmalen Trampelpfad saß. Dieser war gerade so breit, dass man einen Fuß vor den anderen setzen konnte, zum Teil ein wenig überwuchert, aber zumindest völlig frei von jeglichen Hindernissen.

»Ist das dein persönlicher Wildwechsel?«

Der Kater sah sie mit großen gelben Augen an, bevor er zwischen den Bäumen verschwand.

Nelli beschloss, dem Pfad einfach in eine beliebige Richtung zu folgen, und schlenderte los. Nach etwa fünfzig Metern gelangte sie an eine kleine Biegung, dann endete der Wald abrupt, und vor Nelli lag ein mit Büschen zugewuchertes Areal. Der Weg war nun breiter und mit alten, völlig zersprungenen Granitplatten ausgelegt. Aus den Ritzen ragten vertrocknete Grasbüschel, und staubige Erde bedeckte die Ränder. Die Sträucher links und rechts des Pfades waren so hoch, dass sie einen Tunnel bildeten, den Nelli jetzt neugierig betrat. Bald realisierte sie, dass da wohl ursprüngliche Gartenpflanzen komplett verwildert wuchsen, denn in regelmäßigen Abständen durchwirkten knorrige Rosenranken mit großen weißen Blüten das Grün. Sie blieb stehen und schnupperte daran. Der herrlich blumige Duft stieg ihr in die Nase und ließ sie lächeln. Vorsichtig pflückte sie eine Rose ab, dann ging sie weiter.

Nach einigen Schritten öffnete sich der Pflanzentunnel, und sie stand vor einem kleinen Häuschen.

Nelli blinzelte gegen das Sonnenlicht.

Als sich ihre Augen an die Helligkeit gewöhnt hatten, erkannte sie, wie vernachlässigt das Gebäude aussah. Die ehemals grünen, mittlerweile aber völlig verwitterten Fensterläden waren geschlossen. An einer Stelle hatte jemand Latten darübergenagelt, um die zersplitternden Lamellen zu stützen. Dem Erdgeschoss war eine Veranda mit Rundbögen vorgelagert. Genau wie Hans' Haus bestand auch dieses aus Stein, und an der linken Seite führte eine Außentreppe hinauf ins obere Stockwerk. Ein hölzerner Überbau lag eingestürzt, von Efeu und Bougainvillea bewachsen, auf den Stufen.

Wo bin ich denn hier gelandet? Etwa bei der Nachbarin? Und die heißt Dornröschen und schläft seit hundert Jahren?

Neugierig umrundete Nelli das Haus, wobei ihr die außer Kontrolle geratene Vegetation zu schaffen machte. Robinien und Essigbäume hatten sich zu einem wahren Urwald ausgewachsen, dazwischen fanden sich immer wieder Föhren und Olivenbäume. Überall wuchsen verschiedenste Kletterpflanzen, über die Nelli entweder hinwegsteigen oder sich darunter hindurchducken musste. Bald klebte ihr T-Shirt in der aufkommenden Mittagshitze schweißnass auf ihrer Haut, aber Nelli merkte die körperliche Anstrengung kaum. Es berührte sie, wie sich die Natur hier das Gelände zurückerobert hatte.

Nicht weit weg von der Rückseite des Gebäudes entdeckte Nelli eine Steinmauer, ähnlich der, die auch Hans' Garten umgab. Allerdings war sie an dieser Stelle ungepflegt und verfallen. Sempervivum wucherte aus allen Ritzen. Jenseits erstreckten sich Tomatenfelder, und in einiger Entfernung sah sie die Häuser und den Kirchturm von Tabbio.

Mühsam kämpfte sich Nelli auf der anderen Seite des Gebäudes zurück. Sie kam an einer verwitterten, völlig von Ranken umfangenen Toilettenhütte und einem rostzerfressenen Pumpbrunnen vorbei, dann stand sie wieder vor der Fassade. Nelli vermutete, dass sich in den jeweiligen Stockwerken nur je ein geräumiges Zimmer befand. Welchen Zweck der Bau wohl einmal erfüllt hatte? Für ein Wohnhaus war er zu klein, für einen Gartenpavillon übertrieben. Klar war nur, dass sich schon ziemlich lange niemand mehr darum kümmerte.

Vorsichtig stieg Nelli die beiden Stufen zur Veranda hinauf. Ein graubrauner Gecko huschte an ihren Füßen vorbei und verschwand in einer Mauerritze. In den Ecken hatten sich überall trockene Blätter vom letzten Herbst angesammelt, vor dem Eingang lag eine völlig zerschlissene Fußmatte aus Bast und auf dem Mäuerchen vor dem Fenster ein durchgesessenes Stuhlkissen.

Ohne zu überlegen, rüttelte Nelli an der Tür, aber diese war, wie nicht anders zu erwarten, verschlossen. Also setzte sie sich auf die Stufen und ließ sich die Sonne auf die Beine scheinen. Abgesehen vom gleichmäßigen Zirpen der Grillen und dem Keckern der Dohlen war es ruhig.

Was für ein bezaubernder Ort! Man kann noch erahnen, wie hübsch es hier einmal gewesen sein muss. Bestimmt war der Garten ein Traum. Das Gebäude ist ein herrlicher Rückzugsort. Diese Verwunschenheit, die sich mittlerweile über alles gelegt hat, ist irgendwie ganz besonders reizvoll.

Nelli nahm sich vor, Hans zu fragen, was es mit diesem Winkel auf sich hatte. Gedankenverloren drehte sie die Rose zwischen ihren Fingern hin und her.

Plötzlich entdeckte sie neben ihren ausgestreckten Beinen einen Schuhabdruck in der staubigen Erde. Das Profil der Sohle zeichnete sich deutlich ab. Jemand war also seit dem letzten Regen hier gewesen und hatte die Veranda betreten.

Auf dem Rückweg erkannte Nelli, dass der Trampelpfad durch das Wäldchen direkt zu Hans' Olivenhain führte. Er war nur so unscheinbar, dass sie ihn vorher nicht wahrgenommen und an einer anderen Stelle das Dickicht betreten hatte.

Langsam schlenderte sie durch den Garten zurück.

Es war früher Nachmittag geworden, die Luft flirrte, und Nelli freute sich darauf, endlich ins kühle Haus zu kommen. Als sie die Terrasse erreichte, vernahm sie Lucas aufgebrachte Stimme aus der Küche. Verunsichert, ob sie hineingehen sollte oder nicht, blieb sie stehen.

»Ich werde mich garantiert nicht raushalten!«, blaffte Luca verärgert.

»Klar, du bist ja auch der Beziehungsspezialist schlechthin«, erwiderte jemand höhnisch.

Tristan.

Nelli trat unruhig von einem Fuß auf den anderen. Worüber stritten die beiden?

»Du mit deiner Cougar!«, stichelte Tristan weiter.

»Nelli ist keine Cougar«, schnauzte Luca.

»Ach nein? Wie alt ist sie? Fünfzig?«

Autsch.

»Ich werde nicht mit dir über Nelli sprechen.«

»Aber über meine Freundin willst du reden, ja?« In Tristans Stimme lag etwas unglaublich Provozierendes. »Hältst du dich für den Boss hier, Steroidjunkie?«

»Tina ist meine Schwester«, erinnerte Luca ihn. Nelli konnte hören, wie mühsam er sich beherrschte. »Ich werde nicht entspannt dabei zusehen, wie du sie unglücklich machst.«

»Pack dein lächerliches Großer-Bruder-Gehabe ein und kümmere dich um deinen eigenen Scheiß.«

Luca brummte etwas Unverständliches.

»Wenn du nichts dagegen hast, würde ich jetzt gern weiteressen, Luciii«, sagte Tristan. Aus seinem Mund klang der Spitzname, den Tina ihrem Bruder gegeben hatte, wie eine Beleidigung.

Nelli hörte Geschirr klappern.

»Mach, was du willst! Doch das eine sage ich dir: Falls du meine Schwester zum Weinen bringst, lege ich dir eine auf, dass dir Hören und Sehen vergeht.«

In der Küche kehrte Ruhe ein.

»Wo ist Nelli?«, fragte Luca nach einiger Zeit.

»Spazieren, glaube ich.«

»Ich schau mal, ob ich sie finde.«

Nelli zuckte zusammen. Beim Lauschen wollte sie nicht unbedingt erwischt werden. Blitzschnell drehte sie sich um und huschte auf Zehenspitzen von der Terrasse. Sie würde einfach ums Haus herum Richtung Parkplatz laufen, dann konnte sie so tun, als sei sie gerade die Einfahrt heraufgekommen. Gerade als sie um die Ecke biegen wollte, trat Luca durch die Terrassentür ins Freie.

»Nelli?«, rief er ihr nach.

Ein wenig schuldbewusst blieb sie stehen.

»Komisch«, sagte er, nachdem er zu ihr aufgeschlossen und ihr einen Kuss auf die Lippen gedrückt hatte. »Das hat eben so ausgesehen, als seist du auf der Flucht.«

»Sehr witzig, wovor sollte ich denn auf der Flucht sein?«

»Keine Ahnung.« Er zog ihr mit zwei Fingern ein Blatt aus den Haaren. »Wo bist du denn gewesen?«, fragte er amüsiert.

»Hinter dem Wald bei diesem wunderschönen, überwucherten Häuschen.« Sie deutete in die entsprechende Richtung und wollte gerade begeistert fortfahren, wie gut es ihr dort gefallen hatte, als er unbeeindruckt abwinkte.

»Ach, bei der *casetta*.«

»Casetta?«

»Das heißt ›kleines Haus‹. Tina und ich haben da als Kinder viel gespielt.«

Dann ist es Lucas Fußabdruck?

»Zählt das noch zu Hans' Grundstück? Einige Baudetails sind ähnlich wie hier.«

»Ja, es gehört Nonno …« Er wischte ihr einen Schmutzfleck von der Wange. »Übrigens: Ich mag deinen Wildnis-Look«, fügte er grinsend hinzu.

»Was weißt du über das Gebäude? Ich bin ganz hin

und weg, wie romantisch es ist. Gerade weil es verfallen ist, hat es extrem viel Charme.«

»Da musst du Nonno fragen. Irgendeine Angestellte vom Tomaten-Baron hat dort einmal gewohnt, glaube ich.«

»Wollen wir uns eine Flasche Wein einpacken und zusammen hingehen? Gemütlich auf der Veranda sitzen?« Nelli konnte sich gut vorstellen, sich an diesen verwunschenen Platz mit Luca zurückzuziehen und ein wenig Zeit mit ihm zu verbringen. Seine Familie würde mit an Sicherheit grenzender Wahrscheinlichkeit nicht dorthin kommen, also wären sie endlich wieder ein bisschen ungestört.

Fernab von all den Augen und Ohren. So wie in Lucas Wohnung.

Ähm ... Robertos Wohnung.

»Hm. Bei der Casetta ist es langweilig. Und schmutzig. Eigentlich wollte ich zum Fluss ...«

»Warst du nicht gestern schon dort?« Erst jetzt bemerkte sie, dass er Badebermudas trug.

»Ja, aber ein Stückchen weiter ist ein Fels, von dem aus man episch ins Wasser hüpfen kann. Da möchte ich hin.« Er legte ihr die Hände an die Hüften und zog sie näher zu sich. »Warum kommst du nicht mit?«

»Weil ich nicht in unbekannte Gewässer springe?«

Luca lachte, dann küsste er sie wieder. »Das ist kein unbekanntes Gewässer. Da sind viele Leute. Und du musst natürlich nicht springen, wenn du nicht willst. Du kannst auch vom Ufer aus gemütlich ins Wasser gehen. Los! Es ist herrlich erfrischend.« Er sah sie mit seinen hellbraunen Augen bittend an. »Ich möchte mit dir dorthin.«

»Also gut.«

Er presste sich an sie und ließ seine Hand über ihren Körper gleiten.

Ihr Innerstes zog sich begehrlich zusammen, wie immer, wenn sie merkte, wie sehr er sie wollte. Sie schlang die Arme um ihn. »Gemeinsame Dusche vorher?«

Er küsste sie fordernd, murmelte etwas, was klang wie »guter Plan«, und drängte sie rückwärts Richtung Außentreppe. Als sie über die unterste Stufe stolperte, fing er sie mit einem Arm auf, mit der anderen Hand stützte er sich am Geländer ab. Sachte ließ er sie nach hinten kippen, bis sie saß, und beugte sich gleichzeitig über sie.

»Dieser Urlaub macht mich noch wahnsinnig«, raunte er. »Entweder sind meine Leute um uns herum, oder du gehst spazieren, oder du schläfst.« Er schob ihr Shirt etwas hoch.

Reflexartig zog Nelli ihren Bauch ein.

Sie kicherte. »Ich schlafe? Du meinst wohl: Du schläfst!«

»Wenn wir nicht augenblicklich … explodiere ich. Hier und jetzt«, prophezeite er.

Irgendwo nicht allzu weit weg ertönte ein knatterndes Motorengeräusch und machte ihr bewusst, wo sie sich befanden, weshalb sie ihn ein wenig von sich weg drückte. »Warte! Wo sind die anderen? Lass uns nicht auf der Treppe rumknutschen wie die Teenager.«

»Vergiss sie!«, entgegnete er gepresst. »Außer Tristan

ist niemand da, und der futtert in der Küche.« Er schob ihr Shirt noch ein bisschen höher.

Das Motorenknattern wurde lauter.

»Luca! Nicht hier. Gehen wir irgendwohin, wo wir ungestört sind.«

Seufzend ließ er sie los.

Nelli krabbelte unter ihm hervor, richtete sich auf und sah zur Einfahrt, auf der sich zwei Motorroller näherten.

Luca ließ sich auf die Stufe plumpsen.

Mittlerweile waren die Roller so nah, dass Nelli auf jedem einen braun gebrannten jungen Mann in Badekleidung erkennen konnte.

»Besuch.«

Die beiden fuhren bis zum Vorplatz, dann rief einer zu ihr herüber: *»Ciao, Luca c'è?«*

»Da ist jemand für dich.«

»Ungünstig«, kommentierte er mit einem kurzen Blick auf seinen ausgebeulten Schritt. »Sag ihnen, ich komme gleich.«

»Und wie sage ich das?«

In diesem Augenblick kam Giacomo die Treppe heruntergetapst. Ohne lange zu fackeln, griff Luca nach dem alten Kater, hielt ihn sich vor den Unterleib und stand auf.

Nelli lachte.

»Ciao Totò, ciao Massimo, cosa volete?«, rief er ihnen zu.

»Sind das Freunde von dir?«

Er nickte.

Nelli beobachtete, wie die jungen Männer abstiegen und ein paar Schritte näher kamen, während sie ununterbrochen laut und heftig gestikulierend auf Luca einredeten. Dass es sich dabei nicht um einen Streit, sondern um ein fröhliches Geplänkel handelte, konnte sie nur an ihren Gesichtern ablesen. Irgendwann setzte Luca Giacomo auf die Treppe und begann, ebenfalls zu gestikulieren. Alle drei lachten immer wieder aus vollem Hals.

Sie bedauerte, dass sie wirklich rein gar nichts verstand.

»Also, das sind meine Freunde, die Brüder Totò und Massimo, und sie holen uns ab, damit wir an den Fluss fahren können«, erklärte Luca nach einer Weile.

Nun deutete Luca auf Nelli. Sie hörte, wie er ihren Namen nannte, woraufhin die Italiener sie musterten und ihr dann zuwinkten. Noch während sie den Gruß erwiderte, wurde schon wieder lautstark weitergeredet.

»Holst du dein Badezeug?«, fragte Luca dann.

Wollte sie wirklich mit diesen drei Italo-Labertaschen baden gehen? Auf fremde junge Leute, mit denen sie sich nicht unterhalten konnte, hatte sie keine allzu große Lust. Vom Felsen springen würde sie auch nicht. Und den ganzen Nachmittag mit dem Gefühl zu verbringen, den Bauch einziehen zu müssen, war ebenfalls keine verlockende Aussicht.

»Weißt du, was? Fahr du mit ihnen. Ich bleibe hier«, sagte sie deshalb.

»Warum denn das? Die beiden sind witzig!«

»Das glaube ich sofort. Aber ich verstehe nicht, was sie sagen.«

»Ich übersetze für dich.«

»So kannst du dich nicht unbeschwert unterhalten, Luca. Das ist doch mühsam. Ehrlich, ich bleibe gern hier. Ich gehe unter die Dusche, und anschließend lese ich.«

Luca biss sich auf die Unterlippe. »Gut, dann fahre ich auch nicht mit.«

»Nein! Bitte, Luca, hau schon ab! Hab deinen Spaß, und wir sehen uns später. Du und ich … Es passt zu uns, dass wir getrennt Sachen unternehmen.«

»Um ehrlich zu sein, würde ich wirklich gern mit ihnen etwas machen. Sie studieren in Rom und sind nur ein paar Tage wegen des Tomatenfestes in Tabbio.«

»Worauf wartest du dann noch? Aufs Moped mit dir!« Sie unterstrich ihre Aufforderung mit einer Kinnbewegung.

»Und es macht dir sicher nichts aus, allein hierzubleiben?« Er legte ihr eine Hand an die Wange.

Totò und Massimo glotzten neugierig.

»Ganz bestimmt nicht«, beteuerte sie und meinte es auch so.

15

Wie geht's, Doris-Schatz? Hoffentlich macht Bennis Magen-Darm-Grippe nicht bei euch die Runde. Dein Erklärungsversuch Nummer fünf ist ja echt süß! 🙄
Übrigens habe ich endlich ein anschauliches Beispiel, um dir besser erklären zu können, wie die Beziehung zwischen Luca und mir funktioniert: Er wurde von zwei Adonissen auf Motorrollern abgeholt. (Ist das die korrekte Mehrzahl von Adonis? Sieht merkwürdig aus … Adonen? Na ja, junge, schöne Kerle mit guter körperlicher Konstitution eben.) Ich hatte keine Lust, sie zu begleiten. Und es war für ihn total okay, allein zu fahren. Jeder verbringt seine Zeit entspannt für sich. Wir sind nicht auf diese Ich-will-vierundzwanzig-Stunden-am-Tag-auf-dir-kleben-Art ineinander verschossen. Wir haben ein Techtelmechtel, verstehst du? Eine Affäre. Eine Liaison. Ein amouröses Abenteuer.
Mich zur Familie mitzunehmen, war eigentlich das Einzige, was Wirbel in diese wunderbar einfache Angelegenheit gebracht hat. Denn plötzlich muss ich alles praktisch (sind die Wände tatsächlich schalldicht?) und moralisch (ist es okay, das Brot zu essen, das der Großvater meines Lovers gekauft

hat?) hinterfragen, bewerten und rechtfertigen 😪 *Ich wünschte, du wärst hier, und wir könnten zusammen über das Ganze lästern!*

😗

Hans und Giulia kamen am späteren Nachmittag mit Körben voll eingelegtem Gemüse, Oliven, geräuchertem Käse und hauchfein geschnittenem Schinken sowie Wein von irgendeinem Markt zurück. Fröhlich betraten sie die Küche, wo Nelli saß und versuchte, sich mithilfe des Google-Übersetzers durch die Hausdokumente zu arbeiten. Giulia lachte herzlich über die stümperhaften Übertragungen. Während Hans den Wein zum Kosten einschenkte und eine herrliche Platte mit den mitgebrachten Antipasti vorbereitete, arbeiteten sich die zwei Frauen weiter durch die Texte. Nelli merkte, dass es ihr mit Giulia richtig Spaß machte. Sie war eindeutig die Entspanntere der beiden Geschwister. Zwar schien sie die Notwendigkeit, gegen die Immobilienhaie vorzugehen, genauso zu sehen wie ihr Bruder, doch sie verzog nicht die ganze Zeit über so angestrengt das Gesicht wie er und nahm sich der Sache eher mit Humor an. Das fand Nelli ausgesprochen angenehm.

Nach einer Weile, Hans saß mittlerweile bei ihnen, stießen sie im Kaufvertrag auf die Casetta.

»Ach«, sagte Nelli, »genau da bin ich heute zufällig beim Spazierengehen gewesen. So ein zauberhafter Ort!«

»Oje, ich kriege gleich ein schlechtes Gewissen«, entgegnete Hans und griff nach einer weiteren Olive. »Ich müsste dort dringend wieder einmal klar Schiff machen, bevor das Häuschen irgendwann nicht mehr zu retten ist. Sieht es sehr schlimm aus?«

Nelli wusste nicht recht, was sie darauf antworten sollte. Im Hinblick auf die Benutzbarkeit gab es tatsächlich Handlungsbedarf, nichtsdestotrotz war es das hübscheste Plätzchen, das sie seit Langem gesehen hatte.

»Was willst du denn damit anstellen, Papa?«, warf Giulia ein. »Zum Vermieten ist es ohnehin ungeeignet. Kein Mensch möchte heutzutage irgendwo ohne Strom und Zufahrt wohnen. Und außerdem ist die Bude viel zu klein. Du selbst brauchst sie auch nicht. Warum überlässt du sie nicht der Immobilienfirma und behauptest, damit wären ihre angeblichen Ansprüche auf dein Grundstück abgegolten?«

Sie lachten.

Hans schüttelte bei dem Gedanken belustigt den Kopf.

»Luca hat mir erzählt, dort hätte eine Angestellte des ehemaligen Hausbesitzers gewohnt. Weißt du noch mehr darüber?«, fragte Nelli.

»Es handelte sich wohl um seine unverheiratete Schwester oder Cousine. Das Gebäude und der Garten waren schon ganz verfallen und überwuchert, als ich den Besitz erworben habe. Wir wollten die Revitalisierung irgendwann angehen, aber ich denke, das lasse ich doch lieber. Giulia hat durchaus recht: Was will ich damit? Im Grunde ist schon das Haupthaus viel zu groß. Trotzdem: Die Casetta einfach sich selbst überlassen geht irgendwie auch nicht. Noch Wein?«

»Gern. Er schmeckt köstlich.«

Nelli kam der Gedanke, ob sie sich nicht bei Hans erkenntlich zeigen konnte, indem sie beim Häuschen ein wenig für Ordnung sorgte. Sie verspürte richtig Lust darauf, es aus seinem Dornröschenschlaf zu erwecken. Heute Vormittag hatte sie sich da so wohlgefühlt, und sie freute sich jetzt schon, am Morgen wieder hinzugehen und in die unvergleichliche Atmosphäre einzutauchen. Sie war sich nicht sicher, wie Hans auf diesen Vorschlag reagieren würde, wollte ihn aber dennoch vorbringen.

»Was hältst du davon, wenn ich mich dort mit einem Besen und einer Gartenschere betätige?«

»Bei der Casetta?« Er musterte sie interessiert.

»Ja. Ich denke, wenn ich das Mauerwerk frei schneide und rundherum ein wenig Ordnung schaffe, sieht man besser, ob irgendwo etwas getan werden muss, um die Bausubstanz zu erhalten.«

Giulia wirkte völlig fassungslos. »Du willst in deinem Urlaub dort rumputzen?«

Nelli lächelte. »Ich habe zu Hause keinen Garten. Mir würde das Spaß machen. Außerdem ist es da so hübsch und ruhig. Ehrlich, das wäre eine optimale Abwechslung zu meinem Bürojob. Hättest du etwas dagegen, Hans?«

»Natürlich nicht. Aber fühl dich bitte nicht verpflichtet. Sobald du keine Lust mehr hast, hörst du auf, ja?«

Nelli nickte. »Sicher. Vielen, vielen Dank!«

»Und pass bitte auf, Kornelia! Es ist nicht auszuschließen, dass sich ein Dachziegel verselbstständigt oder irgendwo ein morscher Ast abbricht. Und der zusammengestürzte Holzüberbau auf der Treppe ist lebensgefährlich – um den mach auf jeden Fall einen Bogen.«

»Selbstverständlich. Ich gebe acht und betreibe das alles nur nach Lust und Laune. Kann ich mir bei dir Gartenwerkzeug ausborgen?«

»Du willst das wirklich, oder?«, stellte Giulia fest. »Irgendwie spricht das – mit Verlaub – nicht gerade für deinen Job, wenn du Arbeiten bei der Casetta für Urlaub hältst.« Giulia zwinkerte Nelli zu. In ihrer Stimme schwang keinerlei Spott mit.

Nelli grinste. Giulia hatte ja durchaus recht. Vermutlich sprach der Umstand, dass Nelli scharf darauf war, sich bei dem alten Häuschen zu betätigen, nicht gerade für ihr Leben im Allgemeinen. Aber so war es jetzt nun einmal.

»Mein Beruf ist halt eher statisch«, erwiderte sie. »Und drinnen.«

Und festgefahren. Und ohne den geringsten Hauch von Magie.

Giulia hob ihr Glas und stieß mit Nelli an. »Möchtest du nicht auch einmal bei mir Urlaub machen?«

Sie lachten.

Dann tranken sie nacheinander auf die Casetta, den Tomaten-Baron und seine unverheiratete Verwandte. Anschließend stießen sie noch auf Giacomo an, der zufällig in die Küche getrottet kam. Und schließlich darauf, dass Hans genug Wein vom Markt herbeigeschafft hatte.

Während Hans immer nur ein wenig an seinem Glas nippte, nahmen Giulia und Nelli große, genüssliche

Schlucke. Dazu naschten sie die köstlichen Antipasti und plauderten entspannt.

»Du sagtest, deine Kinder sind erwachsen?«, fragte Nelli.

»Ja, meine Tochter ist in Hamburg verheiratet, und die beiden Söhne studieren. Schon ziemlich lange.« Sie verdrehte die Augen. »Sie trampen diesen Sommer durch Amerika. Sonst wäre es hier nicht so schön ruhig.«

»Kann ich mir vorstellen! Und dein Mann?«

»Der hat nicht so viel Urlaub wie ich als Lehrerin. Wir sind dann im August noch einmal zusammen hier.«

Nelli fühlte sich wunderbar gelöst. Ein richtiges Urlaubsgefühl kam in ihr auf. Sie fragte sich plötzlich, wie sie je auf die Idee gekommen war, in Gegenwart dieser entzückenden Leute nicht sie selbst sein zu können. Hans schien Menschen im Allgemeinen zu lieben und jeden so zu nehmen, wie er war. Egal, worüber sie sich unterhielten, aus ihm sprachen stets uneingeschränkte Toleranz und Aufgeschlossenheit. Giulia ähnelte ihm diesbezüglich, nur war sie wesentlich quirliger. Sie lachte viel und konnte andere mit ihrer Fröhlichkeit problemlos anstecken.

Nelli hatte die beiden längst in ihr Herz geschlossen. Und begonnen, sie nicht mehr unbedingt nur als Lucas Angehörige, sondern als Freunde wahrzunehmen.

Bald fühlte sie sich vom Alkohol herrlich benebelt. Sie lehnte sich zurück, lauschte Giulias amüsanten Erzählungen von ihren Kindern und kostete die Unbeschwertheit aus, die sich über ihr Gemüt gelegt hatte.

Sie stellte sich vor, wie sie dieses Gefühl in ihrem Inneren verankerte, damit es stabil blieb und nicht vom erstbesten Anfall von Sorgen und Bedenken weggerissen werden konnte.

Es muss doch irgendwie möglich sein, ganz bewusst aus einer schlechten Phase, wie ich sie derzeit offensichtlich durchmache, auszusteigen. Man bleibt ja auch nicht in einem Zug sitzen, wenn man längst festgestellt hat, dass er in die falsche Richtung fährt. Bei der nächsten Haltestelle heißt es dann: Tür auf, raus, Tür zu. Alles gut.

»Hallo!«, rief Tina, die soeben die Küche betrat. »Wir sind zurück.«

Roberto folgte ihr. Er grüßte in die Runde.

Plötzlich erschien Nelli der Raum zu klein.

»Wo ist Tristan?«, fragte Tina.

»In deinem Zimmer«, gab Giulia zur Auskunft. »Er war den ganzen Tag nicht draußen, glaube ich.«

»Echt?« Merklich geknickt drückte Tina ihrem Großvater einen Kuss auf die Wange. »Ich hatte gehofft, er sei mit Luca unterwegs.«

»Nein, der ist mit Totò und Massimo am Fluss«, teilte Nelli ihr mit. Der Alkohol ließ ihre Gedanken genau wie ihre Zunge träge werden, aber sie fand, dass sie zum Glück noch ganz normal klang.

»Hoffentlich ist Tristan nicht sauer, weil ich einfach ohne ihn weggefahren bin.« Tina legte besorgt die Stirn in Falten.

Mädchen, überleg doch lieber, ob du auf ihn sauer bist, weil er ein selbstverliebter Vollpfosten ist.

Hans legte seiner Enkelin eine Hand an die Wange. »Weißt du, was? Wir sehen nach ihm und fragen, ob er uns beim Grillen hilft.« Er stemmte sich an der Tischkante hoch und richtete sich etwas mühsam zu seiner stattlichen Größe auf. »Ich habe mariniertes Lamm vom Markt mitgebracht.« Den Arm um seine Enkeltochter geschlungen, verließ er mit ihr die Küche.

Nelli durchflutete erneut Zuneigung für diesen bezaubernden Mann. Wie sehr ihm das Wohlergehen all seiner Lieben samt Anhang am Herzen lag, war deutlich spürbar. Er kam ihr vor wie ein Fels in der Brandung, die diese Familie durchwirbelte. In seiner Gegenwart wirkte alles so einfach. Sie würde ihn vermissen, wenn sie abgereist war.

Roberto holte ein Glas aus dem Schrank und setzte sich neben seine Schwester an den Küchentisch.

»Also, Bruderherz, während du weg warst und dich amüsiert hast, haben wir hier eine Strategie erarbeitet«, verkündete diese, lehnte sich gegen ihn und legte den Kopf auf seine Schulter. »Nelli renoviert die Casetta, und dann bieten wir sie den Immobilienleuten an. Die Casetta, meine ich, nicht Nelli.« Sie kicherte so heftig, dass sie am ganzen Körper bebte.

»Euer Vater ist wie Dumbledore«, sinnierte Nelli laut. Sie hatte nur halb mitbekommen, dass Giulia gerade ein anderes Thema angesprochen hatte.

»Was?« Robertos Miene spiegelte absolute Verwirrung wider. Skeptisch sah er zuerst seine Schwester und dann Nelli an.

»Wieso ist unser Vater wie Dumbledore?« Giulia

prustete. »Er hat weder einen Bart noch lange Haare. Und zaubern kann er auch nicht.« Sie schien den Vergleich ziemlich komisch zu finden.

Nelli musste ebenfalls lachen.

»Habt ihr zwei einen im Tee?«, fragte Roberto.

»Wir doch nicht«, behauptete Giulia und kicherte erneut.

»Was Alkohol angeht, bist du eindeutig deutsch, Giulia«, meinte er. Nelli glaubte, ein feines Lächeln um seine Lippen spielen zu sehen.

»Weil ich mal mehr als ein Miniglas Wein trinke? Du tust gerade so, als wäre ich abgefüllt wie ein Engländer auf dem Oktoberfest. Wir haben eine absolut überschaubare Menge Wein getrunken, stimmt's, Nelli?«

»Eine nicht als unvernünftig einzuschätzende Menge Wein«, bestätigte diese und nahm einen weiteren Schluck.

»Eine dem Geschmack des Weines angemessene Menge.«

»Eine durchaus vertretbare Menge.«

»Die Menge des Weines würde andere nicht zu einem Kommentar hinreißen.«

Nelli und Giulia grinsten sich an. Sie funktionierten wirklich gut zusammen – wie zwei Freundinnen, die sich schon ewig kannten.

Roberto hob amüsiert die Hände. »Okay, okay, hört auf.«

Es war das erste Mal seit ihrer Begegnung im Tomatenfeld, dass Nelli ihn nicht mürrisch erlebte. Sein Gesicht nahm einen völlig anderen Ausdruck an, in den

Augenwinkeln und rund um den Mund erschienen Lachfältchen, seine blauen Augen leuchteten.

»Nun gebt schon her und lasst mich auch probieren«, sagte er und griff nach der Flasche.

Nelli überlegte, welche der beiden Versionen, die sie bisher von ihm kennengelernt hatte, seinem Charakter wirklich entsprach. Wieso konnte sie ihn so schwer einschätzen? Normalerweise verfügte sie über eine gute Menschenkenntnis und war durchaus in der Lage, ihr Gegenüber richtig einzuordnen, doch bei Roberto Baumert blieb sie ratlos.

Wieso zerbreche ich mir eigentlich den Kopf darüber, was in ihm vorgeht? Ich beschäftige mich eindeutig viel zu viel mit ihm.

Gedankenverloren griff sie nach einem Stück Käse. Im selben Moment streckte Roberto die Hand danach aus, und für einen kurzen Moment berührten sich ihre Finger.

Nelli zog die Hand zurück.

»Hallo, Leute!«, rief Luca, der eben den Raum betrat, wie so oft viel zu laut.

Nelli sah auf ihren Daumen, wo Robertos Haut vorhin die ihre gestreift hatte.

Dieser Mann schafft es mit seiner seltsamen Art, mich völlig aus dem Konzept zu bringen.

»Wieso hast du kein T-Shirt an?«, hörte sie Giulia sagen.

Nellis Blick zuckte hoch. Vor ihr saß Roberto in demselben hellblauen, bis zum Ellbogen aufgekrempelten Hemd, das er schon seit dem Morgen trug.

»Meine Güte, der Junge bekommt schnell Farbe«, bemerkte Giulia.

Jetzt erst wurde Nelli bewusst, dass nicht von Roberto, sondern von Luca die Rede war, der sich gerade ein Bier aus dem Kühlschrank holte.

»Mein T-Shirt wurde davongeschwemmt«, erwiderte er lässig. Die Zähne leuchteten weiß aus seinem tiefbraunen Gesicht. »Treibt mittlerweile sicher irgendwo den Po entlang zur Adria.«

Nelli merkte, dass sie sich den Daumen massierte, hielt inne und griff schnell nach ihrem Weinglas. Möglichst unauffällig warf sie einen Blick auf Roberto, um festzustellen, ob er sie beobachtet hatte, doch der starrte auf das Stück Ciabatta, das er gerade zerpflückte. Vor ihm auf dem Tisch lag ein kleines Häufchen aus Brotstücken und Krümeln.

»Und? Hattest du einen schönen Nachmittag?«, erkundigte sich Luca.

»Wer, ich?«, gab Nelli leicht verwirrt zurück. Ihr Kopf schwirrte. Vermutlich hatte sie doch einiges mehr an Alkohol erwischt, als sie vertragen konnte.

Luca stellte sich hinter ihren Stuhl, beugte sich herunter und umschlang ihre Taille. Sein ganzer Körper war von der Sonne aufgeheizt und strahlte Wärme aus. »Ja, natürlich du.« Er küsste sie auf die Wange.

»Die beiden haben ›eine durchaus vertretbare Menge Wein‹ getrunken«, berichtete Roberto.

Luca grinste, setzte sich neben Nelli und stürzte sich auf die Reste der Antipasti. »Ich habe echt einen Bärenhunger. Gibt es nicht mehr zu essen?«

»Nonno will grillen.« Giulia stand auf. »Ich werde mal einen Salat dazu machen.«

»Da helfe ich dir«, erwiderte Nelli, froh, eine Beschäftigung zu bekommen.

»Alles klar.« Luca richtete sich auf und gab ihr einen flüchtigen Kuss. »Ich stemme in der Zwischenzeit noch ein paar Gewichte. Weißt du, wo Nonno die Hanteln aufbewahrt, die ich letztes Jahr hiergelassen habe?«, fragte er seinen Vater.

Roberto schüttelte den Kopf.

Als Luca die Küche verließ, fiel Nellis Blick auf seinen bronzefarbenen, muskulösen Rücken.

Giulia sagte: »Der Junge kann kaum fünf Minuten still sitzen. Dauernd muss er powern.«

Nelli nickte gedankenverloren.

16

Am nächsten Tag zog Nelli schon morgens Richtung Casetta los. Alle schliefen noch, und es war schrecklich früh, aber sie freute sich so sehr auf das bezaubernde kleine Haus und ihre Betätigung dort, dass es sie aus dem Bett trieb. Sie trank bloß einen Espresso und packte sich ein wenig Brot, Tomaten und eine Wasserflasche in ihren Rucksack. Dazu steckte sie die von Hans bereitgelegte Gartenschere und Arbeitshandschuhe. Nachdem sie Besen und Rechen geschultert hatte, machte sie sich auf den Weg. Dieses Mal hatte sie besseres Schuhwerk angezogen und konnte daher mit schnellen Schritten das Wäldchen durchqueren.

Bei der Casetta angekommen, setzte sie sich zuerst auf die Stufen der Veranda und aß eine Kleinigkeit. Um diese frühe Uhrzeit tauchte die Morgensonne die Welt in weiches Licht und ließ die Schatten sanfte Kontraste zeichnen. Jetzt, da das Zirpen der Grillen noch nicht alles übertönte, hörte Nelli die Bienen an den Blüten der verwilderten Rosen summen. Sie fühlte sich von der idyllischen Stimmung sofort erfasst.

Am Vorabend beim Schlafengehen, als die Wirkung des Alkohols langsam nachgelassen hatte, waren ihre Gedanken wieder im Kreis gewandert. Sie verfiel einfach allzu schnell ins Grübeln, wie sich ihr Leben wohl gestalten würde, wenn sie nach dem Urlaub nach Hause zurückkehrte. Voller Unzufriedenheit machte sie sich bewusst, dass es schlicht und ergreifend nichts gab, worauf sie sich freute. Im Grunde, dachte sie, war die Reise eine Flucht vor etwas, was sich in der Zeit ihrer Abwesenheit nicht änderte. Über diesem trüben Gedanken hatte sie lange nicht einschlafen können.

Seit sie aber eben durch den Tunnel mit den Rosen geschritten war, begann sich eine herrliche Ruhe über ihr Gemüt zu legen. Was nachher kam, war ihr gerade völlig egal. Jetzt wollte sie nur dieses bezaubernde Fleckchen Erde genießen.

Nelli trank aus der Wasserflasche, dann band sie sich die Haare hoch und schnupperte noch ein wenig an den wild wachsenden Blumen. Anschließend machte sie sich ans Werk. Zuerst rupfte und schnitt sie alle Ranken, die sie erreichen konnte, rund um die Veranda weg und warf sie etwas abseits auf einen Haufen. Danach nahm sie mit dem Besen deren Stufen und Bodenbretter in Angriff. Sie wirbelte dabei so viel Staub auf, dass sie husten musste und einige Schlucke Wasser brauchte. Zum Schluss befreite sie den gesamten Vorplatz von Unrat und rechte die vertrockneten Blätter vom letzten Herbst zur Seite. Gemeinsam mit dem Berg der Abfälle wuchs auch Nellis Ausgeglichenheit.

Die körperliche Anstrengung fühlte sich an wie eine Offenbarung. Ihr war, als könne sie die emotionalen Belastungen der vergangenen Wochen und Monate zusammen mit dem Dreck beiseitefegen. Was blieb, war herrlicher Friede in ihrem Kopf und ihrer Seele.

Erst als sie sich für eine kleine Pause mit einer Tomate in den Schatten setzte, fiel ihr auf, dass sie ihr Handy nicht mitgenommen hatte. Das war total untypisch für sie, denn eigentlich checkte sie gern regelmäßig ihre Nachrichten. Die vergangenen Stunden über hatte sie jedoch nicht ein einziges Mal an ihr Telefon gedacht. Sie stellte fest, dass es ihr völlig egal war, ob Luca sie anrufen konnte, um zu hören, wo sie steckte – im Gegenteil, sie genoss es sogar, abgetaucht zu sein. Hans würde sich denken, wo sie war, und das genügte.

Sie streckte die Beine aus, lehnte den Kopf gegen die Hausmauer und schloss die Augen.

Was hat dieses Häuschen, diese kleine, völlig verwahrloste Bruchbude, nur an sich, dass ich mich hier so wohlfühle? Liegt es daran, dass dieser Ort eine Art Niemandsland ist? Aus der Zeit gefallen? Hier muss ich mich nach keinem richten und auf niemanden Rücksicht nehmen. Die Casetta hat weder etwas mit meinem eigenen Leben zu tun noch mit dem eines anderen.

Nachdem sie sich ein wenig ausgeruht hatte, rappelte sie sich auf, schnappte sich erneut den Besen und fing an, die Decke der Veranda von Spinnweben zu befreien. Die gesamte Holzkonstruktion erschien ihr völlig in Ordnung, und sie freute sich darauf, Hans später davon berichten zu können.

Voller Elan fuhr sie die Balken entlang, doch das erwies sich als ziemlich anstrengend. Erschöpft ließ sie die Arme sinken, wobei sich der Stiel an einem der Fensterläden verhakte. Quietschend klappte dieser auf.

Erstaunt hielt Nelli inne. Dahinter, zwischen dem Holz und der milchig schmutzigen Scheibe war ein Stapel Bücher verborgen. Sie stellte den Besen weg und trat näher.

Umberto Eco, Nick Hornby, Juli Zeh, Robert Seethaler, Irvin D. Yalom, F. Scott Fitzgerald und Donna Leon – allesamt Taschenbuchausgaben, nicht mehr ganz neu, aber in gutem Zustand. Noch bevor sie sich fragen konnte, wer hier seinen Lesestoff gebunkert hatte, ließ ein Räuspern sie hochschrecken.

Roberto stand vor der Veranda.

»Oh, hallo«, brachte sie hervor und legte die Hand auf ihr stolperndes Herz.

Okay. Ich habe wirklich ein sehr angegriffenes Nervenkostüm. Wie ein Huhn, wenn's donnert.

»Entschuldigung. Ich wollte dich nicht erschrecken.«

Nelli konnte seinen Gesichtsausdruck noch weniger deuten als sonst, weil er eine dunkle Sonnenbrille trug.

»Kein Problem«, erwiderte sie, obwohl ihr Puls raste. Völlig aus dem Konzept gebracht, wusste sie nicht recht, was sie sagen sollte.

Roberto versenkte seine Hände in den Taschen seiner dunkelblauen, kurzen Chinohose.

»Was machst du hier?«, fragte er nach einem Augenblick unangenehmen Schweigens, in dem sie überlegte, warum sie sich in seiner Gegenwart einfach nie unbefangen fühlen konnte.

Sie griff nervös nach dem Besen. »Das ist mit Hans abgesprochen. Ich sorge nur ein wenig für Ordnung.«

»Wieso sorgst du hier für Ordnung?«

Deutlicher könnte er kaum signalisieren, was sein Problem ist: Er fühlt sich von mir gestört. Selbst wenn ich mich nützlich mache, kommt er mit meiner Anwesenheit kein bisschen zurecht.

Ihrer Meinung nach verhielt sie sich ausgesprochen rücksichtsvoll und zurückhaltend, was seine Ressentiments umso lächerlicher erscheinen ließ. Ihr Herz trommelte noch immer gegen ihre Rippen, daher atmete sie unauffällig tief durch, bevor sie antwortete: »Mir bereitet das Freude, und gleichzeitig tue ich Hans den Gefallen, das Gebäude in einen Zustand zu bringen, der es einem ermöglicht, gröbere Schäden zu erkennen.«

Sie hatte im Job immer wieder mit schwierigen Leuten zu tun und konnte eigentlich gut mit ihnen umgehen, doch bei Roberto wollte ihr das nicht gelingen. Schnell besann sie sich auf ihre Standardmethode: ohne Kleidung vorstellen. Damit bekäme die Situation etwas Absurdes und sie wieder Oberwasser. Sie betrachtete ihn verstohlen. Das weiße T-Shirt lag lose um seinen Oberkörper, ließ aber eine gute Figur erahnen. Er war bei Weitem nicht so muskulös wie Luca, jedoch zweifellos sportlich.

Je länger sie sich ausmalte, wie Roberto wohl tatsächlich nackt aussah, desto unruhiger wurde sie. Hektisch versuchte sie, diese Bilder wieder aus ihrem Kopf zu vertreiben. Selbst die Wunderwaffe – das imaginäre rosa Tutu – wollte seine Zerstörungskraft einfach nicht entfalten. Roberto blieb in ihrer Vorstellung männlich und gut aussehend.

Hallo? Was ist los mit mir? Lasse ich mich von ein bisschen guter Optik aus dem Takt bringen? Dieser Zug fährt gerade definitiv in die falsche Richtung! Wo ist die nächste Haltestelle? Tür auf, raus, Tür zu!

Roberto blickte sich um. Ob er bemerkte, wie vielen wuchernden Ranken sie rund um die Veranda schon den Garaus gemacht hatte, war nicht zu erkennen. Vermutlich war er seit Ewigkeiten nicht mehr hier gewesen und wusste gar nicht, wie es bis vor ein paar Stunden noch ausgesehen hatte.

Jetzt kam er langsam die Stufen herauf. Bedächtig setzte er einen Fuß in Lederflipflops vor den anderen.

Och nö, was will er denn? Kann er nicht einfach wieder gehen? Das hier ist doch eigentlich mein Fleckchen!

»Ich wollte nicht stören, aber …« Er hielt mitten im Satz inne und deutete hinter sie.

Verwirrt sah sie in die Richtung, in die sein Finger zeigte. Dort befanden sich die Bücher.

Er ging zum Fenster und nahm den Nick Hornby vom Stapel. Dabei kam er ihr ziemlich nahe.

Nelli spürte, wie ihr ganzer Körper anfing zu kribbeln.

»Warum hebst du hier deine Bücher auf?«, wollte sie wissen. »Ist in deinem Zimmer im Haus kein Platz dafür?« Sofort ärgerte sie sich über die dämliche Frage.

Roberto deutete auf das alte Sitzkissen auf dem Mauervorsprung in der Ecke der Veranda. Nelli hatte vorhin überlegt, ob sie es auf den Müll befördern sollte, sich dann aber erst einmal dagegen entschieden.

»Ich komme seit Jahren hierher zum Lesen, wenn ich mich ein wenig von der Familie zurückziehen möchte. Tina und Tristan streiten wieder. Ist gerade ziemlich ungemütlich drüben im Haus.«

Nun fiel bei Nelli der Groschen. Es war sein Schuhabdruck, den sie am Tag zuvor entdeckt hatte, und er war auch jetzt nicht zufällig hier. Offenbar suchte er genauso nach Ruhe wie sie. Kein Wunder, dass er sich von ihr gestört fühlte, war sie doch unwissentlich in seinen geheimen Rückzugsort gepoltert.

»Oh, tut mir leid. Das wusste ich nicht.« Hastig stellte sie den Besen weg. »Ich gehe, damit du deine Privatsphäre hast.«

Er hob abwehrend die Hand. »Nein, so war das nicht gemeint. Um Himmels willen, mach bitte weiter! Also, ich meine selbstverständlich nur, wenn es das ist, was du tun möchtest. Niemand erwartet, dass du hier schuftest. Ich nehme das Buch mit zum …« Er brach mitten im Satz ab.

»Bitte, Roberto, das ist dein Platz. Ich wusste nicht, dass überhaupt jemand die Casetta nutzt. Sonst hätte ich dich natürlich gefragt, ob ich hier mein Unwesen treiben darf. Lass dich nicht stören! Setz dich hin und lies, wie du es sonst auch tun würdest.« Verlegen ging sie ans andere Ende der Veranda, wo sie ihren Rucksack auf der Brüstung an ein Terrakottagefäß gelehnt hatte. Als sie danach griff, riss sie versehentlich den Topf mit, der zu Boden fiel und mit einem lauten Scheppern zersprang. »Meine Güte, wie ungeschickt. Tut mir leid!«

Als sie sich peinlich berührt bückte, um die Scherben zu beseitigen, kam er zu ihr herüber und half.

»Die Veranda ist so sauber wie noch nie, seit mein Vater das Grundstück gekauft hat.«

Nelli sah ihm ins Gesicht, doch aus seiner Sonnenbrille blickte ihr nur ihr eigenes Spiegelbild entgegen. Meinte der Kerl das etwa sarkastisch?

»Ja, bis zum letzten Terrakottatopf alles aufgeräumt«, kommentierte sie daher ironisch.

Er schmunzelte. »Zum Glück. Das war ein wirklich hässliches Teil.«

Ich möchte wissen, wie er es schafft, dass man es als Offenbarung empfindet, wenn er mal ein wenig nett ist.

Als alle Scherben zusammengesammelt waren, richteten sie sich auf.

»Ich denke«, begann sie, damit bloß keine unangenehme Stille aufkommen konnte, »die Casetta ist in keinem allzu schlechten Zustand. Das größte Problem ist wohl die Außentreppe. Man kann sie nicht benutzen. Aber vielleicht gibt es innen auch einen Aufgang? Keine Ahnung. Es ist abgesperrt.«

»Gibt es nicht.« Roberto lehnte sich gegen die Brüstung der Veranda. »Die Kinder haben hier immer gespielt, aber irgendwann haben sie den Schlüssel verloren oder irgendwo versteckt und anschließend vergessen. Das ist bestimmt zehn Jahre oder länger her.«

Sie konnte kaum glauben, dass sich niemand genug für das schöne Häuschen interessierte, um zumindest den Schlüssel nachmachen zu lassen.

»Warum schüttelst du den Kopf?«, fragte Roberto.

»Ihr wart alle seit einer halben Ewigkeit nicht mehr da drin?« Sie deutete auf die verschlossene rissige Tür.

»Nein. Und das Obergeschoss haben wir überhaupt noch nie betreten. Die Treppe war bereits unpassierbar, als wir hergekommen sind.«

»Seid ihr nicht neugierig, was da oben ist?«

»Doch. Ich schon.«

»Und trotzdem hast du nie versucht reinzukommen?«

Er fuhr sich mit den Fingern durch die Haare. »Am Anfang hatten wir jahrelang alle Hände voll mit der Renovierung des Haupthauses zu tun. Jeden einzelnen Urlaub habe ich damit verbracht, mit meinem Vater und meinem Schwager daran herumzubasteln. Als wir endlich fertig waren, hatte ich einfach keine Lust mehr auf eine neue Baustelle, und im Laufe der Jahre habe ich dann nicht mehr viel über die Casetta nachgedacht.«

»Aber du kommst zum Lesen her.«

»Ja, seit einiger Zeit. Ich mag die Stille. Die Gedanken kommen zur Ruhe.«

Das konnte sie wirklich gut nachvollziehen, empfand sie doch exakt dasselbe.

Er nahm die Sonnenbrille ab und drehte sie in seinen Händen hin und her. Dann sah er Nelli an.

Ihr war nicht bewusst gewesen, wie blau seine Augen waren. Schnell wandte sie ihren Blick ab und starrte auf das Häufchen Scherben neben ihrem Fuß.

»Warum machst du das hier?«, fragte er nach einer Weile. »Wieso fährst du nicht mit Luca zum Baden oder nach Piacenza zum Shoppen?«

Sie zögerte. Sollte sie ihm verraten, dass sie aus ganz ähnlichen Gründen an diesem Ort war wie er? Weil sie die Abgeschiedenheit brauchte? Aber würde er dann nicht zu Recht fragen, weshalb sie überhaupt nach Tabbio gekommen war, wenn sie hier kaum Zeit mit seinem Sohn verbrachte? Die Vorstellung, dieses Thema mit Roberto zu erörtern, erschien ihr absurd und ließ sie nervös auflachen.

»Die Casetta macht mich neugierig«, antwortete sie schließlich ausweichend. Das war die Wahrheit. Zwar nur die halbe, aber immerhin keine Lüge. »Ein Gebäude wie dieses ist mir noch nie untergekommen. Hast du die Pflanzen im Garten gesehen? Da ist zwar alles total verwildert, doch ich kann mir gut vorstellen, wie es ursprünglich ausgeschaut hat. Und die Veranda ...? Da drüben sind Spuren auf den Dielen.« Sie zeigte ihm, was sie meinte. »Parallele Linien. Irgendetwas hat da auf dem Holz hin und her gerieben. Ich glaube, das war ein ...«

»Schaukelstuhl!«, vollendete er den Satz gleichzeitig mit ihr.

Sie konnte sehen, dass sich sein Gesichtsausdruck verändert hatte. Sein Interesse war eindeutig geweckt. Aus seinen Augen sprach etwas, das eben noch nicht da gewesen war.

»Ich stelle mir vor, wie die Frau, die hier wohnte, abends in diesem Stuhl hin und her gewippt und den Grillen zugehört hat. Vielleicht hat sie gelesen, so wie du das an diesem Ort tust, und dabei ein Glas Wein getrunken. Oder sie hat einfach nur ihren Gedanken nachgehangen.«

Roberto schien ihr aufmerksam zuzuhören. Dabei musterte er ihr Gesicht.

»Und hier«, sie deutete auf die Wand daneben. »Da sind vier rechteckig angeordnete Löcher, also denke ich, dass an dieser Stelle ein Regal hing. Vielleicht für Kräutertöpfchen? Basilikum, Oregano, Rosmarin.«

Er fuhr mit dem Finger über eine der kleinen Bohrungen. Man konnte seiner Hand die Arbeit ansehen, der er nachging. Nelli stellte sich vor, wie er eines seiner großartigen Möbelstücke aus Holz gestaltete. Wahrscheinlich strich er immer wieder genauso über die Oberfläche wie jetzt gerade über die Mauer.

»Wir könnten ein Fenster einschlagen«, sagte er plötzlich.

»Wie bitte?«

»Damit du dich im Inneren umsehen kannst.«

Dass er das vorschlug, überraschte sie. Roberto, der sie nicht mochte, der ihre Beziehung zu seinem Sohn nicht guthieß und der sie von hier fortwünschte, wollte ihr helfen, ihre Neugierde zu befriedigen?

Sie lächelte ihn an. Wenn sein Vorschlag als Friedensangebot gedacht war, freute sie sich aufrichtig darüber. »Nein, Roberto. Wir sollten nichts kaputt machen. Ich glaube, das ist altes Glas. Aber danke ...«

»Okay. Du hast recht«, erwiderte er und setzte die Sonnenbrille wieder auf. Nach kurzem Zögern fügte er hinzu: »Ich gehe zum Haus zurück. Ich habe Hunger.«

»Dann bleibe ich noch ein wenig. Falls du später hier lesen willst, ist das kein Problem. Es wird langsam ohnehin zu heiß zum Arbeiten.«

»Ja. Viel Spaß!« Er nahm sein Buch von der Brüstung, auf der er es vorhin abgelegt hatte, um ihr beim Aufsammeln der Scherben zu helfen. Dabei schmunzelte er. Anscheinend amüsierte er sich darüber, dass sie diesen Knochenjob wirklich auf sich nehmen wollte.

Nelli griff nach dem Besen und begutachtete die Decke der Veranda, um nachzusehen, wo noch Spinnweben übrig waren.

Plötzlich stieß er einen undefinierbaren Laut aus.

»Hast du etwas gesagt?«, fragte sie.

»Ich denke, das solltest du dir ansehen.«

»Was?«

»Komm her.«

Sie trat neben ihn.

Der Holzbalken, der rund um die Veranda den oberen Abschluss der Brüstung bildete, wies an einer Stelle einen auseinanderklaffenden fingerdicken Riss auf. Darin, kaum wahrnehmbar, weil das verrostete Metall beinahe dieselbe Farbe hatte wie das alte Holz, steckte tief verborgen ein Schlüssel.

17

»Willst du die Tür öffnen?«, fragte Roberto und hielt Nelli den Schlüssel hin. »Das ist ja irgendwie dein Projekt.«

Nicht zu fassen, wie umgänglich er sich auf einmal verhält!

Zögerlich nahm sie den Schlüssel aus seiner Hand, steckte ihn vorsichtig ins Schloss und drehte ihn herum. Die Tür sprang auf.

In der Casetta war es dunkel und roch nach abgestandener, staubiger Luft. Dazu kam ein Hauch Verwesungsgestank, der Nelli einen Schritt rückwärts machen ließ.

»Da ist wohl eine Maus krepiert«, meinte Roberto.

Sie hoffte inständig, dass es sich tatsächlich nur um einen Nager handelte.

»Ich gehe mal vor«, bot er an, hängte die Sonnenbrille an den Kragen seines T-Shirts und trat beherzt ein.

Nelli reckte den Kopf zur Tür hinein und beobachtete, wie er nacheinander die vier Fenster öffnete und die Läden aufdrückte. Bei dem, der mit Brettern vernagelt war, splitterte Holz. Nach und nach fluteten immer mehr Licht und Frischluft in die Casetta.

Sie bewegte sich vorsichtig bis zur Mitte des Raumes und sah sich um. Der Fußboden bestand aus Steingutfliesen. Manche waren beschädigt und mit einer dicken Schmutzschicht überzogen, aber man konnte das geometrische Muster aus weißen und schwarzen Quadraten und Dreiecken gut erkennen. Von den Wänden schälten sich etliche übereinanderliegende Farbschichten, die zerbröckelt auf dem Boden und den Fensterbrettern lagen. Durch eine mit einem Rundbogen bekrönte Öffnung in der Mauer gegenüber der Tür gelangte man in einen zweiten, kleineren Raum.

Roberto hatte mittlerweile auch dort die Fenster geöffnet. Als Nelli ihm folgte, stand er vor zwei alten Klappstühlen mit einer verschossenen Stoffbespannung. Ringsum lagen etliche leere Cola-Flaschen sowie Berge von Papierschnipseln – offensichtlich hatten sich Mäuse an liegen gelassenen Zeitschriften und Comics gütlich getan. Dahinter an der Wand prangten in mit Kuli ausschraffierten Buchstaben die Wörter: *Wingardium Leviosa, Luci is the best* und *Tina for president.*

»Du bist offensichtlich nicht der Erste, der zum Lesen hierherkommt«, bemerkte Nelli.

»Scheint so«, erwiderte er lächelnd.

Sie sah sich weiter um. In der Ecke lehnte eine zusammengeklappte Sonnenliege aus Holz. Daneben befanden sich ein Steinbecken mit rostiger Armatur und ein blindes Ofenrohr.

»Das war vermutlich mal die Küche«, überlegte Nelli und drehte am Wasserhahn. Aus der Leitung drang ein lang gezogener Seufzer, sonst tat sich nichts.

»Und? Wie sieht es nach dieser Besichtigung mit der Lust aus, hier klar Schiff zu machen?«, fragte Roberto und zeigte grinsend auf die zentimeterhohe Schmutzschicht, die alles bedeckte.

»Ich brenne darauf.«

Roberto lachte.

»Du findest es verrückt«, stellte sie fest.

Nicht dass seine Meinung auch nur annähernd ausschlaggebend für mich wäre! Aber irgendwie bin ich neugierig zu hören, was er denkt.

Nachdem er seinen Blick ein Weilchen auf ihr hatte ruhen lassen, sagte er: »Die Leute machen in ihrem Urlaub die seltsamsten Dinge. Manche legen sich wie die Ölsardinen an die Adria. Einige quälen sich mit dem Rad den Mont Blanc hinauf. Ich komme seit fünfzehn Jahren fast jede freie Minute in ein Kaff namens Tabbio. Ich muss die Gelüste anderer genauso wenig verstehen wie sie meine.«

Nelli mochte, wie die Grübchen rund um seinen Mund ihr Eigenleben entwickelten, wenn er schmunzelte, und wie sich seine Augen dann zu Halbmonden zusammenzogen. All die Lachfältchen in seinem Gesicht schienen von jahrzehntelangem Amüsement zu erzählen.

»Ich denke, ich fege noch ein wenig, und anschließend mache ich für heute Schluss«, sagte sie. »Drück mir die Daumen, dass ich keine halb toten Nager finde.«

»Halb tot halte ich für unwahrscheinlich.« Er setzte die Sonnenbrille wieder auf und wandte sich zum Gehen. An der Tür blieb er jedoch stehen. »Deine Theorien, wie diese Frau damals hier gelebt hat ... der Schaukelstuhl und so weiter ...«

»Ja, ich weiß: blühende Fantasie.«

»Ich würde später gern hören, was dir zu diesen beiden Räumen einfällt.« Damit drehte er sich um, und Nelli blieb allein in dem kleinen Häuschen zurück.

Luca kehrte erst am Abend zusammen mit seinen beiden Freunden von einer Wanderung im Bergland rund um Tabbio zurück. Hans lud Totò und Massimo zum Essen ein, woraufhin ihnen zuliebe hauptsächlich italienisch gesprochen wurde. Für Nelli war das nicht weiter schlimm, denn Giulia, die neben ihr saß, übersetzte ihr immer wieder, worum es ging. Außerdem hörte sie die Sprache gern. Aber dass Luca nicht das geringste Interesse daran zeigte, über die Casetta, die sie so begeisterte, zu reden, ließ leisen Groll in ihr aufkommen.

»Bitte hör mir mit diesem alten Kasten auf«, erwiderte er, als sie ihm erzählen wollte, wie Roberto und sie den Schlüssel gefunden hatten.

»Es ist ein wirklich hübscher, idyllischer alter Kasten«, beharrte sie vor den Kopf gestoßen.

»Abgewohnt, dreckig und langweilig trifft es wohl eher.« Er winkte ab, wandte sich seinen Freunden zu und sagte lachend etwas auf Italienisch zu ihnen. Nelli konnte kaum glauben, dass er sich nicht einmal dazu durchrang, sich ein paar Sätze lang anzuhören, was sie an diesem Tag gemacht hatte.

Er selbst hat sich doch eben in epischer Breite darüber ausgelassen, welchen Weg sie entlanggewandert sind, und ich habe neugierig nachgefragt, ihn zum Erzählen ermuntert! Wie wäre es jetzt also mit einem kleinen Quäntchen Aufmerksamkeit für meine Themen?

»Und ihr wart tatsächlich in der Casetta, Kornelia?«, erkundigte sich Hans. »Wie sieht es dort aus?« Nelli kam es so vor, als würde er nur fragen, weil er merkte, dass Lucas Desinteresse sie enttäuschte.

»Roberto hat die Fenster geöffnet, und ich lasse die Räume über Nacht gut durchlüften. Es hat nicht wirklich appetitlich gerochen. Aber abgesehen davon, dass der Verputz von der Wand fällt und das Wasser nicht funktioniert, ist alles in Ordnung. Der Boden ist wunderschön. Er könnte vielleicht da und dort ausgebessert werden, doch das muss nicht unbedingt sein. Dieses Gebäude ist etwas Besonderes.«

»Roberto war auch ganz begeistert, wieder einmal in dem Häuschen gewesen zu sein«, berichtete Hans und schob sich eine Gabel voll Muschelrisotto in den Mund.

Sein Sohn fehlte bei dieser Mahlzeit, weil er in die Osteria gegangen war, um dort jemanden zu treffen. Nelli hätte gern gewusst, wen, aber sie hütete sich zu fragen.

»Ach, ich weiß noch so gut, wie sich die Kinder immer dorthin zurückgezogen haben, als hier Baustelle war«, fing Giulia an. »Tina war sieben und Luca neun. Sie haben jede Menge Essen hingeschleppt und waren dann stundenlang verschwunden. Zuerst hatte ich wahnsinnig Angst, dass ihnen in dem heruntergekommenen Gebäude etwas passieren könnte.« Sie lachte bei dieser Erinnerung. »Meine eigenen Kinder haben sich nie recht dafür interessiert, aber ihr beide …«, sie blickte erst Tina, dann Luca an, der nach wie vor ins Gespräch mit seinen Freunden vertieft war, »wart verrückt nach der Casetta. Einige Jahre später als Teenager habt ihr sogar ein paarmal da geschlafen.«

»Nur ein einziges Mal«, korrigierte Tina. »Es war schrecklich unbequem, weil du nicht wolltest, dass wir Matratzen mit rübernehmen.«

»Es wäre Unsinn gewesen, die neuen Sachen aus der Casa dort in den Dreck zu legen«, verteidigte sich Giulia.

Nelli stellte sich vor, wie Luca als Jugendlicher in der Casetta übernachtet hatte.

»Luca wollte danach mit den Jungs aus dem Dorf«, Tina zeigte auf Totò und Massimo, »in der Casetta pennen. Und da ich es nicht gut fand, dass sich die nach Testosteron stinkende Bande dort breitmacht, habe ich den Schlüssel versteckt.«

»In der Ritze im Geländer?«, fragte Nelli.

»Nein, eigentlich habe ich ihn auf einen Balken vom Verandadach gelegt. Doch dann war er plötzlich weg.«

»Er muss wohl hinuntergefallen und in den Spalt gerutscht sein«, kombinierte Hans.

»Ich dachte zuerst, Luci hätte ihn genommen, aber der hat geschworen, ihn nicht gesehen zu haben. Er war stinksauer, dass aus seiner Übernachtungsparty nichts wurde. Dir hab ich nicht erzählt, dass ich den Schlüssel verloren hab, Nonno. Ich hatte Angst, du schimpfst mit mir. Ich musste Luci das Taschengeld von drei Monaten geben, damit er dichthält.« Sie lachte.

Hans schmunzelte.

»Wie lange ist das her?«, erkundigte sich Nelli.

»Etwa zehn Jahre. Ich war wohl zwölf und Luci vierzehn.«

»Wie schnell ihr groß geworden seid. Mir ist, als wäre es gestern gewesen«, murmelte Giulia und seufzte.

Nelli wurde wieder einmal bewusst, wie jung Luca wirklich war. Bei so einer Erzählung konnte sie unmöglich ausblenden, dass er vor wenigen Jahren noch ein Kind gewesen war. Natürlich hatte sie das die ganze Zeit über gewusst, aber in diesem Augenblick kam diesbezüglich ein neues Gefühl in ihr auf: Es störte sie.

Es störte sie, dass er neben ihr saß und mit seinen Freunden herumalberte. Es störte sie, dass er sich für nichts interessierte, was sie tat. Dass seine Schwester ihr diese Geschichte von früher erzählte und nicht er. Es störte sie, dass er sich ständig so verhielt, dass sie den Altersunterschied spüren musste.

In ihrer Speiseröhre brannte es. Es war das erste Mal an diesem Tag, dass sich Nellis Magenprobleme bemerkbar machten. Sie legte die Gabel weg und trank einen Schluck Wasser.

»Und was sind deine weiteren Pläne für die Casetta?«, erkundigte sich Hans. Sein Blick ruhte freundlich auf ihr.

»Eigentlich hätte ich gern gewischt und die Fenster geputzt, aber es gibt ja leider kein Wasser. Also werde ich wohl im Garten herumschnippeln, wenn es dir recht ist.«

Er nickte.

»Du bist ja ein richtiger Workaholic. Was machst du noch mal beruflich? Hausmeisterin?«, fragte Tristan belustigt.

Nelli hatte wenig Lust, auf seine arrogante Bemerkung einzugehen, daher war sie froh, dass Hans das für sie tat: »Kornelia ist Juristin, Tristan, wie dein Vater.«

Ach, echt?

Tristan musterte sie ungläubig. Sein Blick blieb am Ausschnitt ihres Sommerkleides hängen und verweilte dort.

»Anwältin, ja?«, fragte er an ihre Brust gerichtet.

»Nein, Juristin bei der Stadtverwaltung«, erwiderte sie kühl. Irgendwie kriegte sie bei diesem Jungen immer irre Lust, ihn zu ohrfeigen.

»Ich bin der Sohn von Andreas Schnitz, dem Staranwalt.« Nun sah er sie wieder direkt an, wohl um ihre beeindruckte Miene nicht zu verpassen, lehnte sich in seinem Stuhl zurück und legte blasiert zwei Finger an die Schläfe.

Nun ist alles klar: Er hält sich für etwas Besseres, weil sein Vater dieser mediengeile Promi-Verteidiger ist, der keine Party auslässt, über die in der Bild *berichtet wird.*

»Andreas Schnitz? Kenn ich nicht«, log sie.

Tristan schnaubte verächtlich. Seine Miene ließ kaum Zweifel daran, dass er sie spätestens ab jetzt nicht mehr für voll nahm.

Hans und Giulia schwiegen.

»Ab und zu ist einer seiner Fälle in der Zeitung«, setzte Tina zu einer Erklärung an.

»*Vado a prendere il mio iPad e velo faccio vedere*«, sagte Luca in diesem Augenblick zu seinen Freunden, erhob sich und verschwand im Haus.

Als Nelli ihm fragend nachsah, übersetzte Giulia: »Er holt sein iPad, weil er ihnen irgendetwas zeigen will.«

Später am Abend schrieb Nelli noch eine Weile mit Doris hin und her:

Mir scheint, das zwischen deinem Toyboy (sorry, aber ich warte schon mein ganzes Leben lang darauf, dieses Wort einmal benutzen zu können) und dir funktioniert wirklich. Was du beschreibst, also dass ihr nicht das Gefühl habt, dauernd aufeinanderkleben zu müssen, klingt echt entspannt 😎
Hat sich der Vater ein wenig beruhigt? Oder behandelt er dich noch immer so seltsam?
Wie geht es deinem Magen?
Was machst du so den ganzen Tag?
Weiterhin schönen Urlaub 🌞 😗

Hi, wie läuft es bei dir? Ich bin gerade ein wenig genervt von Luca, weil er so … jung ist. 👶
Wehe, du lachst!
Sein Vater war heute überraschend nett zu mir. Ich denke, er hat sich eingekriegt.
Meinem Magen ging es jetzt eineinhalb Tage sehr gut, aber vorhin beim Abendessen habe ich vielleicht das Falsche gegessen. Habe schon meine Tabletten genommen.

Was ich den ganzen Tag mache? Ich putze ein altes Haus.
Anbei ein Bild von der Casetta.
Toll, oder?
❤

Du machst WAS???????????????????????????? 😲
Bin verwirrt!

Die Casetta ist ein winziges Haus, das schon viele Jahrzehnte unbewohnt ist. Ich bringe es, so gut es geht, auf Vordermann. Das macht mir Spaß.
😗

Wenn ich nicht wüsste, dass es nicht stimmen kann, würde ich sagen, du bist untervögelt 😂
Diese Halb- und Viertelitaliener verlangen aber nicht von dir, dass du putzt und kochst, oder? ❤

Süße, ich mache das alles total freiwillig und unabhängig von meinem Sexleben ❤

Nelli lag auf einer der Liegen unter den Olivenbäumen und trank von dem Kräutertee, den sie sich aufgebrüht hatte, um ihren Magen zu beruhigen. Die Grillen zirpten laut, die Luft war noch immer angenehm warm, zwischen den Zweigen konnte sie die Sterne leuchten sehen. Eine ungetrübte Idylle – wäre da nicht dieses Brennen und Krampfen, als käme sie mit dem Muschelrisotto nicht klar.

Und die Spaßvögel sind auch nicht gerade das ultimative Romantikprogramm.

Sie sah zu Luca, Totò und Massimo hinüber, die seit mehr als einer Stunde eng beieinander auf der Terrasse saßen und auf Lucas iPad dumme Videos glotzten. Immer wieder drang ihr wieherndes Gelächter zu ihr herüber und störte die nächtliche Stille.

Nelli beobachtete die drei und stellte fest, dass sie sich Luca so fremd wie nie zuvor fühlte. Selbst an dem Abend, als sie sich in der Bar kennengelernt und noch nichts voneinander gewusst hatten, war er ihr näher gewesen als in diesem Augenblick. War das tatsächlich der Mann, mit dem sie seit Wochen fast jede Nacht das Bett teilte? Jetzt fiel es ihr schwer, das zu glauben.

Doris würde darüber lachen, wie ich hier liege und die Jungs beäuge, als wären sie drollige Tierchen im Zoo. Vorhin war Fütterung, jetzt ist Spielzeit.

Irritiert trank sie noch einen Schluck Tee, dann sah sie wieder auf ihr Handy. Die Freundin war offensichtlich schon schlafen gegangen, denn sie hatte kein weiteres Mal geantwortet.

Welcher Tag ist heute? Dienstag.

Am Vormittag hatte das wöchentliche Teammeeting im Büro stattgefunden. Hoffentlich hatten sich die Kollegen um alles gekümmert, was sie vor ihrem Urlaub für sie vorbereitet hatte.

Nelli zögerte kurz, dann stieg sie über das Stadtverwaltungsportal ein und rief ihre Mails ab.

18

Zwei Stunden später brachte Nelli ihre leere Teetasse in die Küche. Sie hatte achtundzwanzig berufliche Nachrichten auf dem kleinen Handybildschirm gelesen und beantwortet, und nun schwirrte ihr der Kopf, weil sie sich so tief in die Themen hineingedacht hatte. Sie fragte sich, ob es eine gute Idee gewesen war, sich bereits am vierten Urlaubstag wieder mit ihrer Arbeit zu beschäftigen, aber sie hatte einfach nicht anders gekonnt. Nicht weil sie glaubte, ihre Kollegen kämen ohne sie schlecht klar, sondern weil sie sich selbst im Augenblick ohne ihren Job nicht zurechtfand. Die berufliche Tätigkeit erdete sie, und sie brauchte gerade dringend das Gefühl zu wissen, wer sie eigentlich war. Die Tage in Tabbio hatten etwas Unwirkliches an sich.

Nelli stellte die Teetasse in die Spülmaschine.

Sie hörte, wie Luca seine Freunde zu den Motorrollern begleitete. Die drei redeten und lachten vor dem Haus, während sie das restliche Geschirr vom Küchentisch räumte und sich anschließend auf den Weg zu ihrem Zimmer machte. Nelli wollte nur noch ins Bett. Sie war hundemüde von der Schufterei in der Casetta und fühlte sich vermutlich deshalb etwas geknickt. Auch ihr brennender Magen trug nicht gerade dazu bei, ihre Stimmung zu heben.

Im Flur traf sie auf Roberto, der gerade aus dem Dorf heimkehrte. Völlig unvermutet heiterte sie sein Anblick auf.

»Hallo! Hattest du einen schönen Abend in der Osteria? Weißt du, was? Ich denke, die ursprüngliche Wandfarbe in der Casetta war ein ganz helles Rosa. Ich habe mir die Schichten genau angesehen.« Sie war so froh, ihm das endlich erzählen zu können, denn sie wusste, dass es ihn wirklich interessierte. Genauso wie sie selbst.

Er schwieg.

»Ein warmer Farbton. Nennt man das Lachs? Hm, vielleicht nicht Lachs, das ist ja wohl eher eine Art Orange, oder? Auf jeden Fall muss es zum schwarzweißen Boden gut ausgesehen haben.«

Er nickte nur und legte seine Brieftasche in die Schale auf der Kommode.

»Und es hat sich geklärt, wie der Schlüssel in die Ritze gelangt ist.«

Er stand regungslos da und sah sie mit reserviertem Blick an. Er wirkte so abweisend, dass sie verstummte und sich vollends verunsichert fühlte. Unschlüssig trat sie von einem Bein auf das andere.

Er zieht jetzt nicht von Neuem diese Nummer ab! Warum war er bei der Casetta völlig anders? Steht er hier im Haus unter irgendeinem magischen Fluch, der ihn zwingt, mich so zu behandeln?

»Und wie?«, fragte er.

»Wie bitte?«

»Der Schlüssel? Wie ist er in die Ritze gekommen?«

Nelli lachte unbehaglich auf. »Ach so, ja. Tina hat ihn vor Jahren oben auf einen Balken gelegt, von wo er runtergefallen sein muss. Direkt in diesen Spalt im Holz.«

Sie vergrub die Hände in den Taschen ihres Kleides.

»Ich werde ins Bett gehen«, sagte sie. Ihre Stimme hörte sich ein wenig zu hoch an.

»Luca verabschiedet sich gerade von Totò und Massimo.«

Sie nickte. Als sie die Hände wieder aus den Taschen zog, fiel die Blisterverpackung mit den Magentabletten heraus.

Roberto bückte sich danach. »Magenprobleme?«

»Ja.«

»Sodbrennen?«

»Auch.« Sie hatte keine Lust, ihre gesundheitlichen Beschwerden mit ihm zu besprechen, also nahm sie ihm das Medikament aus der Hand und wandte sich halb zum Gehen.

Draußen hörte man die Jungs knatternd die Motoren starten.

»Das hatte ich in einer Phase, in der es Komplikationen in meiner Firma gab, auch einmal. Ist fies, geht aber wieder vorbei, sobald die Schwierigkeiten …«, er brach ab und räusperte sich. »Brauchst du … Kamillentee?«

Nelli drehte sich zu ihm um.

Ich muss damit aufhören! Es ist absolut egal, was er denkt. Er ist weder ein Freund, noch werde ich ihn nach diesem Urlaub jemals wiedersehen.

»Danke, ich brauche nichts. Es geht mir gut«, erwiderte sie.

Im selben Moment ging die Haustür auf, und Luca kam herein.

»Ein Wunder ist geschehen! Du bist noch auf«, sagte er zu Nelli und grinste breit.

Es stimmte. Seit der Urlaub begonnen hatte, war sie immer schon lange vor ihm eingeschlafen.

»Gute Nacht«, murmelte Roberto und verschwand in der Küche. Ziemlich schnell, wie Nelli fand.

Luca kam zu ihr und sah mit einem Blick, den sie nur allzu gut kannte, an ihr herab. »Lass uns ins Bett gehen«, flüsterte er, nahm sie bei der Hand und zog sie hinter sich her ins Zimmer. Kaum hatten sie die Tür geschlossen und das Licht angeknipst, drückte er sie an die Wand und küsste sie fordernd. Mit den Fingern fuhr er ihre Seiten hinab und wieder hoch bis zu ihrer Brust.

Nelli merkte, wie ihr Körper auf ihn reagierte. Ihr Innerstes zog sich lustvoll zusammen, wie immer, wenn sie sein Verlangen spürte. Doch etwas war anders. Während sie sonst von einer Welle der Erregung fortgespült wurde, blieb sie dieses Mal klar im Kopf und verfolgte seine Berührungen wie eine unbeteiligte Beobachterin. Sie blickte in sein Gesicht. Sein Äußeres war einfach perfekt, und jede seiner Berührungen fühlte sich an wie ein Kompliment, weil er sie so sehr begehrte – und doch wusste sie, dass sie in diesem Moment nicht konnte. Da war plötzlich so viel Trennendes zwischen ihnen.

»Luca«, murmelte sie.

Mit einem Stöhnen zog er ihren Rock hoch und legte eine Hand auf ihr Hinterteil.

»Hör auf«, bat sie ihn sanft und drückte ihn vorsichtig von sich.

Er rückte sofort etwas ab. »Was ist los? Bin ich zu schnell?« Sein Atem ging heftig, und sie sah die Lust in seinen Augen.

»Ich möchte nicht.« Sie strich ihm liebevoll über die Haare im Nacken. Sie fühlten sich weich an.

Er biss sich auf die Unterlippe. »Okay«, presste er hervor.

Mit einer fahrigen Bewegung schob er den Träger, den er vorhin über ihre Schulter gestreift hatte, wieder hoch. »Ist alles in Ordnung mit dir?«

Für sie war von der ersten Minute an klar gewesen, dass sie immer ehrlich zu ihm sein würde. Also erwiderte sie: »Ich fühle mich dir plötzlich nicht mehr besonders nah.«

»Du fühlst dich mir plötzlich nicht mehr besonders nah?«, wiederholte er ungläubig und trat einen Schritt zurück.

»Ja.«

Er ließ sich auf die Bettkante fallen und fuhr sich mit einer Geste, die sie an seinen Vater erinnerte, durch die Haare. Er sah nicht gerade erfreut aus. »Was soll das heißen?«

»Die Intimität fühlt sich für mich im Augenblick nicht richtig an. Also lass uns jetzt nicht miteinander schlafen.« Müde lehnte sie sich gegen die Tür.

Nun runzelte er die Stirn. »Findest du mich nicht mehr scharf?«

Sie lachte auf. Da waren sie wieder, seine entzückenden kleinen Selbstzweifel. »Eines kann ich dir mit Sicherheit sagen: Dich nicht scharf zu finden, ist ein absolutes Ding der Unmöglichkeit.«

Sieht er denn nie in den Spiegel?

Noch während sie das dachte, wurde ihr bewusst, dass sich sexuelle Anziehungskraft jenseits der Optik entwickelte und dass vermutlich genau das der springende Punkt war.

»Hör zu, es tut mir leid. Für mich passt es jetzt irgendwie nicht. Lass uns schlafen und morgen in Ruhe darüber reden. Es ist schon sehr spät.«

»Aber du kannst nicht einfach solche Sachen sagen und sie dann nicht erklären.« Er wirkte ein wenig verzweifelt. »Was heißt, du fühlst dich mir nicht besonders nah? Habe ich dich vernachlässigt, seit wir hier sind? Das ist es doch, oder? Ich dachte, es ist für dich okay, wenn wir getrennt etwas unternehmen.«

Tatsächlich war an ihrem Verhältnis genau das positiv. Es tat gut, dass sie einander Freiraum ließen. Warum sie heute Abend so empfand, wusste sie selbst nicht recht.

Sie setzte sich neben ihn und legte ihren Arm besänftigend um ihn. »Es ist ja auch total in Ordnung für mich, Luca. Wir interessieren uns für verschiedene Dinge. Da ist es doch am besten so.«

»Habe ich es heute mit Totò und Massimo ein wenig übertrieben und dich zu sehr links liegen gelassen?« Ein prüfender Blick aus seinen braunen Augen glitt über ihr Gesicht.

»Ja, vielleicht«, gab sie zu. »Aber das sind deine Freunde, und du siehst sie nur selten, also verstehe ich das schon.«

Er zog die Brauen zusammen und sah sie streng an. »Weißt du, genau das ist das Problem. Du verstehst alles, hast immer eine Erklärung und nimmst meine Marotten total easy. Das macht es verdammt schwer, sich als Mann an deiner Seite richtig zu verhalten. Kannst du nicht einfach rumzicken und sagen, was du möchtest? So wie die anderen?«

Sie musste lachen. »Welche anderen denn?«

»Na, die Frauen, mit denen ich vor dir zusammen war.«

Okay, wie alt waren die wohl? Anfang zwanzig?

»Warum sollte ich rumzicken, wenn ich es wirklich verstehe? Das wäre doch echt albern.«

Er zuckte mit den Schultern.

Irgendwie hatte sie Mitleid mit ihm. Für ihn bedeutete die Tatsache, dass sie so viele Jahre älter war, ja genauso eine Herausforderung wie umgekehrt.

»Sag mir, was ich tun soll«, bat er.

Sie streichelte seine Wange. »Du sollst einfach du selbst sein und dich so verhalten, wie es dir entspricht. Ich mache das auch. Und dann sehen wir, was passiert. So war es von Anfang an besprochen.«

Sehr gut. Ich wollte den entspannten Charakter unserer Liebschaft ohnedies wieder einmal in Erinnerung rufen.

»Schon, aber irgendetwas läuft gerade aus dem Ruder.« Er nahm ihre Hand und verschränkte seine Finger mit ihren.

»Passt denn für dich alles?«, fragte sie. »Sei ehrlich.«

Er dachte kurz nach. »Natürlich würde ich mir wünschen, dass du dieselben Sachen magst wie ich und so. Ich hätte dich gern beim Schwimmen, Radfahren und Wandern dabei. Aber auf der anderen Seite finde ich es auch ziemlich sexy, dass du nicht genauso tickst wie ich.« Er grinste schief. »Du bist exotisch, und gerade deshalb will ich dich umso mehr.«

Ungefähr so exotisch wie eine in die Jahre gekommene Haflingerstute.

Aber wenn er meinte, dass die Unterschiede den Reiz bewirkten, hatte er recht, denn nicht das Verbindende, sondern das Trennende war das Spannende zwischen ihnen.

Sie zog seine Finger an ihren Mund und drückte ihre Lippen auf die glatte, feste Haut seines Handrückens.

»Komm, lass uns schlafen, Nelli. Du siehst müde aus«, sagte er, nahm sie in den Arm und ließ sich mit ihr rückwärts auf die Matratze sinken.

Sie zog die Beine an und kuschelte sich an ihn. Er war so viel größer, massiger und stärker als sie, dass sie sich, wenn er sie umfasste, auf eine seltsam urtümliche Weise beschützt fühlte. Alter und Lebenserfahrung spielten dabei keine Rolle. Sie kam umgehend zur Ruhe.

»Heute beim Wandern habe ich einen Fuchs beobachtet. Er war total nah. Echt abgefahren! Ich wollte ihn für dich fotografieren, aber bis ich das Handy draußen hatte, war er schon davongelaufen.«

»Oh, den hätte ich gern gesehen«, antwortete sie schläfrig.

Sie spürte noch, wie er sie leicht anhob und ihren Kopf aufs Kissen bettete, bevor er das dünne Tuch, das ihnen als Decke diente, über sie beide zog, dann döste sie ein.

Nelli schlief am nächsten Morgen länger als an allen bisherigen Tagen in Tabbio. Als sie aufwachte, war das Bett neben ihr leer, und die Sonne schien zum Fenster herein. Sie konnte die Dohlen auf dem Dach und in den Bäumen rufen hören. Der zur Seite geschobene zarte, weiße Vorhang bewegte sich sachte hin und her. Der Wind aus dem Bergland sorgte für ein angenehmes Klima mit etwas kühleren Nächten und einem beständigen Luftzug.

Die Tür öffnete sich, und Luca kam mit zwei Tassen ins Zimmer.

»Wie spät ist es?«, fragte sie gähnend.

Mit dem Ellbogen schubste er die Tür wieder zu. »Halb zehn.« Er reichte ihr einen Espresso.

»Wow, du bist ja früh auf.«

»Wow, du schläfst ja lange.«

Sie lachten.

Er setzte sich zu ihr aufs Bett und trank den Kaffee, den er für sich selbst mitgebracht hatte.

Nelli rieb sich die Augen. Als sie sah, dass ihre Finger danach voller Kajal und Wimperntusche waren, fiel ihr wieder ein, dass sie angezogen und geschminkt eingeschlafen war.

Luca schaut natürlich wieder aus wie das blühende Leben! Seine Haare sind verstrubbelt, doch sonst wirkt er wie aus dem Ei gepellt. Warum kann er nicht ein bisschen zerknautscht aussehen? Oder wenigstens Augenringe haben?

Sie kämmte mit den Fingern ihre Locken, ließ es dann aber schnell wieder bleiben, weil sie merkte, dass die Aktion nichts brachte.

»Hör mal«, begann er zögerlich. »Im Dorf findet am Freitag das Tomatenfest statt. Da wird jedes Jahr der erste große Kessel der Salsa del Paradiso verkostet und gefeiert.«

»Da gehen wir hin, oder?« Sie blies auf ihren dampfend heißen Espresso. »Klingt wunderbar.«

»Ja klar.«

Er wirkte unsicher, und sie verstand nicht warum.

»Ich habe schon vor Tagen versprochen, beim Aufbau zu helfen – Tische schleppen, Getränkekisten holen und tausend andere Dinge. Das ist jedes Mal ein Haufen Arbeit – aber es lohnt sich.«

»Wie nett von dir.«

»Es ist nur so, dass wir heute beginnen wollen. Und da reden alle bloß Italienisch …«

Ach so. Er will mir beibringen, dass ich ihn nicht begleiten soll. Ups. Auf die Idee wäre ich ohnedies nicht gekommen.

»Gut. Ich gehe inzwischen zur Casetta.«

»Wirklich? Dann sind wir aber schon wieder nicht

zusammen. Wenn du möchtest, sage ich den Leuten im Dorf ab, und wir unternehmen etwas. Es ist noch nicht so arg spät. Wir könnten nach Genua an den Strand fahren.«

Sie winkte ab. »Nein, geh nur. Ich will zur Casetta. Zum alten Kasten«, zitierte sie ihn augenzwinkernd.

Er verdrehte die Augen und streckte die Zunge heraus, die braun war vom Espresso. »Ehrlich?«, fragte er ein weiteres Mal misstrauisch nach.

»Aber ja! Glaubst du mir, oder muss ich erst rumzicken?«, scherzte sie.

»O ja, bitte. Damit kann ich zwar auch nicht umgehen, dafür kenne ich das wenigstens.«

Sie kicherte, räusperte sich und legte los: »Nie nimmst du auf mich Rücksicht! Immer tust du so, als würdest du mich mögen, und dann kennst du nicht einmal meine Lieblingsfarbe …«

Er lachte auf.

»Und dieser Espresso? Viel zu heiß! Weißt du denn gar nicht, dass ich ihn mit Zucker trinke? Du ignorierst einfach meine Bedürfnisse, und das, obwohl ich doch so pflegeleicht bin …«

»Das behaupten sie alle«, kommentierte er mit belustigter Kennermiene, dann ergänzte er ganz ernst: »Aber du, Nelli, du bist es wirklich. Selbst wenn du rumzickst.« Er beugte sich zu ihr und küsste sie sanft.

Sie ließ sich nicht so leicht aus ihrer Rolle werfen. »Ach ja? Das behaupten sie alle? Willst du damit etwa sagen, dass es außer mir noch andere gibt? Weißt du, das habe ich mir schon gedacht. Einen schönen Mann hat man nicht für sich allein!« Sie setzte eine gespielt gekränkte Miene auf.

Luca lachte wieder. »Okay, ich muss plötzlich total dringend los.« Er küsste sie erneut. »Wir sehen uns später, ja?«

»Klar«, antwortete sie in ihrer normalen Stimme.

Er stand auf und ging zur Tür. Als seine Hand schon auf der Klinke lag, drehte er sich noch einmal um und fragte nachdenklich: »Sag mal, magst du wirklich Zucker im Kaffee? Oder Milch? Ich habe ehrlich gesagt nie darauf geachtet.«

Natürlich hatte er das nicht. So etwas war nicht seine Art.

Sie grinste. »Nein. Ich trinke ihn immer schwarz – ohne alles.«

19

Nachdem Nelli gemütlich mit Hans gefrühstückt und ihm die Ergebnisse ihrer bisherigen Überlegungen, die dubiose Immobilienangelegenheit betreffend, mitgeteilt hatte, machte sie sich auf den Weg zur Casetta. Sie freute sich unbändig, diesen märchenhaften Ort wieder zu betreten. Im Rucksack steckte weiteres Gartenwerkzeug, und Giulia hatte darauf bestanden, ihr einen großen Korb mit Essen, Wasser und einer Picknickdecke mitzugeben. Also marschierte Nelli ziemlich bepackt durch den Garten zum Wäldchen. Heute hatten die Grillen bereits zu zirpen begonnen. Ihr Gesang war so laut, dass sie meinte, ihn bis ins Zwerchfell zu spüren. Die Sonne brannte unnachgiebig vom Himmel, aber es wehte wieder dieser angenehme Tabbioneser Wind, der kühlend über die Haut strich und ihr die Haare ins Gesicht blies. Es kam ihr so vor, als röche die Luft ein bisschen nach Meer. Sie fragte sich, ob das überhaupt möglich war, denn die Küste lag um die achtzig Kilometer entfernt.

Je weiter sich Nelli der Casetta näherte, desto mehr spürte sie Freude in sich aufkommen. Die nächsten Stunden gehörten ihr allein. Sie würde in ihrem eigenen Tempo arbeiten, die Ruhe genießen und einfach sie selbst sein. Bei dem kleinen Häuschen war es völlig egal, wie alt sie war, wohin ihre Liaison mit Luca führte oder was sie für die Zukunft plante. An diesem Ort stand die Zeit still, und gängige Normen schienen außer Kraft gesetzt.

Nelli durchschritt vergnügt den Pflanzentunnel, roch wie bei den vorherigen Malen an den Rosen und betrat dann den Vorplatz der Casetta.

Dass die Tür des Häuschens offen stand, fiel ihr sofort auf. Hatte sie aus Versehen nicht nur die Fenster, sondern auch den Eingang nicht geschlossen? Sie hoffte, dass nicht wieder jede Menge Staub und Blätter hineingeweht worden waren, sodass sie mit ihrer Arbeit von vorn anfangen musste.

Habe ich nicht abgesperrt und den Schlüssel in die Ritze gesteckt?

Zögerlich betrat sie die Casetta und blieb abrupt stehen, als plötzlich ein lautes Rauschen einsetzte.

»*Toh, era un gioco da bambini!*«

Roberto.

Ihr Herz setzte einen Schlag aus, um danach viel zu schnell in ihrer Brust zu trommeln.

Es macht absolut keinen Sinn, aufgeregt zu sein, nur weil er hier ist! Gut, ich weiß bei ihm zwar nie, wie er mich behandeln wird – aber sei's drum. Schlimmstenfalls schweigt er mich an und durchbohrt mich mit finsteren Blicken. Na und? Kein Grund, nervös zu werden. Ich kann ja wieder gehen, wenn es mühsam wird.

»Hallo«, grüßte sie, als sie den hinteren Raum betrat.

Roberto schraubte mit einer Rohrzange am Wasserhahn herum. Als er ihre Stimme hörte, warf er ihr über die Schulter ein kleines Lächeln zu und hob eine schmutzige Hand zum Gruß. Dann löste er das total verrostete kleine Sieb vom Hahn und legte es beiseite.

»Ich habe nicht erwartet, dich hier anzutreffen«, sagte sie und kam sich etwas dämlich vor. Sie wusste ja mittlerweile, dass er die Casetta regelmäßig nutzte.

»Ich habe eine Überraschung für dich«, meinte er fröhlich. »Bereit?«

Aha, heute also wieder nett?

Sie nickte und trat näher.

Er drehte am Hahn, es zischte, und kurz darauf kam eine rostig braune Brühe aus der Leitung.

»Bitte sehr! Die Casetta hat ab sofort wieder fließendes Wasser. Wir lassen es etwas laufen, dann bekommt es sicher auch bald eine vertrauenerweckendere Farbe. Trinken würde ich es nicht, denn ich halte es durchaus für möglich, dass hier Bleirohre verlegt sind.« Er klopfte mit der flachen Hand gegen die Wand.

Ist das ein Efeublatt in seinen Haaren?

»Das ist großartig!«, antwortete sie, erfreut über die Reparatur, aber nach wie vor skeptisch, was seine offensichtlich gute Stimmung anbelangte. Sie schaute in das Steinbecken, in dem sich langsam blasser werdendes Wasser sammelte, bevor es blubbernd im Abfluss verschwand. »Wie hast du das hinbekommen?«

»Draußen, neben der WC-Hütte, ist eine Handschwengelpumpe, die ich entrostet und freigeschnitten habe. Dort muss man zuerst pumpen, um dann hier eine Zeit lang Wasser zu haben.«

»Genial! Jetzt kann ich den Boden wischen und die Fenster putzen.«

Er schenkte ihr wieder sein einzigartiges Lächeln, bei dem jeder Millimeter seines Gesichts strahlte. »Ich habe das Wasser aber nicht zum Laufen gebracht, weil wir erwarten, dass du noch mehr schuftest. Das weißt du, ja?«

»Klar«, antwortete sie und stellte den Picknickkorb auf einen der Klappstühle. »Mir macht das wirklich Spaß. Frag mich nicht warum, denn daheim gehört Hausarbeit nicht unbedingt zu meinen bevorzugten Tätigkeiten. Doch hier ist das irgendwie anders.«

Er nickte, als könne er tatsächlich nachvollziehen, was sie antrieb. Aus einem Gefühl der Verbundenheit heraus hob sie die Hand und zupfte das Blatt aus seinen Haaren. Nie zuvor war sie Roberto so nahe gekommen. Die unerwartete Intimität der Geste und sein Blick direkt in ihre Augen sorgten dafür, dass sie jedoch gleich wieder einen Schritt zurücktrat.

»Efeu«, erklärte sie und hielt das Beweisstück hoch. Ihr Herz wollte nicht aufhören zu jagen.

»Wenige Minuten hier reichen, um völlig …« Er brach ab. Einen Moment lang dachte Nelli, er würde weitersprechen, aber er tat es nicht. Sie wusste nicht recht, wo sie hinsehen sollte, also betrachtete sie das Blatt zwischen ihren Fingern und sagte: »Na, dann gehe ich mal zurück zum Haus und hole mir Eimer und Mopp. Um den Garten kümmere ich mich später. Es wäre doch nett, alles so weit auf Vordermann zu bringen, dass man nach einem Besuch in der Casetta nicht jedes Mal aussieht wie nach einer Dschungelexpedition.«

Roberto hielt dic Hände unter den Wasserstrahl, der mittlerweile ziemlich klar aus der Leitung rann, und rieb sie aneinander.

Nelli starrte auf seinen Rücken, unfähig, sich von der Stelle zu rühren.

Als seine Finger wieder sauber waren, drehte er den Hahn zu. Es gluckerte kurz im Abfluss, dann war es plötzlich unwirklich still im Raum. Von draußen hörte man überdeutlich das Rauschen der Blätter im Wind, das Zirpen der Grillen und die Rufe der Vögel.

Roberto schüttelte die Hände ab. Kleine Tropfen spritzten in alle Richtungen. »Was macht Luca heute?«, erkundigte er sich. »Ist er im Dorf und hilft bei den Vorbereitungen zum Fest?«

An Luca erinnert zu werden, traf Nelli etwas unvorbereitet. Wie ein akustischer Fremdkörper schwebte der Klang seines Namens im Raum. »Äh ja. Genau. Das Tomatenfest. Er hilft beim Aufbau.«

»So will es die Tradition des *festival di pomodoro*. Die Jungen arbeiten, die Alten blechen. Und obwohl ich mich seit geraumer Zeit zu den Letztgenannten zählen darf, gehe ich jetzt ebenfalls dorthin und sehe nach dem Rechten. Das nehme ich mit und lege es in Essig.« Er griff nach dem Wassersieb und der Rohrzange, die er an den Rand des Beckens gelegt hatte, und schickte sich an, die Casetta zu verlassen. An der Tür machte er noch einmal halt. »Weißt du, was, ich stelle dir die Liege hinaus auf die Veranda. Vielleicht ist das ja eine

Einladung, zwischendurch mal die Seele baumeln zu lassen.«

Nelli hatte gerade fertig gewischt, als Roberto zurückkehrte.

»Nicht erschrecken!«, rief er von draußen herein. »Ich bin es wieder.«

Sie wunderte sich gar nicht mehr darüber, dass sich ihr Puls beschleunigte. Dieser Mann hatte etwas an sich, das sie durcheinanderbrachte. Was sie davon halten sollte, wusste sie nicht, aber ändern ließ es sich kaum, daher versuchte sie, diesen Umstand zu ignorieren.

Er sah zur Tür herein. »Auf dem Weg ins Dorf habe ich Matteo getroffen. Er hatte eine ausziehbare Leiter bei sich, also bin ich wieder zurückgekommen.«

Sie sah ihn fragend an. »Aha?«

»Leiter. Erster Stock. Da klingelt doch was!« Er grinste.

»Soll das etwa heißen …« Nelli ließ den Mopp aus der Hand fallen. »Warst du schon oben?« Sie eilte zur Tür und an ihm vorbei ins Freie.

»Als würde ich ohne dich da reingehen!« Er schien genau zu wissen, wie neugierig sie auf die Räume im ersten Stock war, und er teilte ihr Interesse für diese Bruchbude. »Nimm den Schlüssel mit«, bat er, während er die Verandastufen hinunterstieg und die dort abgestellte Leiter schulterte. »Vermutlich ist oben abgeschlossen.«

»Hoffentlich ist das überhaupt der richtige Schlüssel«, überlegte sie.

»Wir kommen da schon irgendwie rein.«

Sie kämpften sich durch den kleinen Urwald aus Robinien und Essigbäumen bis zur Rückseite der Außentreppe.

Dort drückte Roberto das dichte Gestrüpp zur Seite und trampelte es platt, dann lehnte er die Aluleiter an die Wand neben der oberen Eingangstür. Während die Stufen wegen der eingestürzten Holzüberdachung und dem dichten Bewuchs komplett unpassierbar wirkten, schien die kleine Plattform vor dem Eingang, abgesehen von einigen dicken Glyzinienranken, ohne Hindernisse zu sein.

»Bist du einigermaßen schwindelfrei?«, fragte Roberto, als sie vor der Leiter standen und hinaufsahen. »Ist ja doch ein paar Meter hoch.«

»Ich denke schon.«

»Du zuerst.«

»Ehrlich?«

»Ja. Ich halte das Ding fest, bis du angekommen bist.« Er machte eine einladende Geste und ließ sie vortreten.

»Okay«, sagte Nelli und rieb sich die Hände. »Dann mal los!«

Verschiedene Gedanken gingen ihr durch den Kopf. Ob es ihnen wohl gelänge, die Tür zu öffnen? In welchem Zustand würden sie das Obergeschoss vorfinden? Schließlich dachte sie noch daran, wie ihr Hintern in dieser Caprihose aus Robertos Perspektive aussehen würde, wenn sie höher geklettert war. Just in diesem Moment rutschte sie mit dem Fuß ab, was ihr weitere

Grübeleien über diesen Unsinn ersparte. Robertos Hände fassten sie haltgebend an der Taille.

»Alles okay?«, fragte er.

Nelli spürte seine Finger überdeutlich, wo er sie berührte.

»Ja, ja. Ich bin nur … ungeschickt«, stotterte sie. »Entschuldige.«

Sie hörte ihn leise lachen. »Du willst vor lauter Neugierde auf den ersten Stock nicht zugeben, dass du in Wirklichkeit Höhenangst hast, stimmt's?«

Sie sah über die Schulter zu ihm hinunter. Das Gefühl, das seine Berührung in ihr auslöste, und die Art, wie er sie dabei anschaute, ließen sie einige Augenblicke reglos stehen bleiben.

Was soll das hier eigentlich werden, Nelli? Du lässt dich von Roberto nervös machen? Ausgerechnet von ihm? Von Lucas Vater?

»Nein, nein, das ist für mich kein Problem.« Sie stieß ein kleines verlegenes Lachen aus und kletterte schnell weiter.

Nichts wie raus aus seiner Reichweite!

»Alles in Ordnung. Ich halte die Leiter. Es kann dir nichts passieren«, hörte sie ihn unter sich.

»M-hm.« Sie hatte keine Höhenangst. Eher Angst vor seiner Nähe.

Mittlerweile hatte sie die oberen Sprossen erklommen und schwang sich auf die Plattform, wobei sie sich gut an den Ranken festhalten konnte.

»Alles in Ordnung da oben?«, ertönte es von unten. »Passt der Schlüssel?«

»Als würde ich ohne dich da reingehen«, zitierte sie ihn und sah über die Kante. »Komm rauf!«

Es dauerte erstaunlich lange, bis er hochgeklettert kam und sich zu ihr auf den Treppenabsatz quetschte. Er stand nun so dicht neben ihr, dass sie sein Duschgel riechen konnte. Sandelholz und Bergamotte – sie hatte es im Bad gesehen und daran geschnuppert.

»Ich sperre dann mal auf, ja?« Sie atmete tief durch, fischte den Schlüssel aus der Hosentasche und steckte ihn ins Schloss.

»Er passt!«, kommentierte Roberto, als sie den Riegel zurückschnappen hörten. Der Klang seiner Stimme ließ sie erraten, dass er genauso gespannt war wie sie.

Nelli drückte die Tür auf und spähte hinein. Wie unten waren die Fensterläden geschlossen, weshalb der Raum im Dunkeln lag.

»Soll ich wieder vorausgehen?«, bot er an. »Oder willst du zuerst?«

»Gehen wir gemeinsam.«

Er nickte. »Wenn ich behaupten würde, dass ich jetzt kein bisschen neugierig bin, wäre das eine glatte Lüge.« Rund um seine Augen erschienen Lachfältchen. Er holte sein Handy hervor, schaltete die Taschenlampenfunktion ein und leuchtete ins Innere.

»Möbel!«, rief Nelli begeistert, als sie die Umrisse einer Kommode und eines Tisches sah.

Sie traten über die Schwelle.

»Auf jeden Fall riecht es hier angenehmer als unten«, stellte er fest, steuerte auf das erste Fenster zu und öffnete die Läden, um Sonnenlicht hereinzulassen.

Nelli erkannte, dass das obere Stockwerk genauso geschnitten war wie das Erdgeschoss: ein Zimmer, das durch eine Wand mit Bogendurchgang von einem kleineren getrennt war. Auch das Fliesenmuster war gleich, allerdings befanden sich die Mauern in wesentlich besserem Zustand. Fasziniert schickte sie ihren Blick auf Wanderschaft, während Roberto ein Fenster nach dem anderen öffnete und es immer heller wurde. Vergilbte Voilegardinen hingen an dünnen Eisenstangen über den Fenstern, außer der Kommode und dem Schreibtisch gab es noch einen mit Stoff bezogenen Lehnstuhl. Landschaftsaquarelle zierten die Wände. Alles war von einer dicken Staubschicht bedeckt und wirkte wie mit grauem Schnee gepudert.

»Nelli, das solltest du dir ansehen«, ertönte Robertos Stimme aus dem kleineren Raum.

Als sie ihm folgte, fiel ihr Blick auf ein Bett und einen Schrank.

In diesem Augenblick stieß er den Holzladen auf und schloss das Fenster, das er zuvor geöffnet hatte. Buntes Licht ergoss sich auf die zerschlissene Matratze, denn die Scheibe war versehen mit kunstvoll ausgeführter Glasmalerei. Rote, grüne und gelbe Felder bildeten einen farbenprächtigen Korb voller Tomaten.

Überwältigt stand Nelli in der Mitte des Raumes und bewunderte das Farbenspiel. »Das ist unglaublich!«, hauchte sie.

»Ja. Das ist es. Fast sakral.«

Roberto machte ein paar Schritte zurück und stellte sich neben sie vor das Bett. Durch seine Bewegungen brachte er die Staubkörner in der Luft zum Tanzen und erzeugte ein buntes Flimmern.

»Hans hat keine Ahnung hiervon«, fiel ihr ein. »Auf seinem Grundstück befindet sich ein wunderbares Kunstwerk, und er weiß nichts davon!«

»Nein. Und solange man nur über die Leiter hinaufklettern kann, wird er auch nicht in der Lage sein, sich das anzusehen.«

Roberto zückte sein Handy und machte einige Fotos.

Nelli trat in der Zwischenzeit ans Bett und fuhr mit der Hand über das Fußende, weil sie bemerkt hatte, wie unregelmäßig die Oberfläche dort unter der Staubschicht zu sein schien. Sie wischte mit den Fingern darüber und legte Schnitzarbeiten frei. In die Platte war kunstvoll eine Tomatenstaude mit prallen Früchten eingekerbt.

»Kirschholz«, sagte Roberto. »Das ist eine meisterhafte Arbeit.« Mit Kennerblick begutachtete er die Schnitzerei und strich mit einem anerkennenden Nicken über das Relief, bevor er beinahe liebevoll den Staub vom Kopfende entfernte.

Nelli hatte noch nie gesehen, dass jemand einen Einrichtungsgegenstand auf diese Art berührte.

»Was meinst du, wie alt das alles ist?«, fragte sie.

»Das Haus wurde vor hundertfünfzig Jahren gebaut, die Casetta ein paar Jahrzehnte später. Ich denke, dass dieses Fenster und das Bett aus der Zeit um 1900 stammen. Die anderen Sachen muss ich mir erst genauer anschauen.«

»Mir ist, als hätten wir einen Schatz gehoben!« Nelli

war nie in den Sinn gekommen, dass sie hier oben auf etwas auch nur annähernd so Großartiges stoßen könnten. »Ich dachte, wir finden leere Zimmer vor wie unten.«

»Ja, das habe ich ebenfalls erwartet. Offensichtlich hat die unpassierbare Treppe das Obergeschoss vor einer Plünderung bewahrt. Der ganze Besitz war lange Zeit unbewohnt, bis mein Vater ihn schließlich gekauft hat. Unten haben sich die Leute wohl einfach genommen, was sie brauchen konnten, doch bis in den ersten Stock sind sie nicht vorgedrungen, was wirklich ein Segen ist.«

Beseelt durchschritt Nelli noch einmal die beiden Räume, sah sich die Bilder an und berührte die anderen Möbel. Auch hier gab es in der Wand zwischen den Kammern einen geschlossenen Kamin mit einem blinden Ofenrohr. »Ich denke, die Angehörige des Tomaten-Barons hatte es durchaus gemütlich. Ich sehe direkt vor mir, wie sie unten gekocht und gewerkt hat. Abends hat sie entweder auf der Veranda im Schaukelstuhl oder da am Schreibtisch gesessen, bevor sie schlafen gegangen ist. Das Bett ist schmal, also hat sie vermutlich allein gelebt. Doch das war nicht schlimm. Ich glaube, dass sie trotzdem zufrieden war. Morgens hat sie das vom Fenster gefärbte Sonnenlicht geweckt.«

Roberto, der gerade die Kommode fotografierte, schmunzelte.

»Schon klar«, räumte sie ein. »Kein Mensch weiß, wie es wirklich war. Aber ich liebe es, mir vorzustellen, wie es gewesen sein könnte.«

»Ich auch.«

Nelli wischte hier und da ein wenig Staub von den Möbeln.

»Manchmal«, sagte Roberto, »war sie ganz verwegen und hat sich etwas zu essen mit hochgenommen.«

»Ja? Warum glaubst du das?«

Er lachte. »Weil ich Hunger habe und denke, dass wir den Proviant, den du dabei hast, holen sollten.«

20

Vermutlich hatte sie noch nie in einem so schmutzigen Zimmer gegessen, und doch konnte sie sich nicht erinnern, je zuvor ein schöneres Picknick erlebt zu haben. Roberto hatte die Decke auf dem Bett ausgebreitet und die von seiner Schwester eingepackten und von Nelli im Rucksack über die Leiter nach oben transportierten Lebensmittel darauf gelegt. Sie waren aus den Schuhen geschlüpft und saßen einander gegenüber, gemütlich an die beiden Bettenden gelehnt. Alle Fenster bis auf das bunte standen weit offen, wie immer hörte man das Konzert der Grillen und Vögel. In der Ferne knatterte ein landwirtschaftliches Fahrzeug. Ansonsten atmete der Mittag die für Tabbio so typische Stimmung der Entschleunigung in die Casetta. Nelli fühlte sich mittlerweile in Robertos Gegenwart entspannter, ließ sich beim Essen Zeit und meinte, jeden Bissen besonders intensiv auf der Zunge zu schmecken. Gerade kostete sie ein Stück von dem cremigen Büffelmozzarella. Zusammen mit den eingelegten, halb getrockneten Kirschtomaten ergab sich ein besonders vielfältiges Geschmackspotpourri.

»Wie wohnst du zu Hause? Welche Art Möbel hast du?«, fragte er und riss sich ein Stück Weißbrot ab. Die

Krümel der knusprig gebackenen Oberfläche sprangen in alle Richtungen davon.

Da die Sonne nun im Zenit stand, fielen keine direkten Strahlen mehr durch die bunte Scheibe, stattdessen war alles in ein gleichmäßiges, unwirklich schimmerndes Licht getaucht.

Nelli konnte sich gut vorstellen, wie die ehemalige Bewohnerin hier gelegen und träge ihren Gedanken nachgehangen hatte.

»Um ehrlich zu sein, habe ich viel von Ikea«, antwortete sie auf seine Frage. »Keine tollen Antiquitäten und Einzelstücke wie du.« An die Wohnung zu denken, in der sie jene anregenden Stunden mit seinem Sohn verbracht hatte, mutete seltsam an. Sie hatte die ganze Zeit über in Robertos Bett geschlafen, in seinem Bad geduscht und auf seinem Sofa gelümmelt, ohne von ihm zu wissen. Und nun saß sie mit ihm zusammen hier und entwickelte das Gefühl, mit dem Picknick an diesem ungewöhnlichen Ort etwas ganz Besonderes mit ihm zu teilen.

»Etliches von Ikea ist schön. Sie beschäftigen dort gute Designer. Außerdem ist es praktisch. Klar, die Philosophie, Möbelstücke nur für ein paar Jahre und nicht mehr für Generationen zu bauen«, er strich mit dem Handrücken über die geschnitzte Tomatenpflanze neben sich, »ist aus meiner Sicht ein wenig befremdlich. Aber natürlich muss ich so denken. Immerhin verkaufe ich sehr teure Möbel, die damit prahlen, für die Ewigkeit zu sein.« Er lächelte.

»Eigentlich finde ich einen individuelleren Einrichtungsstil auch viel schöner, doch nach meiner Scheidung vor fünf Jahren wollte ich die neue Wohnung in erster Linie so schnell wie möglich gemütlich haben. Schon allein wegen meiner Tochter.«

»Das ist völlig verständlich. Bei mir war es lange leer und karg, bis ich endlich alles nach meinen Wünschen beisammenhatte. Das hat die Kinder immer gestört, wenn sie bei mir waren.«

Sie tauschten sich über ihre Scheidungen und die Kinder aus, wie es zwei Menschen einer Generation nun einmal machten. Dass der Mann, der ihr am Morgen Kaffee ans Bett gebracht und sie geküsst hatte, eines dieser »Kinder« war, schickte einen Missklang durch ihr Inneres.

»Hattest du eine unangenehme Scheidung?«, fragte Roberto, der ihre Beklommenheit wohl spürte. Die Art, wie er sie dabei ansah, erschien ihr so einfühlsam, dass sie sich umgehend entspannte. Er wollte wirklich mit ihr reden und Dinge über sie erfahren, was sie schön fand.

Ich hätte es noch vor zwei Tagen für absolut unmöglich gehalten – aber Roberto ist tatsächlich ein umgänglicher Kerl. Er ist weder der Typ für Mansplaining, wie ich ursprünglich gedacht habe, noch grundsätzlich ein Griesgram. Seine anfängliche Ablehnung mir gegenüber scheint sich immer mehr zu legen.

Sie merkte, dass sie sich ein bisschen zu sehr darüber freute.

»Ach, Scheidungen sind wohl nie besonders angenehm. Insbesondere wenn man ein Kind zusammen hat.

Du kennst das ja sicher auch. Zum Glück lief alles einvernehmlich und war daher einigermaßen erträglich. Meine Tochter Laura allerdings führte sich eine ganze Zeit lang unausstehlich auf. Sie war vierzehn und gab mir die Schuld daran, dass ihr Vater und ich uns entfremdet hatten.«

Roberto nickte. »Ja, das kenne ich alles. Meine zwei waren zwar noch etwas kleiner, acht und zehn, aber kaum kamen sie in die Pubertät, begannen auch schon die Vorwürfe: ›Warum hast du dich von Mama getrennt?‹, ›War dir deine Familie nicht wichtig genug?‹, ›Hat dir eine Frau nicht gereicht?‹ Und das, obwohl ich nach der Scheidung über drei Jahre Single war. Aber klar, so eine Trennung verletzt die Kinder wirklich furchtbar. Ganz egal, wie sie abläuft.«

Jetzt war es an Nelli zu nicken. Was Roberto sagte, deckte sich mit ihren eigenen Erfahrungen. Gleichzeitig kam ihr erstmals, seit sie ihn kannte, der Gedanke, dass er in Deutschland eine Partnerin haben könnte. Die gesamte Zeit über hatte sie ihn als Alleinstehenden gesehen, aber woher wollte sie das eigentlich so genau wissen? Es war doch genauso gut möglich, dass die Frau an seiner Seite diesen Urlaub aus welchen Gründen auch immer nicht mitmachte und zu Hause auf ihn wartete.

Ist doch völlig egal, ob er liiert ist, oder etwa nicht?

Etwas irritiert über sich selbst drängte sie die Überlegung beiseite und wandte sich wieder dem Gesprächsthema zu.

»Das Schlimmste ist«, sie lachte freudlos auf, »dass

man sich so schuldig fühlt, obwohl man eigentlich nichts falsch gemacht hat. Trotz jahrelanger Bemühungen ist die Ehe gescheitert. Was soll man da machen?«

»Ja. Man kann Gefühle nicht erzwingen.«

Nein, das kann man nicht. Genauso wenig kann man sie auf Kommando abstellen.

Eine Weile sagte niemand etwas.

Nelli wickelte eine Schreibe Mortadella um ein Grissini und probierte ein Eckchen gegrillte Paprika dazu.

Sie aßen und schwiegen, was Nelli nicht unangenehm war. Einmal trafen sich ihre Blicke, und sie lächelten sich an.

»Hast du, abgesehen von deiner Tochter, noch mehr Familie?«, wollte er nach einiger Zeit wissen.

»Geschwister gibt es leider keine. Und meine Eltern leben seit ihrer Pensionierung relativ weit weg in einem kleinen Häuschen an der Ostsee.«

»Ostsee klingt schön. Bist du oft dort?«, erkundigte er sich.

»Nicht so oft wie du in Tabbio. Nur ab und zu. Weihnachten und so weiter …«

Er nickte.

»Aber ich habe eine beste Freundin, in deren Familie ich ziemlich integriert bin. Also passt das.« Nelli nahm sich noch ein Stück Scamorza und eine Tomate. Genüsslich biss sie hinein und saugte den Saft in ihren Mund. Von diesem vollendeten Aroma würde sie wohl nie genug bekommen. Die Tomaten hier waren tatsächlich nicht vergleichbar mit denen, die es zu Hause zu kaufen gab.

»Unglaublicher Geschmack, oder?«, fragte er. »Meine Lieblingskombination ist gelbe Tomate mit einem Stückchen Parmesan. Das salzige, intensive Aroma des Käses mit der Frische der Frucht – einfach herrlich! Und hier, koste auch von der Crema di porcini e tartufo!« Er strich etwas von der getrüffelten Steinpilzcreme auf ein Stück Brot und reichte es ihr. »Ist das nicht fantastisch?«

»Hmm! Ja.« Sie wackelte mit ihren nackten Zehen.

Robertos Blick wanderte zu ihren Füßen. »Was ist denn da passiert?«, erkundigte er sich und zeigte auf die bogenförmige Narbe auf der linken Sohle.

»Da bin ich vor vielen Jahren auf eine abgebrochene Flasche im Baggersee getreten. Das hat wahnsinnig geblutet und musste mit unzähligen Stichen genäht werden. Ich konnte den Fuß eine halbe Ewigkeit nicht belasten.«

»Du meine Güte! Was für ein Albtraum.« Er zog sein T-Shirt am Kragen zur Seite und zeigte ihr eine zehn Zentimeter lange Narbe am Schlüsselbein. Nelli sah ein wenig Brusthaar und registrierte, dass seine Haut sich nicht so fest und fein gemeißelt über seinen Körper spannte wie bei Luca. Es sah aus, wie der Ansatz des Brustmuskels und die Schulter bei einem Mann Mitte vierzig eben aussahen: nach gelebten Jahren und trotzdem schön.

»Oje, das schaut ja auch gemein aus«, sagte sie schnell, weil sie sich nicht damit auseinandersetzen wollte, ob es okay war, Lucas und Robertos Schulterpartie miteinander zu vergleichen. »Was ist passiert?«

Er fuhr sich mit den Fingern über den Dreitagebart auf seinem Kinn. »Du darfst dich jetzt gern amüsieren: Ich bin von einer Leiter gefallen, weil ich nicht schwindelfrei bin.«

Sie lachte. Also war er selbst derjenige mit Höhenangst und hatte deshalb ständig davon gesprochen, als sie vorhin hinaufgeklettert waren. Und sie hatte sich noch gewundert, warum er sich elegant, aber entschieden davor gedrückt hatte, das Essen zu holen.

»Das Schlüsselbein musste operiert werden.«

»Wie bei Bastian Schweinsteiger?«

»Ja genau. Vielleicht nicht ganz so glamourös.«

»So ist das eben nach einigen Jahrzehnten auf dieser Welt: Man hat Narben.« Nelli schluckte, denn sie hatte eigentlich nicht beabsichtigt, etwas so Pathetisches zu sagen. »Was wolltest du auf der Leiter?«, erkundigte sie sich, um das Gespräch in weniger tiefgründige Bahnen zu lenken.

»Das war für einen Auftrag in einem offenen Treppenhaus. Ich sollte ein riesiges Möbelstück designen, das gleichzeitig die Stufen in den ersten Stock bildet.« Er zeichnete mit einer schwungvollen Geste einen sich nach oben windenden Bogen in die Luft.

»Ist es denn wenigstens etwas geworden?«, wollte sie wissen, griff nach ihrer Wasserflasche und trank daraus.

»Ja.« Er sah zur Seite, sodass sie sich schon fragte, was mit der Möbeltreppe nicht stimmte, als er leise hinzufügte: »Ich habe einen Preis dafür gewonnen.«

Gibt es ja nicht! Roberto ist bescheiden! Von seinem beruflichen Erfolg zu reden, ist ihm peinlich.

Dauernd neue Seiten an ihm zu entdecken, die sie sympathisch fand, machte sie neugierig auf mehr. Welche Facetten seiner Persönlichkeit würde sie noch freilegen?

»Das ist großartig! Ich werde das später googeln. Bestimmt kann man ein Bild davon im Internet finden.«

»Schon möglich.« Er schnitt sich ein Stück Wildschweinsalami ab und schien zu überlegen, wie er das Thema wechseln konnte.

»Dein Job mit seinen verschiedenen Aufträgen und ständigen Herausforderungen bleibt sicher spannend, oder?«, kam sie ihm zuvor. »Jede Menge Abwechslung.«

»Ja, absolut. Ich komme viel herum. Möbel- und Designmessen, die Häuser von Kunden, Werkstätten von Partnern. Dauernd sehe ich Neues. Und da meine Mitarbeiter zum Zug kommen, wenn es doch einmal ums Reproduzieren geht, beschäftige ich mich laufend mit anderen Sachen.« Seine Augen leuchteten begeistert, während er an seine Arbeit dachte.

Nelli überlegte, wann sie selbst zum letzten Mal mit einer ähnlichen Passion über ihren Job gesprochen hatte. Falls das jemals passiert war, musste es viele Jahre zurückliegen, denn sie erinnerte sich nicht daran.

»Was ist los?«, fragte er. Sein Blick ruhte auf ihrem Gesicht. »Irgendetwas an dem, was ich eben erzählt habe, missfällt dir.«

Sie zögerte.

Er ist einfühlsamer, als ich gedacht habe.

»Nein, ich fand wunderschön, was du gesagt hast. Ich wünschte mir, ich könnte meinem eigenen Beruf auch nur ansatzweise so viel Leidenschaft entgegenbringen wie du deinem. Das ist mir gerade wieder bewusst geworden. Dieser Umstand ist wohl einer der Giftstachel, die momentan in meinem Leben stecken.«

»Bist du unglücklich in deinem Job?«

»Nein. So weit würde ich nicht gehen. Aber ich kann mir nicht vorstellen, weitere fünfundzwanzig Jahre oder mehr so zu verbringen wie bisher.« Sie biss sich auf die Lippen.

Er nickte.

»Ich bin bei der Stadtverwaltung die Chefjuristin. Ich war mit fünfunddreißig schon ganz oben. Darauf bin ich stolz. Doch irgendwie ist es auch deprimierend, denn jede berufliche Veränderung würde erst einmal einen Abstieg bedeuten. Ich verdiene hervorragend. Also bleibe ich. Alles andere wäre einfach nur dumm. Und so werde ich wohl noch jahrzehntelang Verträge aufsetzen, Dokumente prüfen und den Stadtrat rechtlich beraten.« Sie lachte, merkte aber, wie wenig froh sie dabei klang.

Einen Augenblick schwiegen sie beide.

Nelli fragte sich, was Roberto wohl denken mochte. Hielt er sie für verwöhnt, weil sie sich über einen Job beklagte, nach dem sich andere die Finger geleckt hätten? Für eine Frau, die vor lauter Langeweile einen jüngeren Mann brauchte, um etwas Schwung in ihr verkorkstes Leben zu bringen?

Falls er das denkt, liegt er gar nicht so sehr daneben.

Doris würde mir jetzt anerkennend auf die Schulter klopfen, weil ich das endlich begriffen habe.

Roberto wickelte eine Praline aus und steckte sich das Nougat in den Mund. Aus dem Goldpapier faltete er einen kleinen Flieger.

»Würdest du noch einmal Jura studieren, wenn du wieder ganz am Anfang stündest?«, wollte er wissen. Das war eine schlaue Frage, über die sie tatsächlich bereits nachgedacht hatte.

»Ja, vermutlich schon. Ich bin gut in diesem Beruf und mag grundsätzlich, was ich tue. Das ist es nicht.« Sie schüttelte ein wenig frustriert den Kopf. »Es ist eher so, dass ich mit ganz unterschiedlichen Bereichen in meinem Leben hadere – eine allgemeine Unzufriedenheit, die mich nervös macht und mich ständig alles hinterfragen lässt.«

Sie verstummte. Ihr Blick, der vorher im Zuge der Überlegungen ziellos im Zimmer umhergewandert war, schnellte zu Robertos Gesicht. War es nicht ziemlich dumm, ihre Probleme mit Lucas Vater zu besprechen? Seine Bedenken bezüglich ihrer Person und ihrer Absichten noch zusätzlich mit unüberlegten Aussagen wie diesen zu befeuern? Da Nelli aber auch keine Lust hatte, durch irgendwelche Beteuerungen das Gesprächsthema nun direkt auf Luca zu lenken, schwieg sie.

Robertos Miene war offen und interessiert geblieben.

»Bei mir gab es vor einigen Jahren auch einmal einen Punkt, an dem ich alles infrage stellte«, erwiderte er ruhig. »Ich schätze, es ist normal, dass man ab und zu das Leben überdenken und neu sortieren muss. Es ist keine Schande, sich dafür Zeit zu nehmen. Vermutlich erzielt kein Mensch in Sachen Zufriedenheit dauernd in jedem Bereich Bestnoten. Ich habe erkannt, dass es wunderbar entspannt, wenn man sich Phasen zugesteht, in denen das Leben ruhig ein wenig eiern darf.«

Sie lauschte seinen Worten nach. Seine Stimme schien eine Zeit lang gemeinsam mit dem bunten Licht im Zimmer zu hängen, bevor sie schließlich verklang.

»Es ist okay, Nelli«, unterstrich er noch einmal in sanftem Tonfall.

Sie fragte sich, warum sie zuvor nicht gesehen hatte, wie viel Ruhe, Lebenserfahrung und Reife er ausstrahlte. Er war seinem Vater gar nicht so unähnlich. Auch bei Roberto fühlte sie sich plötzlich ohne Wenn und Aber in ihrer Persönlichkeit angenommen. Nelli konnte sich nicht erinnern, wann sie das letzte Mal mit einem Mann ein derartiges Gespräch geführt hatte. Er war auf sie eingegangen, hatte nachgefragt und einiges von sich selbst preisgegeben. Dahinter standen Freundlichkeit und Wertschätzung. Wenn man bedachte, unter welchen Umständen sie nach Tabbio gekommen war, erschien ihr das ganz schön aufgeschlossen.

Habe ich mich etwa, was ihn anbelangt, die ganze Zeit über geirrt?

Wieder schweiften ihre Augen zu Robertos Gesicht. Sie hätte nur zu gern herausgefunden, was er dachte. Ihre Blicke trafen sich, und plötzlich verspürte sie nicht mehr wie so oft zuvor das Bedürfnis, sich abzuwenden oder etwas zu sagen, um die Situation zu brechen. Im Gegenteil: Sie wünschte, die Nähe, die sie gerade empfand, würde für immer bleiben.

Roberto war schließlich derjenige, der zuerst wegschaute. Er zielte mit dem kleinen Pralinenpapierflieger zur Tür und ließ ihn los. Anstatt zumindest ein paar Meter durch die Luft zu gleiten, stürzte er sofort ab und fiel auf den staubigen Boden vor dem Bett.

»Eigentlich wollte ich ja schon seit einer Ewigkeit ins Dorf«, sagte er. »Aber irgendwie schiebe ich es wohl hinaus, wieder hinunterklettern zu müssen.«

»Soll ich vielleicht die Leiter für dich halten?«, neckte sie ihn.

»Ich fürchte, das lässt mein südländischer Stolz nicht zu.«

»Na, dann bleibe ich noch hier und packe das Essen ein, damit du unbemerkt einen angsterfüllten Abgang hinlegen kannst.«

»Das weiß ich zu schätzen.« Er rutschte an den Rand des Bettes, schlüpfte in seine Schuhe und stand auf. »Im Dorf werde ich gleich mit ein paar Leuten reden, damit sie mir helfen, die Treppe zu reparieren. Mein Vater soll unbedingt die Möglichkeit bekommen, sich das alles hier anzuschauen.«

»Er wird so begeistert sein!«

»Vermutlich werden wir uns bis nach dem Tomatenfest gedulden müssen, denn vorher hat keiner Zeit. Aber ich werde Matteo bitten, uns die Leiter ein wenig länger zu leihen, damit du hier sein kannst.«

»Das wäre natürlich schön. Danke.«

Sie wollte noch hinzufügen, wie sehr sie seine Gesellschaft genießen würde, doch sie schluckte und schwieg.

Roberto verließ mit einem Gruß den Raum. Draußen hörte sie ihn zum Spaß übertrieben ächzen, gefolgt von einem erleichterten »Ich bin unten, hab mir gar nicht wehgetan!«. Dann war er weg.

Nelli blieb unbewegt sitzen und sah in die Richtung, in die er verschwunden war. Nach einer Weile räumte sie nachdenklich die Essensreste zurück in den Rucksack.

Konnte das wirklich sein? Entwickelte sie tatsächlich Gefühle für Roberto, die über eine Freundschaft hinausgingen? Inzwischen war ihr klar, dass sie in einer Art Lebenskrise steckte und sich genau deshalb nicht nur auf Luca eingelassen hatte, sondern auch mit ihm hierhergefahren war. Doch anstatt diese Krise anzugehen und einige grundlegende Entscheidungen zu treffen, wie sie ihr Leben nach dieser Auszeit weiterführen wollte, machte sie alles nur noch komplizierter.

Ich bin mit Luca zusammen und beginne, mich in seinen Vater zu verlieben. So etwas kann auch nur mir passieren. Als wäre im Augenblick nicht alles schon durcheinander genug!

Nelli stand auf, trat an eines der offenen Fenster, betrachtete die leuchtenden blauvioletten Blütentrauben der Glyzinien und atmete durch. In Gedanken wiederholte sie Robertos Worte: »Ich habe erkannt, dass es wunderbar entspannt, wenn man sich Phasen zugesteht, in denen das Leben ruhig ein bisschen eiern darf.«

Sie meinte, seine angenehme Stimme zu hören und seinen einfühlsamen Blick auf sich zu spüren, was ihren Aufruhr umgehend etwas besänftigte. Roberto hatte ihr zu verstehen gegeben, dass ihre Unzufriedenheit und ihr Gefühlschaos nicht dumm und undankbar, sondern völlig normal waren. Selbstvorwürfe brachten sie nicht weiter, im Gegenteil: Diese blockierten sie nur. Sie musste raus aus diesem sich unablässig drehenden Gedankenkarussell, und Roberto hatte ihr buchstäblich die Notbremse gezeigt. Und die war so simpel, wie etwas nur sein konnte:

Es ist okay.

21

Auch für den Rest des Tages blieb Nelli in der Casetta, wo sie sich in körperliche Arbeit flüchtete. Sie war sich im Klaren darüber, dass sie in einer ausgewachsenen Krise steckte, die sie unzufrieden machte und ihr Magenprobleme bereitete. Und sie wusste, dass sich ihr Interesse an einem Abenteuer mit Luca im freien Fall befand. Zusätzlich brachte Roberto sie total durcheinander.

Was Nelli hingegen nicht wusste, war, was genau sie nun zu unternehmen hatte. Welcher Weg führte aus der Krise? Sollte sie Luca sofort reinen Wein einschenken oder damit bis nach dem Urlaub warten? Musste sie Roberto nun aus dem Weg gehen? Und war es vertretbar, noch länger in Tabbio, das ihr so guttat, zu bleiben?

Unfähig, auch nur eine einzige Entscheidung zu treffen, putzte sie jeden Winkel des Häuschens, schnitt Bäume und Sträucher zusammen, rückte dem Unkraut zu Leibe, legte einen Komposthaufen an und sammelte Müll in großen Säcken, die sie an der Mauer hinter dem Gebäude zum Abtransport stapelte. Erst am Abend kehrte sie ins Haupthaus zurück, aß etwas und fiel anschließend erschöpft ins Bett.

Da auch die anderen im Zuge der Vorbereitungen für das Tomatenfest den ganzen Tag über unterwegs gewesen waren, hatte niemand ihre Abwesenheit bemerkt – Luca, der irgendwann tief in der Nacht zu ihr ins Bett kam, wohl am allerwenigsten.

Als sie am Tag vor dem Tomatenfest neben dem noch schlafenden Luca aufwachte, entdeckte sie einen Zettel auf ihrem Nachttisch:

Mia cara,
bitte sei mir nicht böse, dass ich mich nicht um dich kümmere. Morgen ist das Festival di Pomodoro. Dann sind wir zusammen, ich verspreche es!
Un bacio
Luca

Nelli antwortete auf der Rückseite und legte den Zettel auf sein Handy.

Lieber Luca!
Mach dir keine Gedanken. Für mich passt es, wie es ist.
Genieß den Tag,
Nelli

Sie fragte sich, was Doris dazu sagen würde, wenn sie die Möglichkeit hätte, sie zu beobachten. Die Freundin würde ihr den Vogel zeigen, weil sie sich immer wieder davonstahl, als hätte sie etwas ausgefressen.

Nelli schrieb ihr eine Nachricht:

Wollte mich nur mal wieder melden. Bei mir ist alles okay. Meine erste Urlaubswoche wird morgen mit dem Festival di Pomodoro enden. Das wird bestimmt ganz großartig 🍅👫☺
Ich hab dich lieb ❤

Über ihre wahren Gefühle schrieb sie kein Wort, weil sie Doris' Reaktion darauf im Augenblick nicht lesen wollte, denn wenn die Freundin ihr Vorwürfe machen würde, hätte sie recht. Nelli schaltete das Handy aus und ließ es in ihrer Handtasche im Zimmer liegen, dann begab sie sich auf den Weg zur Casetta.

Als sie zu dem kleinen Haus gelangte, stellte sie fest, dass die Leiter mit Stricken an den Glyzinien oben am Treppenabsatz befestigt war, damit sie nicht umkippte. Unweigerlich trat ein Lächeln auf Nellis Lippen. Roberto musste da gewesen sein und sie trotz seiner Höhenangst für sie festgebunden haben. Sie wollte unbedingt daran denken, sich nachher bei ihm zu bedanken.

Am frühen Abend war Nelli gerade dabei, die Ritzen zwischen den Granitplatten vor der Casetta von Unkraut und vertrockneten Grasbüscheln zu befreien, als Hans ihr ganz unvermutet einen Besuch abstattete.

»Oh, wie schön! Du kommst, um dir alles anzusehen.« Erfreut richtete sich Nelli auf und stemmte die Hände ins Kreuz. Allmählich begehrte ihr Rücken gegen die viele Arbeit auf.

Hans sah sich bewundernd um. »Hier ist ja eine Menge geschehen.«

»Roberto will kommende Woche dafür sorgen, dass die Treppe passierbar gemacht wird, damit du in den ersten Stock hinaufsteigen kannst. Das Fenster ist das absolute Highlight! Du hast sicher schon die Fotos gesehen, oder?« Sie ging voraus auf die Veranda, zeigte ihm, in welchem Spalt sie den Schlüssel gefunden hatten, dann führte sie ihn ins Innere.

Hans schaute sich interessiert alles an und lobte Nelli überschwänglich für das, was sie geleistet hatte. Sie unterbreitete ihm einige Vorschläge, was er ihrer Meinung nach reparieren lassen sollte, um das Gebäude zu erhalten, dann traten sie wieder ins Freie.

»Ich kann dir gar nicht genug danken, Kornelia. Was du hier vollbracht hast, ist unglaublich.«

Sie winkte ab. »Ach, das ist doch kaum der Rede wert! Eigentlich müsste ich mich bei dir bedanken, dass du mich einfach machen lässt, so viel Spaß bereitet mir die Arbeit.«

Hans trat an die Brüstung der Veranda und sah auf den Vorplatz hinunter. »Willst du nicht für den Rest des Tages eine Pause einlegen?«, fragte er.

Und im Haus herumlungern? Nicht sehr verlockend.

»Ich denke, heute kommt noch ein Gewitter. Es ist so drückend heiß«, fuhr er fort. »Wenn in Tabbio kein Wind mehr weht, kann man ziemlich sicher mit einem Unwetter rechnen.«

Nelli schaute in das Stückchen Himmel zwischen den Bäumen. Nicht eine einzige Wolke war zu sehen.

»Giulia backt Pizza, und ich würde mich freuen, wenn mal wieder die Familie zum Essen zusammenkommt. Momentan scheinen alle in die vier Himmelsrichtungen verstreut.«

Er tut so, als wäre ich ein Teil dieser Familie! Hoffentlich sorge ich nicht bald für eine Riesenenttäuschung.

»Ich will nur noch den Vorplatz fertig jäten«, antwortete Nelli geschäftig, um nicht offen zugeben zu müssen, dass sie bei der allgemeinen Mahlzeit lieber fehlen würde. »Ich glaube, die Wurzeln von dem ganzen Unkraut beschädigen die Platten.«

Sie spürte, dass Hans' Blick auf ihr ruhte. Er schien etwas auf dem Herzen zu haben.

Kann es sein, dass er mich durchschaut? Ahnt er, dass ich darüber nachdenke, die Liebschaft mit Luca zu beenden?

»Kornelia, Giulia und ich finden, du übertreibst es hier bei der Casetta ein bisschen«, sagte er.

Sie war erleichtert, dass es nicht um Luca ging.

»Du arbeitest nun schon den dritten Tag fast ohne Pause. Das ist vielleicht ein wenig …«

Obsessiv?

Sie fühlte sich tatsächlich ziemlich erschöpft, aber gleichzeitig eben auch nützlich und abgelenkt.

»Ich weiß, es ist nicht meine Angelegenheit. Trotzdem … Wie drücke ich es am besten aus? … Falls zwischen meinem Enkel und dir etwas nicht in Ordnung ist …«

Er spürt es doch. Er ist Hans, natürlich spürt er es!

»… sollst du wissen, dass du mein gern gesehener Gast bleibst. Du bist mir willkommen, ganz egal, in welcher Beziehung du zu Luca stehst.«

Nelli konnte kaum glauben, wie exakt er die Lage durchschaute. Er schien zu fühlen, was in ihr vorging, genau wie er bemerkte, dass zwischen Luca und ihr eine Veränderung stattgefunden hatte.

»Danke, Hans. Das ist unglaublich lieb von dir«, antwortete sie vage.

»Und mein gern gesehener Gast bist du auch, wenn du hier nicht schuftest, sondern dich einfach in einem Liegestuhl entspannst«, fuhr er fort und legte ihr eine Hand auf den Arm.

»Das weiß ich. Danke.«

»Wenn du mir eine Freude machen willst, kommst du jetzt mit zum Essen.«

Tina hatte die Terrasse in eine Floristenwerkstatt verwandelt, in der sie Blumenschmuck für das Dorf anfertigte. Überall standen Kisten mit Ranken, verschiedenen roten Blüten, Steckschwämmen und natürlich körbeweise Tomaten. Emsig huschte die junge Frau um den Tisch – ganz offensichtlich war sie voll in ihrem Element.

Tristan lag mit seinem Handy vor der Nase im Liegestuhl unter den Olivenbäumen und sah aus wie ihr personifiziertes Gegenteil.

»Ich hole eine Decke, dann können wir ein Picknick im Garten veranstalten«, meinte Hans. »Sämtliche meiner Möbelstücke sind wohl anderweitig belegt.« Er steuerte gemächlich die Küche an.

Von dort strömten die Gerüche von Pizza und Kuchen ins Freie, weil Giulia seit dem frühen Morgen für das Fest backte. Nelli folgte dem köstlichen Duft. Als sie sich der Küche näherte, hörte sie aufgebrachte Stimmen und blieb auf der Terrasse stehen.

»*Non mi faccio provocare da te!*«, ertönte Robertos ärgerliche Stimme.

»*Io non ti provoco! Sei tu che sei estremamente sucettibile*«, kam es von Luca ebenso aufgebracht zurück.

Oha.

»Kann ich dir helfen?«, bot Nelli Tina an, die gerade die Stiele von einigen Rosen kürzte. Ihre Lust, das Haus zu betreten, hielt sich nun eher in Grenzen.

»Wenn du mir ein paar Efeuranken von da drüben aus der Kiste holst?«

In der Küche ging der Wortwechsel weiter.

»Worum geht's da drinnen?«, fragte Nelli und brachte die gewünschten Pflanzen.

»Nichts Weltbewegendes. Sie sind aneinandergeraten, weil Luca Nonnos Werkzeug ins Dorf mitgenommen und dort verschludert hat. Jetzt scheinen sie aus purer Freude am Streiten weiterzumachen. Keine Ahnung.« Tina zuckte unbeeindruckt mit den Schultern.

Nun hörte man Giulia irgendetwas dazwischenrufen.

»Tante Giulia wirft sie gerade aus der Küche«, berichtete Tina amüsiert. »Wenn die zwei hier bei uns weitermachen, knebeln wir sie mit Steckschwämmen!«

»Kurz vor dem Tomatenfest mit all der Arbeit liegen sicher die Nerven blank«, mutmaßte Nelli.

»Ach, na ja.«

Vater und Sohn traten auf die Terrasse. Robertos Miene wirkte angespannt, Luca hingegen gab sich betont lässig. Als er Nelli erblickte, hellte sich seine Miene auf.

»Hallo. Na, wo hast du dich herumgetrieben?«, fragte er, kam zu ihr und küsste sie.

»Bei der Casetta«, knurrte Roberto, bevor sie antworten konnte.

Nelli nickte.

»Hattest du einen schönen Tag?«, erkundigte sich Luca und umfasste sie. »Sag mal, hast du abgenommen?«

Sie sah an sich hinunter. Es war durchaus möglich, dass die Arbeit der letzten Tage ein wenig an ihr gezehrt hatte, aber das wollte sie hier nicht unbedingt breittreten. »Quatsch. Wie weit seid ihr mit den Vorbereitungen fürs Fest?«, lenkte sie ab.

»Wir wollen heute noch überall die Lichterketten anbringen. Du wirst sehen, das Dorf wird bombastisch ausschauen!« Aus seinen Augen blitzte Begeisterung.

»Ich bin schon gespannt.«

»Leider muss ich gleich wieder los. Sehr schlimm?«

»Für mich überhaupt nicht. Aber dein Opa wird enttäuscht sein. Er hat sich gewünscht, dass alle zusammen essen.«

»Ich rede mit ihm«, versprach er, küsste sie noch einmal auf den Mund, dann ließ er sie los. »Ab morgen Abend gehöre ich dir allein. Warte nicht auf mich, heute wird es garantiert spät. Papa, ich nehme dein Auto, ja? Tante Giulia, kann ich was von der Pizza mitnehmen?« Er verschwand im Haus.

»Tja, wenn Totò und Massimo in der Nähe sind, darf

man sich von Luca nicht allzu viel zu erwarten«, kommentierte Tina trocken. »Das war schon immer so.« Sie arrangierte gerade Tomaten und Efeuranken in einer Schale, in deren Mitte ein Rosengesteck thronte.

»Ist doch super, wenn er so gute Freunde hier hat«, antwortete Nelli und merkte, wie mütterlich ihre Bemerkung klang.

Das war ja fast so schlimm wie: Schön, dass der Junge jemanden zum Spielen hat, dann ist er wenigstens beschäftigt.

22

Sie hatten die Holzliegen unter den Olivenbäumen so zueinander positioniert, dass die Fußenden im Kreis um die Decke standen, auf der die Bleche mit Pizza, eine Schüssel voll Tomaten, ein Teller mit Melonenschnitzen und eine Flasche Wein drapiert waren. Giulia hatte auf die Schnelle ein paar solarbetriebene Kugelleuchten aus der Einfahrt hierhergebracht, deren sanftes Licht sich nun mit dem der Abenddämmerung mischte.

Nelli seufzte wohlig. Hans hatte recht gehabt: Die Pause war dringend nötig gewesen.

»Würde man für das Tomatenfest Eintritt verlangen, könnte man es wesentlich professioneller aufziehen.« Tristan tat schon seit einer ganzen Weile kund, was er alles besser machen würde als die seiner Meinung nach schrulligen und total ahnungslosen Tabbioneser. »Es müsste halt eine gute Band spielen. Nicht die alten Säcke aus dem Nachbardorf. Damit lockt man vielleicht auch Leute von weiter her an. Eventuell sogar Touristen, die hier richtig Kohle lassen.«

»Das hätte dann aber gar nichts mehr mit der ursprünglichen Idee zu tun! Das Tomatenfest soll für die Bürger von Tabbio sein«, wandte Tina mit leichter Ungeduld in der Stimme ein. »Alle helfen mit, und anschließend wird gemeinsam gefeiert.« Sie hielt sich die Haare im Nacken hoch. Trotz der einsetzenden Nacht blieb es drückend heiß.

»Das Festival di Pomodoro folgt einer jahrzehntelangen Tradition. Es wäre doch schade, diese zu zerstören«, pflichtete Hans seiner Enkelin bei. Er lag mit einem Glas Rotwein in der Hand auf der Liege neben Nelli. Wie immer wirkte er völlig entspannt und so, als würde er jede Minute genießen. Tristans großkotzige Reden konnten ihn offenbar nicht aus der Ruhe bringen.

Dieser verdrehte die Augen. »Na, vielleicht sollte man sich besser von einer verstaubten Tradition verabschieden und anfangen, wirtschaftlich zu denken. Dieses Kaff pfeift aus dem letzten Loch. Will hier denn keiner sehen, dass es für die nächste Generation null Lebensgrundlage gibt? Wann beginnt endlich mal einer, die Ärmel hochzukrempeln und die Zukunft zu gestalten?«

Typisch übereifriger BWL-Student, der alles umdrehen und auf Erfolg bürsten möchte, egal, wie es den Leuten dabei geht.

Nelli biss von ihrem Pizzastück ab. Der Teig am Rand knackte knusprig.

»Manchmal ist das, was für die Zukunft gut wäre, aber keine Option für die Gegenwart«, bemerkte Roberto.

Sie zwang sich, nicht zu ihm, sondern weiterhin geradeaus zu schauen. Wie stark sie seine Anwesenheit spürte, versuchte sie zu ignorieren.

»Das ist doch romantisches Geschwätz! Die Hälfte der Leute in dieser Gegend steuert auf die Altersarmut zu. Man darf sich nicht darauf ausruhen, dass man jetzt gerade so wahnsinnig glücklich ist.« Tristan schüttelte missbilligend den Kopf. Ihm war anzusehen, dass er sich vorkam wie der Einzige mit Durchblick in einer Ansammlung von völlig Verblendeten.

Irgendwo in der Ferne hörte man ein leises Donnergrollen.

»Weißt du, die Menschen, die hier leben, brauchen nicht allzu viel. Die kommen prima über die Runden«, erklärte Giulia milde und fächelte sich mit einer Serviette ein wenig Luft ins Gesicht.

»Genau!«, stimmte Tina zu. »Nicht alle müssen fette BMWs fahren, um zufrieden zu sein.«

»Ich bitte euch! Das denkt ihr doch nicht wirklich«, hielt Tristan dagegen. »Wenn nur eine Ernte durch einen Schädling vernichtet wird, sind die doch im Arsch! Glaubt ihr, dass auch nur ein einziger von diesen einfach gestrickten Bauern Rücklagen gebildet hat, um in einem solchen Fall zurechtzukommen?«

»Schön, dass du dich nicht für etwas Besseres hältst als die ›einfach gestrickten Bauern‹«, zischte Tina ärgerlich.

»Tabbio ist eine Gemeinschaft, die in Notsituationen zusammenhält, und um genau das zu symbolisieren, gibt es das Tomatenfest«, erklärte Hans unbeeindruckt.

Es donnerte wieder, diesmal etwa lauter. Das kontinuierliche Zirpen der Grillen verstummte. Eine ungewöhnliche, fast gespenstische Stille legte sich über Tabbio.

»Sollten wir nicht langsam beginnen, die Sachen reinzutragen?«, fragte Nelli an Hans gewandt.

»Da ist keine einzige Wolke. Das dauert bestimmt noch länger, bis das Gewitter hier ist«, antwortete Tristan.

»Wäre doch schade, wenn wir seine interessanten Ausführungen so abrupt abbrechen müssten«, brummte Roberto leise auf der Liege neben Nelli.

Sie schmunzelte. Tristans überhebliche Redenschwingerei fand sie einfach nur albern.

»Was würdest du den Leuten denn empfehlen?«, fragte Tina ihren Freund. »Alles aufzugeben und in die Großstadt zu gehen, so wie ihre Kinder und Enkelkinder?« Sie klang gereizt. So gereizt, wie man eben ist, wenn jemand etwas schlechtmacht, das man sehr liebt.

»Wahrscheinlich wäre bei den meisten nicht das nötige Kapital vorhanden, um sich irgendwo eine neue Existenz aufzubauen. Nein, ich würde versuchen, das Rezept für die Salsa del Paradiso an einen Großkonzern zu verkaufen, und Tabbio anschließend zu einem Hotspot für Touristen ausbauen. Urlaub auf dem Bauernhof. Die Leute zahlen viel Geld, um bei einer Weinlese mitmachen zu dürfen. Warum also nicht auch eine romantische Fake-Tomatenernte für Großstadtmenschen? ›Pflück dich in die Achtsamkeit!‹ Die Menschen machen alles mit, wenn man ihnen nur glaubhaft versichert, es sei was Cooles. Seht euch Nelli an: Die ist total happy, dass sie putzen darf, und hält es für etwas Besonderes, weil der Kasten Casetta heißt und dort italienisches Steingut statt billiges deutsches Laminat verlegt ist.« Er lachte.

Nelli setzte gerade zu einer gepfefferten Erwiderung an, als plötzlich ein dicker Regentropfen auf ihren Fuß klatschte. Unmittelbar danach traf sie einer an der Stirn. Ein lauter Donner zerriss die Stille, dann öffnete der Himmel seine Schleusen.

»Oje, es geht los! Jeder schnappt sich, so viel er tragen kann!«, rief Giulia und sprang auf.

»Der Wahnsinn, als hätte jemand die Dusche aufgedreht!«, quietschte Tina.

Nelli bemerkte, dass Hans sich schwertat, von der Liege aufzustehen, also reichte sie ihm die Hand und half ihm hoch.

»Mein Bein ist eingeschlafen«, ächzte er.

In der Zwischenzeit hatten Tina und Giulia die Teller auf die Pizzableche gestapelt und rannten schwer bepackt los. Tristan schnappte sich die Weinflaschen und folgte ihnen.

»Hilf meinem Vater!«, bat Roberto Nelli. Der Regen rauschte jetzt so laut, dass er seine Stimme erheben musste. »Ich kümmere mich um die Sitzkissen und die Decke.«

Sie nickte, forderte Hans auf, sich bei ihr unterzuhaken, und führte ihn, so schnell es ging, zum Haus. Als sie ankamen, waren Tina und Giulia schon damit beschäftigt, hektisch die Kisten voll Pflanzen und die fertigen Gestecke in die Küche zu schaffen. Roberto brachte den Stapel Kissen ins Trockene, dann half er ihnen.

Das Wasser lief Nelli in Strömen übers Gesicht und aus den Haaren, das Kleid klebte pitschnass an ihrem Körper. Sie musste zwinkern, um etwas sehen zu können.

Als sie mit Hans die Terrasse betrat, merkte sie, wie warm sich der Stein unter ihren bloßen Füßen anfühlte. Auch der Regen hatte eine angenehme Temperatur. Anders als in Deutschland war er lau und weich.

»Danke, jetzt geht es schon«, sagte Hans, als sie die Tür erreichten, und ließ ihren Arm los.

Sie traten nacheinander in die Küche, wo sich ihnen ein wüstes Bild bot: Der Tisch war mit Giulias Kuchen vollgestellt, dazwischen und auf allen Sitzgelegenheiten befand sich Tinas Material. Auf den Arbeitsflächen lagen kreuz und quer die eben geretteten Bestandteile des Pizza-Picknicks. Mittendrin standen fünf bis auf die Haut durchnässte Menschen und redeten aufgeregt durcheinander: »Handtücher holen …«, »… die armen Jungs im Dorf …«, »… morgen aber schönes Wetter …« und »… Tisch freiräumen …«

Einem plötzlichen Impuls folgend, trat Nelli wieder hinaus auf die Terrasse in den Regen. Bei dem allgemeinen Trubel würde sie ohnehin niemand so schnell vermissen. Sie legte den Kopf in den Nacken und ließ sich die Tropfen ins Gesicht prasseln. Das Wasser rann in kleinen Bächen ihren Hals und ihre nackten Arme hinunter, was sich wie ein Streicheln anfühlte. Langsam hob sie die Hände und strich sich die Haare zurück.

Völlig allein mit geschlossenen Augen hier zu stehen und sich vom Nass und dem tosenden Rauschen des Regens einhüllen zu lassen, war für Nelli eine ganz neue Erfahrung. Sie fühlte sich merkwürdig abgeschnitten von der Welt um sie herum. In diesem Moment konnte sie einfach für sich sein und aufhören, darum zu kämpfen, alles richtig zu machen.

Sie wusste nicht, wie lange sie so da gestanden hatte, aber als sie die Lider öffnete, merkte sie, dass Roberto in der Tür lehnte und sie beobachtete.

Ihr Herz fühlte sich an, als würde es nach unten sacken. Seufzend setzte sie sich in Bewegung und watete durch die Pfützen zu ihm hinüber.

»Schön, oder?«, fragte er und lächelte. Das nasse Hemd lag eng an seinem Oberkörper, Tropfen perlten von seinem dunklen Schopf. Am liebsten wäre sie ihm mit der Hand durch die Haare gefahren, hätte die feuchten Wangen mit den Bartschatten berührt und die Konturen seiner Schultern nachgezeichnet, doch das, was sie da wollte, war Wahnsinn.

»Tristan redet nur Schwachsinn, hoffentlich ärgerst du dich nicht zu sehr über seinen dummen Kommentar. Wir finden es großartig, was du in der Casetta leistest.« Sein Blick glitt über ihr Gesicht und blieb an ihrem Mund hängen.

Nellis Lippen begannen zu kribbeln.

»Hast du die Leiter befestigt?«, fragte sie ohne jeden Bezug zu dem, was er gerade gesagt hatte.

»Nein, das war Matteo. Ich habe ihn darum gebeten.«

»Danke.«

»Dir ist kalt. Du zitterst.« Er legte seine Hand auf ihren Arm.

Am liebsten hätte sie danach gegriffen und sie festgehalten. Sie war kurz davor, alle Bedenken in den Wind zu schlagen, um Roberto nur einen Augenblick ganz nah zu sein. Ihr Herz hämmerte nun so heftig, dass es dem Prasseln des Regens auf den Terrassenmöbeln ernsthaft Konkurrenz machte.

Robertos Finger fuhren sacht zu ihrem Handgelenk hinunter. Er berührte sie kaum, und doch meinte sie, noch nie etwas intensiver empfunden zu haben. Es fehlte nicht viel, und sie hätte seine Hand genommen und sie geküsst, doch zum Glück schaltete sich gerade noch rechtzeitig ihr Kopf wieder ein.

Auch wenn in diesem Urlaub die meisten Regeln, die bisher mein Leben bestimmt haben, außer Kraft gesetzt wurden, gibt es dennoch Grenzen.

Das. Ist. Lucas. Vater!

Sie nahm all ihre Willenskraft zusammen und trat einen Schritt zurück. »Ich rufe Luca an. Hoffentlich hat er es rechtzeitig ins Trockene geschafft«, sagte sie mit monotoner Stimme.

Robertos Gesichtsausdruck wurde undurchdringlich. Er griff in seine Hosentasche, zog sein Handy hervor und hielt es ihr wortlos hin.

Sie schüttelte den Kopf. »Ich gehe dafür ins Zimmer.«

23

Tabbio war in die zauberhafte Bühne für ein wunderbares Fest verwandelt worden. Die Einwohner des Dorfes hatten ihre Häuser mit Girlanden aus grünen Stoffbahnen und roten Lampions geschmückt, sodass jede Gasse an ein Tomatenfeld erinnerte. Auf dem Platz vor der Kirche, der sich langsam mit Menschen füllte, waren Tische aufgestellt, auf denen Tinas Gestecke und Windlichter standen. Zwischen den Laternenmasten hingen unzählige Lichterketten, die bei Einbruch der Dunkelheit eingeschaltet werden sollten.

Viele der Bewohner trugen rote Kleidungsstücke.

Luca hatte hellrote Jeans angezogen, die er tatsächlich nur einmal im Jahr zu dieser Gelegenheit hervorkramte. Im Augenblick holte er gerade bei der Essensausgabe Pasta mit Salsa del Paradiso. Inmitten der eher kleinen Italiener hatte er etwas Riesenhaftes an sich. Nelli beobachtete, wie er sich mit den Leuten unterhielt, dann die Teller entgegennahm und zu ihr zurückkam.

Sie saß an einem kleinen Tisch neben dem Brunnen und hatte eben von einer Einheimischen zwei Gläser Wein serviert bekommen.

»Das ist ein wirklich sexy Kleid«, bemerkte Luca, als

er sich zu ihr setzte. Er stellte eine Portion Nudeln vor sie hin.

»Danke. Schade, dass ich nicht rechtzeitig gewusst habe, dass man heute Abend in Rot geht.« Sie trug ihr liebstes Sommerkleid aus wassergrünem Seidendamast. Es stand ihr gut, hatte einen raffinierten, ziemlich tiefen Rückenausschnitt und war erstaunlich bequem.

»Grün ist doch auch gut. Du bist eben eine Tomatenpflanze und keine Frucht. Tina und Tristan sitzen übrigens da drüben bei Totò und Massimo.«

Nelli drehte den ersten Bissen Pasta auf ihre Gabel.

»Wärst du auch gern bei deinen Freunden?«, fragte sie.

»Ich will bei dir sein. Mit Totò und Massimo habe ich jetzt genug Zeit verbracht. Die beiden fahren morgen übrigens zu einem Musikfestival – falls du dir darüber Sorgen machst, ob ich dich in der zweiten Urlaubswoche genauso links liegen lasse wie bisher.« Er verzog schuldbewusst das Gesicht.

Sie winkte ab. »Hör auf mit dem schlechten Gewissen. Ich hatte wunderbare Tage. Die zwei sind deine Freunde, und du siehst sie nicht oft. Da ist es doch klar, dass du mit ihnen zusammen sein wolltest.«

»Und wie hast du dir die Zeit vertrieben?«, fragte er und schaufelte sich Nudeln in den Mund.

Warum er nicht müde wird, mich das zu fragen, obwohl ich ständig dieselbe Antwort gebe, wird als eines der letzten großen Mysterien in die Menschheitsgeschichte eingehen.

»Ich war fast pausenlos in der Casetta«, erwiderte sie geduldig.

»Nicht zu fassen. Was macht man da bitte Großartiges? Ich kann mir kaum was Langweiligeres vorstellen.«

»Mir gefällt es, mich dort zu beschäftigen, und ich mag die Atmosphäre. Das Gebäude und der verwilderte Garten haben so etwas Verwunschenes an sich. Dein Vater und ich waren mittlerweile im ersten Stock. Hat er dir das erzählt?«

»Nein.«

»Stell dir vor, es befindet sich noch die gesamte …«

»Schau mal, da kommen sie. Wenn man vom Teufel spricht«, unterbrach er sie und deutete auf Giulia, Roberto und Hans, die gerade aus einer Gasse auf den Platz traten. Hans trug ein rotes Poloshirt und Lucas Tante ein weißes Kleid mit großen, roten Punkten. Roberto hatte sich für ein dunkelblaues Hemd mit roten Kragen- und Manschettenaufschlägen, eine im selben Ton gehaltene Leinenhose und rote Wildleder-Derbys entschieden. Was Mode anbelangte, war er ein echter Italiener. Nelli hatte ihn die ganze Woche noch nie in einem Kleidungsstück gesehen, das nicht wunderbar kombiniert gewesen wäre oder ihm nicht hundertprozentig gestanden hätte. Er war stilsicher, stets gepflegt, wirkte aber trotzdem nicht so, als wäre er übermäßig eitel. Sie beobachtete, wie er sich mit seinem Vater und seiner Schwester grüßend und händeschüttelnd durch die Menge bewegte. Hier und da blieben sie stehen, um einige Worte mit Freunden oder Bekannten zu wechseln.

»Willst du nicht endlich dein Essen probieren, bevor es kalt wird?«, fragte Luca.

Nelli fühlte sich ertappt. Schon wieder hatte sie Roberto mehr Aufmerksamkeit als angemessen geschenkt. Schnell schob sie sich die erste Gabel voll Spaghetti mit der paradiesischen Salsa in den Mund.

»Ich muss mir unbedingt einen größeren Vorrat von dieser Soße mit nach Hause nehmen«, sagte sie. »Etwas so Einfaches und gleichzeitig so Grandioses bekommt man echt nicht alle Tage.«

»Ich weiß.«

Eine Zeit lang aßen sie schweigend, dann nahm Nelli das zuvor unterbrochene Gespräch wieder auf.

»Auf jeden Fall sind wir oben in der Casetta auf zwei komplett eingerichtete Räume gestoßen. Im hinteren gibt es ein buntes Glasfenster mit …«

»Wie wär's mit Brot? Ich hole uns welches.« Luca stand auf.

Das, was ich ihm erzähle, interessiert ihn ungefähr genauso sehr wie einen Fisch die Wetterprognose.

»Okay. Ich bleibe inzwischen hier sitzen und denke über die Casetta nach!«, rief sie ihm hinterher, doch er war schon in Richtung Bar verschwunden.

Etwa zwei Stunden später brach die Dämmerung herein. Die Lichterketten mit ihren Abertausenden Birnchen waren eingeschaltet worden, die Musik hatte zu spielen begonnen, und die Stimmung auf dem Dorfplatz wurde zunehmend ausgelassener.

Nelli saß allein auf einer Bank vor der Kirche und beobachtete das Treiben. Ganz Tabbio schien vor Fröhlichkeit zu brummen. Der von den Steinfassaden der malerischen Häuser eingefasste Platz voller rot gekleideter, sich lautstark unterhaltender Leute erinnerte an einen Kessel mit blubbernder Tomatensoße. Nelli konnte sich gar nicht an diesem Bild sattsehen. Auf der Tanzfläche vor den Stufen zur Kirche sprangen einige Knirpse umher, die Mädchen mit flatternden roten Kleidchen, die Jungs in roten T-Shirts. Sie fragte sich, ob es sich um die Kleinen aus den Nachbardörfern oder um zu Besuch gekommene Enkel handelte. Auf jeden Fall fand sie, dass Kinder diesem Ort ausgesprochen gut standen. Alle Tische waren jetzt dicht besetzt, überall wurde lautstark geplaudert und gelacht. Jeder schien den warmen Abend zu genießen. Nelli ließ ihren Blick schweifen und suchte nach den ihr bekannten Gesichtern. Hans saß bei Matteo und einer älteren Dame, von der Nelli mittlerweile wusste, dass sie Francesca hieß und für die traumhafte Salsa del Paradiso verantwortlich war. Giulia und Tina halfen beim Verteilen des Kuchens. Luca und Tristan zeigten Totò und Massimo sowie ein paar anderen jungen Leuten etwas abseits, wie Beer Pong funktionierte.

Nach Lucas Nähe sehnte sie sich im Moment nicht unbedingt, stellte sie fest. Lieber saß sie hier allein auf der Bank und genoss den herrlichen Abend. Sie wollte sich jeden Quadratzentimeter dieses Platzes einprägen und ihn in Gedanken wieder betreten, wenn sie sich in Zukunft einmal schlecht fühlte.

Nach Roberto musste Nelli ein wenig Ausschau halten, doch dann entdeckte sie ihn. Er saß mit einer Frau mittleren Alters mit langen schwarzen Haaren in der

Nähe der Osteria und hörte ihr bequem zurückgelehnt und mit vor der Brust verschränkten Armen zu.

Wer ist die denn? Und warum betatscht sie ihn dauernd? Steht die auf ihn?

Obwohl sie seine Gesprächspartnerin nicht genau sehen konnte, ahnte sie, dass es sich um eine außergewöhnliche Erscheinung handelte. Denn allein die langen, schlanken braun gebrannten Beine in den roten High Heels sahen umwerfend aus.

Bei der Vorstellung, Roberto könne an diesem Abend direkt vor ihren Augen eine Eroberung machen, biss sie sich auf die Lippe.

Hallo? Das ist sein gutes Recht! Ich bin mit seinem Sohn hier und sollte aufhören, zu Roberto hinüberzustarren. Er. Ist. Tabu!

Sie legte den Kopf in den Nacken und blickte zum Himmel hinauf. Im Westen lag ein rötlicher Dunst in der Luft, abgesehen davon spannte sich das Firmament in zartem, vom Restlicht erleuchtetem Blau über Tabbio. Die aus ziemlich betagten Hobbymusikern bestehende Band spielte gerade »Ti amo« von Umberto Tozzi. »*Ti amo, ti amo, ti amo …*«, wiederholte der Sänger fast unerträglich oft.

Ach, komm schon! Wir haben's verstanden.

Irgendwann verebbte das Lied, und der E-Piano-Spieler sagte etwas ins Mikrofon. Sie beobachtete, wie daraufhin zahlreiche Männer aufstanden, Damen aufforderten und ihre Auserwählten dahin führten, wo eben noch die Kinder herumgehopst waren. Als die Musik wieder einsetzte, wimmelte es auf der Fläche vor den Kirchenstufen von Paaren, die sich gemeinsam im Takt wiegten. Hans hielt Francesca im Arm und drehte sich mit ihr langsam im Kreis. Nelli mochte, wie er diese dabei anstrahlte und ihr ganz offensichtlich das Gefühl gab, interessant und schön zu sein. Man musste ihn einfach toll finden.

Nellis Blick wanderte weiter zu Roberto, der ganz in ihrer Nähe mit der Frau in den roten High Heels tanzte. Die Italienerin war auf unverschämt vorteilhafte Weise in die Jahre gekommen und sah in ihrem roten, engen Kleid einfach nur verboten verführerisch aus.

War doch eigentlich klar, dass er Frauen anzieht wie das Licht die Motten! Er sieht gut aus, ist intelligent und hat gepflegte Umgangsformen.

Irritiert blickte sie zu Luca hinüber, der gerade einen Becher Bier an die Lippen setzte und trank. Dass jetzt getanzt wurde, schien er genauso wenig mitbekommen zu haben wie die Tatsache, dass sich Nelli schon seit geraumer Zeit nicht mehr in seiner Nähe aufhielt.

Sie horchte in sich hinein, um herauszufinden, was sie diesbezüglich empfand. Da war ein winziges bisschen von verletztem Stolz, weil er sich mal wieder nicht um sie kümmerte, obwohl er das für diesen Abend versprochen hatte. Gleichzeitig verspürte sie aber auch Erleichterung, denn ein verliebter Luca, der ununterbrochen an ihr klebte, hätte ein wesentlich größeres Problem dargestellt als ein abwesender. Zu guter Letzt war da ein wenig Wehmut, weil die Ära Luca in ihrem Leben so augenscheinlich zu Ende ging.

Nelli musste an das Experiment der Papierchromatografie aus Lauras Chemieunterricht denken: Die Farbpigmente eines Stiftes wurden durch die Saugkraft von Löschpapier verschieden weit transportiert. So ähnlich war es mit ihrer Beziehung zu Luca. Im Sog der Ereignisse waren die Einzelbestandteile dessen, was sich da zwischen ihnen abgespielt hatte, unterschiedlich lange ein Thema gewesen. Der Reiz des Neuen war als Erstes auf der Strecke geblieben. Dann hatte seine kaum versiegende Energie aufgehört, sie zu beflügeln. Seine Entspanntheit, seine Spontanität, seine Jugend, seine Attraktivität – eins nach dem anderen hatte die Wirkung auf Nelli verloren.

Keine Frage: Luca hatte ihr gutgetan. Er hatte Bewegung in ihr viel zu ruhiges Leben gebracht, Chaos gestiftet und ihr durch den vierzigsten Geburtstag leicht geknicktes Ego wieder aufgerichtet.

Das Musikstück endete, und der Sänger hielt das Mikrofon nun einem Mann unter die Nase, von dem Nelli wusste, dass er der Bürgermeister war. Daraufhin formierten sich die Tanzpaare neu. Nach einem weiteren Song hörte man Francescas Stimme aus dem Lautsprecher. Erst als Hans an der Reihe war, musste Nelli nicht mehr raten, worum es ging.

»*E ora le mamme invitano al ballo!* Jetzt sollen alle Mütter zum Tanz auffordern.« Dass er den Satz auch auf Deutsch sagte, konnte nur ihr gelten, also erhob sich Nelli von ihrer Bank und stieg die Kirchenstufen zu ihm hinunter. Hans hatte den letzten Song mit seiner Enkelin getanzt, die er noch im Arm hielt.

»Darf ich bitten, Hans? Tina, darf ich ablösen?«

»Da ich keine Mutter bin, muss ich das Lied ohnedies aussetzen«, erwiderte Tina fröhlich. Rot stand ihr besonders gut, und sie sah an diesem Abend ausgesprochen hübsch aus. Ihre Augen leuchteten mit den erhitzten Wangen um die Wette, und sie wirkte noch quirliger als sonst. »Ich sehe in der Zwischenzeit nach Tristan. Er ist dabei, viel zu viel zu trinken.« Sie seufzte in gespieltem Groll, aber Nelli ahnte, dass es sie tatsächlich störte.

Wie kann man sich in einer magischen Nacht wie dieser nur betrinken? Die Jungs sind echte Hornochsen!

Die Musik begann.

»Genießt du das Tomatenfest, Kornelia?«, fragte Hans, als er eine Hand vorsichtig zwischen ihre Schulterblätter legte und mit der anderen ihre Rechte ergriff.

»Ich glaube, dass ich noch nie auf einer schöneren Feier gewesen bin«, antwortete sie und lächelte ihn an. »Ich bereue schon, dass ich mein Handy nicht für ein paar Erinnerungsfotos mitgebracht habe.«

»Oh, das ist kein Problem«, erwiderte er, ließ sie kurz los und holte ein Smartphone aus seiner Hosentasche. »Selfie?«

Sie lachte. Bei Hans hatte sie das Gefühl, ihn schon seit Ewigkeiten zu kennen, und sie fühlte sich in seiner Gegenwart stets gut aufgehoben.

Hans streckte den Arm aus und drückte auf den Auslöser. »Mein Enkel verhält sich heute Abend dir gegenüber alles andere als charmant«, sagte er, als sie wieder tanzten.

Sie drehte den Kopf und sah, dass Luca sich gerade

an der Bar ein rotes Getränk in einem Cocktailglas geben ließ.

Nelli zuckte mit den Schultern. »Ach, die sollen ihren Spaß haben. Warst du als Student nicht auch so?«

»Doch. Aber wenn ich mit einer Frau unterwegs war, habe ich sie nicht alleine herumsitzen lassen und mir mit meinen Freunden einen angetrunken. Ich werde mit Luca reden.«

»Das ist wirklich nicht nötig, Hans!«, wehrte sie ab. »Ich amüsiere mich blendend. Bitte, es ist okay.«

Sie spürte seinen Blick auf ihr. »Wenn es das ist, was du willst ...«

Sie nickte.

Nach diesem Lied wurde einer Frau das Mikro übergeben, die mit rauchiger Stimme ansagte, wer nun drankommen sollte.

»Oh, ich fürchte, jetzt dürfen all diejenigen auffordern, die komplett in Rot gekleidet sind«, übersetzte Hans.

»Nun, damit bin ich ja wohl nicht gemeint.« Nelli lachte.

»Ich auch nicht.«

»Dann setze ich mich wieder auf die Bank. Von dort kann ich alles so gut überblicken.«

»Prima, ich leiste dir Gesellschaft.« Hans begleitete sie die Stufen zur Kirche hinauf. Als sie oben angekommen waren und er gerade eine Bemerkung darüber machte, dass ihm eine kleine Pause guttun würde, eilte eine Italienerin auf ihn zu und nahm ihn mit auf die Tanzfläche zurück.

»Tut mir leid«, sagte er im Weggehen zu Nelli. »Als jemand, der eine Tanzschule besucht hat, bin ich ein gefragter Partner. Auch wenn das ungefähr zweihundert Jahre her ist.«

»Ich weiß genau, dass der Tanzkurs nicht der einzige Grund ist«, erwiderte sie schmunzelnd.

Auf der Bank saß jetzt eine weißhaarige, uralte Frau in einem schwarzen Kleid. Um ihre Schultern lag ein rotes Tuch. Kaum hatte Nelli sich neben sie gesetzt, begann die Alte, munter draufloszureden.

»*Non … capito*«, erwiderte Nelli bedauernd, aber die Greisin ließ sich nicht beirren. Sie sprach einfach weiter. Die Sätze sprudelten in aberwitziger Geschwindigkeit aus ihrem Mund.

»*Italiano – no*«, versuchte Nelli es erneut und schüttelte heftig mit dem Kopf. Doch auch dieser Versuch scheiterte. Also gab sie es auf und ließ die Frau reden. Augenscheinlich freute sie sich über Gesellschaft.

Nelli sah wieder zur Tanzfläche, von wo aus ihr Hans zuwinkte. Direkt daneben entdeckte sie Roberto mit der attraktiven Frau im roten Kleid.

»Sie wissen nicht zufällig, wer diese Person ist, oder? Die da unten?«

Die alte Frau hatte gar nicht richtig zu reden aufgehört und erzählte unbeirrt weiter.

»Nein? Egal. Ist im Grunde sowieso uninteressant. Ich bin nämlich mit Luca hier, auch wenn es kaum danach aussieht. Nun, er ist eben blutjung. Meine Freundin Doris hatte von Anfang an Bedenken. Aber Sie kennen so etwas ja sicher, nicht? Manche Erfahrungen wollen einfach gemacht werden. Wie sieht es mit Ihnen aus? Haben Sie auch einen Liebhaber?«

Die Banknachbarin hatte eine Zeit lang zugehört, nun redete sie in hoher Geschwindigkeit weiter.

»Wissen Sie, was? Ich mag unser Gespräch. Im Büro führe ich öfters recht ähnliche Konversationen.«

Nun war die alte Frau endgültig verstummt und sah Nelli aufmerksam an. Ihr faltiger Mund formte ein kleines Lächeln, das Nelli erwiderte.

In diesem Moment schlug die Kirchturmuhr, und Nelli zählte zehn Schläge. Danach ließen die Musiker einen Tusch hören.

»Jetzt scheint es irgendeinen Höhepunkt zu geben«, überlegte sie. »Ein sehr schönes Fest, finden Sie nicht?«

Anschließend ging alles ganz schnell: Das Mikrofon wurde wieder dem Bürgermeister überreicht. Dieser sprintete die Kirchenstufen herauf. Neben der Bank mit Nelli und der Greisin blieb er stehen und hielt eine kurze Ansprache.

Nelli konnte die Worte »Tabbio«, »Pomodoro« und »Salsa del Paradiso« heraushören. Als er geendet hatte, hielt er der alten Frau das Mikro hin, das sie einen Augenblick lang misstrauisch beäugte. Dann sagte sie einen Satz, in dem der Name »Roberto« vorkam, und zeigte auf Nelli.

24

Nichts tat sich. Alle Augen waren auf Nelli gerichtet.

Ach du liebe Güte, was wollen die bloß von mir?

Es kam ihr vor wie eine halbe, peinliche Ewigkeit, bis sich auf der Tanzfläche etwas rührte. Die Leute rückten beiseite und ließen Roberto vortreten.

Quälend langsam kam er die Stufen herauf. Eilig schien er es nicht zu haben.

Nellis Puls beschleunigte sich.

Unsicher sah sie zwischen Roberto, dem Bürgermeister und der Alten hin und her. Diese klatschte begeistert in die Hände.

Endlich war Roberto oben angekommen und blieb vor Nelli stehen.

»Ich verstehe nur Bahnhof«, flüsterte sie verunsichert.

Er sah sie einen Augenblick lang an, als müsse er selbst noch kurz nachdenken, dann hielt er ihr die Hand hin. »Alba will, dass wir miteinander tanzen.«

»Was denn, nur wir beide?«, stieß Nelli erschrocken hervor und starrte auf seine Hand.

»Die ersten paar Takte des Liedes nur wir, ja. Aber keine Sorge, recht schnell werden sich auch andere dazugesellen.«

Zögerlich blickte sie an ihm vorbei auf die Menschenmenge auf dem Platz, die sie noch immer erwartungsvoll ansah. Mit weichen Knien stand sie auf, nahm seine Hand und stieg gemeinsam mit ihm die Stufen zur Tanzfläche hinunter.

»Alba ist hundertvier und die Dorfälteste«, erklärte Roberto währenddessen. »Es hat Tradition, dass sie um zweiundzwanzig Uhr ein Tanzpaar bestimmt. Es wäre irgendwie seltsam, das jetzt zu verweigern.«

»Wieso sollten wir auch?« Diese Worte kamen schneller aus ihrem Mund, als sie darüber nachdenken konnte.

Er schwieg.

Nelli schaute zu Luca hinüber. Er stand am anderen Ende des Dorfplatzes bei seinen Freunden und nahm nicht die geringste Notiz vom Treiben auf der Tanzfläche.

»Sag mal, diese Alba, versteht die Deutsch?«, flüsterte sie.

»Wohl kaum. Sie war ihr ganzes Leben nur in Tabbio und versteht mittlerweile nicht einmal mehr Italienisch. Sie ist beinahe taub.«

»Irgendwie hat sie …« Nelli brach ab.

Die Leute hatten einen Kreis gebildet, in dessen Mitte Roberto nun mit ihr stehen blieb. Die Musik setzte ein.

»Jetzt sind wir also das diesjährige Tomatenpaar?«, versuchte sie zu scherzen. »Tomatenprinzessin und Tomatenprinz?«

Ein Lächeln oder auch ein kleiner Witz von Roberto hätte sie umgehend entspannt, aber da er seine unnahbare Miene aufgesetzt hatte und schwieg, wurde sie zusehends nervöser. Als er ihr seine Hand nun auch noch auf die bloße Haut in ihrem tiefen Rückausschnitt legte, fuhr sie innerlich zusammen. Einen Augenblick lang meinte sie, keine Luft zu bekommen. Er fing an, sich mit ihr zur Musik zu wiegen. Sie spürte, wie er langsam die Finger auf ihrem Rücken spreizte und sie etwas näher an sich zog. Dort, wo sich ihre Körper berührten, fing ihre Haut an zu brennen.

Wir beide zusammen. Arm in Arm. An diesem zauberhaften Ort. Inmitten all dieser Menschen.

Der Augenblick schien so absurd perfekt, dass Nelli laut auflachen musste.

»Es tut mir leid«, sagte er leise. »Ich habe keine Ahnung, wie Alba auf diesen Unsinn gekommen ist. Sie ist eben schon sehr alt …«

Nelli verkrampfte sich. Es kränkte sie, dass er ihr so deutlich zu verstehen gab, wie wenig Lust er auf diesen Tanz hatte. Dennoch zwang sie sich, die heitere Fassade zu wahren. »Alles wunderbar!« Sie versuchte, Fröhlichkeit zu heucheln. »Das Lied wird ja nicht ewig dauern …«

»Nichts ist wunderbar. Ich kenne dich«, hörte sie ihn sagen.

»Du kennst mich? Wie kommst du denn auf diesen absurden Gedanken?«, zischte sie zurück. »Wir sind zwei völlig Fremde, die zufällig mal ein nettes Gespräch miteinander geführt haben.«

Zum Glück kam jetzt rund um sie herum Bewegung auf. Auch andere begannen zu tanzen. Nelli atmete erleichtert durch, denn nun stand sie nicht mehr unter jedermanns Beobachtung und brauchte nicht länger ein falsches Grinsen aufzusetzen.

»Wenn du lächelst, ohne dass dir danach ist, so wie gerade eben, sehen deine Nasenflügel total angespannt aus …«, sagte Roberto.

Irritiert sah Nelli auf.

»Und wenn du eine Situation absolut schrecklich findest, musst du lachen. Wie vorhin. Es wirkt dann so, als könntest du gar nichts dagegen tun. Es kommt über dich. Doch es klingt unecht und tiefer als dein normales Lachen …«

Nelli starrte Roberto ungläubig an.

Er zuckte die Schultern.

»Okay«, erwiderte sie, schloss kurz die Augen und seufzte.

»Okay?«

»Ich habe verstanden. Auch vorher schon. Im Prinzip bereits die gesamte Woche.«

»Tatsächlich? Ich hatte eigentlich gehofft, dass es nicht allzu offensichtlich ist.« Betreten blieb er stehen und ließ sie los, um sich mit beiden Händen durch die Haare zu fahren. Sein Blick schweifte zu den Paaren, die um sie herumtanzten.

Nelli machte einen kleinen Schritt rückwärts, um Abstand zwischen ihn und sich zu bringen. Dieser Mann verwirrte sie einfach zu sehr.

»Es muss dir nicht unangenehm sein, Roberto. Ich, mit all meinen nervigen Angewohnheiten, diesem unechten Lachen und so weiter, habe dein Ferienparadies gestürmt und mich breitgemacht. Das hat dich von Anfang an gestört. Du bist zu höflich, um es direkt auszusprechen, aber du bist auch nicht gerade ein Meister darin, es zu verbergen.«

»Was?« Er starrte sie verständnislos an. »Wer, bitte schön, hat etwas von ›nervigen Angewohnheiten‹ gesagt?«

»Na du. Das mit den Nasenflügeln und dem tiefen Lachen. Es ist kaum zu übersehen, wie sehr ich dir auf den Geist gehe.«

»Irgendwie ist das falsch rübergekommen, ich wollte eigentlich …«

Meine Güte, was eiern wir herum! Wir sind beide jenseits der vierzig, da kann man doch eine gewisse Grundkompetenz in Sachen Kommunikation erwarten.

»Hör zu«, unterbrach sie ihn. »Ich habe nicht gewusst, dass ihr hier seid. Ich bin von einem Urlaub zu zweit ausgegangen. Einfach Luca und ich. Mir ist vollkommen klar, wie seltsam meine Gegenwart für dich ist. Ich bin so viele Jahre älter als dein Sohn, und vermutlich liegt es für euch auf der Hand, welche Art von Beziehung wir führen, weil wir weder das Geringste gemein haben noch irgendetwas miteinander unternehmen. Aber so ist es nun mal. Ich kann es nicht ändern. Luca ist erwachsen und weiß, was er tut. Meinst du nicht?«

Sie sahen gleichzeitig zu Luca hinüber. Er schwankte soeben alles andere als erwachsen und hielt sich an Totò fest. Dass er weit mehr getrunken hatte, als er vertrug, war selbst aus der Distanz deutlich zu erkennen.

Nelli schnaubte.

»Ich schäme mich in diesem Moment für meinen Sohn. Er betrinkt sich lieber mit seinen Freunden, anstatt sich um seine hinreißende Begleitung zu kümmern.«

Robertos Worte ließen Nellis Herz stolpern. Wenn er so etwas sagte, konnte er ihr mühsam umkämpftes inneres Gleichgewicht leichter aushebeln als ein Brecheisen eine Spanholztür.

»Nun, das ist nicht weiter schlimm. Ich hatte ja Hans und Alba«, versuchte sie, ihre Unsicherheit zu überspielen.

In diesem Augenblick verstummte die Musik. Roberto trat ein kleines Stück auf sie zu. Es wurde angesagt, wer nun wen auffordern solle, aber das bekam Nelli nur am Rande mit. Alles, was sie sah, war Robertos mittlerweile so vertrautes Gesicht. In seinem Blick lag eine entwaffnende Offenheit.

»Nelli, du hast mich keinen Augenblick lang genervt oder gestört. Wenn ich dir dieses Gefühl gegeben habe, tut es mir leid.«

Ein leichter Nachtwind war aufgekommen, wehte über den Dorfplatz, brachte ihr Kleid zum Flattern und blies ihr die Haare ins Gesicht. Eine Locke blieb an ihrem Mundwinkel hängen.

Roberto hob die Hand und strich sie zur Seite.

Die Empfindung auf der Haut durchfuhr Nelli wie ein Blitz.

Ihr war schleierhaft, wie sie gegen all das ankämpfen sollte. Wie konnte sie vor seiner Berührung zurückweichen, wenn sie sich diese eigentlich sehnlichst wünschte?

»Ich meinte vorhin liebenswerte kleine Eigenheiten und bestimmt nicht Marotten, aber irgendwie scheint es mir in deiner Gegenwart oft nicht zu gelingen, die richtigen Worte zu finden. Du bringst mich total durcheinander.« Der letzte Satz hörte sich beinahe verzweifelt an.

Nellis Puls raste.

»Ich werde nun gehen und mit einer anderen tanzen, wie ich es längst hätte tun sollen.« Er nahm ihre Hand. »Ich wünschte, wir wären uns irgendwo anders begegnet. Nicht hier und jetzt.«

Nelli schluckte den Kloß in ihrem Hals hinunter. »Das wünschte ich auch«, brachte sie mühsam hervor. »So sehr.« Freude huschte über sein Gesicht. Sie sah die Lachfältchen um seine Augen und die Grübchen in den Wangen und musste heftig gegen das Verlangen ankämpfen, ihn zu küssen.

Er strich mit dem Daumen ihren Handrücken entlang.

Sie spürte diese kleine Berührung mit einer Intensität, die ihr einen Schauer die Wirbelsäule hinunterjagte. »Das Timing …«

Er nickte. Sein Brustkorb hob und senkte sich, als er tief ein- und ausatmete. In der nächsten Sekunde ließ er ihre Hand los, wandte sich ab und ging davon.

Nelli blieb allein auf der Tanzfläche zurück. Sie musste damit klarkommen, dass ihre Geschichte mit Roberto mit dieser Berührung ihrer Hand begonnen und gleichzeitig auch ihr Ende gefunden hatte, denn die Umstände, unter denen sie sich kennengelernt hatten, machten alles andere ganz klar unmöglich. Immer wieder musste sie sich darauf besinnen, dass sein Sohn der Mann war, mit dem sie ihren Urlaub in Tabbio verbrachte.

Langsam verließ sie die Tanzfläche.

Fest steht, dass ich Konsequenzen daraus ziehen sollte. Wie könnte ich, nachdem Roberto und ich so miteinander geredet haben, noch eine weitere Nacht neben Luca liegen? Ich muss abreisen! Alles andere wäre geschmacklos und unfair.

Sie sah sich nach Luca um, der mit seinen Freunden jetzt aus voller Kehle den Text des Liedes mitsang, das gerade gespielt wurde. »*Volare, cantare, nel blu, dipinto di blu, felice di stare lassù.*«

Dann suchte ihr Blick in der Menge nach Roberto. Er stand mit dem Rücken zu ihr in einer kleinen Gruppe von Dorfbewohnern.

Ihre Augen brannten.

Jetzt bloß nicht heulen! Das hier ist schließlich keine Nicholas-Sparks-Verfilmung.

»Weißt du, wo Tristan ist?« Tina war so plötzlich neben sie getreten, dass Nelli erschrak. Schnell wischte sie sich möglichst unauffällig über die Wangenknochen und schüttelte den Kopf. »War er nicht gerade noch mit Luca, Totò und Massimo dort drüben an der Bar?«

»Ja, aber jetzt kann ich ihn nirgendwo mehr finden. Er hat echt eine Menge getrunken.« Ihr Blick wanderte fahrig über den ganzen Dorfplatz.

»Meinst du nicht, dass er vielleicht einfach mal … austreten musste?«

Tristan war ein Armleuchter, aber im Augenblick war Nelli ihm für die Ablenkung dankbar.

»Bei den Toiletten habe ich schon nachgesehen. Ich weiß nicht genau, wie viel er tatsächlich verträgt, und mache mir echt Sorgen, dass er in die Trebbia fällt oder den Weg nach Hause nicht findet.« Nervös fuhr Tina mit den Fingern durch ihren Pagenkopf.

Nelli spürte einen Stich im Inneren. Sie kannte diese Geste einfach zu gut. Wieder sah sie zu Roberto hinüber, was sie nicht hätte tun sollen, denn dieses Mal trafen sich ihre Blicke quer über den Dorfplatz.

»Weißt du, was? Warum sagst du nicht deiner Tante Bescheid, und ihr beide sucht den Heimweg ab? Ich gehe in der Zwischenzeit zur Trebbia-Brücke und sehe zur Sicherheit dort nach«, schlug Nelli vor, die froh war, Abstand zwischen Roberto und sich bringen zu können.

»Okay, ich hole Papa. Er wird dich begleiten.«

»Nein!«, wehrte Nelli viel zu heftig ab, dann hielt sie kurz inne und räusperte sich. »Nein. Lass ihn feiern. Die Brücke ist doch nur ein paar Straßen entfernt. Da kann ich allein hingehen.«

»Bist du sicher?«

»Was soll mir denn schon passieren? Das hier ist Tabbio und nicht die Bronx.« Sie lächelte aufmunternd. »Dasselbe gilt übrigens auch für Tristan. Du wirst sehen: Ihm geht's gut.«

Tina fiel ihr um den Hals. »Danke! Ich weiß, es ist wahrscheinlich lächerlich, aber ich hab gerade richtig Angst um diesen blöden Spinner.«

»Kein Problem. Ein kleiner Spaziergang ist jetzt genau das Richtige für mich.«

»In Ordnung!« Damit lief Tina in Richtung Giulia davon.

Nelli hatte die Schuhe ausgezogen und schlenderte barfuß über die noch warmen Steine in den schmalen Sträßchen von Tabbio. Da sich alles auf dem Platz tummelte, lag das restliche Dorf wie ausgestorben in der Nacht. Die roten Lampions verbreiteten schummriges Licht, der Wind trug die Musik und die Stimmen der Feiernden zu ihr herüber, die mit jedem Schritt leiser wurden. Nelli setzte bedächtig einen Fuß vor den anderen und hatte mit einem Mal den Eindruck, aus einer reißenden Strömung aufzutauchen. Schritt für Schritt sah sie klarer. Roberto war all das, was Luca nicht war: lebenserfahren, tiefgründig und faszinierend. Darüber hinaus fühlte sie sich in seiner Gegenwart nicht welk und alt, sondern merkte, wie interessant die Spuren der Jahre im Gegensatz zu der glatten, perfekten Hülle der Jugend wirkten. Mittlerweile konnte sie fast nicht mehr glauben, wie extrem sie sich noch bis vor einer knappen Woche von Lucas Makellosigkeit angezogen gefühlt hatte. Sie wusste jetzt, dass sie weniger in ihn als in die Idee von einer aufregenden Liebschaft vernarrt gewesen war. Dass die Phase Ich-brauche-Luca-um-mich-gut-zu-fühlen jetzt vorüber war, bedeutete sehr viel. Darauf wollte sie sich nun konzentrieren.

Nelli war an der alten Steinbrücke angekommen und sah sich um. Keine Spur von Tristan. Natürlich nicht.

Was sollte er hier auch? Hans' Haus lag komplett woanders.

Langsam betrat Nelli die buckelige Brücke, schaute auf die Trebbia hinunter, die im Mondlicht glitzerte, und hörte dem gleichmäßigen, beruhigenden Rauschen des Wassers zu.

Ich werde morgen abreisen. Vielleicht kann ich behaupten, Laura brauche mich daheim. Dann wirkt es nicht so seltsam. Und mit Luca rede ich, wenn er in einer Woche vom Urlaub zurück ist. So verderbe ich ihm wenigstens nicht den restlichen Aufenthalt.

Es tat ihr schrecklich leid, keine Zeit mehr in Tabbio und in der Casetta verbringen zu können, aber noch länger bei Luca zu bleiben, wäre eine Lüge. Und Robertos Nähe eine Qual.

Nachdenklich schlenderte Nelli weiter. Die etwa zwei Meter breite und rund zweihundertfünfzig Meter lange Brücke war mit Steinplatten belegt, die sich glatt unter ihren Sohlen anfühlten. Nur in der Mitte zog sich ein schmaler, mit Kieseln bedeckter Streifen zum anderen Ende, damit man auch bei Regenwetter hier gehen konnte, ohne zu rutschen.

Ehrfürchtig sah sie das uralte, unregelmäßige Gemäuer entlang.

Ihr Blick stockte, als sie eine Gestalt entdeckte.

»Tristan?«

25

»Tristan? Was machst du denn da? Komm bitte da runter!« Nelli fand den Umstand, dass ein Betrunkener mit hoch über dem Fluss baumelnden Beinen auf der Brüstung saß, nicht gerade beruhigend.

Wenn der Vollpfosten jetzt da reinfällt, springe ich in meinem Seidenkleid ganz sicher nicht hinterher!

Sie wusste, dass sie es vermutlich doch tun würde.

»Ich hocke hier und genieße die Nacht«, antwortete er. »Und was verschafft mir die Ehre?« Wirklich volltrunken hörte er sich nicht an.

Skeptisch beobachtete sie jede seiner Bewegungen, während sie näher kam. »Ich habe nach dir gesucht.«

»Ach ja?«

Sie war bei ihm angekommen und sah, wie er sie in der Dunkelheit musterte.

»Tina ist in heller Aufregung, weil du plötzlich verschwunden warst. Du solltest besser zurückgehen und nach ihr sehen.«

»Es ist so eine traumhafte Nacht, findest du nicht?« Tristan legte den Kopf in den Nacken und sah in den Himmel hinauf.

»Ich störe ja nur ungern, aber könntest du da jetzt augenblicklich runterklettern? Bitte.«

»Du sorgst dich um mich«, stellte er fest. »Wer hätte das gedacht? Gefällt mir.« Grinsend schwang er die Beine über die Brüstung und ließ sich auf die Füße gleiten.

Ohne auf seine Bemerkung einzugehen, stellte Nelli ihre Schuhe vor sich auf den Boden und schlüpfte wieder hinein. »Würdest du deiner entzückenden Freundin jetzt eine Nachricht schicken, damit sie nicht weiter nach dir sucht?«

Er zog sein überdimensionales Angeber-Handy aus der Hosentasche, tippte etwas ein und sagte: »Erledigt.«

»Großartig.« Nelli wandte sich zum Gehen.

»Weißt du eigentlich, dass ich ziemlich viel über dich nachgedacht habe, seit du hier angekommen bist? Ich meine: eine Frau wie du … und Luca!«

»Schlaf deinen Rausch aus, Tristan!«

»Hallo? Denkst du etwa, ein paar Bier würden mich betrunken machen? Ich bin völlig klar, und ich meine es ernst: eine Frau wie du – mit einem wie Luca!« Er schnalzte abschätzig mit der Zunge.

»Eine Frau wie ich sieht jetzt nach einem wie Luca. Gute Nacht.«

Sie war schon ein Stück gegangen, als er zu ihr aufschloss.

»Dieser Luca!« Er spuckte den Namen aus wie einen Schwall Galle. »Was willst du mit diesem … Dekokissen? Ich bin mir sicher, dass er einen ziemlich kleinen Schwanz hat und eine absolute Niete im Bett ist. Sonst müsste er den ganzen Aufwand mit den aufgeblasenen

Muskeln nicht betreiben. Du, als Vollblutfrau, brauchst doch einen richtigen Mann.«

Nelli blieb stehen. »Wenn du nicht augenblicklich deine Klappe hältst und mich in Ruhe lässt, werde ich sehr ungemütlich.«

Er lachte, beinahe so, als würde es ihm gefallen, dass sie etwas heftiger reagierte.

Einfach weitergehen, Nelli. Das ist bloß das selbstverliebte Oberarschloch Tristan. Bei dem ist doch alles nur heiße Luft.

»Jetzt reg dich nicht auf. Es ist total offensichtlich, dass du dich längst mit der Luca-Lusche la-langweilst.«

»Ein paar Bier, ja?«, fragte Nelli. Sie beschleunigte ihren Schritt und hoffte, ihn einfach abzuhängen.

Er folgte ihr hartnäckig.

Vom Dorfplatz ertönte dumpf eine wirklich schräge Version des Liedes »Bella Ciao«, was der Situation einen skurrilen Anstrich verlieh.

»Wenn du ein wenig Abwechslung brauchst … Ich wäre nicht abgeneigt.« Er äußerte das in einem ganz beiläufigen Tonfall, als würde er vorschlagen, Besorgungen für sie zu erledigen, weil er ohnedies in der Stadt zu tun hatte.

Sie waren am dorfseitigen Ende der Brücke angelangt.

Tristan schien auf eine Antwort zu warten, denn er räusperte sich laut und ausgedehnt. Als sie immer noch nichts erwiderte, meinte er: »Ich weiß ja, dass du auf junge Kerle stehst, und ich weiß, dass du mich süß findest …«

»Lass mich in Ruhe!«, schrie sie ihn an, weil ihr nun endgültig der Kragen platzte. Sie baute sich vor ihm auf. »Anscheinend hat dir dein Promi-Papa keine Manieren beigebracht, aber ich scheue keine Sekunde, das nun nachzuholen, das kannst du mir glauben.« Sie hatte keine Ahnung wie, aber sie würde Tristan jetzt definitiv zurechtstutzen. Und anschließend würde sie zu Tina gehen und ihr sagen, dass sie diese Nullnummer in die Wüste schicken sollte.

Tristan klappte kommentarlos den Mund zu und machte unerwartet einen Schritt zurück.

Nelli starrte ihn einen Augenblick lang an, verwundert über ihren schnellen Erfolg. Erst dann merkte sie, dass er irgendetwas hinter ihr fixierte. Also warf sie einen raschen Blick über die Schulter.

Nur wenige Meter entfernt, da, wo sich die Gasse Richtung Brücke öffnete, stand Luca. Er wirkte riesig und irgendwie Furcht einflößend im roten Dämmerlicht der Lampions. Nelli war sofort klar, dass er zumindest einen Teil von Tristans idiotischen Sprüchen mitbekommen haben musste.

»Du Drecksack!«, stieß Luca hervor.

»Das war doch nur Spaß«, gab dieser zurück und lachte gekünstelt.

»*Ché mi sento di morir*«, hörte man den Gesang vom Marktplatz herübertönen.

Nelli stellte sich zwischen die beiden Jungs. »Komm, Luca, wir gehen!« Aus der Nähe konnte sie die Wut in seinen schwach beleuchteten Zügen sehen und seine Alkoholfahne riechen.

Toll. Genau so malt sich eine Frau einen netten Abend aus. Warum eskaliert heute nur alles?

»Nein, wir gehen nicht! Nicht bevor ich diesem Schwein eine verpasst habe!« Luca drängte sich an Nelli vorbei und baute sich vor Tristan auf.

»Mein Vater verklagt dich!«, drohte Tristan mit schriller Stimme.

»Mir doch egal, wenn du nur deine Pfoten von meiner Freundin und meiner Schwester lässt!« Luca stieß Tristan hart an den Schultern zurück.

Dieser taumelte.

»Aufhören! Sofort!«, sagte Nelli bestimmt. »Wir gehen, Luca!«

Er schwankte ein wenig. »Ich bin hier noch nicht fertig.«

»Ich finde, es reicht. Wenn du trotzdem weitermachen willst, erwarte nicht, dass ich dir applaudiere! Ihr führt euch auf wie kleine Kinder.« Sie legte ihm besänftigend eine Hand auf den angespannten Arm.

Er schüttelte sie ab. »Geh vor, ich komme gleich nach, sobald ich das hier erledigt habe«, bellte er.

Offensichtlich erkannte Tristan, dass der rechte Zeitpunkt für einen eleganten Rückzug gekommen war. »Ich muss ohnehin nach Tina sehen, Leute. Gute Nacht, Nelli.« Er tippte sich mit zwei Fingern an die Stirn und rief »Tschüss, Risoni-Nudel!« in Lucas Richtung, dann beeilte er sich, an ihnen vorbeizukommen, und verschwand ziemlich flott in der Gasse, die zum Dorfplatz führte.

»Feiges Weichei!«, brüllte Luca ihm nach. »Und mit

so einem Froschpickel ist meine Schwester zusammen!« Zornig trat er nach einem Laternenpfahl, verfehlte ihn aber und traf ihn erst beim zweiten Versuch. »Ich muss mit Tina über den Arsch reden! Und zwar sofort!«

Nelli sah in den Nachthimmel hinauf und betrachtete die Unmenge an glitzernden Sternen und den Mond, der auf Tabbio herunterleuchtete, als spiele er an diesem Abend die Hauptrolle. Einen Augenblick lang wünschte sie sich, Luca würde sich zumindest kurz dafür interessieren, ob es ihr gut ging. Immerhin hatte sie sich ein paar wirklich dumme Sprüche von Tristan anhören müssen. Doch als sie sah, wie er sich, um Gleichgewicht ringend, am Laternenpfahl festhielt, atmete sie tief durch und sagte: »Kümmere dich um deine Schwester, Luca. Ich gehe zur Casetta!«

Nachdem Nelli den ganzen Weg zur Casetta schnellen Schrittes zurückgelegt hatte, kam sie dort total erschöpft an. Sie bediente die Pumpe im Garten, dann ging sie ins Haus und erfrischte sich an dem kleinen Steinbecken im hinteren Raum. Anschließend legte sie sich auf die Holzliege, die Roberto für sie auf der Veranda aufgestellt hatte, und schaute in die Nacht hinaus. Obwohl sie außer der staubigen alten Matratze auf dem Bett im ersten Stock keine richtige Schlafgelegenheit hatte, war ihr eher danach, ihre letzten Stunden in Tabbio in der Casetta zu verbringen als mit Luca. Hier konnte sie sich in Ruhe sammeln, um mit ihm zu reden, sobald er seinen Rausch ausgeschlafen hatte. Plötzlich wollte sie mit dem klärenden Gespräch nämlich auf keinen Fall länger warten. Abzureisen und ihn in dem Glauben zurückzulassen, sie würden in Deutschland da weitermachen, wo sie jetzt aufhörten, kam ihr auf einmal völlig falsch vor.

Im Geiste probierte sie immer wieder, wie sie ihm möglichst schonend beibringen konnte, dass es zwischen ihnen aus war.

»Luca, ich werde dir für die wunderbare Zeit stets dankbar sein. Du hast mir durch eine schwierige Phase geholfen.«

Oder ist das blöd? Klingt das, als hätte er mir bloß einen Gefallen getan? Na, auf jeden Fall muss ich ihm sagen, dass er ein toller Mann und ausgezeichneter Liebhaber ist.

Der zweite Teil, der nach dem großen Aber kommen würde, wäre wesentlich komplizierter zu formulieren. Mit welchem charmanten Euphemismus konnte sie ihm klarmachen, dass sie nicht genug für ihn empfand, dass er ihr zu jung war und dass die sexuelle Anziehungskraft nachgelassen hatte? Das alles so rüberzubringen, dass weder sein Herz noch sein Ego Schaden nahm, hielt sie für eine extrem heikle Angelegenheit.

Seufzend sah sie auf den Vorplatz hinunter. Der Mond schickte ausreichend Licht durch die Bäume, sodass sie schwach die Steinplatten und die Sträucher sowie den Tunnel erkennen konnte.

Es war eine wunderschöne Woche gewesen. Anders als jeder Urlaub zuvor und vermutlich alles, was sie in Zukunft erleben würde. Die Zeit in der Casetta hatte ihr geholfen, innerlich ein wenig ruhiger zu werden.

Auch wenn die ganze Aufregung nicht gerade erholsam gewesen war, hatte sie doch Abstand zu ihrem Alltag gewonnen.

Plötzlich fiel ihr auf, dass sie seit drei Tagen weder Magenschmerzen noch Sodbrennen verspürt hatte. Sie war nicht einmal auf die Idee gekommen, ihre Tabletten zu nehmen. Sogar die Pizza am Vorabend war ohne negative Folgen geblieben. Die Ärztin und Roberto hatten recht behalten: Diese gesundheitlichen Probleme würden sich von selbst lösen, sobald sie ein wenig Distanz gewann und sich entspannte.

Roberto.

Nelli holte Luft. An ihn zu denken, war unvorsichtig. Seit jener speziellen Minute auf der Tanzfläche hatte sie versucht, ihn aus ihrem Kopf zu verbannen. Sie wusste um den Funken zwischen ihnen, und gleichzeitig war ihr klar, dass sie diesem nicht erlauben durfte, ein Feuer zu entfachen. Roberto war der Vater ihres Liebhabers, und ab morgen würde er der Vater jenes Mannes sein, dem sie wehgetan hatte. Dieser Umstand ließ nicht den geringsten Spielraum für Gefühle zu, doch zumindest wusste sie nun, dass sie mit vierzig noch genauso glühend empfinden konnte wie damals mit zwanzig. Und auch wenn es mit Roberto nicht sein sollte und ihr Herz jetzt schmerzte, hatte sie erkannt, dass nach wie vor Großes, Aufregendes auf sie wartete. Es gab keinen Grund, sich alt und gelangweilt zu fühlen. Es war noch immer alles möglich. Sie konnte und würde Intensives spüren!

Eine Träne kullerte über ihre Wange. Sie wischte sie ab, denn sie wollte jetzt nicht weinen. Doch auf einmal brach all das aus ihr heraus, was sich in letzter Zeit in ihr angestaut hatte. Völlig machtlos gegen die Wucht der Gefühle rollte sie sich schluchzend auf der Liege zusammen. Ab morgen würde sie wieder stark sein und nach vorn blicken. Aber heute nicht mehr.

26

Als die Tränen langsam versiegten, spürte Nelli, dass die Luft merklich abgekühlt hatte. Nun bereute sie, sich aus dem Haupthaus keine Decke geholt zu haben. Sie wusste nicht, wie spät es mittlerweile war, konnte aber nicht ausschließen, dass bereits die gesamte Familie zurückgekehrt war. Da sie niemandem begegnen wollte, kam es also nicht infrage, sich etwas Warmes zu holen. Irgendwie würde sie die Nacht schon überstehen.

Schniefend tupfte sie sich mit dem Zipfel ihres Kleides die nassen Wangen ab.

Plötzlich hörte sie, wie jemand leise ihren Namen rief. Sie hatte halb damit gerechnet, dass Luca nach ihr sehen würde.

»Ja, ich bin hier. Auf der Veranda.«

Schon sah sie das Licht einer Handy-Taschenlampe zwischen den Büschen aufleuchten und langsam über den Vorplatz näher kommen.

»Luca?« Sie merkte, wie belegt sich ihre Stimme vom Weinen anhörte.

»Nein. Ich bin es.«

Roberto.

Ruckartig setzte sie sich auf, wischte sich hektisch

mit den Daumen unter den Augen entlang und fuhr sich durch die Haare.

»Das Licht blendet ziemlich«, sagte sie, weil sie nicht wollte, dass er ihr verquollenes Gesicht sah und dann wusste, was mit ihr los war.

»Tut mir leid.«

Er leuchtete auf die Verandastufen, stieg herauf, stellte etwas auf dem Boden ab und schaltete anschließend die Lampe aus.

»Ich habe gehört, was passiert ist.«

Sie schwieg. Ihr Herz klopfte heftig, was sich gleichzeitig vollkommen falsch und absolut richtig anfühlte.

»Deshalb wollte ich nachsehen, wie es dir geht. Ich habe mir Sorgen gemacht.«

Sie registrierte das warme Gefühl, das seine Worte in ihr auslösten.

»Es geht mir gut. Ich möchte nur allein sein.«

Langsam gewöhnten sich ihre Augen wieder an die Dunkelheit, und sie sah seine Umrisse. Er lehnte am Geländer und hatte die Hände in den Hosentaschen vergraben.

»Irgendwie klingst du aber nicht gut.«

»Doch, doch, alles okay.« Sie räusperte sich. »Wie geht es Tina?«

»Sie hat Tristan ein Ticket für morgen gebucht, und jetzt packt sie seine Sachen. Im Augenblick ist sie zu aufgebracht, um traurig zu sein. Am liebsten hätte sie ihn noch heute Nacht vor die Tür gesetzt. Mein Vater hat ihn in einem der Zimmer von Giulias Kindern einquartiert.«

»Das alles tut mir wahnsinnig leid.«

Er schnaubte. »Warum sollte es dir leidtun? Ich bin mir sicher, dass du nichts getan hast.«

»Habe ich auch nicht. Und dennoch bin ich irgendwie der Auslöser für die ganze Eskalation.«

»Ich bitte dich. Tristan, der selbstverliebte Idiot, hat dich angemacht. Nur das ist der Grund für das Theater. Luca meinte, er sei erst dazugekommen, als du schon dabei warst, ihn in seine Schranken zu weisen. Luca wusste nicht, was davor passiert ist. Hat Tristan …?« Er brach ab und suchte wohl nach einer passenden Formulierung.

»Ob Tristan mich angefasst hat? Nein, hat er nicht … bloß ein paar wirklich dämliche Sprüche geklopft.«

»Okay.« Roberto klang erleichtert. »Er ist ein dummer, selbstgefälliger Junge, und ich würde ihn am liebsten windelweich schlagen.«

Nelli lachte schnaubend.

»Was ist so lustig?«

»Luca hatte auch sehr große Lust dazu.«

»Muss wohl in der Familie liegen.«

»Muss wohl an Tristan liegen. Ich hatte schon vor Tagen das fast übermächtige Verlangen, ihn zu ohrfeigen.«

Selbst wenn sie es nicht sah, ahnte sie, dass Roberto jetzt schmunzelte.

»Wie geht es Luca?«, fragte sie, nachdem sie eine Weile geschwiegen hatten.

»Er schläft seinen Rausch aus.«

»Ja, das war zu erwarten.«

Er drehte sich um und sah in den Garten hinaus. »Kommst du mit zum Haus?«

»Nein. Ich würde eigentlich gern hierbleiben.«

»Das dachte ich mir schon. In der Tasche sind Decken und Kissen. Und ein Pyjama von meiner Schwester. Wasserflasche, Taschenlampe …«

Er bückte sich, hob besagtes Gepäckstück hoch und stellte es neben sie auf die Liege.

Er ist unfassbar liebenswürdig.

»Danke, Roberto.«

Sie wünschte sich seine Nähe so sehr, dass es wehtat, und rechnete fest damit, erneut in Tränen auszubrechen, sobald er wieder gegangen war. Sie war gerade einfach viel zu emotional.

»Brauchst du sonst noch irgendetwas? Hast du dein Handy dabei, damit du anrufen kannst, falls etwas ist?«

»Nein. Aber das passt schon, was sollte denn sein? Ich werde es genießen, meine letzte Nacht in Tabbio in der wunderbaren Casetta zu verbringen.«

»Deine letzte Nacht?«

Ups.

Sie hatte einen Augenblick lang vergessen, dass noch niemand von ihrer Abreise am nächsten Tag wusste. Nun hatte sie das Thema unüberlegt angesprochen und Roberto in Kenntnis gesetzt, bevor sie mit Luca darüber hatte reden können.

Betreten schwieg sie.

»Nelli?«, hakte er nach.

»Ähm … Mir ist das eben rausgerutscht. Ich hätte dir das eigentlich nicht sagen sollen.«

Er stand neben der Liege, auf der sie nach wie vor saß, rührte sich nicht und schien darauf zu warten, dass sie eine Erklärung folgen ließ.

»Was ist los?«, fragte er, als sie schwieg, und ging vor ihr in die Hocke.

Sie konnte jetzt seine Züge im fahlen Licht sehen, was es ihr nicht gerade leichter machte weiterzusprechen.

»Ich werde die Beziehung mit Luca morgen beenden und anschließend abreisen.«

Er fuhr sich mit einer Hand durch die Haare und atmete hörbar ein und aus. »Warum?«

»Du weißt, warum«, erwiderte sie leise. Sie schluckte trocken.

Langsam richtete er sich auf und machte ein paar Schritte von ihr weg. »Weil ich heute auf der Tanzfläche diese Dinge zu dir gesagt habe?«

Sie überlegte einen Augenblick, was sie antworten sollte, dann beschloss sie, einfach bei der Wahrheit zu bleiben. Ein wenig zögerlich stand sie auf.

»Das zwischen Luca und mir war nie etwas richtig Ernstes, Roberto. Wir lieben uns nicht. Und jetzt ist es eben vorbei. Das hat nur mit ihm und mir zu tun. Dass ich morgen abreise, ist jedoch tatsächlich eine Reaktion auf das, was ich fühle, seit du und ich getanzt haben … und wahrscheinlich auch schon vorher.«

Roberto wandte sich ab.

»Das alles war nicht geplant …« Verdammt, er musste doch wissen, dass sich die Dinge manchmal nicht so entwickelten wie gewollt! Und war nicht er derjenige gewesen, der ihr geraten hatte, das Leben ruhig einmal eiern zu lassen?

»Ich denke, es ist besser, ich gehe jetzt«, sagte er, ohne sich noch einmal zu ihr umzudrehen. »Es geht einfach nicht.«

Auch wenn Nelli wusste, dass er recht hatte, war sie maßlos enttäuscht. Ein Teil von ihr hatte tatsächlich gehofft, er würde bleiben.

Er setzte sich so langsam in Bewegung, als müsse er gegen eine unsichtbare Macht ankämpfen, die ihn zurückhielt. Nelli sah ihm nach, wie er sich Schritt für Schritt von ihr entfernte. Als er im Rosentunnel verschwunden war, ließ sie sich kraftlos auf die oberste Stufe sinken. In ihr tobte ein wahrer Hurrikan aus widersprüchlichen Emotionen, der es ihr vollkommen unmöglich machte, klar zu denken. In dieser Nacht war einfach schon zu viel passiert. Aufgewühlt starrte sie zum Tunnel, der sich wie ein schwarzes, weit aufgerissenes Maul auf der anderen Seite des vom Mondlicht beschienenen Vorplatzes auftat und den Mann, in den sie verliebt war, soeben verschluckt hatte.

Warum mussten wir uns ausgerechnet unter diesen Umständen kennenlernen?

Plötzlich nahm sie eine Bewegung wahr.

Roberto tauchte aus der Düsternis auf und kam mit großen Schritten über den Vorplatz zu ihr zurück.

Nelli erhob sich unsicher.

Dicht vor ihr blieb er stehen, umfasste mit einem Arm ihre Taille und zog sie an sich, während er die andere Hand in ihren Nacken legte und seinen Mund auf ihren drückte. Sie spürte seine Zunge an der Unterlippe, seinen Körper, eng an ihrem, und seine Finger in ihren Haaren.

Die Welle der Erregung durchflutete Nelli von einer Sekunde auf die nächste, so intensiv, dass es beinahe schmerzte. Hastig knöpfte sie sein Hemd auf und streifte es ihm über die Schultern, dann drängte sie sich an ihn und grub ihre Finger in seinen Rücken.

Roberto küsste sie wie jemand, der von seiner Lust völlig überwältigt wird, und doch hatte Nelli Angst, er könne es sich anders überlegen. Die Vorstellung, er würde sie jetzt wieder loslassen, war so unerträglich, dass sie sich noch enger an ihn presste.

Er stöhnte auf und schob ihr Kleid hoch.

»Nur diese eine Nacht, in der wir niemand anderer sind als Nelli und Roberto«, sagte sie später leise und schmiegte sich an ihn.

»Nur diese eine Nacht. Und dann stellen wir uns wieder der Realität.«

Sie lagen in der Ecke der Veranda auf Kissen und Decken gebettet und konnten nicht aufhören, einander zu küssen. Nelli bekam vom Gefühl seines Mundes auf ihren Lippen, seinem Atem in ihrem Gesicht, seinen Händen in ihrem Haar und an ihrer Haut einfach nicht genug. Ihr gesamter Körper pulsierte, und sie fühlte ganz bewusst jede Stelle, an der er sie berührte, um nur ja keine Empfindung zu verpassen. Sie war hellwach.

»Geht es dir gut?«, fragte er mit rauer Stimme.

»Ja, sehr.« Sie strich sanft mit den Fingerspitzen seinen Arm entlang.

»*Perfetto.*« Er bedeckte ihr Kinn mit Küssen, dann ihren Hals und bewegte sich weiter hinunter bis zwischen die Schlüsselbeine.

»Ich mag es, wenn du Italienisch sprichst.«

Er richtete sich etwas auf und stützte den Kopf auf seinen Arm. »*Davvero?*«

»Besonders dieses vorne auf der Zungenspitze gerollte R.«

Das Weiß seiner Zähne blitzte in der Dunkelheit auf.

»Würdest du etwas sagen? Egal was, ich verstehe es sowieso nicht.«

»Sieht so aus, als müsste ich mich nicht anstrengen.«

»Bestimmt nicht.«

»*Sei la donna più bella che abbia mai visto. Quando il sole accarezza i tuoi riccioli biondi, che mi fanno impazzire, sembrano colline d'orate. Voglio immergermi nei tuoi occhi verdi per potermi perdere. Ma, l'apoteosi sono le tue labbra.*« Er verstummte, schob seine Hand in ihre Haare, legte seinen Mund an ihre Lippen und fuhr sanft mit der Zungenspitze darüber.

Sie schlang die Arme um seine Schultern und zog ihn noch näher zu sich.

27

Nelli erwachte vom Vogelgezwitscher. Roberto und sie lagen eng umschlungen unter einer der Decken auf dem Verandaboden, Haut an Haut, Atem in Atem, unwillig, auch nur eine Handbreit zwischen sich zu lassen.

In Robertos Nähe fühlte Nelli sich vollständig wie nie zuvor – als hätte er eine Lücke in ihrem Inneren geschlossen. Sie spürte, wie ihr Herz mit jedem Augenblick, den sie nun wach in seinen Armen lag, immer mehr anschwoll vor Glück. Ganz vorsichtig, um ihn nicht zu wecken, legte sie ihre Hand in seine.

In der vergangenen Nacht hatte sie erlebt, dass er der Mensch war, bei dem sie sich ohne Wenn und Aber fallen lassen konnte. Keinen Moment lang hatte sie das Gefühl gehabt, auf irgendeine Art nicht zu genügen. Sie war völlig sie selbst geblieben, hatte mit Stolz im Einklang mit ihrem Körper genossen und nicht eine Sekunde über mögliche Unzulänglichkeiten nachgedacht. Mit Roberto hatte sie das bewussteste sexuelle Erlebnis ihres bisherigen Lebens geteilt.

Fasziniert betrachtete sie seine entspannten Züge, konnte sich kaum sattsehen an seiner etwas schiefen Nase, den weißen Bartstoppeln zwischen den dunklen sowie an den Fältchen rund um die Augenpartie und auf der Stirn. Er war wunderschön. Erst durch ihn begriff sie nach und nach, dass Altern absolut keine Einbuße von Attraktivität bedeutete. Die Veränderungen im Laufe der Jahre bewirkten lediglich, dass Schönheit begann, anders zu funktionieren – sie kam nun auch aus dem Inneren und wurde dadurch umso interessanter. Und das alles zu entdecken, war definitiv spannender, als sich an jugendlicher Perfektion zu erfreuen.

Am liebsten hätte Nelli noch einmal jeden Millimeter von Robertos Körper erforscht, doch sie wusste, dass die gemeinsame Zeit abgelaufen war und nun wieder die Realität auf sie wartete. Es galt, auf Luca Rücksicht zu nehmen. Die Dinge hatten sich in diesem Urlaub völlig unerwartet entwickelt, aber dafür konnte er am allerwenigsten.

Vorsichtig, um Roberto nicht zu wecken, stand Nelli auf.

Sich aus seiner Umarmung zu lösen und das überwältigende Gefühl der Geborgenheit zu verlieren, ließ Traurigkeit in ihr aufsteigen.

Das darf einfach nicht alles gewesen sein!

Sie spürte den Schmerz darüber, nun gehen zu müssen, aber gleichzeitig auch einen Funken Hoffnung. Luca würde ihrer Liebschaft nicht ewig nachtrauern. Also konnten Roberto und sie bestimmt irgendwann wieder in Kontakt treten.

Während sie sich leise anzog, versuchte sie zu ignorieren, wie niedergeschlagen sie sich fühlte. Der Gedanke, an diesem Tag abzureisen, schnürte ihr die Kehle zu. Vorsichtig hob sie Robertos Hemd vom Verandaboden auf und drückte es einen Moment mit beiden Händen an ihre Brust, bevor sie es sorgfältig glatt gestrichen auf der Brüstung ablegte. Die Hose hängte sie gefaltet daneben. Sie führte diese Handgriffe langsam aus, als könnte sie so ihren Aufbruch verzögern.

Schließlich fiel ihr Blick auf Robertos Brieftasche, die er nachts, nachdem er Kondome herausgezogen hatte, achtlos von sich geworfen hatte. Als Nelli sie aufhob, segelte ein kleines Foto heraus. Sie bückte sich danach. Es zeigte Roberto gemeinsam mit seinen Kindern. Im Hintergrund erkannte sie den Palazzo Gotico von Piacenza. Roberto hielt eine Tüte Eis in der Hand, und Luca tat so, als wolle er es ihm weglecken, weshalb sein Vater ihn scherzhaft am Kragen zurückhielt. Dabei lachten alle drei fröhlich in die Kamera.

Nelli schloss für einen Moment die Augen, dann steckte sie das Bild zurück und legte die Brieftasche behutsam auf Robertos Hose. Anschließend schlüpfte sie in ihre Schuhe und sah sich noch einmal um. Später, bevor sie abreiste, würde sie zurückkommen, um einen letzten Blick auf die Casetta zu werfen und sich von diesem Ort zu verabschieden.

Nelli saß mit einer Tasse Espresso in der Hand auf Hans' Terrasse und schaute in den gepflegten Garten. Die Familie schlief noch, und über dem Grundstück hing eine so trügerische Ruhe, dass es Nelli schwerfiel zu glauben, dass sie ihren Aufenthalt hier tatsächlich abbrechen musste. An zu Hause, das Büro und ihren Alltag mochte sie gar nicht denken. In der vergangenen

Woche hatte sie so weit weg von alldem gelebt, dass sie sich gar nicht mehr vorstellen konnte, einfach dort weiterzumachen, wo sie vor ihrer Abreise aufgehört hatte. Würde sie dazu überhaupt in der Lage sein? War sie noch derselbe Mensch? Tabbio hatte sie verändert, und auch die Begegnung mit Roberto hatte ihre Spuren hinterlassen.

Langsam ließ sie den Blick schweifen und versuchte, sich alles noch einmal einzuprägen: das Steinhaus mit den grünen Fensterläden, den Lavendel, den Oleander und die Geranien, den Olivenhain mit den Liegestühlen und schließlich die Terrasse mit der einzigartigen Sitzgruppe. Mit geschlossenen Augen strich sie über das Holz, wie Roberto es immer tat, fühlte die Fasern und stellte sich vor, wie er an diesen Möbeln gearbeitet hatte.

Es dauerte eine Weile, bis das Brennen hinter ihren Lidern wieder nachließ.

Als sie die Augen aufschlug, stand Luca vor ihr.

»Guten Morgen«, sagte er mit kratziger Stimme. Sein Gesicht hatte eine fahle Farbe, und unter seinen Augen lagen tiefe Ringe. In der Hand hielt er ein großes Glas Wasser.

»Oh, hallo. Mit dir habe ich so früh noch nicht gerechnet.« Um zu überspielen, dass sie einen Moment lang um Fassung ringen musste, nippte sie an ihrer Tasse.

»Ich brauchte zwei Aspirin«, erwiderte er und setzte sich neben sie.

Sie bemerkte, dass er ihr keinen Kuss gab wie sonst.

»Wie geht es dir?« Sie nestelte nervös am Ausschnitt ihres Kleides herum.

»Mein Kopf bringt mich um. Die Mixgetränke nach dem Bier waren keine gute Idee.« Er wischte sich mit der Hand über die Augen.

In diesem Zustand kann ich definitiv kein klärendes Gespräch mit ihm führen. Das werde ich wohl um ein paar Stunden verschieben müssen.

Die Angelegenheit nicht schnellstmöglich hinter sich bringen zu können, gefiel ihr gar nicht, denn am liebsten hätte sie das alles bereits hinter sich gehabt: ihr Ringen nach den richtigen Worten, den Anblick seiner verletzten Miene und ihr wahnsinnig schlechtes Gewissen. »Warum legst du dich nicht einfach wieder hin und schläfst noch ein bisschen?«, schlug sie trotzdem vor.

Doch er blieb reglos sitzen und biss sich auf die Unterlippe. »Das mit gestern tut mir schrecklich leid!«, sagte er.

»Ist schon okay.« An die Nacht zu denken, geschweige denn darüber zu reden, war das Letzte, was sie gerade vertragen konnte. Unruhig schluckte sie gegen den Kloß in ihrem Hals an. Sie wollte Luca nicht wehtun, indem sie ihm beichtete, was passiert war, doch anlügen wollte sie ihn auch nicht.

»Nein, ehrlich! Ich habe dich auf dem Fest total vernachlässigt, und bei dem Streit mit Tristan habe ich mich aufgeführt wie ein Vollidiot.« Er sah sie geknickt an.

»Denk nicht mehr darüber nach. Geh einfach wieder schlafen!«

Doch obwohl er offenbar schreckliche Kopfschmerzen hatte, ließ er nicht locker. »Anstatt mich zu vergewissern, ob es dir gut geht, habe ich mich von diesem Hirni provozieren lassen. Ich hatte wirklich wahnsinnig Lust, ihn zu schlagen.«

»Da warst du nicht der Einzige.«

Er drückte sich die Handballen gegen die Schläfen, dann trank er das Glas in einem Zug leer.

»Echt zum Kotzen, der Typ! Ich bin so froh, dass Tina jetzt endlich kapiert, was für eine Niete er ist, und ihn aus ihrem Leben kickt.«

»Das war höchste Zeit.«

»Ja.«

Sie schwiegen. Nelli beobachtete ihn abwartend und wunderte sich erneut, weshalb er nicht ins Bett zurückging.

»Warum hast du eigentlich noch immer dieses Kleid an?«, fragte er plötzlich.

Er ahnt doch nicht etwa irgendetwas? Ich bin echt ein furchtbarer Mensch!

Ein Anflug von Panik machte sich in ihr breit, und sie musste tief durchatmen, bevor sie mit einigermaßen normaler Stimme antworten konnte: »Ich bin über Nacht in der Casetta geblieben und vorhin erst zurückgekommen.«

»Das ist so ein tolles Outfit«, sprach er ohne erkennbaren Argwohn weiter. »Und du bist eine schöne, wunderbare Frau. Ich bin wirklich glücklich, dass ich dich kennengelernt habe.«

Nelli wand sich innerlich. Komplimente waren so

ziemlich das Letzte, was sie in diesem Augenblick hören wollte.

Er schloss die Augen und drückte die Finger auf die Lider.

»Du bist total fertig. Warum legst du dich nicht wieder hin?«, schlug sie erneut mit Nachdruck vor.

»Eine absolute Traumfrau bist du!«, verkündete er mit rauer Stimme. »Siehst gut aus, bist klug, verständnisvoll, sexy ... Jeder Mann sehnt sich nach einer wie dir.«

»Luca ...«

Er wischte sich übers Gesicht und sah sie an. Seine Augen waren rot.

»Was ich sagen will, ist ... du musst wissen ...«, er brach ab und drehte den Kopf weg.

Nelli beobachtete ihn irritiert und überlegte, was da wohl gerade vor sich ging.

O nein, er weint doch nicht etwa?

»Luca, was ist los?«, fragte sie erschrocken und legte ihm eine Hand auf den Arm. Vor lauter Schuldgefühlen brach ihr der Schweiß aus.

Was, wenn er etwas ahnt? Vielleicht hat er uns doch gestern Abend auf der Tanzfläche beobachtet.

Ihr wurde schlagartig übel.

Hektisch wischte er sich die Tränen mit dem Ärmel seines T-Shirts ab, aber es kamen immer neue. Er sah so schrecklich jung aus, wie er da als Häufchen Elend vor ihr saß.

Nelli musste sich alle Mühe geben, nicht selbst loszuheulen.

»Wir haben doch noch vor ein paar Tagen besprochen, dass keiner verletzt werden soll.« Lucas Stimme brach, und seine Unterlippe zitterte.

»Ja, ich weiß, aber manches passiert eben, ob man es nun geplant hat oder nicht. Man kann Gefühle nicht erzwingen«, begann sie stockend und wusste schon während sie sprach, dass es keine lahmere Entschuldigung geben konnte.

»Und dass du immer Verständnis hast, macht es nur noch schlimmer. Da fühle ich mich einfach miserabel, wie der letzte … Ich möchte dir nicht wehtun!«

»Luca, ich … warte, was?« Verwirrt starrte sie ihn an.

Er will mir nicht wehtun?

Luca wischte sich über die Augen, schluckte und versuchte offensichtlich, sich zusammenzunehmen. »Ich weiß, du hast es nicht verdient, und es liegt ganz sicher nicht an dir, sondern nur an mir, weil ich mich so verdammt schnell langweile. Tante Giulia zieht mich immer damit auf, ich sei hyperaktiv. Vielleicht hat sie ja recht. Aber das ist absolut keine Entschuldigung dafür, dass ich dich hierherschleppe, in den Familienurlaub, wo du überhaupt nicht sein willst, und dich dann allein hier sitzen lasse … *Mio dio, quello che sto dicendo è orribile!*« Er brach ab und kämpfte wieder mit den Tränen.

»Sitzen lasse?«, wiederholte sie und versuchte, sich einen Reim auf das zu machen, was sie soeben gehört hatte. »Ich verstehe nicht. Was versuchst du mir eigentlich zu sagen, Luca?«

Er holte Luft. »Dass ich mich hier langweile und mit

Totò und Massimo zum Musikfestival nach Mailand fahren möchte.« Er sah sie an, als hätte er gerade eine Bombe gezündet und würde nun einem desaströsen Feld der Zerstörung gegenüberstehen.

»Du möchtest nach Mailand fahren?«, fragte sie ungläubig, weil diese Unterhaltung so völlig anders verlief als erwartet.

»Ja«, bestätigte er kleinlaut. »Ich weiß, das ist echt nicht die feine Art. Aber ich dachte, ich spreche am besten ganz ehrlich mit dir darüber.«

Eilig zog Nelli im Geiste Bilanz: Wider Erwarten spielten ihre eigenen Gefühle in diesem Gespräch überhaupt keine Rolle, und sie musste sich weder irgendwelche Erklärungen abringen noch Luca wehtun.

Dankbar für die unerwartete Wendung streichelte sie mit den Fingerknöcheln seine Wange. »Hey, natürlich ist es hier nicht so spannend wie mit deinen Freunden in Mailand. Das ist nicht schlimm. Fahr und hab Spaß! Für mich ist das völlig okay!« Sie lächelte ihn aufmunternd an und hoffte inständig, dass er nicht fragte, ob sie mitkommen wolle.

»Du bist so verständnisvoll. Und ich … und ich …« Er kämpfte anscheinend um die richtige Formulierung. Eine weitere Träne rann über seine Wange. »Verflucht, ich bin so ein Weichei. Tut mir leid, dass ich rumheule. Das ist, weil ich verkatert bin.«

»Ich weiß.«

Er nahm ihre Hand und drückte einen Kuss darauf.

»Ich will heute ohnehin abreisen, weil es hier nicht mehr für mich passt. Also mach dir keine Gedanken.«

»Ehrlich?« Er wirkte überrascht und gleichzeitig erleichtert, dann regte sich wohl wieder sein schlechtes Gewissen. »Mann, das war echt eine grauenvolle Idee von mir, dich hierherzuschleppen.«

»Aber nein!«, beschwichtigte sie ihn. »Ich hatte eine tolle Zeit. Nur jetzt will ich eben heim. Ganz unabhängig von dem, was du tust. Wirklich! Ich werde mir einen Flug ab Genua buchen.«

»Krasser Zufall, dass wir plötzlich beide wegwollen.« Er stierte sinnierend ins Leere.

Tatsächlich eine bemerkenswerte Fügung.

»Ich bitte meinen Vater, dass er dich zum Flughafen bringt«, bot er dann an. »Er hat das geilste Auto hier.«

»Nein!«, wehrte sie reflexartig ab. »Lass nur. Ich nehme den Bus.«

»Du hasst Bus fahren!«

»Ja, aber so, wie der Urlaub begonnen hat, soll er auch enden.« Die Erinnerung an den Tag der Anreise vor genau einer Woche ließ sie schmunzeln. Das alles schien so unendlich weit weg.

Luca rutschte ein wenig näher und legte ihr die Hand aufs Knie. »Auch wenn ich mich wiederhole: Du bist eine umwerfende Frau, Nelli!«

»Und du bist ein toller Mann!«

Er sah auf seine Finger hinab, die den Saum ihres Kleides gerade zogen, und räusperte sich. »War's das jetzt zwischen uns beiden?«

»Ja, ich schätze schon.«

»Bist du traurig, Nelli?« Er hob den Kopf und sah sie an.

»Es war schön, aber nun ist es einfach vorbei.« Sie legte ihre Hand auf seine.

»Ich will wirklich absolut sichergehen, dass ich dich nicht verletze«, betonte er mit Nachdruck und musterte forschend ihr Gesicht.

»Das tust du nicht. Ich denke, wir haben beide schon die ganze Woche über gespürt, dass es zu Ende geht, nicht wahr?«

Er nickte ein wenig betrübt.

»Fahr nach Mailand, Luca! Wie sagt man ›Geh!‹? *Avanti!*«

»*Vai!*«, verbesserte er. Dann atmete er tief durch. Wie sehr ihm ein Stein vom Herzen fiel, war ihm anzusehen. Plötzlich wirkte er gar nicht mehr so schlimm verkatert. Er streckte sich genüsslich.

Nelli konnte es kaum glauben. Dass ausgerechnet seine jugendliche Sprunghaftigkeit das Problem mit der Trennung löste, kam ihr wie eine Ironie des Schicksals vor.

»Du bist der verständnisvollste Mensch der Welt«, wiederholte er. »Mit dir ist alles so unkompliziert. Echt der Wahnsinn! Wahrscheinlich hast du mich auf immer für normale Frauen verdorben.«

Sie lachte und winkte ab. »Wir hatten einfach das Glück, stets dasselbe zu wollen.«

»Scheint so. Gut gelaufen.«

Gleichzeitig standen sie auf und umarmten sich.

»Danke. Danke für alles! Es war eine umwerfend schöne Zeit mit dir«, sagte er leise, ohne sie loszulassen.

Sie strich über seinen Rücken, wobei sie nichts als

schlichte, unproblematische Zuneigung empfand. Abgesehen davon, war nichts übrig geblieben, merkte sie.

Luca küsste sie auf die Wange. Dann ließ er sie los. »Ich gehe wieder schlafen, ja? Totò und Massimo holen mich um elf Uhr ab.«

»Alles klar«, erwiderte sie. »Wir sehen uns noch zum Verabschieden?«

»Auf jeden Fall.« Lächelnd drehte er sich um und verschwand federnden Schrittes im Haus.

Erschöpft von den vielen unterschiedlichen Emotionen so früh am Morgen, ließ Nelli sich zurück auf ihren Stuhl fallen. Müde rieb sie sich mit der Hand über die Augen.

Als sie wieder hochsah, zuckte sie zusammen.

Auf der anderen Seite der Terrasse stand Roberto.

28

Die Freude über Robertos Anblick strömte in einer warmen Welle durch Nellis Körper. Umgehend entspannte sie sich. Die Morgensonne stand schräg hinter ihm, daher konnte sie sein Gesicht nicht genau sehen. »Guten Morgen«, sagte sie und schirmte ihre Augen mit der Hand gegen das grelle Licht ab.

»Guten Morgen.« Er versenkte die Hände in den Hosentaschen.

Sie hatte nicht erwartet, dass er zu ihr stürmen, sie in den Arm nehmen oder küssen würde, denn es war absolut klar, dass das, was bei der Casetta vorgefallen war, auch bei der Casetta bleiben musste – vorerst zumindest. Dennoch ließ sie der Klang seiner Stimme aufhorchen. Von der Sanftheit, mit der er nachts zu ihr gesprochen hatte, war nichts mehr zu hören.

Ganz klar, wir müssen unbedingt miteinander reden! Darüber, was passiert ist, und darüber, wie es weitergehen soll. Bestimmt macht er sich deswegen Gedanken.

In der Absicht, ihm so rasch wie möglich mitzuteilen, was das Gespräch mit Luca ergeben hatte, stand sie auf und umrundete den Tisch, doch als sie seine verschlossene Miene sah, blieb sie verunsichert stehen.

»Heute Nacht war wirklich unglaublich. So etwas

habe ich noch nie erlebt«, begann sie leise und blickte ihm forschend in die Augen. Sie hoffte, die Nähe darin zu entdecken, die sie auf der Veranda gefühlt hatte und die ein Gespräch leicht machen würde.

»Ja, das Tomatenfest ist immer großartig!«, rief Giulia, die in diesem Moment mit einem Frühstückstablett aus dem Haus trat. »Wer zum ersten Mal dabei ist, wirklich ausnahmslos jeder, ist ganz aus dem Häuschen.«

Nelli starrte sie erschrocken an.

»Schade, dass diese unschöne Sache mit Tristan den Abend gestört hat«, fuhr Giulia fort. »Geht es dir gut, Nelli? Wie ich höre, hat er sich dir gegenüber ziemliche Frechheiten herausgenommen.«

»Alles bestens«, erwiderte sie und versuchte, sich nicht anmerken zu lassen, wie ertappt sie sich fühlte, doch offenbar hatte Robertos Schwester gar nicht mitbekommen, was sie eigentlich gerade gesagt hatte.

Geschäftig begann Giulia, den Tisch zu decken. »Du hast ja noch dein hübsches Kleid an«, plapperte sie unbefangen weiter.

»M-hm«, machte Nelli nur.

O nein, hoffentlich merkt sie nicht, dass Roberto ebenfalls die Klamotten von gestern Abend trägt!

Peinlich berührt sah sie Giacomo zu, der die Beeteinfassung entlangschlich.

Zum Glück hielt sich Giulia nicht länger bei diesem Thema auf. »Holst du noch Zucker, Roberto? Und mehr Espresso!«

Er nickte und machte sich mit etwas schwerfälligen Bewegungen auf den Weg in Richtung Küche.

»Was ist los mit dir?«, fragte sie ihn und beäugte ihren Bruder. »Tut dir was weh?«

»Ja. Der Rücken. Ich muss heute Nacht irgendwie schlecht gelegen haben.«

Nelli presste die Lippen aufeinander. Ein harter Boden war immer noch ein harter Boden, selbst wenn man zwei Wolldecken darauf ausbreitete. Ihre Knochen hatten beim Aufstehen auch ganz schön geknackt.

Giulia lachte in ihrer unbekümmerten Art. »Tja, so ist das in unserem Alter. Ein bisschen tanzen, und schon hat man einen Hexenschuss. Am besten, du nimmst eine Schmerztablette. Die jungen Leute werden sicher bis Mittag schlafen, also sollten wir das Aufräumen des Dorfplatzes übernehmen.«

Nellis Gedanken schweiften zurück zu dem festlich geschmückten Platz vor der Kirche, den fröhlichen Menschen und der Musik, und sie sah Roberto vor sich, der sie über die Tanzfläche führte. Musste sie wirklich abreisen, wenn Luca nach Mailand aufbrach? Doch wie sollte es funktionieren, wenn sie blieb?

Soll ich etwa zu Hans, Giulia und Tina sagen: »Leute, zwischen Luca und mir ist Schluss. Helft ihr mir, meine Sachen von seinem Zimmer in Robertos zu schaffen?« Oder sollen wir ihnen allen etwas vormachen und uns nur heimlich in der Casetta treffen?

»Hilfst du mit, Nelli?«, riss Giulias Stimme sie aus ihren Überlegungen.

Nelli schluckte beklommen. »Ich muss heute leider abreisen.«

Nachdem sie ein Bad genommen hatte und in bequeme Reiseklamotten geschlüpft war, ließ Nelli sich erschöpft auf einem Liegestuhl im Garten nieder. Es war noch immer sehr früh am Tag, und das Haus erwachte erst langsam zum Leben. Giulia und Hans frühstückten auf der Terrasse, aber Nelli hatte keinen Appetit. Außerdem konnte sie es nicht ertragen, in Gegenwart der beiden so tun zu müssen, als hätte sie heute Nacht nicht in Robertos Armen gelegen. Lieber ruhte sie sich hier ein wenig aus und wartete auf den geeigneten Moment, um mit Roberto ein paar Worte zu wechseln. Dann würde sie ihm berichten, wie unproblematisch sich mit Luca alles gefügt hatte, ihm sagen, wie sehr sie sich in ihn verliebt hatte, und ein Treffen in Deutschland vorschlagen. Das musste ja nicht sofort sein, aber vielleicht in einigen Wochen.

Sie hielt den Blick aufs Haus gerichtet, um nicht zu verpassen, wann er wieder ins Freie trat, doch wegen all der Aufregung und der kurzen Nacht war sie so müde, dass ihr bald die Augen zufielen.

Nur kurz etwas dösen …

»Hey.« Jemand berührte ihre Schulter. »*Dormigliona*, wach auf!« Luca war neben ihrer Sonnenliege in die Hocke gegangen. »Ich werde gleich von meinen Freunden abgeholt und wollte mich noch verabschieden.«

»Wieso denn jetzt schon?« Sie gähnte. »Ich dachte Totò und Massimo kommen um elf?« Sie blinzelte verschlafen.

»Ja, das ist in zehn Minuten.«

»Was?« Nelli setzte sich ruckartig auf. Giacomo, der eingerollt zu ihren Füßen die Ruhe genossen hatte, sprang maunzend von der Liege und rannte davon.

Konnte es wirklich sein, dass sie über drei Stunden geschlafen hatte? Hastig sah sie zur Terrasse hinüber. Dort saß nun natürlich niemand mehr.

»Wo ist deine Familie?«

»Tante Giulia und Nonno sind im Dorf. Tina ist in ihrem Zimmer … Tristan hat sich vorhin endlich vom Acker gemacht.«

Sie rieb sich übers Gesicht, um die Benommenheit zu vertreiben. »Wie geht es ihr?«

Luca richtete sich etwas auf und setzte sich neben sie auf die Liege. »Sie hat behauptet, sie würde diesem Idioten ganz sicher keine Träne nachweinen, und uns alle weggeschickt. Papa sogar bis nach Nizza.«

Nelli sah ihn verständnislos an. »Was soll das heißen?«

»Na ja, er hat mit dem Gedanken gespielt, nach Nizza zu fahren, hatte aber Bedenken, Tina jetzt allein zu lassen, und mitkommen wollte sie nicht. Doch sie hat darauf bestanden, dass er sich auf den Weg macht.«

»Wow, Nizza. Was will er denn da? Kommt mir für einen Tagesausflug ziemlich weit vor.«

Vielleicht sollte ich dann bis morgen bleiben, um mich noch mit ihm unterhalten zu können?

»Haha. Tagesausflug! Das sind dreihundertsechzig Kilometer! Papa will seinen restlichen Urlaub dort verbringen.«

Nelli konnte nicht glauben, was sie hörte. Da musste doch ein Missverständnis vorliegen! Roberto war einfach abgereist? Ohne mit ihr zu reden?

»Du hast echt tief geschlafen, oder?«, bemerkte Luca, dann schlug er sich auf die Oberschenkel. »Tja, ich muss jetzt los!« Er erhob sich.

Warum tut Roberto das?

Wie durch einen Nebel nahm Nelli die Verabschiedung von Luca wahr. Er umarmte sie und beteuerte erneut, wie sehr er die gemeinsame Zeit genossen habe. Nelli zwang sich, ihn anzulächeln und ihm ebenfalls ein paar nette Worte zu sagen, dann sah sie ihm wie ferngesteuert nach, als er ums Haus herum verschwand.

Als er weg war, versuchte sie, die Situation erneut zu verstehen: Roberto hatte Tabbio verlassen, nachdem sie eingenickt war. Fluchtartig.

Ihr Herz fühlte sich an, als hätte jemand einen spitzen Gegenstand hineingebohrt. Sie legte den Kopf in die Hände.

Immer wieder fragte sie sich, wie seine Abreise mit der vollendeten Innigkeit der letzten Nacht zusammenpasste.

Vielleicht habe ja nur ich das alles so empfunden?

Heiße Tränen stiegen ihr in die Augen. Wie von Sinnen sprang sie auf und lief los. Sie konnte jetzt auf keinen Fall ins Haus gehen und ihre Sachen packen, als sei nichts geschehen. Zuerst musste sie verdauen, dass Roberto nicht einmal kurz mit ihr hatte sprechen wollen.

Sie hastete durch das Wäldchen, den Rosentunnel und über den Vorplatz zur Veranda der Casetta. Auf den Stufen leuchtete ein weißes Kuvert in der Sonne. Es lag exakt dort, wo Roberto sie in der Nacht zuvor zum ersten Mal geküsst hatte. Auf der Vorderseite stand in geschwungenen großen Buchstaben ihr Name, also hob sie den Umschlag hoch und riss ihn auf.

Liebe Nelli!
Komm gut und sicher zu Hause an.
Was zwischen uns passiert ist, war ein riesengroßer Fehler und tut mir schrecklich leid. Wir hätten uns nicht dazu hinreißen lassen dürfen!
Ich drücke dir auf jeden Fall die Daumen, dass dein Leben bald wieder so verläuft, wie du es dir wünschst – du hast es verdient, glücklich zu sein!
Beste Grüße
Roberto

Mit zitternder Hand ließ sie den Brief sinken.

Wie hatte es ihr nur passieren können, in ihrem Alter so den Boden unter den Füßen zu verlieren? In ihrer Verliebtheit war ihr jedes Gefühl für Realität abhandengekommen. Kein einziges Mal hatte sie sich gefragt, ob sie die Situation richtig bewertete. Und dieser Brief zeigte nun knallhart, wie falsch sie gelegen hatte. Für Roberto war die magische Nacht schlicht ein Fehler gewesen, den er bereute, und ganz sicher nicht der Anfang von dem, was er sich für die Zukunft wünschte. Bittere Enttäuschung verdrängte alles andere und blieb als harter, schmerzhafter Knoten in ihrer Brust zurück.

Schluchzend ließ sie sich auf den Verandastufen nieder. Die Erkenntnis, dass sich seine Emotionen nicht mit ihren deckten, tat schrecklich weh.

Er hat sich einfach sexuell von mir angezogen gefühlt. Das war gemeint, als er sagte, ich würde ihn durcheinanderbringen und wie hinreißend er mich fände!

Verstört betrachtete sie die Stelle auf dem Verandaboden, wo sie die Nacht verbracht hatten. Die Decken und die Reisetasche waren verschwunden. Roberto hatte alle Spuren sorgfältig beseitigt.

Ich habe mich von den schmeichelnden Worten eines Südländers einwickeln lassen! Mit vierzig bin ich nicht gescheit genug, um so etwas zu durchschauen?

Wütend zerfetzte sie den Brief in kleine Schnipsel und warf diese auf den staubigen Boden. Die weißen Papierstücke reflektierten das grelle Sonnenlicht, und als Nelli die Augen schloss, um sie nicht mehr sehen zu müssen, zeichnete sich ihr Negativbild hinter ihren Lidern ab. Also öffnete sie die Augen wieder, legte den Kopf auf die Knie und starrte mit tränenverhangenem Blick ins Leere.

Zurück in der Casa, begab sie sich in das Zimmer, das sie sich mit Luca geteilt hatte, und buchte den nächstbesten Flug von Genua nach Hause, dann fing sie an, ihre Sachen zu packen. Mechanisch sortierte sie ein Teil nach dem anderen in ihre Tasche. Viel Zeit blieb nicht mehr, denn der Flieger ging schon in wenigen Stunden.

Italien vorzeitig zu verlassen, tat ihr schrecklich leid, aber jede Minute länger hier war unsinnig und hätte ihr nur unnötig Schmerzen bereitet. Zu Hause konnte sie Abstand gewinnen und die verbleibende Urlaubswoche damit verbringen, ihre innere Stabilität zurückzuerlangen.

Ich sollte den Fokus nun ohnedies darauf legen, mich um meinen Alltag zu Hause zu kümmern – da kann ich keine weitere Ablenkung gebrauchen!

Die Zeit der Abenteuer war vorüber, jetzt würde die Phase der von Männern ungestörten Selbstfindung beginnen. Sie hatte in Tabbio Erfahrungen gemacht und eine Entwicklung durchlaufen, die ihr niemand mehr nehmen konnte.

Als sie fertig gepackt hatte, setzte sie sich aufs Bett und nahm ihr Handy, um endlich ihre Nachrichten zu lesen. Die ersten beiden kamen von Doris:

Schon okay, wenn du dich nicht dauernd meldest. Wie ich dich kenne, machst du es dir schön und passt gut auf dich auf 😍
Das Festival di Pomodoro klingt sehr romantisch. Schickst du mir Bilder?
Bei uns ist alles in Ordnung. Die Kinder sind gesund und gehen mir schrecklich auf die Nerven.
🖤

Kannst du dich bitte doch mal mit mir in Verbindung setzen? Laura hat mich vorhin angerufen und gefragt, wo genau du Urlaub machst. Sie klang nicht gut, wollte mir aber nicht sagen, was los ist.
😗

Auch ihre Tochter hatte Nachrichten geschickt:

Ich hätte mir doch aufschreiben sollen, wo du bist. Irgendwie kann ich dich telefonisch nicht erreichen. Vielleicht hast du da keinen Empfang?
Rufst du mich bitte an?

Warum meldest du dich nicht?
Ich bin auf dem Weg zu dir. Gleich steige ich in den Nachtzug nach Venedig. Mit Justin ist es aus. 😥

Mit zunehmender Sorge las Nelli weiter, was Doris danach noch per SMS geschrieben hatte:

Vielleicht erreichen dich SMS ja zuverlässiger? Es ist nämlich dringend! Ich war jetzt doch ziemlich beunruhigt und habe deinen Ex-Mann angerufen. Er hatte offensichtlich Mühe, sich zu erinnern, wer ich bin 🙄
Auf jeden Fall erfuhr ich von ihm, dass Laura und ihr Freund Schluss gemacht haben und dass sie deshalb am Boden zerstört ist. Ich kümmere mich um sie, aber eventuell meldest du dich auch mal bei ihr, wenn du das liest.
😘

Oje, Nelli! Ich denke, ich habe Unfug angerichtet. Ich habe Laura gesagt, in welchem Dorf du bist, und jetzt ist sie losgefahren, weil sie zu dir wollte. Es tut mir schrecklich leid, aber weder ich noch

Paul konnten sie aufhalten. Und ihr Vater ist – sorry – sowieso zu nichts zu gebrauchen 😟 *Er hat ihr sogar Geld für die Reise gegeben. Statt dass er sich selbst mal um sie kümmert* 🤬
Auf jeden Fall ist sie unterwegs zu dir.
Bitte sei nicht böse auf mich!
🖤

Fassungslos ließ Nelli das Handy sinken. Da war sie einmal nicht erreichbar, und schon stürzte die Welt ihres Kindes ins Chaos. Mit schlechtem Gewissen stellte sie sich vor, wie Laura wieder und wieder versucht hatte, sie anzurufen. Sie musste sich total im Stich gelassen fühlen. Schnell sah sie nach, von wann Lauras letzte Nachricht stammte. Sie hatte sie am Abend zuvor geschickt. Ungefähr zu der Zeit hatte sie mit Roberto getanzt und nur an sich selbst gedacht.

Voller Selbstvorwürfe malte sie sich aus, wie ihre Tochter traurig und allein am Bahngleis gestanden hatte.

Wenn sie so wie Luca und ich vor einer Woche reist, sollte sie demnächst in Piacenza sein.

Nelli hatte das kaum zu Ende gedacht, als Hans dicht gefolgt von Tina durch die offen stehende Tür ins Zimmer kam.

»Kornelia, ich will dich nicht beunruhigen, aber eben hat Francesca aus dem Dorf angerufen. Da ist eine ziemlich aufgelöste junge Frau namens Laura bei ihr abgegeben worden. Sie ist per Anhalter von Bologna hierhergekommen. Der letzte Autofahrer, bei dem sie mitgefahren ist, hat bei Francesca geklingelt, weil das Mädchen weder Italienisch spricht noch genau weiß, wohin es will. Könnte das deine Tochter sein?«

Nelli schlug die Hand vor den Mund. »Du meine Güte! Per Anhalter?«

»Ja. Aber keine Sorge, es scheint ihr gut zu gehen!«

»Ich muss ins Dorf!«

29

Nelli saß auf dem Bett in Lucas Zimmer und hielt ihre Tochter im Arm. Auf dem Boden stand ihre fertig gepackte Reisetasche, darauf lag ihr Handy mit dem mittlerweile wertlos gewordenen Flugticket. Daneben lehnte Lauras Rucksack.

Laura wurde von heftigen Schluchzern gebeutelt. Dazwischen nahm sie immer wieder Anlauf zu erzählen. »Ich bin zu ihm nach Hause gefahren, und da saß er grübelnd auf dem Sofa und … und meinte, wir haben zu wenig … gemeinsam …«

»Schhh, mein Schatz«, flüsterte Nelli Laura ins Ohr, so wie sie es getan hatte, als diese noch klein gewesen war. Wenn sie sich damals das Knie aufgeschlagen oder über irgendetwas geärgert hatte, waren oft ein paar Minuten des Trostes genug gewesen, damit sich die Welt fröhlich weiterdrehte. Jetzt handelte es sich um tiefe, echte Verzweiflung, die Nelli sicher nicht so problemlos wegzaubern konnte. Aber damit musste man als Mutter eines erwachsenen Kindes vermutlich leben.

»Er hat mir gesagt, es würde für ihn einfach nicht mehr passen … Er hat ja recht, wir sind total verschieden, aber wir lieben uns doch! Mama, er will nicht länger mit mir zusammen sein!« Laura weinte nun heftig.

Nelli strich ihr besänftigend durchs Haar, küsste sie auf die Stirn und wiegte sie sacht im Arm. Sie war froh, dass Laura nun hier bei ihr war und sie sich um sie kümmern konnte. Das Leid ihres Kindes sickerte langsam auch bei ihr ein und vermischte sich mit ihrem eigenen Schmerz. Ihre Seele fühlte sich bald so wund an, als hätte sie jemand mit Sandpapier bearbeitet.

»Mein armer Liebling, es tut mir so schrecklich leid«, flüsterte sie und musste dagegen ankämpfen, selbst in Tränen auszubrechen.

»Justin hat mich gebeten, all meine Sachen aus seiner Wohnung abzuholen ... Papa hat versprochen, dass er das für mich macht ... Denkst du, er wird alles mitnehmen?«

»Das ist doch völlig nebensächlich. Um dein Zeug kümmern wir uns irgendwann. Jetzt schauen wir zuerst einmal, dass es dir wieder einigermaßen gut geht, ja?«

»Ich glaube, mir wird es nie wieder gut gehen. Ich liebe Justin so sehr ... ganz egal, ob wir zusammenpassen oder nicht!« Der schmerzerfüllte Blick aus roten, geschwollenen Augen brach Nelli beinahe das Herz. Sachte strich sie Laura die verschwitzten Strähnen aus der Stirn.

Ihr Groll auf den jungen Mann schwoll immer stärker an. Wie konnte er es wagen, ihrer Laura so wehzutun?

Wenn ich diesen Schuft in die Finger bekomme!

Ihr war klar, dass sie sich natürlich niemals in die Liebesdramen zweier Neunzehnjähriger einmischen würde. Und dass es Justins gutes Recht war, die Beziehung zu beenden, wenn er nicht mehr glücklich war, lag ebenso auf der Hand. Laura würde sich sicher bald wieder erholen und jemand anderen kennenlernen. Aber Justin jetzt die Pest an den Hals zu wünschen, tat einfach gut.

»Wer sind die Leute hier eigentlich?«, fragte Laura nach einer Weile und schniefte. »Diese Tina und ihr Opa scheinen ziemlich nett zu sein.«

»Ja, das sind sie!«

Laura löste sich aus der Umarmung ihrer Mutter und lehnte sich gegen das Kopfende des Bettes. »Und wo ist dein Freund?«

Nelli stand auf und öffnete das Fenster, um frische Luft ins stickige Zimmer zu lassen, wobei sie fieberhaft überlegte, was sie Laura erzählen sollte.

Welchen Sinn hat es, ihr jetzt noch zu beichten, dass ich mit einem Mann aus ihrem Bekanntenkreis hierhergekommen bin? Ich werde Luca ohnedies nicht wiedersehen!

Sie ignorierte den Stich, den es ihr versetzte, als ihr durch den Kopf ging, dass dasselbe für Roberto galt, und antwortete: »Mein Begleiter ist abgereist. Wir hatten eine nette Zeit, aber nun gehen wir getrennte Wege.«

»Oh, Mama, dann bist du ja auch ganz frisch wieder Single. Warum sagst du denn nichts? Das tut mir total leid! Bist du traurig?«

Nelli atmete tief durch und zuckte mit den Schultern. »Ach, es war nichts Ernstes. Eher ein Flirt für den Urlaub.«

Sie musste den Kopf abwenden, damit Laura nicht sah, dass sie mit den Tränen kämpfte. Denn eigentlich sprach sie von Roberto, von dem sie sich schrecklich verraten fühlte. Sie hatte ernsthaft geglaubt, er hege tiefere Gefühle für sie, und dann behandelte er sie wie eine unbedeutende Affäre. Warum tat er ihr das an, noch dazu ausgerechnet in einem Moment in ihrem Leben, in dem sie ohnedies massiv mit Unsicherheiten zu kämpfen hatte?

Sie spürte, wie ihre Schultern anfingen zu beben, und als Nächstes, wie ihre Tochter sie von hinten umfing.

»Es ist nichts, Schatz«, schluchzte Nelli und drehte sich zu Laura um. »Ich bin nur total übermüdet.«

Dann lagen sich die beiden in den Armen und weinten zusammen.

Alle hatten sich zu einem frühen Abendessen um den Terrassentisch versammelt. Es gab Farfalle mit Salsa del Paradiso, die vom Tomatenfest übrig geblieben war und die Giulia mit nach Hause gebracht hatte. Dampfend und duftend stand die Soße jetzt in der Mitte des Tisches und verbreitete ihr appetitanregendes Aroma.

Nach Lauras Ankunft hatte sich Hans mit Nelli darauf verständigt, ihre Abreise fürs Erste aufzuschieben. Ihrer Tochter, so meinte er, sei nicht zuzumuten, sofort wieder umzukehren. Sie solle sich hier in Tabbio ein wenig erholen, und dann könnten sie am Ende von Nellis Urlaub gemeinsam nach Hause fahren.

Dankbar hatte Nelli eingewilligt. Sie war überzeugt, dass dieser Ort ihrer Tochter genauso guttun würde wie ihr. Die himmlische Ruhe, das langsame Tempo, die Sonne und das laue Lüftchen, das einem ständig über die Haut strich, waren wie Balsam für eine geschundene Seele. Laura würde in dieser wunderbaren Umgebung bestimmt Trost finden. Dafür nahm Nelli auch das kontinuierliche Ziehen in ihrer Brust in Kauf, weil sie auf Schritt und Tritt an Roberto erinnert wurde. Sie brauchte nur in Hans' blaue Augen zu schauen, die Handbewegung zu sehen, mit der Tina sich durch die Haare fuhr, oder über die Terrassenmöbel zu streichen – er war hier einfach überall. Also beschloss sie, in den kommenden Tagen mit Laura Ausflüge zu machen, um ihrer eigenen Trauer ein wenig zu entfliehen.

Vermutlich geht es mir dann ebenfalls besser. Immerhin ist es nicht die erste Enttäuschung in meinem Leben. Damit werde ich fertig!

Sie brach sich ein Stück Ciabatta ab und biss hinein.

Giulia erzählte Laura gerade, was es mit der Salsa del Paradiso auf sich hatte.

»Bitte seien Sie mir nicht böse, dass ich nicht koste, aber ich habe keinen Hunger«, krächzte Laura, die leichenblass vor ihrem Teller saß.

»Du! Wir wollten du zueinander sagen«, erinnerte Giulia sie betont fröhlich. Wie sehr es ihr am Herzen lag, Laura aufzumuntern, war deutlich spürbar. »Mach dir keine Gedanken – der Appetit kehrt in Italien bei jedem früher oder später zurück. Aber mach mir die Freude und probiere zumindest einen kleinen Happen. Dass man an seinem ersten Abend in Tabbio von der Salsa del Paradiso isst, hat nämlich Tradition.«

Gehorsam führte Laura eine Gabel mit zwei in cremiges Rot gehüllten Farfalle zum Mund. »Hmm.«

»Sehr gut, oder?«, fragte Giulia.

»Ja. Man schmeckt total viele Geschmacksrichtungen heraus. Süß, salzig, sauer und pfeffrig zugleich. Wunderbar!« Eine Träne rann ihr über die Wange. »Das ist das Beste, was ich je gegessen habe«, beteuerte sie mit zitternder Stimme.

Nelli legte den Arm um die Schultern ihrer Tochter.

»Mein Gott, du bist ja völlig durch den Wind«, sagte Giulia mitleidig.

»Da ist sie nicht die Einzige«, flüsterte Tina auf der anderen Seite des Tisches gepresst.

Wenige Sekunden später saßen zwei heulende Mädchen mit gebrochenem Herzen zwischen drei betretenen Erwachsenen. Hans zog sein Enkelkind an sich.

Giulia murmelte, sie wolle rasch einen Grappa holen, und verschwand in der Küche.

»L'amore!«, seufzte Hans. »Irgendeine Aufregung bringt sie immer ins Haus.«

Nelli fühlte sich nach diesem Tag so angeschlagen, dass auch sie sich am liebsten bei jemandem angelehnt hätte. Nicht über ihren Liebeskummer sprechen zu können, machte die Situation nicht gerade leichter.

»So, da ist Tante Giulia mit einem schönen Gläschen Schnaps. Der wärmt das Herz und heilt die Seele – zumindest vorübergehend.« Sie schenkte fünf Grappa ein und verteilte sie.

Dankbar kippte Nelli den Hochprozentigen in sich hinein und hoffte, dass der Alkohol sie ein wenig betäuben würde.

»Trink das, Laura«, befahl Giulia. *»Bevila, Tina!«*

»Wie kommt es, dass ihr alle so gut Italienisch sprecht?«, wollte Laura wissen, nachdem sie ein Schlückchen getrunken hatte.

Nelli war stolz auf ihre Tochter, weil sie sich zusammennahm und tapfer ein Gesprächsthema anfing, auch wenn ihre Stimme belegt klang und die Worte stockend aus ihrem Mund kamen. Sie nahm ihre Hand und verschränkte ihre Finger mit Lauras.

»Meine Großmutter war Italienerin«, antwortete Tina und tupfte sich mit der Serviette die Nase ab. »Sie hat mit meinem Papa und Tante Giulia nur italienisch gesprochen. Mein Bruder und ich sind ebenfalls zweisprachig aufgewachsen. Genau wie meine Cousins und Cousinen.«

»Soll das heißen, dass ihr auch in Deutschland italienisch sprecht?«

»Oft, ja.«

»Das ist so cool!« Laura nahm ihre Gabel und spießte ein paar Nudeln auf. »Das bedeutet, du kannst Italienisch so gut wie Deutsch?«

»Ja. Wobei ich mich bei sehr komplizierten Themen auf Deutsch um einiges besser auszudrücken weiß. Immerhin bin ich ja in eine deutsche Schule gegangen. Tante Giulia und mein Papa können beide Sprachen gleich gut.«

Nelli konnte nichts dagegen tun, sie musste einfach zu dem leeren Stuhl hinübersehen, auf dem Roberto immer gesessen hatte. Auch gegen die Erinnerung, wie er in der Nacht auf Italienisch zu ihr gesprochen hatte, war sie machtlos.

»Also derjenige, der in dieser Familie am allerschlechtesten Italienisch kann, bin ich«, bemerkte Hans.

»Blödsinn, Nonno!«

»Ich bin halt nur ein sprachunbegabter Deutscher, der zufällig hier lebt.« Er schmunzelte.

»Ach, der Miniakzent.« Giulia winkte ab. »Den bemerkt man doch fast nicht.«

»Auf jeden Fall ist es gut, dass ich regelmäßig Besuch aus Deutschland bekomme, denn sonst könnte ich bald keine der Sprachen mehr richtig.«

Eine Zeit lang aßen sie schweigend.

Nelli freute sich, dass ihre Tochter die Appetitlosigkeit wohl überwunden hatte und den Teller leer aß. Vermutlich hatte sie während der ganzen Reise hierher keinen Bissen zu sich genommen.

»Diese Paradies-Soße ist wirklich der Hammer«, murmelte Laura, als sie ihre Gabel sinken ließ.

»Ja, das ist sie«, pflichtete Giulia ihr bei. »Alle sind auch mächtig stolz darauf. Erst gestern haben wir in Tabbio das jährliche Tomatenfest gefeiert. Da wird immer ein Mordstamtam darum gemacht, wer mit wem tanzt, weil es heißt, die Salsa del Paradiso sei ein Aphrodisiakum.«

Nelli verschluckte sich beinahe.

Laura kicherte. »Das ist ja witzig.«

Giulia zwinkerte ihr zu. »Das Durchschnittsalter der Dorfbewohner liegt wohl jenseits der fünfundsechzig. Aber wer beim Festival di Pomodoro mit wem tanzt, nachdem die Soße gegessen wurde, interessiert trotzdem alle brennend.«

Nelli hustete.

»Und stimmt es wirklich?«, fragte Laura amüsiert. »Ist die Salsa tatsächlich so anregend?«

»Nun, durchaus«, antwortete Hans gelassen. »Der Genuss von Tomaten führt zumindest – und das ist wissenschaftlich belegt – zu einer vermehrten Produktion des Glückshormons Serotonin. Sieh dich nur selbst an – eben hast du noch geweint, und jetzt lächelst du, liebe Laura.«

Von diesem Abendessen an waren Laura und Tina unzertrennlich. Dauernd steckten sie am nächsten Tag zusammen und erzählten einander von den erfahrenen Kränkungen, doch gegen Nachmittag begannen sie bereits zu überlegen, was sie in der Urlaubswoche gemeinsam unternehmen könnten.

Nelli versuchte unterdessen, sich mit allem Erdenklichen abzulenken und so wenig wie möglich über ihre eigenen Gefühle zu grübeln. Sie half Giulia in der Küche, ließ sich von Hans ein paar italienische Phrasen beibringen und las einige Seiten in ihrem Roman. Ab und zu kehrten ihre Gedanken in einem unachtsamen Moment dennoch zu Roberto zurück, und dann erschrak sie vor dem unvermuteten Schmerz. Sie vermisste ihn schrecklich und realisierte, dass er in der vergangenen Woche einfach auch ein unglaublich guter Freund geworden war, den sie nun ebenfalls verloren hatte.

Erst am späten Nachmittag, als sich Laura und Tina einen Film ansahen, spazierte sie zur Casetta hinüber.

Langsam schlenderte sie durch den Tunnel und über den Vorplatz, und wie schon einige Male zuvor pflückte sie sich eine Rosenblüte und schnupperte daran. Mittlerweile verband sie diesen Geruch untrennbar mit dem Eintauchen in die verwunschene Welt der Casetta. Nach wie vor hatte sie das Gefühl, dass hier die Zeit stillstand und dass die Regeln, die eigentlich für ihr Leben galten, außer Kraft gesetzt wurden. Doch jetzt gesellten sich die Erinnerungen an die Stunden mit Roberto hinzu und ließen ihr Herz unruhig schlagen.

Sie legte die Rose auf die Verandastufe, nahm den Schlüssel aus der Ritze, sperrte auf und durchschritt langsam die beiden Räume. Sie nahm sich Zeit, jedes einzelne Detail zu betrachten, und spürte, wie sie immer gelassener wurde. Nach einer Weile stieg sie die Leiter hinauf in den ersten Stock, setzte sich dort auf das staubige Bett und schaute in die leuchtenden Farben der Fensterscheibe.

In der Casetta hatte sie die glücklichsten Augenblicke dieses Urlaubs erlebt, und Roberto war nur ein Teil davon gewesen. Sie hatte sich hier zufrieden und ausgeglichen gefühlt, und genau das wollte sie für ihr restliches Leben mitnehmen, auch wenn sie im Augenblick noch nicht wusste wie. Vielleicht musste sie noch mehr Abstand gewinnen und herausfinden, was sie sich eigentlich wünschte.

Nelli öffnete die Fenster und lauschte den Geräuschen, die sie mittlerweile schon so gut kannte: dem Rauschen der Blätter im Wind, dem Grillenkonzert und den Rufen der Dohlen.

Bevor sie die Scheiben wieder zuzog, sah sie hinauf in das tiefe Blau des Himmels. Das Firmament über

Tabbio sah stets ein wenig anders aus als in der Heimat. Sie hoffte, sich an all das für immer zu erinnern.

Nach einiger Zeit stieg sie die Leiter wieder hinunter und umrundete das Häuschen.

Hans saß auf der Veranda im Liegestuhl und winkte ihr freundlich zu.

Nelli ließ sich ihm zu Füßen auf der obersten Stufe nieder und lehnte sich gegen den Pfosten.

»Ich hoffe, meine Freunde aus dem Dorf reparieren bald die Treppe«, sagte er. »Ich bin wirklich neugierig auf die oberen Zimmer. Seltsam, dass ich mich all die Jahre nicht sonderlich für diese Hütte hier interessiert habe. Ich hatte sie einfach als Bruchbude abgespeichert und mich nicht weiter darum gekümmert, auch wenn ich manchmal ein schlechtes Gewissen deswegen hatte. Erst durch dich begreife ich, wie besonders die Casetta eigentlich ist.«

»Die Atmosphäre ist außergewöhnlich, nicht wahr?«

Hans nickte.

»Ist bei den Mädchen alles in Ordnung?«

»Ja, sie sehen sich irgendeinen Film mit Leuten in roter Badekleidung an.«

»*Baywatch?*«

»Ich glaube, so heißt der Streifen. Was für eine glückliche Fügung, dass sich die beiden angefreundet haben. Gemeinsam scheinen sie ihren Herzschmerz richtig zelebrieren zu können. Das hilft in solchen Situationen.«

»Absolut.« Nelli sah auf die staubige, trockene Erde vor der untersten Verandastufe. Dort befand sich eine

Vielzahl unterschiedlicher, sich gegenseitig überlagernder Schuhabdrücke. Wahrscheinlich stammten die meisten von ihr selbst, einige hatte Roberto hinterlassen, und nun waren welche von Hans hinzugekommen. Erst der nächste Regen würde die Spuren fortwaschen.

Sie erinnerte sich, wie sie vor einer Woche einen einzigen Abdruck entdeckt und dann realisiert hatte, dass es Robertos war. Unwillkürlich blickte sie über die Schulter zu dem Fensterladen, hinter dem sich die kleine Bibliothek befand. Er stand einen Spaltbreit offen. Das Fensterbrett dahinter war leer.

Nelli schloss für einen kurzen Moment die Augen und atmete tief ein und aus.

Hans verschränkte die Arme hinter dem Kopf und schlug die Beine übereinander. Diese Bewegung holte Nelli zurück in die Gegenwart.

»In dem ganzen Trubel rund um das Tomatenfest und die gebrochenen Herzen habe ich total vergessen, dir etwas zu erzählen«, begann er. Sie mochte seine Stimme. Er sprach in einer tiefen, ruhigen Tonlage und strahlte beim Sprechen stets eine Gelassenheit aus, die unglaublich ansteckend wirkte. »Mein Anwalt hat mich am Freitag angerufen und gelobt, wie gut vorbereitet und vollständig alle Unterlagen sind, die wir ihm geschickt haben. Er sagt dasselbe wie du: Diese Immobilienclowns dürften kaum eine Chance haben, mit ihren Forderungen durchzukommen.«

»Das ist ja großartig! Ich gratuliere dir.« Nelli freute sich aufrichtig.

»Das verdanke ich allein dir, meine Liebe.«

Und Roberto.

Sie dachte an Robertos verschlossenen Gesichtsausdruck, als sie ihm in der Küche gegenübergesessen hatte. Ein wehmütiges Lächeln trat auf ihr Gesicht. In jenem Moment war sie sich so sicher gewesen, dass er sie nicht leiden konnte und für einen Eindringling im Familienidyll hielt.

»Er lässt dich grüßen, Kornelia«, sagte Hans in ihre Gedanken hinein.

»Wer? Der Anwalt? Danke, das ist nett.«

»Roberto.«

Nelli zupfte an der Rose, die sie wieder in die Hand genommen hatte, und versuchte, sich nicht anmerken zu lassen, wie sehr sie sein Name – laut ausgesprochen – aus dem Konzept brachte.

»Er hat wohl bei irgendwelchen Kunden in Nizza zu tun. Eigentlich wollte er erst am Ende seines Urlaubs dorthin, doch nun hat er seine Pläne geändert. Auf jeden Fall lässt er dich grüßen.«

Nelli nickte und roch wieder an der Blüte. Das samtige Aroma stieg ihr in die Nase und hatte plötzlich rein gar nichts Tröstliches mehr an sich. Im Gegenteil – es kam ihr vor wie Hohn.

»Er geht Konfrontationen gern aus dem Weg«, sagte Hans mit einfühlsamer Stimme.

Nelli sah überrascht hoch. »Wie bitte?«

Sein Blick blieb völlig offen, wie immer.

»Hat er mit dir gesprochen?«, fragte sie vorsichtig. Die Hoffnung, doch noch etwas darüber zu erfahren, warum er sie mit diesem nichtssagenden Brief abgespeist hatte, schlängelte sich in ihr hoch wie ein Pflänzchen zum Sonnenlicht.

»Das musste er nicht. Ich kenne meinen Sohn, Kornelia. Seit der Minute, in der er dir zum ersten Mal begegnet ist, hat er sich aufgeführt wie ein Esel. Und als Giulia mir dann erzählt hat, dass ihr zwei am Morgen nach dem Tomatenfest noch die Kleidung vom Vortag getragen habt und sie unabsichtlich in ein privates Gespräch zwischen euch beiden geplatzt ist, wusste ich Bescheid.«

Nelli meinte, ihr Magen würde sich umdrehen.

»Hans, es tut mir wahnsinnig leid!«, stammelte sie und sackte unglücklich in sich zusammen. »Was musst du nur von mir denken?«

Er winkte ab. »Erstens geht es mich nichts an, und zweitens weiß ich, wie das ist, wenn man jung ist.«

»So jung ja nun auch nicht mehr.«

»Jung genug, um den Wirrungen der Liebe zu erliegen.« Er lächelte aufmunternd.

Nelli schloss kurz die Lider und seufzte. Dann sah sie Hans fest in die Augen, während sie versuchte, zumindest ansatzweise eine Erklärung zu liefern. »Das ist alles ein fürchterliches Durcheinander. Ich habe nicht gewollt, dass es so kommt. Eigentlich versuche ich seit Wochen, Ordnung in mein Leben zu bringen, aber irgendwie wird es kontinuierlich chaotischer. Bitte glaube mir, wenn ich dir versichere, dass ich diese Dinge weder geplant hatte, noch jemanden mit meinem Verhalten brüskieren wollte.«

»Daran zweifle ich doch keine Minute. Ich möchte nicht unbescheiden wirken, aber ich denke, meine Menschenkenntnis ist nach acht Jahrzehnten ganz gut. Ich erkenne, ob jemand richtig handeln will oder nicht. Und du gehörst eindeutig zu den Leuten, die sich nichts mehr wünschen, als dass jeder um sie herum zufrieden ist.«

»Ist der Wunsch allein genug? Irgendwie habe ich das Gefühl, in letzter Zeit alles falsch zu machen: Ich habe diese wirklich verrückten Wochen mit deinem Enkel verbracht, weil ich dachte, sie würden uns beiden guttun. Nun allerdings weiß ich, dass unsere Verbindung nie auch nur annähernd so war wie das, was du mit deiner Frau hattest.«

»Niemand hatte auf dieser Welt je auch nur annähernd das, was ich mit Marta hatte.« Er zwinkerte ihr zu.

»Und dann«, fuhr sie fort, »habe ich mich in deinen Sohn verliebt und über diesem ganzen Gefühlswirrwarr meine Tochter im Stich gelassen, als sie mich wirklich brauchte. Ihre Mutter steckt so sehr in einer egozentrischen Lebenskrise, dass sie ihr durch halb Europa nachreisen muss, um ein wenig Trost zu erfahren.«

In diesem Moment schämte sich Nelli fürchterlich.

Hans dachte einen Augenblick lang nach, bevor er antwortete. »Mehrere Dinge will ich dir dazu sagen, Kornelia. Erstens: Lebenskrisen sind immer egozentrischer Natur und daher nichts, was du auf deinem persönlichen Erfinderkonto verbuchen könntest. Zweitens: Laura ist erwachsen. Du hast also ein Recht darauf, dich jetzt um dich selbst zu kümmern und nicht mehr rund um die Uhr für sie da zu sein. Wie legitim das ist, kann man gut an der Tatsache ablesen, dass sie fähig war, dich hier zu finden. Dasselbe gilt für meinen Enkel.

Auch er ist erwachsen, und so fröhlich und ausgeglichen, wie er gestern nach Mailand abgereist ist, gehe ich davon aus, dass mit ihm alles in bester Ordnung ist.«

»Ich hoffe es inständig. Er ist ein großartiger junger Mann.«

»Und drittens: Um meinen Sohn musst du dir die allerwenigsten Sorgen machen!«

Sicher. Er muss jetzt ja nur damit klarkommen, dass er die Eroberung seines Sohnes verführt hat.

Nelli atmete tief durch und nickte anschließend. Während des Gesprächs hatte sie der Rose nacheinander sämtliche Blütenblätter ausgerissen, die sie jetzt mit den Händen von ihrem Schoß auf die Stufen fegte und von dort mit dem Fuß auf die Erde weiterschob, wo sie dann zwischen den Fußabdrücken und den Fetzen von Robertos Brief lagen.

»Die Einzige, wegen der ich mir Gedanken mache, bist du, Kornelia«, schloss er seine Ausführungen.

»Danke, Hans, aber das musst du nicht. Ich komme schon zurecht. Mir ist bewusst, dass ich mich sammeln muss. Ich darf mich nicht wieder ablenken lassen. Für die nächsten Jahrzehnte brauche ich dringend neue Ziele. Noch kann ich meine Zukunft nicht wirklich sehen, was mich extrem frustriert, weil das Leben ja nicht mehr unendlich lange dauert. Aber das wird schon. Rom wurde auch nicht an einem Tag erbaut.« Sie lachte ein wenig unsicher.

Hans setzte sich auf, schwang die Beine von der Liege und erhob sich langsam. Anschließend trat er an die Brüstung der Veranda und streckte den Rücken durch.

»Wir alle haben weder das Gestern noch das Morgen in der Hand, Kornelia. Was geschehen ist, lässt sich nicht mehr ändern, und was sein wird, wissen wir nicht. Deshalb – entschuldige, wenn das sehr pathetisch klingt – ist nur das Heute entscheidend. Falls du den Rat eines alten Mannes annehmen willst: Hör auf zu suchen! Für den Augenblick spielt es nämlich gar keine Rolle, wie lange oder auf welche Art man noch lebt. Selbst wenn ich morgen tot umfallen sollte, bleiben die Minuten, die ich gerade mit meiner Freundin Kornelia auf der Veranda der Casetta verbringe, immer dieselben. Verstehst du, was ich dir sagen möchte?«

»Ich denke schon«, antwortete sie.

Er stieg gemächlich an ihr vorbei die Stufen hinunter. Auf dem Vorplatz drehte er sich um und sah die Fassade hinauf. »Nächste Woche sehe ich zu, dass diese verdammte Treppe repariert wird. Und mit ein paar Möbeln, die ich noch drüben im Keller habe, machen wir es richtig gemütlich. Ich weiß, dass du dieses Häuschen liebst. Und deshalb biete ich dir an, jederzeit zurückzukehren. Nicht um einen chaotischen, kräfteraubenden Urlaub mit meiner Familie zu verbringen, sondern um dir eine persönliche Auszeit zu gönnen. Hier wird dich niemand beim Ausruhen und Nachdenken stören.«

»Hans …«

»Antworte nicht gleich. Lass dir mein Angebot durch den Kopf gehen und fühle dich völlig frei, darauf zurückzukommen, wann immer du willst.«

30

Vier Monate später, Ende Oktober

Nelli stellte den flachen Korb zu den anderen ins Regal und legte die Schere in die dafür vorgesehene Kiste. Dann dehnte sie sich in alle Richtungen. Wie die Leute hier ohne Probleme stundenlang in gebückter Haltung Tomaten ernten konnten, würde ihr für immer ein Rätsel bleiben. Sie selbst hielt diese Tätigkeit nur kurz durch, anschließend musste sie wieder etwas anderes machen. Aber bei der Spraternte ein wenig mitzuhelfen, bereitete ihr Freude und half ihr, sich als Teil der Dorfgemeinschaft zu fühlen.

Zufrieden sah sie sich in der Scheune um. Die Sonne schien schräg zum offen stehenden Tor herein und ließ die Farben leuchten. Überall standen Steigen mit Tomaten. Von knalligem Gelb über sattes Rot bis hin zu warmen Brauntönen reichte die appetitliche Palette der Früchte. Im Gebälk, das man über eine Rollleiter erreichen konnte, hingen Aberhunderte Rispen der Sorte *bombolino d'inverno*. Auf diese Art wurde die »Winterbombe« getrocknet. Francesca kochte daraus im März die Ostersoße, die angeblich noch aromatischer schmeckte als die wunderbare Salsa del Paradiso. Weiter drüben befanden sich Knoblauchzöpfe, die nicht auf dem Markt verkauft, sondern für den Eigenbedarf im Dorf zurückbehalten wurden.

Noch einmal ließ Nelli ihren Blick schweifen, dann machte sie sich auf den Heimweg.

»*A più tardi!*«, rief sie Francesca und ihren Helfern im Hof fröhlich zu.

Nelli war zufrieden mit sich selbst, denn jeden Tag gelang es ihr ein bisschen besser, für den Augenblick zu leben, in sich zu ruhen und den Rhythmus, den das beschauliche Dasein in Tabbio vorgab, anzunehmen.

Gemächlich spazierte sie durch die abgeernteten Tomatenfelder zurück zur Casetta. In den letzten Tagen hatte Matteo mit einem Freund begonnen, die vertrockneten Stauden auszureißen und zum Kompostieren wegzubringen. So erstreckten sich nun, abgesehen von den Feldern mit den allerletzten Spätfrüchten, ausgedehnte Flächen brauner Erde in alle Richtungen. Für die Tomatenzucht ging das Jahr zu Ende, und das Dorf bereitete sich deutlich spürbar auf den Winter vor. Es sah hier jetzt völlig anders aus als im Juni bei Nellis erstem Besuch. Mit dem Herbst hatte etwas Meditatives in Tabbio Einzug gehalten.

Nelli nahm ihr Handy aus der Hosentasche und sah nach, ob sie eine Nachricht von ihrer Tochter erhalten hatte. Um das Display besser zu sehen, musste sie die schräg stehenden Sonnenstrahlen mit der Hand abschirmen.

Laura hatte nicht geschrieben, also war zu Hause offensichtlich alles in Ordnung.

An der Grundstücksgrenze auf der Rückseite der Casetta setzte sich Nelli wie so oft in den letzten Wochen auf die verfallene Steinmauer. Sie liebte den Blick über die kleine Senke, in der das Dörfchen inmitten des sanften, mittlerweile herbstlich verfärbten Berglandes lag. An den Ziegeldächern, den Steinhäusern und der alten Kirche im Zentrum würde sie sich wohl niemals sattsehen. Von hier konnte sie auch die massive Brücke ausmachen, die jetzt lange dunkle Schatten auf die Trebbia und das Schotterbett warf.

Nelli zog einen genüsslichen Atemzug Oktoberluft in ihre Lunge, dann begann sie, eine Nachricht an ihre Freundin Doris zu schreiben:

Meine sechste Woche in Tabbio hat begonnen. Ich bin so froh, dass ich mich für dieses halbe Jahr Auszeit entschieden habe. Du hast mich gefragt, ob ich mich langweile. Nein, das tue ich nicht. Ich lese viel, mache Spaziergänge, arbeite im Garten und auf den Feldern oder verbringe Zeit mit Hans.
Ob ich oft ans Büro denke? Nein. Das war in den ersten Wochen so, aber mittlerweile bin ich davon überzeugt, dass die Bande die Monate ohne mich gut überstehen wird. Und wenn sich die Kollegen auf meine Rückkehr freuen, ist es ja kein Fehler.
Und damit habe ich auch deine nächste Frage schon beantwortet: Ich bin zu dem Entschluss gekommen, nicht zu kündigen. In diesem Job bin ich gut, ich verdiene ausgezeichnet, und im Grunde mag ich, was ich tue. Das hinzuschmeißen, wäre

falsch. Was ich ändern muss, ist meine Einstellung zur Arbeit. Und auch das ganze Drumherum, das man Leben nennt. Um das zu lernen, bin ich hier.
Die Tage werden immer kürzer, was ich richtig gerne mag. Dass ich in der Casetta keinen Strom habe und dann bei Kerzenlicht oder dem Schein der Flammen im Ofen meinen Gedanken nachhängen kann, ist wunderbar. Heute ist Francescas Geburtstag, und ich bin am Abend zum Feiern in die Osteria eingeladen.
Ich schicke dir und deinen Lieben romantische Herbstgrüße.
❤

Ach ja: An die Klohütte im Garten habe ich mich bereits gewöhnt. Zum Waschen gehe ich aber nach wie vor zu Hans ins Haus hinüber 😬

Nelli blieb noch zehn Minuten sitzen, bis auch der letzte Sonnenstrahl hinter den Hügeln verschwunden war, dann stieg sie über die Mauer und umrundete die Casetta.

Träumerisch flanierte sie unter den langsam kahl werdenden Bäumen und ließ ihre Hand durch die dünnen Zweige der Büsche gleiten. Bei jedem Schritt raschelte das Laub, das schneller herabfiel, als sie es zusammenrechen konnte. Sie liebte diesen Flecken Erde. Mittlerweile erinnerte er auch tatsächlich wieder ein wenig an einen Garten. Sie hatte wirklich viel Arbeit in das Grundstück gesteckt und mochte sein jetziges Stadium zwischen verwunschenem Urwald und gezähmter Natur, genau, wie es ihr gefiel, dass das Häuschen nun wohnlich, aber dennoch ein bisschen spartanisch wirkte.

Roberto würde es lieben!

In den letzten zwei Wochen hatte sie wieder vermehrt an ihn gedacht. Nun schreckte sie auch nicht mehr davor zurück, sich an ihn zu erinnern. Als sie hierher zurückgekommen war, hatte sie sich zuerst vor zu starker Roberto-Melancholie schützen und sich zwingen müssen, der Sehnsucht keine Chance zu geben. Inzwischen gelang es ihr sogar, sich auszumalen, wie sie ihm den Garten oder die Räume zeigte, ohne allzu traurig zu werden. Sie stellte sich seine begeisterte Miene und die leuchtenden Augen vor und freute sich darüber. Für sie würde dieser Ort stets mit ihm in Verbindung stehen, und das war in Ordnung. Sein abruptes Verschwinden im Juni hatte sie verletzt, keine Frage, aber sie zog es vor, sich an die Freundschaft zu erinnern, die sie zumindest ein paar Tage lang verbunden hatte.

Fröstelnd schlang Nelli die Arme um ihren Körper. Die Abende waren bereits kühl. Eilig lief sie die Außentreppe hinauf, um sich für Francescas Feier etwas Wärmeres anzuziehen.

Als Nelli und Hans zur Osteria kamen, stand dort schon eine Traube Einheimischer vor der Tür. Mit Rotweingläsern und Taralli bewaffnet, umringten sie Francesca laut schwatzend. Diese strahlte übers ganze Gesicht und sah in ihrem gelben Wollkleid und der ziegelroten Stola einfach umwerfend aus. Nelli bewunderte sie für die Ruhe und Gelassenheit, die sie stets ausstrahlte, und für die Wärme, mit der sie jedermann begegnete.

»*Buon compleanno!*«, sagte Nelli und nahm die Italienerin in den Arm.

Anschließend küsste Hans Francesca auf die Wangen und übergab ihr ein Kuvert. Nelli wusste, dass sich darin zwei Flugtickets nach Paris befanden. Francesca sprach oft davon, dass sie dort noch einmal hinwolle, und Hans lud sie nun zu dieser Reise ein. Als sie sah, was sie geschenkt bekommen hatte, fiel sie ihm um den Hals. Vor lauter Freude standen Tränen in ihren Augen.

Jemand stimmte »Tanti auguri a te!« an, und die ganze Dorfgemeinschaft schmetterte das Ständchen im Chor. Sogar Alba, die etwas abseits auf einer Bank saß, sang mit.

Nelli bemerkte, dass die alte Frau nichts zu trinken hatte, also schenkte sie Wein in ein Glas und brachte es ihr.

»Geht es Ihnen gut, Alba?«, fragte sie und setzte sich zu ihr. Auch wenn Nelli sich bemühte, Italienisch zu lernen und mit den Einheimischen zumindest die wenigen Brocken zu sprechen, die sie schon konnte, redete sie mit Alba, die ohnehin nichts mehr hörte, weiterhin auf Deutsch. Wann immer sie die Greisin irgendwo in der Sonne sitzen sah, gesellte sie sich für ein paar Minuten dazu, lauschte ihrem Redeschwall und erzählte ihr anschließend ein wenig von ihrem eigenen Tag. Damit erntete sie stets ein zahnloses Lächeln oder ein wohlwollendes Tätscheln.

»Ich denke, Hans und Francesca werden eine wunderschöne, romantische Zeit in Paris verbringen«, sagte Nelli. »Waren Sie einmal dort, Alba? Ich kann mir die beiden so gut in einem Straßencafé vorstellen. Ist es nicht herzerwärmend, wie blendend sie sich verstehen? Sehen Sie nur, sie halten einander die ganze Zeit über an der Hand.«

Alba nuschelte eine Antwort, die Nelli nicht verstand.

Plötzlich bog mit ziemlich hoher Geschwindigkeit ein Auto um die Ecke und kam erst nahe der Menschengruppe vor der Osteria zum Stehen. Die beiden Frauen schreckten zusammen. Wer mochte wohl die Unverfrorenheit besitzen, abends den verkehrsberuhigten Dorfplatz zu befahren?

Ein deutsches Nummernschild!

Die Fahrertür flog auf, und Tina stieg aus. *»Sorpresa!«*, rief sie vergnügt und breitete die Arme aus wie ein Mädchen, das eben einer Torte entsprungen war.

»Nein, so eine Überraschung!«, rief Nelli erstaunt. »Ich wusste gar nicht, dass Tina kommen wollte ... und sehen Sie nur, da ist auch ... Laura!« Überwältigt sprang Nelli auf und lief zum Auto, um ihre Tochter zu begrüßen. »Also, damit habe ich überhaupt nicht gerechnet! Hans, hast du gewusst, dass uns die beiden einen Besuch abstatten?«

»Ich hatte keine Ahnung«, erwiderte er verblüfft.

Jetzt erst merkte Nelli, wie sehr sie ihre Tochter in

den vergangenen sechs Wochen vermisst hatte. Überglücklich drückte sie Laura an sich.

In diesem Augenblick öffneten sich auch die hinteren Türen des Wagens. Luca und eine blonde junge Frau stiegen aus.

Neugierig beobachtete Nelli, wie Luca Jacken aus dem Kofferraum holte. Er war nicht mehr so braun wie im Sommer und hatte sich nun wieder einen Vollbart wachsen lassen. Damit sah er exakt so aus wie an ihrem Geburtstag, als sie ihn kennengelernt hatte.

Hans begrüßte seine Enkelkinder und schüttelte dem Mädchen, das Nelli nicht kannte, die Hand. Tina und Luca wandten sich Francesca zu, gratulierten ihr wortreich und übergaben ihr eine Schachtel deutsches Marzipan.

Währenddessen nahm Laura ihre Mutter zur Seite. »Die kleine Blonde ist Yvonne, Lucas neue Freundin, von der ich dir am Telefon erzählt habe.« Sie deutete auf die ob der italienischen Überschwänglichkeit um sie herum ein bisschen eingeschüchtert wirkende junge Frau, die einen halben Schritt hinter Luca stand und eine Hand nach der anderen schüttelte.

»Neben ihm sieht sie etwas zerbrechlich aus«, kommentierte Nelli.

»Sie ist total lieb, und Luca vergöttert sie. Aber ich habe auch ständig Angst, er könne sich aus Versehen auf sie setzen und sie zerquetschen.«

Sie lachten.

»Ist es okay für dich, dass sie hier ist?«, fragte Laura.

»Aber ja! Ich habe dir doch erklärt, welche Art von Beziehung wir geführt haben …«

»Und dass du eigentlich auf seinen Vater abgefahren bist. Ich erinnere mich an jedes Detail der Schilderung dieser absolut normalen, gesunden Dreiecksgeschichte, die ihr da am Laufen hattet.« Laura stieß Nelli neckend mit dem Ellbogen an.

»Mach dich nur lustig!«

In diesem Augenblick trat Tina zu ihnen. »Na? Überrascht? Ich habe Laura mit Meuchelmord gedroht, falls sie dir verrät, dass wir kommen.«

»Wir freuen uns alle riesig, dass ihr hier seid. Seht nur, wie Francesca strahlt, weil ihr extra den weiten Weg auf euch genommen habt.«

Tina schob die Ärmel ihres dicken Pullovers etwas hoch. »Luca und Yvonne lassen wir euch für ein paar Tage da, sofern ihr das verliebte Gesülze der beiden ertragen könnt. Laura und ich wollen morgen oder übermorgen zu den Cinque Terre weiterfahren und dort ein bisschen wandern.«

Nelli freute sich darüber, wie unzertrennlich die zwei jungen Frauen geworden waren. Dauernd hörte sie, was sie miteinander unternahmen und planten. Tina war tatsächlich die beste Freundin, die ihrer Tochter gefehlt hatte. Man sah deutlich, wie gut die beiden einander taten.

Die Geburtstagsgesellschaft wurde nun in die Osteria zum Essen gerufen. Als sich alle in Richtung Eingang schoben, gesellte sich Luca mit seiner Begleitung zu Nelli, Laura und Tina.

»Hallo, gut siehst du aus«, begrüßte er Nelli und drückte ihr einen Kuss auf die Wange. »Wie geht es dir?

Nonno hat mir erzählt, dass du dir ein halbes Jahr unbezahlten Urlaub genommen hast und jetzt in der Casetta wohnst?«

»In dem ›alten verstaubten Kasten‹, ja«, antwortete sie schmunzelnd. Ihn wiederzusehen, freute sie aufrichtig.

»Na ja, wer's mag …« Er grinste. »Darf ich vorstellen, das ist meine Freundin Yvonne. Yvonne, das ist Nelli, eine Bekannte von meinem Nonno.«

Aha. Er hat ihr also kein Sterbenswörtchen von uns erzählt. Aber das muss er ja auch nicht.

Tina prustete los und erntete dafür einen strengen Blick ihres Bruders.

Nelli horchte in sich hinein, um herauszufinden, was sie empfand. War sie negativ berührt oder gar eifersüchtig, weil sie ihn nun mit einer neuen Begleiterin sah?

Nein, in ihr herrschte Stille. Es machte ihr nichts aus.

Sie reichte Yvonne die Hand. »Hallo, schön, dass du da bist!«

Die junge Frau lächelte scheu.

»Komm, jetzt gibt's endlich was zu futtern«, sagte Luca, legte den Arm um die Schulter seiner Freundin und schob sie weiter.

»Er wird das arme Ding noch erdrücken«, kommentierte Tina trocken.

Nelli ließ sich den letzten Bissen ihrer Zuppa inglese auf der Zunge zergehen, dann lehnte sie sich satt und zufrieden zurück und schickte ihren Blick auf Wanderschaft. Die meisten waren dabei, ihr Dessert zu genießen.

Tina und Laura scherzten an der Bar mit Matteo.

Der alte Schwerenöter macht ihnen sicher ohne Ende Komplimente!

Amüsiert dachte sie daran, wie er sie selbst bei jeder Begegnung auf dem Feld mit blumigen Worten überschüttete, sogar wenn sie verschwitzt und schmutzig war.

Unweit des Tresens drehte Francesca sich gerade unter Hans' Arm durch. Aus der Lautsprecherbox ertönte »Via Con Me« von Paolo Conte, und auch wenn sonst niemand tanzte, hatte Hans es sich nicht nehmen lassen, das Geburtstagskind aufzufordern.

Nelli musste jedes Mal lächeln, wenn sie die beiden zusammen sah. Zu beobachten, wie selbst im hohen Alter noch zarte Gefühle aufkeimten, hatte etwas unglaublich Tröstliches an sich.

Das sah Alba offensichtlich genauso, denn sie saß in unmittelbarer Nähe zu den Tanzenden und klatschte ausgesprochen fröhlich in die Hände.

Jetzt erhob sich auch Luca und zog seine Freundin auf die Füße. Erschrocken schüttelte diese den Kopf, doch dann ließ sie sich von ihm zu Hans und Francesca führen und wiegte sich mit ihm im Takt der Musik. Luca hatte die Augen geschlossen und schien ihre Nähe zu genießen. Als das Lied kurz darauf endete, beugte er sich zu ihr hinunter und küsste sie. Ihre Blicke ließen keinen Zweifel daran, wie verliebt sie ineinander waren.

Es tut gut, ihn so zu sehen! Er hat es verdient, glücklich zu sein.

Nelli sah noch eine Zeit lang zu, dann stand sie auf, um sich ein wenig die Beine zu vertreten. Langsam durchschritt sie die Osteria. Im Verbindungsgang zum Hinterzimmer hatte jemand ein Fenster geöffnet. Sie lehnte sich hinaus, atmete tief die kühle, etwas feuchte Abendluft ein und schaute auf den schwach beleuchteten Marktplatz. Mittlerweile fühlte sie sich in Tabbio nicht mehr wie ein Gast. Die Leute machten es Besuchern leicht, ein Teil der Dorfgemeinde zu werden. Jeder, der auf den Feldern mithalf, wurde sofort integriert und so behandelt, als lebte er schon ewig in ihrer Mitte. Das mochte Nelli. Man wurde hier nicht bewertet und in eine Schublade gesteckt, sondern einfach als der Mensch angenommen, der man eben war.

Nach einer Weile drehte sie sich um und setzte sich auf die Fensterbank. An der Wand ihr gegenüber hingen Erinnerungsbilder von verschiedenen Festen, auf große Papptafeln geklebt. Auf einer davon stand *Festival di Pomodoro* mit der aktueller Jahreszahl. Nelli ließ sich wieder auf die Füße gleiten und trat näher. Diese Collage kannte sie noch nicht. Jemand musste sie erst jüngst dazugehängt haben. Sie entdeckte Fotos von Francesca mit dem großen Kessel Salsa del Paradiso, vom Bürgermeister mit dem Mikrofon vor dem Mund, den hübsch zurechtgemachten Kindern und den tanzenden Paaren. Dazwischen klebte auch ein Abzug, der Roberto und sie zeigte, wie sie sich auf der Tanzfläche gegenüberstanden. Erst jetzt wurde ihr bewusst, wie sie in jenem Moment auf Außenstehende gewirkt hatten. Robertos Hand lag tief in ihren Rückenausschnitt, und sie blickten einander direkt ins Gesicht. Auf dem Foto strahlten sie eine Intimität aus, wie man sie bei fast Fremden eigentlich nicht erwarten würde.

Nelli schluckte.

Die Aufnahme warf sie so aus der Bahn, dass sie schwankte und sich am Fensterbrett festhalten musste.

All die Monate über hatte sie sich eingeredet, über Roberto hinweg zu sein, aber jetzt, da sie dieses Bild sah, wusste sie, dass sie sich die ganze Zeit etwas vorgemacht hatte. Ihre Gefühle für ihn waren stark wie eh und je.

31

Um kurz vor Mitternacht kehrte Nelli zur Casetta zurück. Das Fest war noch in vollem Gange, aber irgendwie hatte sie genug. Sie wollte sich lieber ein wenig vor den Ofen setzen, ins Feuer starren und ihren inneren Frieden zurückgewinnen.

In der Dunkelheit tastete sie nach den Streichhölzern, die unter der großen Glaslaterne auf dem Vorplatz lagen, und zündete die Kerze darin an. Anschließend stieg sie die Verandatreppe hinauf, holte den Schlüssel aus der Jackentasche und sperrte auf. Dann hielt sie plötzlich inne.

Irgendetwas ist anders als sonst.

Mit gerunzelter Stirn drehte sie sich um und blickte mit zusammengekniffenen Augen in die Dunkelheit.

Da war er.

Seine Umrisse zeichneten sich nur schwach im diffusen Licht der Kerze ab, aber Nelli erkannte sofort, worum es sich handelte.

Sie machte ein paar Schritte darauf zu.

Exakt an jener Stelle, an der sich auf dem Boden die parallelen Schleifspuren befanden, stand nun ein Schaukelstuhl. Seine Armlehnen waren geschwungen, und die Rückenlehne zierte eine geschnitzte Tomatenpflanze, die dem Relief auf dem Bett oben im ersten Stock sehr ähnlich sah.

Vorsichtig fuhr Nelli mit den Fingerspitzen über die sorgfältige Arbeit und dachte daran, wie sie sich ausgemalt hatte, dass einst die Bewohnerin der Casetta abends vor dem Schlafengehen zufrieden in einem ebensolchen Stuhl gesessen hatte.

Dann schlug sie die Hand vor den Mund.

Ihr Kopf war plötzlich leer. Eine gefühlte Ewigkeit blieb sie dort vor dem Stuhl stehen und ließ den Blick über das Holz schweifen, bevor sie endlich Platz nahm und sachte hin und her wippte.

Irgendwann stand sie wieder auf. Ihre Beine setzten sich wie von selbst in Bewegung. Mit einem Satz sprang sie die Verandastufen hinunter, rannte über den Vorplatz und durch den kahl gewordenen Rosentunnel. Im Wäldchen war es stockdunkel, aber das machte nichts, denn sie war diesen Weg in den letzten Wochen oft genug gegangen, um jeden Schritt auf dem schmalen Pfad auch blind tun zu können. Schon vom Olivenhain aus sah sie Roberto vor dem Haus sitzen. Gelbes Licht fiel durch die Terrassentür ins Freie und ließ die Szene surreal wirken. Einen kurzen Moment glaubte sie, sie würde träumen, und wurde langsamer, bis sie schließlich völlig außer Atem am Rand der Terrasse stehen blieb. Sie wusste nicht, was sie tun oder sagen sollte. Roberto zu sehen, kam völlig unvermutet und traf sie mitten ins Herz. All die Gefühle, die sie wochenlang unter Verschluss gehalten hatte, brachen nun mit doppelter Intensität hervor.

Er stellte sein Weinglas ab und erhob sich. »Hallo«, sagte er schlicht.

Reglos starrte sie ihn an. Der Wunsch, sich in seine Arme zu werfen und ihn festzuhalten, war beinahe übermächtig, aber sie blieb stehen, wo sie war.

Noch einmal so verletzt zu werden, halte ich nicht aus!

»Hallo«, erwiderte sie leise und legte die Hand genau dahin, wo ihr Herz gerade aus der Brust springen wollte.

»Ich glaube, wir sind uns vor vier Monaten auf Matteos Tomatenfeldern begegnet, nicht wahr?«, sagte er, während er um den Tisch herum auf sie zukam. »Ich habe mir damals schon gewünscht, dich näher kennenzulernen. Um ehrlich zu sein, hast du mich sogar ein wenig nervös gemacht. Und wenn ich nervös bin, tendiere ich dazu, wahnsinnig viel zu sprechen. Ich versuche, mir das seit meiner Jugend abzugewöhnen, aber irgendwie klappt das nicht so richtig. Ein Freund von mir, er ist Hobbypsychologe, meinte einmal, meine Quasselei sei nur Ausdruck meiner Unsicherheit.« Er war bei ihr angekommen und blieb vor ihr stehen.

»Und gerade passiert das wieder?« Nelli schaute in sein Gesicht und studierte seine Züge. Sie wollte so gern wissen, was in ihm vorging. Warum war er in Tabbio? Weshalb hatte er den Schaukelstuhl auf ihre Veranda gestellt? Und wieso redete er mit ihr wie mit einer Fremden?

Er verzog den Mund. »Ähm … ja. Ich fürchte schon. Vermutlich hatte ich ein bisschen zu lange Zeit, mir das hier auszumalen.«

Sie musste ihn stoppen. »Roberto …«

»Genau! So heiße ich«, unterbrach er sie. »Offensichtlich hast du in der Zwischenzeit Erkundigungen über mich eingezogen.« Er streckte ihr die Hand zum Gruß hin, die sie fragend anstarrte. »Manchmal wünscht man sich, man hätte jemanden zu einem passenderen Zeitpunkt kennengelernt«, erklärte er und sah ihr in die Augen. »Doch bei uns beiden passt es ja ganz gut ...«, fuhr er fort. »Schön, dass wir uns gerade jetzt treffen! Ich sitze hier bei einem Glas Wein, genieße den Abend und habe nicht wirklich viel vor. Ich wollte eigentlich bei Francescas Geburtstag als Überraschungsgast auftauchen, aber dann hatte ich eine Autopanne. Also komme ich dafür wohl zu spät.«

Nelli runzelte die Stirn. Was versuchte er eigentlich, ihr zu sagen?

»Okay.« Er kratzte sich am Kinn. »In meiner Fantasie hast du ein bisschen schneller kapiert, was es bedeutet, wenn wir uns unter diesen Umständen zum ersten Mal seit jener Begegnung auf dem Tomatenfeld wiedersehen, aber macht ja nichts.« Er zwinkerte ihr zu.

Plötzlich fiel der Groschen, und sie verstand. Er wollte sie neu kennenlernen. Ohne Familie im Nacken. Ohne ihre Beziehung zu seinem Sohn. Ohne Vorgeschichte. Einfach sie beide. Roberto und Nelli. Wie es zu jedem anderen Zeitpunkt als damals im Juni hätte passieren können. Wie jetzt zum Beispiel.

Aber warum will er das? Steht ihm der Sinn nach einem neuen Abenteuer mit mir?

Sie versuchte, den Kloß in ihrem Hals wegzuräuspern. »Du bist einfach gegangen, ohne mit mir zu reden.

Findest du nicht, dass ich mehr verdient hatte als diesen Brief? Du hättest ruhig den Mut aufbringen können, mir persönlich zu sagen, dass dir die Nacht nach dem Tomatenfest nicht so viel bedeutet hat wie mir. Eigentlich dachte ich, du seist ein Mann, der sich nicht heimlich davonstiehlt.«

Er riss überrascht die Augen auf. »Das ist es, was du gedacht hast? O mein Gott!«

Nelli beobachtete, wie er sich durch die Haare fuhr, und spürte, wie ihr die Tränen kamen.

Ich werde jetzt definitiv nicht weinen!

Mühsam kämpfte sie darum, sich in die Wut zu retten. Dieser Mann hatte ihr wehgetan. Wenn sie sich nur ein bisschen anstrengte, konnte sie ihre Enttäuschung bestimmt gegen ihn verwenden.

»Das tut mir schrecklich leid. Ich durfte einfach nicht bleiben! Sobald ich dir gegenübergestanden hätte, wäre ich schwach geworden und hätte dich wieder geküsst. Ich dachte, du weißt, dass mir diese Nacht alles bedeutet hat und dass es wahnsinnig schwer für mich war abzureisen!«, stieß er hervor.

Konnte es sein, dass er tatsächlich dasselbe empfunden hatte wie sie?

Sie sah in seine Augen und entdeckte darin alles, was jene Stunden nach dem Tomatenfest verheißen hatten: das gegenseitige Vertrauen, die Innigkeit und die großen Gefühle.

»Warum bist du gegangen? Wir hätten in Ruhe reden und nach einer Lösung suchen können!« Sie merkte, wie verzweifelt ihre Stimme klang.

»Weißt du, wie es sich anfühlt, eifersüchtig auf den eigenen Sohn zu sein? Wie total daneben es ist, plötzlich mit ihm in Konkurrenz zu treten? Als ich gesehen habe, wie ihr euch am Morgen nach unserer Nacht umarmt habt, wäre ich ihm am liebsten an die Gurgel gesprungen! Solche Emotionen sollte man seinem Kind nicht einmal ansatzweise entgegenbringen. Eigentlich hätte ich mich sorgen müssen, ob es ihm gut geht, aber in mir war nur die Frage, ob dir vielleicht noch etwas an diesem prachtvollen, großartigen Kerl liegt. Die Stunden mit dir waren alles, was ich wollte, weil ich mich schon bei unserer ersten Begegnung in dich verliebt hatte, aber sie waren gleichzeitig auch so wahnsinnig falsch!«

In Nellis Augen standen nun doch Tränen. Der Nachtwind blies ihr die Haare ins Gesicht und verschleierte zusätzlich die Sicht. »Es tut mir leid, dass ich das nicht verstanden habe.«

»Und mir tut es leid, dass ich nicht die Kraft aufgebracht habe, mit dir zu reden.«

Sie schluchzte auf. Jedes Fünkchen Zorn, das eben noch in ihr gelodert hatte, war erloschen. Sie hatte ihm unterstellt, er habe bei ihr nur seinen Spaß gesucht, doch in Wahrheit war das, was sie in der gemeinsamen Nacht gefühlt hatte, echt gewesen und hatte auf Gegenseitigkeit beruht.

Wir sind uns nur einfach zum absolut verkehrten Zeitpunkt begegnet! Alles wäre anders gekommen, wenn sich unsere Wege nicht ausgerechnet dann gekreuzt hätten.

Sie wischte sich die Tränen weg und sah ihn an. In seiner Miene erkannte sie unendliches Bedauern. Es war deutlich, dass er nicht wusste, was er tun sollte.

Sie bot ihm ihre Hand zum Gruß und sagte: »Mein Name ist Nelli. Schön, dass wir uns endlich kennenlernen.«

Um seinen Mund spielte ein kleines Lächeln. Seine Finger schlossen sich um ihre.

Obwohl seine Berührung nicht unerwartet kam, stolperte ihr Herz.

»Kann ich dir etwas anbieten? Du hast schon gegessen, nehme ich an?«, fragte er und ließ ihre Hand los.

Sie nickte. »Ja, und ich will auch zurück zu meinem neuen Schaukelstuhl.«

»Du hast einen neuen Schaukelstuhl?«

»Ja. Wurde gerade erst geliefert.« Sie schmunzelte.

»Soll ich eine Flasche Wein holen? Man sollte auf jedes neue Möbelstück unbedingt anstoßen.«

»Sollte man? Ist das eine Tabbioneser Tradition?«

»Nein, das ist eine Tradition meiner Schwester Giulia.«

»Sehr sympathisch, deine Schwester!«

Sie überlegte, ob er wusste, dass Giulia und sie sich in Deutschland in den Wochen zwischen Nellis beiden Tabbio-Aufenthalten einmal getroffen hatten und ab und zu miteinander telefonierten.

»Du solltest sie schleunigst kennenlernen.«

»Gibt es in deiner Familie vielleicht noch jemanden, den ich kennenlernen sollte?«, fragte sie scheinheilig.

»Ja, ich habe eine Tochter namens Tina, die in letzter

Zeit unglaublich viel mit ihrer neuen Freundin Laura unternimmt. Und einen Sohn. Er heißt Luca.« Roberto sah ihr in die Augen.

»Das ist ja nett.«

Er nickte. »Nun, es wird langsam frisch, und dunkel ist es auch.« Er sah zum Himmel hinauf.

»Ja, stimmt. Ich sollte mich wohl besser verabschieden. Immerhin war ich heute schon auf einem Fest«, antwortete Nelli, in der Absicht, Roberto zu necken. Natürlich wollte sie ihn zur Casetta mitnehmen und ihm ab sofort jede Minute nah sein, aber die Aussicht, ihn zumindest einen Moment lang zappeln zu lassen, gefiel ihr dann doch zu gut.

»Ähm … ich hatte eigentlich gedacht …« Er brach ab und biss sich auf die Lippen.

»Nun, ich nehme nie Männer nach irgendwelchen Festen mit zu mir.«

Offensichtlich aus der Bahn geworfen, starrte Roberto sie einen Augenblick an, bevor er sagte: »Aber ich war ja gar nicht auf dem Fest.«

»Stimmt auch wieder«, räumte sie ein.

»Gehen wir!«

Sie kicherte.

Roberto und Nelli hatten an dem kleinen Holztisch im Erdgeschoss der Casetta bei Kerzenlicht Rotwein getrunken und dazu Tomaten, Olivenöl und knuspriges Landbrot gegessen. Einmal mehr hatte sie sich gefragt, wie etwas so Einfaches so köstlich schmecken konnte.

Während dieser Spätmahlzeit redeten sie ununterbrochen. Roberto fragte sie, was sie in den letzten Wochen in Tabbio alles gemacht hatte, und folgte interessiert ihren wenig aufregenden Schilderungen. Wie schon im Sommer stellte Nelli fest, dass er ein außergewöhnlich guter Gesprächspartner war. Er konnte zuhören und erwiderte stets zum passenden Zeitpunkt das Richtige oder erzählte etwas von sich selbst.

Während des Essens hatten sie sich weiterhin so verhalten, als wären sie sich gerade erst begegnet. Nur manchmal hätte eine Geste, ein Blick oder ein Gesichtsausdruck einem heimlichen Zuschauer die gemeinsame Vorgeschichte verraten.

Jetzt saß Nelli in eine Decke gehüllt auf dem Schaukelstuhl, wippte in Gedanken versunken vor sich hin und schaute in die Nacht hinaus. In der Casetta hörte sie Roberto beim Abwasch mit den Tellern klappern. Er hatte darauf bestanden, das allein zu erledigen, damit sie ihr neues Möbelstück ausprobieren konnte.

Seine Gegenwart fühlte sich überwältigend an. Zwischen ihnen herrschte diese unglaubliche Nähe, die sogar ohne Körperkontakt auskam. Es spielte keine Rolle, dass Roberto sie seit dem Händedruck nicht mehr berührt hatte. Sie war versucht gewesen, es selbst zu tun, dann jedoch zu dem Schluss gekommen, dass der nächste Schritt Zeit hatte. Hauptsache, er war hier. Bei ihr. Auch wenn sie nicht wusste, wohin das alles führen mochte. Ihre Auszeit in Italien war ein Leben der Augenblicke. Die Frage »Was wird sein?« total auszublenden, tat ihr gut.

Irgendwann hörte das Klappern auf. Kurz danach kam Roberto auf die Veranda. Das Kerzenlicht im Inneren und vom Vorplatz erzeugte einen feinen Lichtschimmer, der seine Silhouette in der Dunkelheit sichtbar machte.

Nelli spürte, wie ihr Herz anfing, schneller zu klopfen, und fragte sich, ob es in seiner Gegenwart wohl jemals normal schlagen würde.

Sie beobachtete, wie er an die Brüstung trat und in die Nacht hinausschaute.

Der Ruf eines Käuzchens war zu vernehmen, ansonsten hörte man nur das leise Säuseln des Windes in den Bäumen und den losen Fensterladen, der im ersten Stock ab und zu dumpf gegen die Wand schlug. Nelli hatte sich längst an diese Geräusche gewöhnt, doch jetzt wurden sie ihr überdeutlich bewusst.

»*Una bella sedia*«, sagte Nelli nach einiger Zeit an seinen Rücken gewandt.

Roberto drehte sich zu ihr um. »*Hai imparato italiano nel frattempo?*«, fragte er.

»Was?«

»Ob du in der Zwischenzeit Italienisch gelernt hast.«

»Du meinst, seit wir uns damals auf dem Tomatenfeld kennengelernt haben?« Sie grinste. »*Solo uno … un pocco.*«

»*Molto bene.*«

Ein kühler Windhauch strich über die Veranda.

Nelli schauderte.

»Ist dir kalt?«

»Ein bisschen. Vielleicht gehen wir hinein zum Ofen?«

Er trat vor sie. »Stehst du kurz auf?«

Sie erhob sich.

Roberto ließ sich auf dem Schaukelstuhl nieder und zog sie auf seinen Schoß. Er wickelte sie noch fester in die Decke und umfasste sie dann mit seinen Armen.

Sie lehnte sich vorsichtig gegen seine Brust. Wärme durchflutete Nellis Körper. Seine Nähe fühlt sich vertraut an, und gleichzeitig hatte die Situation etwas Fragiles an sich, so als könne sie im nächsten Moment bereits wieder unmöglich sein.

Sie spürte, wie er tief ein- und ausatmete.

»*Tesoro*«, flüsterte er.

»Danke für den wunderschönen Schaukelstuhl«, murmelte sie.

»Bitte. Ich hatte ihn schon seit einem Monat fertig.«

»Warum bist du nicht eher gekommen?«

»Mein Vater hat gesagt, es sei zu früh.«

»Aha?«

»Ja, er meinte, ich solle dir Zeit lassen. Da war er unerbittlich. Vor Kurzem hat er mich dann aber angerufen und mir erzählt, du hättest begonnen, über mich zu reden.«

Das stimmte. Sie hatte sich bei Hans erkundigt, wie es Roberto ging und was er machte. Kurz darauf waren sie beim gemeinsamen Spaziergang Alba begegnet und auf die etwas peinliche Tanzaufforderung beim Tomatenfest zu sprechen gekommen.

»Er sagte, vor November wolle er mich hier nicht sehen. Wenn er will, kann mein Vater ein echter Feldwebel sein.«

»Wir haben aber noch Oktober.«

»Ganz genau.«

Roberto ließ den Schaukelstuhl sachte hin und her schwingen, sodass Nelli abwechselnd stärker und schwächer gegen seine Brust gedrückt wurde. Seine um sie gelegten Arme riefen ein Gefühl tiefer Geborgenheit in ihr hervor.

»Danke, dass du gekommen bist«, sagte sie.

»Im Grunde habe ich seit dem Tag, an dem ich nach Nizza gefahren bin, nur darauf gewartet, dass es sich irgendwie okay anfühlt zurückzukehren.«

»Tut es das denn jetzt?«

»Ja.«

»Nur irgendwie?«

»Nein. Tatsächlich voll und ganz.«

»Hast du mit Luca gesprochen?«

»Ja.«

Mehr musste sie nicht wissen. Er hatte das für sich geregelt. Das genügte ihr.

Sie hob den Kopf von seiner Schulter.

Roberto löste seine Umarmung, um mit den Fingern durch ihre Haare zu fahren, dann umrahmte er ihr Gesicht mit seinen Händen.

Im fahlen Licht blickten sie einander in die Augen.

Nellis Herzschlag beschleunigte sich. Auch Robertos Atem spürte sie immer schneller über ihre Wangen streichen.

Langsam, als hätten sie Angst, das, was zwischen ihnen entstand, durch Hast zu zerstören, neigten sie ihre Gesichter einander zu.

Als Nelli begann, die Wärme seiner Lippen an den ihren zu spüren, stoppte Roberto die Bewegung.

Voller Sehnsucht seufzte Nelli auf.

»Ich weiß«, flüsterte er. »Mir geht es genauso. Aber dieses Mal können wir uns alle Zeit der Welt lassen, *bellissima.*«

Nachwort

Falls Sie, liebe Leserinnen und Leser, Tabbio genauso ins Herz geschlossen haben wie ich und jetzt das Bedürfnis verspüren, diesen wunderbaren Ort zu besuchen, muss ich Ihnen beichten, dass er meine Erfindung ist. In ganz Italien gibt es leider kein Dorf mit diesem Namen. Vorbild für den Schauplatz meines Romans war allerdings die Dreieinhalbtausend-Einwohner-Gemeinde Bobbio in der Region Emilia-Romagna unweit Piacenzas. Dort finden Sie sehr vieles von dem, was in *Liebe ist tomatenrot* beschrieben wird: die Steinhäuser, die alte Brücke über die Trebbia, das Bergland, die Dohlen und den konstant wehenden Wind. Was Sie in Bobbio vergeblich suchen werden, sind jedoch – Sie ahnen es schon – die Tomatenfelder. Um diese zu sehen, muss man die SS45 hinunter in die Po-Ebene zu den Agrargroßbetrieben fahren. Unglücklicherweise hat der selbstverliebte Froschpickel Tristan wohl recht: Tomatenanbau in der hier im Buch beschriebenen Form würde kein ganzes Dorf ernähren.

Also habe ich mir erlaubt, für diese Geschichte von so einem entschleunigten, romantischen Ort zu träumen, und werde auch nicht aufhören, danach zu suchen.

Die Salsa del Paradiso ist ebenfalls eine Erfindung. Aber wenn Sie schon einmal in Italien waren, wissen Sie bestimmt, welch außerordentliches Aroma gemeint ist: Im Urlaub schmeckt einfach alles paradiesisch, nicht wahr?

Kommen Sie, liebe Leserinnen und Leser, nun wieder wohlbehalten in der Realität an, aber nehmen Sie ein wenig Tabbio mit in Ihren Alltag!

Herzlichst

Ursi Breidenbach

Danksagung

Achim Breidenbach, du bist immer der Erste, der meine Manuskripte kennenlernt. Danke, dass ich dir jedes Mal vorlesen darf, was ich geschrieben habe, und dass du mir männlichen Input gibst. Ohne dich würden die von mir beschriebenen Technikdetails niemals stimmen, und die Protagonisten würden sich oft genug nicht aufführen wie echte Kerle.

Leo und Nils Breidenbach, danke, dass ihr so toll mit einer Mama zurechtkommt, die manchmal mit ihren Gedanken meilenweit weg ist, die auf Recherche- und Schreibreisen fährt und die die Höhen und Tiefen des Autorendaseins regelmäßig beim Mittagessen durchlebt. Danke, dass ihr mitfiebert, euch interessiert und meine Freude teilt. Ohne euch wär's so doof.

Friederike Lillie, du warst die Erste, die mir, als ich frischgebackene Kunsthistorikerin war, gesagt hat, dass ich schreiben kann. Seitdem liest du jede Zeile aus meiner Feder. Danke, dass du mich als Mutter immer unterstützt und meine Kommas in Ordnung bringst, bevor jemand vom Verlag meine Texte zu Gesicht bekommt und denkt, ich wäre der deutschen Grammatik nicht mächtig. Danke auch, dass du mich auf meiner Recherchereise nach Bobbio begleitet, für mich dort übersetzt und mit den Leuten geredet hast.

Susi Sinz, du bist einer der klügsten, belesensten und moralisch sattelfestesten Menschen, die ich kenne, darum war mir deine Meinung zu dieser Geschichte auch so unendlich wichtig. Danke für dein Feedback, liebe Schwester, und dafür, dass du Luca und Roberto so sehr mochtest wie ich.

Gabi Flossmann-Lintschinger und Klaus Lintschinger, ohne eure Gastfreundschaft würde wohl nie eines meiner Bücher fertig. Danke, dass ihr eurer Nichte stets so großzügig Asyl gebt, wenn sie sich zum Brainstormen, Schreiben oder Überarbeiten zurückziehen will.

Horst »Martin« Flossmann (1939–1999), ich denke oft in tiefer Dankbarkeit an dich, lieber Onkel. Ohne dich könnte ich das Leben mit diesem Beruf, der mich so glücklich macht, nicht führen. Schade, dass ich dir das nicht mehr sagen kann. Aber wenn du irgendwo da draußen bist, weißt du sowieso, wovon ich rede.

Danke auch meiner ganzen übrigen Familie für die große Unterstützung, für euren Glauben an mich und für einfach alles!

Anja Koeseling, du bist vermutlich die ausgeflippteste Agentin der Welt. Und dafür liebe ich dich! Danke, dass du mich aus dem Meer an Schreibenden gefischt und trocken gerubbelt hast. Du motivierst mich, lässt nicht locker, bis ich mein Bestes gebe, und glaubst an mich. Ohne dich wäre ich nichts in der großen, weiten Buchbranche. Danke auch dafür, dass du während dieses Romanprojekts immer für mich da warst – selbst in den Phasen, in denen ich dir achtundneunzig WhatsApp-Sprachnachrichten pro Tag geschickt habe.

Heike Abidi, meine liebe Freundin und Schreibpartnerin, ohne dich wäre ich jetzt niemals da, wo ich angekommen bin – daher widme ich dir dieses Buch. Dass wir uns damals auf der Frankfurter Buchmesse kennengelernt haben, war ein Lottosechser. Danke für deine Unterstützung, deine Freundschaft und die wunderbaren gemeinsamen Stunden. Du bist die allerbeste Kurztextverfasserin der Welt, ohne dich wäre ich verloren – ich kann nur lang.

Danke auch fürs Mitkontrollieren der Druckfahne, vier Augen sehen mehr als zwei.

Helga Neumärker, du hast mir vor Jahren die Grundbegriffe der Buchbranche beigebracht, bist mit mir auf meine ersten Buchmessen gefahren und hast dort meine Hand gehalten. Danke für deine Freundschaft und fürs Lesen und Kommentieren des Tomaten-Manuskripts.

Sylvie Kempf, mit dir befreundet zu sein, empfinde ich als besonderes Privileg. Du bringst mich immer dazu, Dinge zu hinterfragen und andere Perspektiven einzunehmen. Auch zu meinem Manuskript hast du die richtigen Fragen gestellt. Danke, dass du mit Hans durchbrennen willst, ein schöneres Kompliment könntest du einer meiner Figuren nicht machen.

Luigi Cattini, du hast den Voll-, Halb- und Viertelitalienern in meiner Geschichte zur Sprache verholfen. Danke für deine Übersetzungen, das Beantworten unendlich vieler Fragen zu italienischer Lebensweise und Kultur sowie zur Zweisprachigkeit.

Laura Lichtenwalter, meine kompetente Lektorin beim Penguin Verlag, danke für deinen Glauben an dieses Projekt von Anfang an und für die gute Zusammenarbeit! Deine Ideen bringen mich immer ein Stückchen weiter. Mit dir an einem Roman zu arbeiten, macht großen Spaß.

Kristina Lake-Zapp, meiner Außenlektorin, ebenfalls herzlichen Dank für die wunderbare Betreuung des Tomaten-Projekts. Was für ein Glück, dass sich jemand so Professionelles und Erfahrenes um meine Geschichte gekümmert hat.

(Anm.: Dass Nellis und Robertos Töchter in der Geschichte genauso heißen wie die zwei Lektorinnen, ist ein Zufall, der mir im Nachhinein extrem gut gefällt! Schön, dass ihr auf diese Art verewigt seid!)

Danke an alle Mitarbeiterinnen und Mitarbeiter des Penguin Verlags. Bei euch habe ich eine wunderbare

Heimat gefunden. Darüber freue ich mich jeden Tag. Danke für die gute Zusammenarbeit.

Danke auch an alle anderen, die an diesem Buch beteiligt sind, vom Manuskript bis zu der Fassung, die schließlich in die Hände der Leserschaft gelangt. Ihr seid die Besten!